国家社科基金项目
"唐代胡姓士族与文学研究"（编号：14BZW047）成果

中国博士后第七批特别资助项目（编号：2014T70277）成果

田恩铭 著

元稹和中唐士人心态

中国社会科学出版社

图书在版编目（CIP）数据

元稹和中唐士人心态 / 田恩铭著. —北京：中国社会科学出版社，2020.7（2022.7 重印）

ISBN 978-7-5203-6397-6

Ⅰ.①元… Ⅱ.①田… Ⅲ.①元稹（779-831）—文学研究②知识分子—心理状态—研究—中国—唐代　Ⅳ.①I206.2②D691.71

中国版本图书馆 CIP 数据核字（2020）第 070533 号

出 版 人	赵剑英
责任编辑	周晓慧
责任校对	无　介
责任印制	戴　宽

出　　版	中国社会科学出版社
社　　址	北京鼓楼西大街甲 158 号
邮　　编	100720
网　　址	http://www.csspw.cn
发 行 部	010-84083685
门 市 部	010-84029450
经　　销	新华书店及其他书店
印刷装订	北京七彩京通数码快印有限公司
版　　次	2020 年 7 月第 1 版
印　　次	2022 年 7 月第 2 次印刷
开　　本	710×1000　1/16
印　　张	16.5
插　　页	2
字　　数	230 千字
定　　价	78.00 元

凡购买中国社会科学出版社图书，如有质量问题请与本社营销中心联系调换
电话：010-84083683
版权所有　侵权必究

目 录

引言 ……………………………………………………………… (1)

第一章　议论、诗笔、史才与元和士风之骏发 ……………… (5)
　　第一节　阳城故事:元和士风骏发之起点 ………………… (7)
　　第二节　各有所指:议论、诗笔与元和士人的阳城情结 …… (13)
　　第三节　因德入职:韩、柳关于史职辨析的起点 …………… (24)
　　第四节　史才初具:韩愈以儒者为底色的史家手笔 ……… (31)
　　第五节　"史"可以群:世变与中唐士风的重建 …………… (36)
　　第六节　文儒风范:著史以涵养时代精神 ………………… (40)
　　本章结论 ……………………………………………………… (45)

第二章　贬谪之思与中唐士人的文学书写 …………………… (46)
　　第一节　元和十年前后:激情的归途 ……………………… (46)
　　　　一　因事获罪:欲将沉醉换悲凉 ………………………… (46)
　　　　二　归心各异:零落成泥碾作尘 ………………………… (50)
　　　　三　梦断魂牵:每依北斗望京华 ………………………… (53)
　　第二节　楚地悲歌:吕温之死与元和士人的同情书写 …… (58)
　　　　一　纪事的限度:史家对吕温人生行迹的书写 ………… (59)
　　　　二　思想的温度:刘禹锡、柳宗元对于吕温的评价 …… (63)
　　　　三　思念的热度:空怀济世安人略 ……………………… (67)

本章结论 …………………………………………………… (71)

第三章　"平淮西"与元和士人的文学书写 ……………………… (72)
　　第一节　故事的前奏:特殊年份里的叙事指向 …………… (72)
　　第二节　平淮西:故事的完整图景 ………………………… (80)
　　第三节　中唐贬谪士人关于"平淮西"的文学书写 ……… (85)
　　第四节　余论:《平淮西碑》带来的风波 ………………… (92)
　　本章结论 …………………………………………………… (97)

第四章　元稹的亲缘与身份意识 ……………………………… (98)
　　第一节　元稹与元氏家族的婚姻关系 …………………… (98)
　　第二节　文官职位与元稹的身份意识 …………………… (108)
　　　一　谏官身份与元稹诗文的政治母题 ………………… (108)
　　　二　御史官身份与元稹的反省意识 …………………… (111)
　　　三　翰林学士与元稹的制诰改革 ……………………… (113)
　　第三节　诗家名望与元稹的无嗣之忧 …………………… (118)
　　　一　婚姻生活:无嗣之忧的滋生源 …………………… (119)
　　　二　宦途迁转:无嗣之忧的助推力 …………………… (123)
　　　三　诗家名望:无嗣之忧的负重力 …………………… (128)
　　本章结论 …………………………………………………… (133)

第五章　元稹文学交游考论 …………………………………… (134)
　　第一节　元稹与卢氏兄弟交游考论 ……………………… (134)
　　　一　元稹与卢载 ………………………………………… (135)
　　　二　元稹与卢戡 ………………………………………… (142)
　　　三　元稹与卢士衍 ……………………………………… (145)
　　第二节　元稹与"四李"交游述论 ………………………… (147)
　　　一　元稹与李景俭 ……………………………………… (147)
　　　二　元稹与李建 ………………………………………… (151)

三　元稹与李绅 ………………………………………… (156)
　　四　元稹与李德裕 ……………………………………… (159)
　第三节　元稹与窦巩文学交游考论 ………………………… (163)
　第四节　元白交谊与元白唱和 ……………………………… (167)
　　一　所合在方寸：元稹贬谪与元白唱和 ……………… (168)
　　二　唯有思君治不得：白居易贬谪与元白唱和 ……… (178)
　　三　不相酬赠欲何之：元白酬赠与文学观念 ………… (184)
　第五节　余论：盖棺论定中的元白交谊 …………………… (190)
　本章结论 ………………………………………………………… (193)

第六章　元稹任职浙东时期唱和活动主题叙论 ……………… (195)
　第一节　企盼：无嗣的焦虑 ………………………………… (195)
　第二节　歌者：旧事的重现 ………………………………… (199)
　第三节　追忆：故交的唱酬 ………………………………… (203)
　本章结论 ………………………………………………………… (209)

第七章　文学史中的元稹乐府诗 ……………………………… (211)
　第一节　文学通史中的元稹乐府诗 ………………………… (211)
　第二节　唐代文学史中的元稹乐府诗 ……………………… (219)
　第三节　唐诗史中的元稹乐府诗 …………………………… (224)
　第四节　域外文学史中的元稹乐府诗 ……………………… (228)
　第五节　余论：元稹乐府诗的研究有待突破和提升 ……… (229)
　本章结论 ………………………………………………………… (231)

第八章　元稹形象的传播与接受 ……………………………… (232)
　第一节　唐人笔下的元稹形象 ……………………………… (232)
　第二节　五代时期的元稹形象 ……………………………… (235)
　第三节　《新唐书》传记的巧宦者形象 ……………………… (239)
　第四节　元稹在南宋的形象接受 …………………………… (247)

第五节　元稹形象的复杂性 …………………………（248）

参考文献 …………………………………………………（250）

后记 ………………………………………………………（257）

引　言

　　本书研究内容可以分为三个部分：第一部分是元稹与中唐文学群体研究，由《议论、诗笔、史才与元和士风之骏发》《贬谪之思与中唐士人的文学书写》《"平淮西"与元和士人的文学书写》三篇论文组成，主要侧重于元稹的文学活动与士风、贬谪生活以及政治事件的关联。

　　《议论、诗笔、史才与元和士风之骏发》侧重于分析元稹、白居易、刘禹锡、柳宗元、韩愈等中唐文学家以诗文弘扬阳城之德行，共同推动以阳城事迹入史，从而构成阳城形象接受史的书写过程。元稹、柳宗元分别就甄济、段秀实事迹给韩愈写信，建议将二人收集的事迹入史，以体现追求直道的意义。中唐文人用史家之笔法乃是一时风气，如韩愈、刘禹锡、元稹、白居易、柳宗元均曾模仿太史公笔法写作传记类文章，尽管文体不同，所用的写法却是接受史传传统而形成的。士人阶层以修史为讨论之契机，将史才、诗笔、议论统摄于追求直道的目标中，纪事以弘道为准则，以儒士之思想反思历史，以文士之笔墨撰著成史，以思想之光辉引领政事，德行与文学辅之以力量，史德之基本内涵尽在其中。

　　《贬谪之思与中唐士人的文学书写》主要以元稹、刘禹锡、柳宗元、吕温为中心人物分析贬谪与中唐士人的文学书写所建立的联系。元和十年（815）是元稹、刘禹锡、柳宗元的人生节点，三人试图消解苦闷，走出贬谪的阴影，既渴望回归京城，又不改旧志，波澜不惊地面对挫折。元和十年（815）被召回京城，元稹、刘禹锡、柳宗元的诗作中充满憧憬，甚至在京城度过一段惬意的时光，所创作的作品是他们接下来漫漫贬途中的追忆资本。元和十年（815）前后，离去—归来—再离去的贬谪之旅让这些正当壮年的士人们告别了气志如神的慷慨往事，家庭、仕途在地域的迁徙中颠簸，一时之激情换得无限苍凉。

《"平淮西"与元和士人的文学书写》讨论战事与文学书写的关系。韩愈、柳宗元、元稹、白居易、刘禹锡等人构成一个士人群体，身处政治斗争的漩涡之中，因所处境地与所居身份之不同，对于征讨淮西的关注程度不一。以武元衡之死为主题，对于相关的战事及政事均有文字涉及，元稹、白居易的文学书写值得关注。韩愈是战事之亲历者，以白描短句写心声，以碑文实录功绩；白居易、元稹、刘禹锡、柳宗元为谪臣，为国家欢呼之余，祈望改变个人之处境，以投入国家建设之中。刘禹锡、白居易因后期与裴度有交游唱酬，对此主题之书写增加余响。文本、思想与史事交互呈现，体现出元和时期文学书写与时政密切相关之特征。文学世界、思想世界融入政治空间之内，文儒之内涵亦从初盛唐之际的以文为主转化为以儒为主，文学书写亦是参与政事的组成部分。

第二部分则是元稹文学交游考论，由《元稹的亲缘与身份意识》《元稹文学交游考论》《元稹任职浙东时期唱和活动主题叙论》三篇论文组成，主要侧重于元稹文学交游空间的梳理，并考察文学接受史研究的情况。

《元稹的亲缘与身份意识》主要集中于元稹的家族婚姻关系、职事活动与文学活动、诗家名望与无嗣之忧三个方面，侧重分析因其胡姓士族身份所形成的交往群落，这个群落对于他的文学创作起到了推动作用。同样，元稹的谏官、御史官、翰林学士身份与其文学书写息息相关，而他的无嗣之忧是家庭生活缺失的直接反映，在仕宦迁转的背景下成为文学创作中的一个主题，这个主题能够呈现元稹心灵世界的一个空间——家族观念。

《元稹文学交游考论》主要梳理元稹与范阳卢氏和山东李氏家族

交游之情况。元稹与赵郡李氏、范阳卢氏出身的士人多有交往，而且均在其婚姻、仕宦的特定处境之中，从中可窥知元稹婚、宦中的心态变化。元稹与出身范阳卢氏的卢载、卢戡、卢士衍均有交游。由出土墓志可以证实，卢子蒙即卢载，与元稹均历丧妻之痛，此一特定之交游时段对于元稹的文学创作深有影响。元稹自开启仕宦生涯便与李景俭、李建、李绅相熟，入职学士院与李德裕相识，以江陵、通州、长安、浙东为交游空间，留下了大量的文学作品。无论是任职两京，还是任地方官时期，元稹与"四李"不仅仅是在政事方面互相配合，而且在文学活动中交集甚多，元稹时常以诉诸诗文的方式传情达意。"四李"出身显贵，均属名门望族，复有儒士、诗人、清望官之身份，是元稹文学交游空间中不可或缺的重要人物。"四李"不仅与元稹交游，与白居易亦往来唱酬不绝，从多个方面影响到元稹的为人、为文，他们所形成的中唐文儒群体代表了中唐士风中的某些征象。

《元稹任职浙东时期唱和活动主题叙论》主要分析元稹任职浙东以来的文学唱和主题。元稹任职浙东，无嗣之忧仅与两个人倾诉，即裴淑和白居易。这与洛阳、江陵时期很不一样，固定的倾诉对象便把夫妻之情、朋友之情鲜活地呈现出来。元稹与裴淑的唱和主要写因无嗣而带来的家庭生活的缺失感，元白之间此一主题的唱酬乃在彼此均无嗣，因此已经编辑整理的文集传世便成了一个无解的难题。任职浙东是元稹人生后半段难忘的经历，此际的元稹，因时事或为改革文体而自觉创作的欲望大减，主要是与白居易、李复言、李德裕的唱和活动，以及与僚佐诗酒文会唱和活动。自长庆三年（823）八月至大和三年（829）九月，元稹任职浙东刚好六载，这六年中他的诗作主要是唱酬往来的产物。无嗣之忧、往事之念、故交之情均在唱和活动中体现出来，人、地、事构成创作的激发因素，在与亲朋挚友的对话中完成了一次安居于江南胜地的自我心理调适过程。

第三部分包括《文学史中的元稹乐府诗》《元稹形象的传播与接受》，从文学接受史方面寻索元稹的文学家形象与士人形象的关联性。

《文学史中的元稹乐府诗》侧重于文学接受史研究，从接受状况考察元稹乐府诗与元白并称、元白优劣的关系。在中国文学史的浩瀚长河中，文学史家常以元白对比，元在白下，以白居易为中心乃是普遍之趋向，元稹在唐代已经趋于第二梯队，再步入文学史之中，则显得更为晦暗，能够以"新乐府运动"得到沾溉而入史已经是一件幸事。在各个不同时期的唐代文学史中，元稹乐府诗多数被划归"新乐府运动"之内，或者成为白居易乐府诗论的注脚，对于元稹乐府诗的评价偏低者居多。唐诗史类著作本应更加深入细致地分析元稹乐府诗，然却并非如此。从内容上看，与文学通史差异不大，所呈现的叙述格局甚至不如一些唐代文学史。对于域外文学史而言，元稹乐府诗并没有获得认可，即便是与白居易并提也通常是一掠而过，在文学史长河中留下一道浅浅的印痕，需要仔细辨别才能隐隐看到若有若无的影像。

最后谈论的是《元稹形象的传播与接受》。唐五代时期对于元稹的论评除当事人以外，多以文学家的视角为主，"元和体"及其诗作是评论的中心议题。五代时期则是元白并称，元稹很少能够成为独立的评论对象。《旧唐书》突出了元稹的文学家形象，文学才能获得了史家之赞誉。时入北宋，道统的张扬使得对其人的评价限制了其文的影响力，《新唐书》因鄙视其人而将元稹塑造为巧宦者形象。新旧《唐书》从以"文学"到以"德行""政事"为书写标准的变化，导致元稹传记文本内容发生了较大的变化。南宋时期对元稹的论评呈人文分论的趋势，论人则其为奸佞小人，论文则呈现出研究格局的深化。随着学术研究的深入，接受语境的转变，元稹形象日益显出复杂性的一面。

概而言之，元稹的心灵世界与阅读的视野、所处的时代、交往的人群有着不可分割的关系。当我们透过文学文本遥望曾经的历史图景，一代士人群体的家国情怀往往诉诸笔下，呈现出"元和中兴"的基本内涵。

第一章 议论、诗笔、史才与元和士风之骏发

中国古代社会形成了"士"的传统。"'士'文化传统虽然在中国延续了两千多年，但这一传统并不是一成不变的。相反地，'士'是随着中国史各阶段的发展而以不同的面貌出现于世的。概略地说，'士'在先秦是'游士'，秦汉以后则是'士大夫'。但是，秦汉以来的两千年变局中，'士'又可更进一步划成好几个阶段，与每个时代的政治、经济、社会、文化、思想各方面的变化密相呼应。"① 游士的特征在于能够保持人格相对独立且有自己的思想，"游士"一旦过渡到专制政治体制背景下的"士大夫"，所形成的士人群体需要不断进行自我调整，这种调整可能是自觉的，也可能是被迫的，其目的则是适应新的形势。面对机遇与挑战，追求功利实用的用世倾向自然就会形成，在"城头变幻大王旗"的政权嬗变中，一代一代的士大夫持守着"志于道"的理想，并为之增补新的内涵。秦汉以后，虽然政治制度延续、发展着，社会环境也发生着这样或者那样的变化，而士人本于"道"的入世追求并没有发生较大的变化。阎步克就认为士大夫政治保持了延续性，历经战国、两汉直至明清，尽管士阶层的风貌会有所不同，但基本特征还在，并发生着持续性影响。据此，阎步克进行概括和总结，提出"士大夫政治"这一概念，认为以此为

---

① 余英时：《士与中国文化》，上海人民出版社2003年版，第7页。

基础形成了独特的运行机制,并建构了政治文化传统。① 即便士大夫可以被定位为"官僚与知识分子的结合物"②,也是将政治身份与文化身份融于一身的特殊角色,两者不分彼此地相会交叉在一起,共同发挥作用。从身份认证来说,他们与那些纯粹的政客并不一样,士族出身的文化修养对其德行、言语、政事发生着潜移默化的作用,即便是选择走向政客的路径,他们常常会徜徉于两端而创造出动人心魄的文学文本。

通常而言,唐代标志着一个儒学周期的结束,也被论述为另一个儒学周期的开启,汉代以来以"五经"为儒家经典的思想规训难以发挥作用,过去的运转体系已经开始坍塌,中唐儒士发现孟子,建构以"四书"为新儒家经典的意图并不明显,那些解读经典的努力还停留在开掘的过程中。"中唐"处于唐宋变革期的起点,有学者以唐宋思想转型作为这一时期研究的议题。③ 遭逢世乱必然要进行深刻的反思,化解思想的危机迫在眉睫,需要践行的节操则必然遵守一个普遍认同的标准。有了这样的认同标准,史学、思想、文学的阐发才能寻到贯穿其中的灵魂。赵彦卫《云麓漫钞》云:"唐之举人,先籍当世显人以姓名达之主司,然后以所业投献。逾数日又投,谓之温卷,如《幽怪录》《传奇》等皆是也。盖此等文备众体,可以见史才、诗笔、议论。"④ 此段常被引及的叙述是有意识地针对唐人以传奇行卷而言,通过行卷来展示才情,此事对士人品格的形成所发生的影响却极为深远。士子们步入仕途之际,经历种种波折,获得进身的是自己创作的文学作品,这些作品因蕴含"史才""诗笔""议论"而被认可,必定会引导他们此后的人生轨迹,尤其是仕宦生活。学术界自现代学术体系建立之后,便有多位学者探讨唐代士风与文学之关系,且有为数不少的开创性研究成果。如陈寅恪进一步申论赵彦卫的说法,

---

① 阎步克:《士大夫政治演生史稿》,北京大学出版社2015年版,第1页。
② 阎步克:《士大夫政治演生史稿》,北京大学出版社2015年版,第4页。
③ 内藤湖南:《概括的唐宋变革观》,包弼德:《斯文:唐宋思想的转型》,江苏人民出版社2000年版。
④ 赵彦卫:《云麓漫钞》,朱易安等主编:《全宋笔记》第六编第四册,大象出版社2013年版,第193页。

科举考试的运行与唐代士人的仕宦就此建立联系，而且从文体学的角度研讨士风与唐代传奇的关系。①台静农《中国文学史》设立专题论述了进士科与士风、文士与朋党的关系，多有创获。②邓小军则将韩愈、柳宗元的古文气格与儒学复兴的联系作为重点问题加以研讨，梳理出中唐士人循道而行的文学路径。③查屏球聚焦于安史之乱中儒士阶层复古士风之新变，以唐学与唐诗的关系为关注点，于细微处抉发士风渐变的端倪。④马自力以中唐文人社会角色分析为切入点，以角色的变化分析士人的文学观念对于创作的影响。⑤青年学者杨伯则以复古思潮与中唐思想困局为中心，分析韩愈、柳宗元等中唐士人的心态。⑥上述学人从制度史、文化史、文学史、思想史等不同的观照视角展开研讨，为中唐士风与文学之关系研究提供了厚重的学术基础和开阔的学术视野。文学、史学、儒学与士风的关系研究还在继续，罗宗强、左东岭等学者的成果陆续发表，而在唐代文学研究领域的开掘者却不多，即便有成果，依然是以科举制度为背景的研究，将史才、议论、诗笔这三个要素与中唐士人登科后步入仕宦之途联系起来还不多见，这三个要素与士风的联系尚缺少系统的阐发。本章意在考察中唐贞元、元和时期士风与史才、诗笔的关系，阐述元和士风形成的内在关联，并借以探寻士风与文风的相关性。

第一节　阳城故事：元和士风骏发之起点

陈衍在《石遗室诗话》中抛出"三元说"，元和时期处在其中，

---

① 陈寅恪：《元白诗笺证稿》，生活·读书·新知三联书店2009年版，第120页。
② 台静农：《中国文学史》，上海古籍出版社2017年版，第326—334页。
③ 邓小军：《唐代文学的文化精神》，文津出版社1993年版，第315—484页。
④ 查屏球：《从游士到儒士——汉唐士风与文风论稿》，复旦大学出版社2005年版，第414页。
⑤ 马自力：《诗心、文心与士心——中国古代诗文研究举隅》，社会科学文献出版社2013年版，第225页。
⑥ 杨伯：《欲采蘋花不自由——复古思潮与中唐士人心态研究》，南开大学出版社2010年版，第97页。

他认为：“盖余谓诗莫盛于三元，上元开元，中元元和，下元元祐。”① 开元堪称文学盛世，故而是在文学独尊的背景下产生的文学景观。元和则有所不同，社会动乱之后，士人阶层在反思中痛定思痛，士风与文风交汇之下形成"元和"所独具的特质，文风与士风相辅相成而互相激荡。元和士风的特征是士人以"明道救世"为己任，取直道而行，能分辨是非曲直而又敢于直面困境，在变风变雅中追求变体，文学的讽世传统得以接续。"隋唐时代除了佛教徒（特别是禅宗）继续其拯救众生的悲愿外，诗人、文士如杜甫、韩愈、柳宗元、白居易之伦更足以代表当时'社会的良心'。"② 余氏的论述举出唐人之例证，四位诗人中有三位属于元和时期，如果再把元稹、王建、刘禹锡、张籍等人补充进来，上述诸人堪称元和文学群像的缩影，可谓"社会的良心"之集合。文学传统的形成离不开文学家的思想能力，除此之外，滋养传统的社会风气，涵养人格的社会环境等都是重要的影响因素。为什么中唐元和时代会以文学盛世的面目出现？何以形成这样或那样的时代风尚？想来，既得益于文化传统之承继，又与士族阶层家学家风的弘扬有着割不断的联系。

身处乱世，苟全性命必然是多数人的选择，能够洁身乱世以全其志也不失为一种可选的方式③，大乱一来，士人群体中总有遁逃者，或是远祸避难，或是趁机钻营。④ 除此以外，奋而起兵者亦有之。"安史之乱"被史家视为大唐帝国由盛转衰的分界线，其实，这并不是唐代唯一的大变乱，而是从巅峰跌落谷底的世变。曾经有何等自豪

---

① 陈衍：《石遗室诗话》，人民文学出版社2004年版，第7页。
② 余英时：《士与中国文化》，上海人民出版社2003年版，第7页。
③ 据《新唐书》卷一九四"权皋传"："浙西节度使颜真卿表为行军司马，召拜起居舍人，固辞。尝曰：吾洁身乱世，以全吾志，欲持是受名邪？李季卿为江淮黜陟使，列其高行，以著作郎召，不就。"
④ 查屏球认为："面临乱世，士人主要有两种处世方式。一是远祸避难，纷纷逃往江南，以归隐的方式求生存，以不介世事的态度保清高之名；另一种是趁乱世投机钻营以获取在平时不能满足的私利。"（参见《忧患之诗与儒家政治伦理的重建》，载《从游士到儒士——汉唐士风与文风论稿》，复旦大学出版社2005年版，第385页。）

的文化自信，如今被雨打风吹去，备受打击的状况导致士人自觉进行重新思考，思考如何接续传统以找到合适的出发点，寻找的过程激发士人汲取思想重建的力量。泾原兵变就是一面鲜活的镜子，这场距离元和时代更近的动乱让臣子们轮番登场：有的视死如归，有的一去不返，有的做了叛徒，有的运筹帷幄。段秀实就是视死如归的杰出代表，与唐德宗共患难的陆贽是运筹帷幄的"救时内相"。但相较于这些杰出人物，与士人阶层产生对话效果且发挥更大影响力的无疑还是阳城。阳城的所作所为传诵人口，被元和时期的文学家记录在案，成为士风的代表人物。

阳城不是独异的存在，而是士大夫阶层面对现实能挺身而出的典范，被看作儒家知识分子和道家知识分子的结合体。① 如果从思想底色上判断，他接受的主要是儒家思想：大道可行则入世，道不行则退隐乡里，孔子所言"道不行，乘桴浮于海"成为多数士人的人生信条。阳城先隐居求道，学成而出仕，先是以无为而隐于位，终以品节见士行。"儒家知识分子在社会危机的时代总是要用他们的'道'来'拨乱反正'、来'纲纪世界'"②，拨乱反正带来的是祸不单行，多少英雄豪杰诉说奸佞当道的无奈，直接因"欲驾巾车归去，有豺狼当辙"而慨叹与歌哭。

阳城（736—805），字亢宗，定州北平（今河北晚县）人。《旧唐书》入"隐逸"类，与王绩为伍；《新唐书》入"卓行"类，与元德秀为伍，类别之差很大。据《旧唐书》卷一九二"隐逸"类之阳城传："家贫不能得书，乃求为集贤写书吏，窃官书读之，昼夜不出房，经六年，乃无所不通。既而隐于中条山。远近慕其德行，多从之

---

① 余英时《中国知识分子的创世纪》认为："在中国历史上，维护精神价值和代表社会良心的知识分子主要来自两个思想流派，即儒家和道家。"（参见余英时著，何俊编《余英时学术思想文选》，上海人民出版社2010年版，第62页。）

② 余英时著，何俊编：《余英时学术思想文选》，上海人民出版社2010年版，第63页。

学。闾里相讼者,不诣官府,诣城请决。"① 这是史家笔下所记载的阳城的读书生活,前一段乃是为读书而悬梁刺股,后一段隐于中条山以德行而为人师。中国古代的读书人,如果想要入仕,需要得到重要人物的提携。所谓的重要人物,可以是王公大臣,可以是皇亲国戚,可以是著名文士。阳城就是得到号称"山中宰相"的李泌的知赏,李泌拜相之后,阳城被举荐为著作郎,"寻迁谏议大夫"。因德行被士人阶层认可的阳城忝列为谏官之后,却让士人们大失所望。阳城未到京城的时候,因为走"终南捷径"早已名声在外,士人阶层都"想望风采",认为一个隐于深山而不慕名利的士人必会有惊人之处,至少能够"以死奉职",所以"人咸畏惮之"。等到阳城到任,别的谏官不论大小事都纷纷进言,阳城却与亲旧"日夜痛饮",缙绅阶层大失所望,"皆以虚名讥之"。《旧唐书·阳城传》云:

> 有造城所居,将问其所以者。城望风知其意,引之与坐,辄强以酒。客辞,城辄引自饮,客不能已,乃与城酬酢。客或时先醉仆席上,城或时先醉卧客怀中,不能听客语。约其二弟云:"吾所得月俸,汝可度吾家有几口,月食米当几何,买薪、菜、盐凡用几钱,先具之,其余悉以送酒媪,无留也。"未尝有所蓄积。虽所服用有切急不可阙者,客称某物佳可爱,城辄喜,举而授之。②

士人以为阳城会恪尽职守,因事随时进谏,谁知并非如此。阳城过上吏隐的生活,不仅未曾死谏,而是根本就不进谏,其所采取的中隐方式遭到士人的嘲讽,关于他徒有虚名的议论自是不可避免,连韩

---

① (后晋)刘昫等撰:《旧唐书》卷一百六,中华书局1975年版,第5132页。《新唐书》卷一九四传记中补充了一些内容,如:"及进士第,乃去隐中条山,与弟堦、域常易衣出。年长,不肯娶,谓弟曰'吾与若孤茕相育,既娶则间外姓,虽共处而益疏,我不忍',弟义之,亦不娶,遂终身。"《独异志》亦有记载,较为简略。《南部新书》则记载阳城教郑俶读书导致其自杀的故事,未被史家采撷入传。

② (后晋)刘昫等撰:《旧唐书》卷一百六,中华书局1975年版,第5132—5133页。

愈都看不下去。《旧唐书》本传云："韩愈作《争臣论》讥切之，城不屑。"阳城不与之理论，仍然按照自己的方式行事，究竟是要候时而动还是无所作为，难以下结论。建中至贞元时期，陆贽是挽狂澜于既倒的重要人物。泾原兵乱结束，唐德宗追求奢靡享受，重用裴延龄，陆贽频繁进谏而无效，在与裴延龄的较量中节节受挫。这时的阳城在众声沉寂中挺身而出，一展"直正"的品格。面对陆贽与裴延龄之间的这场对决，阳城的表现如何呢？唐德宗经历泾原兵变之后，因动乱中多仰仗翰林学士，平乱之后"多不假宰相权"，裴延龄、李齐运、韦渠牟等善于逢迎者"相次进用"，这些人获得晋升之后，任意"诬谮时宰，毁诋大臣"，陆贽便是其中的一个。陆贽在唐德宗有难之际，伴其身边为之出谋划策，功莫大焉。待到其"咸遭枉黜"，竟然"无敢救者"，这时候阳城坐不住了。据《旧唐书·阳城传》云：

> 城乃伏阁上疏，与拾遗王仲舒共论延龄奸佞，贽等无罪。德宗大怒，召宰相入议，将加城罪。时顺宗在东宫，为城独开解之，城赖之获免。于是金吾将军张万福闻谏官伏阁谏，趋往，至延英门，大言贺曰："朝廷有直臣，天下必太平矣！"乃造城及王仲舒等曰："诸谏议能如此言事，天下安得不太平？"已而连呼"太平，太平"。万福武人，年八十余，自此名重天下。时朝夕欲相延龄，城曰："脱以延龄为相，城当取白麻坏之。"竟坐延龄事改国子司业。[①]

阳城、王仲舒上疏论裴延龄奸佞，王仲舒入《旧唐书·文艺传》，正是因为其与职事有关的文字获得认可。以直正著称的士人群体时常在

---

① （后晋）刘昫等撰：《旧唐书》卷一百六，中华书局1975年版，第5133页。《唐国史补》《唐语林》对于此事均有记载，《唐会要》因有所本所记较为详细。（可参见周勋初主编《唐人轶事汇编》，上海古籍出版社2006年版，第898—899页。）

沉默中发声，他们的品行就是于人不敢言时独抒己见。从阳城的一生行迹来看，德行、政事、言语等方面均有所作为，且尚隐逸，堪称儒士群体中的君子。阳城、王仲舒身居谏职，张万福乃是一位武将，两位谏官进谏，一位武将支援，诸人构成了一个与奸佞对抗的群体，这样的一幕场景预示着士人之气节犹在。虽因阳城等人居于下僚未必能改变事件的走向，却发挥了谏官群体应有的作用，即以正气驱散歪风邪气。

　　任职国子司业的阳城被贬，与其门下弟子的获罪有关。《旧唐书》记载，其弟子薛约性格狂躁，因为言事而得罪，被贬至连州，阳城不避嫌猜，与之"饮酒诀别"。唐德宗认为阳城与罪人结党，贬阳城为道州刺史。国子监的太学生王鲁卿、季偿等270人要求阳城留下，上疏未能交到皇帝的手里。关于太学生上疏一事，柳宗元的文章叙述得非常详细，《新唐书》便是在《旧唐书》的基础上，采摭柳文入传，读罢更能振奋人心，从中可窥知阳城以德行著称所产生的影响力。对于元和士人来说，回顾这段并不遥远的史事，更易于让他们找到可供借鉴的样本。士人阶层的努力在权力集团面前仍然难以奏效，在层层阻力面前坚持操守诚然可贵，却往往居于弱势地位。纵观唐帝国的党争权争，总会形成这样或那样的既得利益集团，公心常常为一己之私利所阻，以邪行压正道，形成令人窒息的权力囚笼。举目前途，天下之君子皆知正路之所在，偏偏曲径可通幽，于是，各种不可思议的事情会寻常出现，众生甘为"沉默的大多数"。一旦道义沉沦小人就会得志，身处这样的生活环境里，一二贤者所发之声音皆如泥牛入海，即使有些许反响，亦不会影响原有之进程。阳城因言事而被贬只是历史长河中一个普通的个案，这样的历史图景会以不同的方式反复出现。阳城被贬至地方之后，虽失去了直接向皇帝言事的机会，却能以"政事"获得人民的认可。阳城在道州的政绩，主要集中在三个方面：一是对待吏人以"家人法"，赏罚分明；二是对道州民提倡平等的观念，并为之停贡；三是面对吏人告曾经信任他的前刺史，阳城认为不义，"杖杀之"。尽管出任道州，阳城性情不改，据《旧唐书》本传：

赋税不登，观察使数加诮让。州上考功第，城自署其第曰："抚字心劳，征科政拙，考下下。"观察使遣判官督其赋，至州，怪城不出迎，以问州吏。吏曰："刺史闻判官来，以为有罪，自囚于狱，不敢出。"判官大惊，驰入谒城于狱，曰："使君何罪！某奉命来候安否耳。"留一二日未去，城因不复归馆；门外有故门扇横地，城昼夜坐卧其上，判官不自安，辞去。其后又遣他判官往按之，他判官义不欲按，乃载妻子行，中道而自逸。①

阳城任职道州后颇有作为，却依然故我，即便被贬谪后仍然不改其志。最终的结局令人唏嘘："顺宗即位，诏征之，而城已卒。士君子惜之，是岁四月，赐其家钱二百贯文，仍令所在州县给递，以丧归葬焉。"按照上文所叙"顺宗即位"，则进入永贞元年（805），召回阳城的应该是"永贞革新"的"二王八司马"，这些人中以柳宗元、刘禹锡与之相关。刘禹锡、柳宗元声援过阳城，此时作为执政者则想起用他。《旧唐书》所载的阳城故事发生的时间是在贞元中期，时间进入元和，唐宪宗非常困惑地问李绛，"见贞元中天下不理，何故如此？"李绛则认为主要问题在于"德宗自用圣智，不任宰臣，奏请皆有疑虑"②。自动乱入承平时期，唐德宗遂以自我为中心贪图享乐，建中时期，陆贽所进言多被采纳，而一入贞元，陆贽等翰林学士群体不再受到器重，阳城不顾自身的极谏之事才会载入史册。

第二节　各有所指：议论、诗笔与元和士人的阳城情结

既有刘禹锡、柳宗元、韩愈等中唐文学家著文弘扬阳城之德

---

① （后晋）刘昫等撰：《旧唐书》卷一百六，中华书局1975年版，第5133—5134页。
② 冶艳杰：《〈李相国论事集〉校注》，华中科技大学出版社2015年版，第191页。

行，又有元稹、白居易等文学家以诗为史，成为阳城形象接受史的重要阶段。以贞元十年（794）为界限，可以寻索这批诗人的成长史。作为血气方刚的年轻人，刚刚及第未久，满怀信心地初入宦途，他们锐气逼人，故而旗帜鲜明地追求气节，将志洁行芳的理想化追求放在最高位置，一旦居其位便尽职尽责。他们的记忆中尚存关于阳城事迹的一些印象，或许阳城就是他们触手可及并能够追慕且标榜的对象。

我们将关注的人物首先放在韩愈的身上。自贞元至元和时期，韩愈都留下了与阳城有关的文字，这些文字因身份、因事而可能写法不一，从中却可以看到阳城对于韩愈的深刻影响。值得注意的是，这些文字能够呈现出韩愈对阳城态度发生变化的过程。韩愈述及阳城的著作共有三篇：《争臣论》《太学生何蕃传》以及《顺宗实录》。这三篇文章的文体不同：一篇论，一篇传，一部史。书写涉及阳城而采取的叙述角度各不相同，《争臣论》乃在驳斥阳城，批评其无所作为。这篇专论性文章以四问四答来结构全篇，侧重于以解惑的意图逐步提出自家的论点。开头起笔便质问，提出"阳城是否为有道之士"这个论题，抛出一个具有对比性的场面："今阳子在位不为不久矣，闻天下之得失不为不熟矣，天子待之不为不加矣，而未尝一言及于政。"韩愈进而得出结论，即阳城枉得俸禄，如果不能做到称职便可自行离开。其次为专门辨："（阳城）故虽谏且议，使人不得而知焉。"韩愈认为，若有所为不当使人不知。以布衣身份入仕的阳城身为谏官则要力求成为"直言骨鲠之臣"，既然"隐于蓬蒿之下"，因朝廷"嘉其行谊"而居其位，那么就要居其官必守其职，谏官"以谏为名"，以进谏为己任，主上则有"从谏如流之美"。再次则以假设的方式切入论题：假设阳城或许是因不得已而为官，那么就可能"守其道而不变"。韩愈一一举出堪称贤者的例证，再假设阳城"若果贤，则固畏天命而闵人穷也，恶得以自暇逸乎哉？"最后则侧重申辩："好尽言以招人过。"韩愈的观点是居其位就要谋其政，若无位就以明道自任来处世，期望阳城调整自己以成为"善人"①。这是韩愈早期的一篇文章,写于贞元中期,那时的韩愈经过一番磨难才及第,还没有入仕为官,闻知阳城的言行特意撰文诘难,申明自己的观点。《太学生何蕃传》中有一部分内容因何蕃而提及阳城,云:"蕃,纯孝人也,闵亲之老不自克,一日,揖诸生归养于和州。诸生不能止,乃闭蕃空舍中。于是太学六馆之士百余人,又以蕃之义行,言于司业阳先生城,请谕留蕃。于是太学阙祭酒,会阳先生出道州,不果留。"因阳城出为道州刺史,太学生何蕃未能留在太学,这篇文章因何蕃的义行欲挽留之,寄希望在阳城的身上,可是阳城尚不能自保,又何以庇护他人。此文并无特别之意,但叙事而已。阳城任职国子司业恰是因"廷诤恳至"而造成的。韩愈是陆贽的门生,不会不知道此事,或许撰文之际,韩愈的脑海里会有陆贽与裴延龄斗争中阳城的形象。贞元八年(792)韩愈入"龙虎榜"进士及第,知贡举者就是陆贽,韩愈曾干谒梁肃,梁肃向陆贽推荐韩愈,韩愈以文章行卷于陆贽方才及第。韩愈对于自己参加进士科考试的历史记忆犹新,这段经历会影响到韩愈对阳城的书写,故而不得不提。

《顺宗实录》是现存的唯一一部唐代实录。关于《顺宗实录》的编撰过程,韩愈所撰《进顺宗皇帝实录表状》言之甚详。《顺宗实录》编撰完成于元和十年(815),这部实录将阳城的故事放在开篇,有深意存焉。整部实录是以顺宗为太子时的纪事为中心的,关于德宗朝则叙及阳城的故事,《顺宗实录》是这样记载的:"德宗在位久,稍不假宰相权,而左右得因缘用事。外则裴延龄、李齐运、韦渠牟等以奸佞相次进用。延龄尤狡险,判度支,务刻剥聚敛以自为功,天下皆怨怒。上每进见,候颜色,辄言其不可。至陆贽、张滂、李充等以毁谴,朝臣惶惧,谏议大夫阳城等伏合极论,德宗怒甚,将加城等罪,内外无敢救者,上独开解之,城等赖以免。德宗卒不相延龄、渠

---

① 韩愈著,阎琦注释:《韩昌黎文集注释》(下),三秦出版社2004年版,第166—171页。

牟，上有力焉。"① 这段内容部分采撷入阳城传，部分入纪传之中。自泾原兵变之后，阳城堪称有气节的士人代表，又是以直正而恪尽职守的谏官，如元稹收集的安史之乱中的甄济故事，柳宗元收集的泾原兵变中的段秀实故事，上述二人乃是乱世中的守节者，而阳城恰恰是治世需要的诤臣。韩愈时为史官，以史家身份采撷阳城事迹入史，一旦写进实录流传开来，必然会为士人指出向上一路，从中亦可看出韩愈作为史家的远见卓识。

柳宗元关于阳城的文章共有两篇：一篇是《与太学诸生喜诣阙留阳城司业书》，另一篇是《国子司业阳城遗爱碣》。前一篇与挽留阳城有关，所叙是阳城任国子司业之事；后一篇则是以碑碣纪事，言其国子司业任上的功绩。《与太学诸生喜诣阙留阳城司业书》的创作时间尚有争议②，应当完成于贞元十四年（798），这是阳城外贬道州刺史的时间。太学生以"爱慕阳公之德教"为原因集体上书，希望朝廷能够留下阳城，继续任他们的老师。至少在柳宗元的眼里，阳城留任国子司业的理由有两个：第一个理由是阳城的存在改变了太学的风气。根据柳宗元的追忆，当年的太学名声极坏，云："始仆少时，尝有意游太学，受师说，以植志持身焉。当时说者咸曰：太学生聚为朋曹，侮老慢贤，有堕窳败业而利口食者，有崇饰恶言而肆斗讼者，有凌傲长上而谇骂有司者；其退然自克，特殊于众人者无几耳。"经过阳城精心之"导训"，太学之风气发生了很大的变化，所以阳城居太学国子司业之位"可无愧矣"。第二个理由是因为有阳城在太学，"四方闻风，仰而尊之，贪冒苟进邪薄之夫，庶得少沮其志，不遂其恶，虽微师尹之位，而人实具瞻焉"。关于这一点，柳宗元与韩愈的

---

① 韩愈著，阎琦注释：《韩昌黎文集注释》（下），三秦出版社2004年版，第519—520页。

② 施子瑜的《柳宗元年谱》（湖北人民出版社1958年版，第58—59页）系于元和四年。孙昌武《柳宗元传论》（人民文学出版社1982年版，第55页）则认为是贞元时期所作。尹占华、韩文奇校注《柳宗元集校注》（中华书局2013年版，第2170页）则认为此文撰于贞元十四年九月，本文即取该校注之说法。

见解一致。对于太学生的所作所为，柳宗元认为应当入史，记入实录当中，供后人阅读，如他所说"勖此良志。俾为史者有以纪述也"。太学生们的挽留活动并没有成功，柳宗元以《国子司业阳城遗爱碣》纪其事，云："太学生鲁郡季傪、庐江何蕃等百六十人，投业奔走，稽首阙下，叫阍吁天，愿乞复旧。朝廷重更其事，如己巳诏。翌日，会徒北向如初。行至延喜门，公使追夺其章，遮道愿罢，遂不果献。生徒嗷嗷，相眄徘徊。"①太学生未能如愿，只剩下众人失望的场面留在记忆中。这篇堪称"意气淋漓"的文章出自青年柳宗元之手，韩愈、柳宗元在这一阶段对于士风、政事的理解大体上是一致的②，这个时间段正是贞元通向元和士风嬗变的关键时期。

《国子司业阳城遗爱碣》一文重在记载阳城之业绩，不仅要因其入史，还要撰文立碑，柳宗元对阳城的推崇可想而知。柳宗元是如何叙述阳城故事的呢？首先简述阳城仕宦之履历，从贞元四年（789）召入为谏议大夫说起，突出"廷诤恳至，累日不解"，因进言迁为国子司业。所谓"廷诤恳至"就是指阳城因陆贽与裴延龄之争一事而进谏，表面上因之"迁为国子司业"。这段叙述极为简易，这与碑文的内容有关，碑文叙述的中心是阳城任职国子司业移风易俗的政绩。《国子司业阳城遗爱碣》云："昔公之来，仁风扇扬，暴憸革面，柔顿有立，听闻嘉言，乐甚钟鼓，瞻仰德宇，高逾嵩岱。及公当职施政，示人准程，良士勇善，伪夫去饰。惰者益勤，诞者益恭。沈酗腆酒，斥逐郊遂。违亲三岁，罢退乡党。令未及下，乞归就养者二十余人。礼顺克彰，孝弟以兴，则又讲贯经籍，俾达奥义。简习孝秀，俾极儒业，冠屦裳衣，由公而严，进退揖让，由公而仪。"③因此诸多之举措，柳宗元为之撰立遗爱碣。最后一部分，文章叙述阳城的从政简历，刻意强调其两个职位上的作为，即"为司谏，义震于周行；为

---

① 尹占华、韩文奇：《柳宗元集校注》，中华书局2013年版，第567页。
② 杨朗：《韩柳早期政治观念辨析——以他们笔下的阳城为中心》，《中国文化研究》2012年冬之卷，第115—119页。
③ 尹占华、韩文奇：《柳宗元集校注》，中华书局2013年版，第567页。

司业，爱加于生徒"。这篇文章被史家采撷入传，新旧两《唐书》均有所择取。柳宗元还有《故御史周君碣》一文，体例与《国子司业阳城遗爱碣》相同。文中叙周子谅的事迹，云："在天宝年，有以谄谀至相位，贤臣放退。公为御史，抗言以白其事，得死于墀下，史拒书之。公死，而佞者始畏公议。"① 事颇简略，却掷地有声，与阳城进谏之事相类，比较之下，周子谅"谏而死"的后果是"佞者止"，阳城则因谏而改变皇帝的决策，虽然未能力挽狂澜，却赢得士人阶层的普遍赞誉。《故御史周君碣》完成于贞元十二年（796），恰恰是阳城事件发生的节点，柳宗元的文章是有意而为并有所指向的。这篇文章与同阳城有关的两篇文章联系起来即可看出青年柳宗元追求直正品格的愿望何其强烈，青年柳宗元的心灵世界才能完整地呈现出来。从关注时事中见士人风气，正是贞元时期的士人风气涵养下一代人的精神风貌。韩愈、柳宗元如此关注阳城的故事，并不止一次撰文表彰其气节，对于涵养本人的人格自然会有很大的影响，他们试图以贞元时期为参照，为本时代思想树立典范。这种影响至元和时期，在韩愈、柳宗元、元稹、白居易、独孤朗等人身上均有所体现。由此看来，元和士风的振起与这批青年才俊所经历并记载的阳城故事关联甚深，元和其他士人读罢韩、柳文中的阳城形象，亦会心向往之。

贞元时期与元和时期之间毕竟隔着一个风起云涌的永贞时期，虽然间隔时间并不长，但时代风气却发生了巨大的变化，关于这一点柳宗元、刘禹锡感触最深。不过，贞元时期的士风对于元和时期的青年文士群体依然有着深远的影响。元稹、白居易是元和士风的代表人物，"沈宋之后，元白挺生"是史家给出的评价，他们蕴史才、议论于诗笔之中，因所处境遇的变化，欲以叙述阳城的故事来伸张士人直正之气节。

元稹在奔赴江陵的途中写有《阳城驿》，白居易有三首提到阳城的诗作：《阳城驿对月》以写景为主，无法据此推断叙及阳城；《和

---

① 尹占华、韩文奇：《柳宗元集校注》，中华书局2013年版，第594页。

阳城驿》是回应元稹《阳城驿》的和作；《道州民》叙述阳城任道州刺史的政绩。阳城在他们心目中的形象与他们自家的遭际休戚相关，故而他们所创作的抒情文本往往因人写事，因事及己。元和五年（810），元稹在返回长安的途中，发生敷水驿事件，挨了打又被贬为江陵士曹参军。在赴任的途中，过阳城驿，想到了代表贞元时期士风的阳城。阳城驿是个地名，位于今陕西省商南东陕、豫交界处，阳城是人名，两者本无关联，只有元稹这样的伤心人才会别有怀抱，将自家心绪投射到阳城身上，将阳城与阳城驿联系起来，地名便有了文化寄托，故而元稹写出《阳城驿》，以浇心中之块垒。① 元稹直接写人，并不是从地名引申出故事，先是叙述阳城的家世及其孝行，因为在这一点上，元稹的成长经历与阳城有相类之处，都是"既孤善兄弟，兄弟和且柔"。这无疑是元稹的关注点。其次，元稹写阳城的"忠信"品格，"栖迟居夏邑"的相关事迹。再转向因其德行及声名而得帝王之征召，入朝为谏议大夫。行文至此构成一个独立的叙事单元。随后元稹进入核心议题，即阳城居官的政事活动，在谏议大夫的任上，阳城已难以养家糊口，先是追求无为，"月请谏官俸，诸弟相对谋。皆曰亲戚外，酒散目前愁。"待到关键时刻，即"贞元岁云暮，朝有曲如钩。风波势奔蹙，日月光绸缪。齿牙属为猾，禾黍暗生蟊。岂无司言者，肉食吞其喉。岂无司搏者，利柄扼其鞲。鼻复势气塞，不得辩薰莸。"薰莸不辨则意味着是非颠倒，阳城挺身而出，"飞章八九上，皆若珠暗投。炎炎日将炽，积燎无人抽。公乃帅其属，决谏同报仇。延英殿门外，叩阁仍叩头。且曰事不止，臣谏誓不休。上知不可遏，命以美语酬。"带来的结果就是"降官司成署，俾之为赘疣"。元稹《阳城驿》的叙事进程与他的关注点有关，出任江陵，尚无地方任职经历，何况贬谪对元稹而言是致命的打击。故而在选择叙事内容之际忽略了阳城任国子司业的事迹，直接略而叙其任道州刺史。元稹实在

---

① 关于阳城驿与阳城之关联，陈燕《何故阳道州，名姓同于斯——阳城与阳城驿题诗》（《古典文学知识》2013年第3期）多有论述。

无法遏制内心的激愤，直言阳城被贬道州政事及小人当道的结果。"终为道州去，天道竟悠悠。遂令不言者，反以言为訧。喉舌坐成木，鹰鹯化为鸠。避权如避虎，冠豸如冠猴。平生附我者，诗人称好逑。私来一执手，恐若坠诸沟。"太学生自发为之送行，元稹不禁感慨万千，发出"为师得如此，得为贤者不"的赞美。关于阳城任职道州刺史的政绩，元稹亦没有多费笔墨，只是用"教化天下道"概而言之，却对其"有鸟哭杨震，无儿悲邓攸。唯余门弟子，列树松与楸"更为关注。原因发出简单，这是元稹与阳城的第三个契合点。第一个契合点是两人的成长经历，第二个契合点是均在敢于直言后因事获罪。这时的元稹也在"无儿悲邓攸"，所谓"邓攸无子寻知命"是他自己的诗句。写到这里要落笔了，元稹感叹阳城终于贬地，这是元稹最担心的地方。自洛阳至长安，两京是大唐的文化中心，而要远赴的江陵则是瘴疠之地。如白居易所写的阳城的处境，"终言阳公命，左迁天一涯。道州炎瘴地，身不得生归。"元稹的笔下寓有对自家命运的忧虑，白居易则委婉地表述了对元稹未来的忧虑。阳城驿让元稹想到阳城，因述及阳城便会在阳城的身上找到自己的影子，这些影子会被放大，成为叙述的焦点，思及自身必会取同而避异。以阳城之冤屈对应自己的冤屈，以阳城之贤德映衬自家之直正，以阳城之经历指向自家之前途。元稹以个人之遭际因地成诗，因贬谪而欲发所感，这些所感的触发点是行至阳城驿，去掉"驿"则移情于阳城，再以诗人的串联回顾了阳城的一生行迹，创作这首《阳城驿》。元稹以诗为史，所叙的阳城故事因以所感为主的景象取舍，旨在突出阳城之贤德，这是《阳城驿》的书写主题，亦是元稹基于此发出的人生况味。

与元稹相对应，白居易酬赠诗中有《和阳城驿》，属于和答诗十首之一。这组诗作需要与元稹诗作对读，白居易是以元稹被贬而建构全篇的。元稹赴江陵途中以纪行的方式就地取材，将叙事、议论与言情互相融合，诗中每每不忘述及自己的贬谪之苦，元白的这两组诗虽然未必被纳入乐府诗的范畴，却也当属于新乐府的延续。细读白居易的和作，毫无疑问是对元稹原作的解题与延展。既然解题就需要点题，这首和诗先叙述写作的背景，因"云是元监察，江陵谪去时"有感而为。接着写元稹之思考及其评价，白居易读毕元稹《阳城驿》，述其写作过程，元稹是因为阳城驿想到阳城这个人，因人而意在言外，难抑制一己情思，于是顿发奇想，要把阳城驿更名为"避贤驿"，故而"因题八百言"。白居易的叙述是写实的，虽然不乏想象的成分，但转入以和作评价原诗，白居易对于《阳城驿》的总体评价很高，认为"言直文甚奇"，细致地总结了元稹诗歌的内涵。白居易认为，元稹苦心孤诣地叙述了阳城之"行""迹""道""节"四个方面内容，以"终言阳公命，左迁天一涯。道州炎瘴地，身不得生归"结之。此外，白居易突出此诗之实录价值，认为这首诗以实录记史的功能不可替代。这是另一种诗史，以诗述史，蕴含史才、诗笔和议论，既向天子进言，又能为宰相、宪臣、谏官、史官提供一个参照的样本。元稹的原诗就事说事，白居易的和诗则荡出主题，表述了对元稹所叙阳城之事迹的高度认同，这从结句"但于国史上，全录元稹诗"的评价性话语中能够看出来。不过，以"但于国史上，全录元稹诗"来写史还是不够的，元稹的叙述内容中至少忽略了阳城任职道州的突出业绩。不过，这不是元稹的关注点，因为他此去江陵是难有作为的。关于元稹未写及的内容，白居易补上了，他的《道州民》专门叙述此事，似乎有意为之。诗云："道州民，多侏儒，长者不过三尺余。市作矮奴年进送，号为道州任土贡。任土贡，宁若斯，不闻使人生别离，老翁哭孙母哭儿。一自阳城来守郡，不进矮奴频诏问。城云臣按六典书，任土贡有不贡无。道州水土所生者，只有矮民无矮奴。吾君感悟玺书下，岁贡矮奴宜悉罢。道州民，老者幼者何欣欣。父兄子弟始相保，从此得作良人身。道州民，民到于今受其赐，欲说使君先下泪。仍恐儿孙忘使君，生男多以阳为字。"[1] 北宋时期，欧宋修《新唐书》，采撷白居易《道州民》中的部分内容入传，传云："至道州，治民如治家，宜罚罚之，宜赏赏之，不以簿书介意。月俸

---

[1] 谢思炜：《白居易诗集校注》，中华书局2006年版，第333页。

取足则已，官收其馀。日炊米二斛，鱼一大鼎置瓯杓道上，人共食之。州产侏儒，岁贡诸朝，城哀其生离，无所进。帝使求之，城奏曰'州民尽短，若以贡，不知何者可供'自是罢。州人感之，以'阳'名子。"如果将《道州民》与《阳城驿》合而观之，那么阳城的事迹就显得完整无缺，这两首诗应该全入国史，或许白居易的良苦用心尽在于此，也许没有那么功利化。白居易还有《赠樊著作》，将阳城与元稹并举，诗云"阳城为谏议，以正事其君。其手如屈轶，举必指佞臣。卒使不仁者，不得秉国钧。元稹为御史，以直立其身。其心如肺石，动必达穷民。东川八十家，冤愤一言伸。"① 谏官、御史官的直正品格再次得到张扬。写到最后，白居易老调重弹，云："虽有良史才，直笔无所申。何不自著书，实录彼善人。编为一家言，以备史阙文。"② 希望樊宗师能够秉笔为史，记载阳城、元稹、庾氏、孔戡的事迹。元稹有《和乐天赠樊著作》，认为自己不能列于其中，并叙述自己对著史的看法。《阳城驿》堪称元稹以史传手法入诗之典范，《和阳城驿》《道州民》《赠樊著作》等诗在无意之中用史家之诗笔勾勒士人形象亦是元稹、白居易的一大贡献。

晚唐以降，关于阳城的诗作比比皆是，或是遭遇的士人以阳城驿借题发挥，或者直书主题咏阳城。其中，以借题发挥者多有名作，阳城对于历代士人而言所具有的士风重塑之意义则更为重大。到了晚唐，阳城驿改名为富水驿，小杜即有名篇。杜牧《商山富水驿》有"邪佞每思当面唾，清贫长欠一杯钱。驿名不合轻移改，留警朝天者惕然"之句，一个与阳城同名的驿站改名会让小杜附会论之，其观点接踵元白而生发之。尽管杜牧对于元白诗风并不接受，却因阳城而有同感。北宋初期，王禹偁有诗歌咏其事，诗中有阳城、有元稹、有白居易，也有杜牧。四者合为一处叙之，《不见阳城驿》云："不见阳城驿，空吟昔人诗。谁改避贤邮，唱首元微之。微之谪江陵，憔悴为

---

① 谢思炜：《白居易诗集校注》，中华书局2006年版，第55页。
② 谢思炜：《白居易诗集校注》，第55页。

判司。路宿商山驿，一夕见嗟咨。所嗟阳道州，抗直贞元时。时亦被斥逐，南荒终一麾。题诗改驿名，格力何高奇。"这是全诗的第一部分，由元稹改阳城驿为避贤邮写起，以阳城、元稹先后贬谪为主线，叙述了阳城故事及元稹与阳城驿的关联。"乐天在翰林，亦和迁客词。遂使道州名，光与日月驰。"这是第二部分，虽然只有两联却突出元白唱和的诗史意义。"是后数十年，借问经者谁。留题富水驿，始见杜紫微。紫微言驿名，不合轻改移。欲遣朝天者，惕然知在兹。一以讳事神，名呼不忍为。一以名警众，名存教可施。为善虽不同，同归化之基。"这是第三部分，杜牧与阳城驿的故事，简述杜牧诗作的内容，强调阳城驿名字的启发意义。"迩来又百稔，编集空鳞差。我迁上雒郡，罪谴身縶维。旧诗犹可诵，古驿殊无遗。富水地虽在，阳城名岂知。空想数君子，贯若珠累累。三章诗未泯，千古名亦随。德音苟不嗣，吾道当已而。前贤尚如此，今我复何悲。题此商于驿，吟之聊自贻。"这是全诗的最后一部分，叙述自己行经阳城驿，旧诗还在，此地已无，进一步抉发元、白、杜所创作的诗歌的历史意义。王禹偁的这首诗以叙事长篇将阳城、元稹、白居易、杜牧与阳城驿的联系和盘托出，具有高度的概括性，结尾抒发自己此时此地的感慨。大凡仕途坎壈不遇的文士，行经阳城驿都会联想到阳城，借题发挥，以一吐怀才不遇之郁结。清人钱谦益作有《中条山》一诗，中条山乃是阳城隐居的地方，钱谦益从阳城隐于中条山以德行获誉写起，主体内容则构造出阳城身为谏议大夫不畏权势而进言极谏之人格气象，其中有诗句云："中条山人起伏阁，延英门上飞风霜……延龄不相陆贽免，奋臂坐使唐天回。"自中唐至清末，如果钩稽文献，用心体味遗留下来的关于阳城的文本，能够形成一个有着内在关联的阳城人格风范接受史之大致脉络。

诗笔、议论与史才互相辉映，这些文字从阳城起笔，指向贞元时期之士风。认真阅读韩愈、柳宗元、元稹、白居易等元和士人关于阳城事迹的书写，不难看出，元和士人从阳城的身上至少提取了四个方面的主题：一是孝道，指阳城居家及隐居中条山之阶段；二是直道，指阳城为谏议大夫因事极谏之阶段；三是师道，指阳城任国子司业而诲人不倦之阶段；四是政道，指阳城出为道州刺史造福一方之阶段。虽则元和士风之振起，并不仅以阳城一人。如萧颖士、李华、权皋、柳镇等人皆有余响传承下来，或以子侄，或以学生，士风之承传总是有迹可求的。但是阳城得到这四位文学家的极力称颂，可见其影响之深远，尤其是后三个方面对于他们为官、为师、为学、为人皆值得探究，元稹、白居易、柳宗元皆主政一方，将他们的政事活动与阳城相比，可见阳城对他们潜移默化的示范作用。

第三节　因德入职：韩、柳关于史职辨析的起点

与诗笔、议论相比，史家职业素养中最重要的还是"史才"，"史才"乃是处理史料中表现出的理解能力。这种能力发挥的作用极为关键，关系到撰著的水准。以史笔彰显士风是元和时期的惯见手法，往往因世变而纪事，世变与人情相辅相成，能够彼此连在一起：世变是检验人情的绝佳时机，这个特殊时间有它的残酷性；人情是世变的转向标志。基于此，孟子才会解释孔子作《春秋》的本意，认为："世衰道微，邪说暴行有作，臣弑其君者有之，子弑其父者有之。孔子惧，作《春秋》（《孟子·滕文公上》）。"问题在于：有孔子作《春秋》为样板，天下的乱臣贼子就会惧怕吗？世乱一旦发生，变节者、自保者、忠义者均会一一登场，如果是礼崩乐坏的局面，会导致士风不振，文士阶层作为读书人会疾呼，多数泯然众人矣。形形色色的群体或者个体被迫在熔炉里锤炼，面目各有不同，会被史家记在纸上，读者从中读人、读事，还可以任意评价。如此看来，唐代重视史官是有道理的，史官身份的特殊性就在于：史笔一挥便是一段历史，天下士人共读之，或击节或唾弃。某些士人的气节一定因史家的纪事而流传，或入"隐逸"，或入"孝友"，或入"卓行"，用活生生的案例激励后人。当然，也许或因史家之遮蔽而湮没无闻，这是衡量能否成为良史的一个必备条件。

面对先秦诸贤，韩愈特别崇尚孟子。他认为，孟子是儒者中"醇乎醇者也"，对其仁政之理念钦服不已，采取以孔、孟之道对抗佛、道的方式突出文化本位，韩愈独尊儒学的思想与所处的时代有关，可谓应时而生。以韩愈、柳宗元为代表的思想家在唐宋思想转型过程中担负着极为重要的时代使命。论及韩愈，陈寅恪特别突出其"结束南北朝相承之旧局面"，以及"开启赵宋以降之新局面"的思想传承作用，称其是"唐代文化学术史上承前启后、转旧为新关捩点之人物"①。韩愈这样的思想家、文学家忝列史官，必然会以才、德、识的高低作为评判人或事能否入史的标准，只有获得入史的基本资格，他才会执笔撰文，史官群体才会介入其中，长此以往，形成了一个以弘扬"直正"的史家风范传播儒学精神的士人群体。

元和八年（813），韩愈任本官为比部郎中，实职乃是史馆修撰，史官生涯不长，为期不到两年。② 虽然任职时间不长，所任职位也非韩愈所愿，但我们却可以循此前后追溯，因为韩愈史馆修撰任上的修史工作与此前的文章有密切的联系，当然，此后的激进行为也渊源有自，韩愈所体现出的敢于担当的浩然之气，当与史家之"崇尚气节"一脉相承。韩愈进入史官之列，应该是因为他具有史才。韩愈出任史官，制文出自白居易之手，白居易《韩愈比部郎中史馆修撰制》云："太学博士韩愈，学术精博，文力雄健，立词措意，有班、马之风。求之一时，甚不易得。加以性方道直，介然有守，不交势利，自致名望。"③ 韩愈有史才，因其手笔"有班、马之风"；有儒学，因其"性方道直"；能够守住本性，因其"不交势利"，这些均是史家资格的核心考量标准。关于韩愈任职史馆的过程，《旧唐书·韩愈传》云："愈自以才高，累被摈黜，作《进学解》以自喻。执政览其文而怜

---

① 陈寅恪：《论韩愈》，《金明馆丛稿初编》，生活·读书·新知三联书店2001年版，第332页。

② 比部郎中是韩愈的"本官"，而实职则是史馆修撰。（参见赖瑞和《唐代中层文官》，中华书局2011年版，第184页。）

③ 吴文治：《韩愈研究资料汇编》，中华书局1983年版，第14页。

之,以其有史才,改比部郎中、史馆修撰。"因是"怜之",韩愈却并不领情。《答刘秀才论史书》有所申辩,云:"仆年志已就衰退,不可自敦率。宰相知其无他才能,不足用,哀其老穷,龌龊无所合,不欲令四海内有戚戚者,猥言之上,苟加一职荣之耳,非必督责迫蹙令就功役也。"①《旧唐书》应该是在此基础上组织语言而重述此事。韩愈《答刘秀才论史书》缕述史家命运之可悲以及著史面临的困境,撰修的法则俱在,执行却难,孔子著《春秋》已寓"褒贬大义",任职史馆的史家们"据事迹实录"就能够做到"善恶自见"。不过,置身于"人祸""天刑"之中,史家个体的命运生死难测,韩愈或许会想起左丘明、司马迁、崔浩等人,滋生惧意。所以他认为身为史官一定要慎之又慎,不可强求。韩愈的这封信虽然有戏谑的成分,倒也是实话实说,虽含保全之用意,却也对史职饱含同情之心。写到最后,韩愈强调自己不能胜任著史之职,无法处理写史的难处。中国古代史学,自孔子起,司马迁《史记》出而集大成,著史带有为本时代精神立法的意味。历史学著作与儒家思想融于一身,史家著史,史书的文字间蕴含着所写时代的文化精神,我们会把这种精神纳入儒家传统之中,再融入史家的叙事文本,便会形成饶宗颐所说的史学之正统论。史学之正统论在唐代依然盛行,萧颖士以及韩愈弟子皇甫湜都是其中的代表。② 根于儒的正统论以孔门四科为写人的标准,据此塑造人物形象,儒学传统与史官制度的融合最终要以史官群体的实践操作作为践行的标准。

韩愈《答刘秀才论史书》所提出的观点遭到柳宗元的全面质疑。韩愈作古文并不循规蹈矩,下笔行文常常有以戏笔出之,并非正襟危坐的醇儒形象。所撰《毛颖传》就是代表作,这篇文字被张籍读到了,大加挞伐,认为韩愈不该写这样的作品。张籍不满韩愈"尚驳杂无实之说",专门写信批评韩愈,让他不要偏离孔孟之道,一定要接

---

① 刘真伦、岳珍:《韩愈文集汇校笺注》,中华书局2010年版,第3103—3104页。
② 饶宗颐:《中国史学上的正统论》,中华书局2015年版,第39页。

踵扬雄而践行,"使圣人之道复见于唐"。柳宗元还为韩愈辩护,认为《毛颖传》虽滑稽不经,却还算是有益于世。在柳宗元的眼里,圣人之道并不反对以游戏之口吻作文,但作文不能害道,更不能因此失去史家撰著的基本原则。无论如何,著史与作文的区别明显,史家之叙事以白纸黑字落在纸上,后代的读者往往据之为实,传播的速度又快,若以戏言为之,恐有不妥之处。读罢《答刘秀才论史书》,柳宗元直接否定了韩愈的观点,认为书信的观点不能代表韩愈的本心,不应该是韩愈心中所想。柳宗元《与韩愈论史官书》写得更直接:"私心甚不喜,与退之往年言史事甚大谬。"接着柳宗元依据韩愈《答刘秀才论史书》的内容逐项予以批评,读《与韩愈论史官书》,柳宗元所言可以归纳为四个方面:一是解释韩愈忝列史官之因由,主要针对"赠位之用"的说法。柳宗元否定韩愈的提法,直接表述"志于道者不会以史职为赠位之用"。二是批评韩愈带有迷信观念的"天刑""人祸"说,认为如果以直道行事,史官必然面对诸多困境,求实则会拒绝人情,推演开来,如果史家不敢以褒贬著史,面对历史欲秉笔而"恐惧不敢为",最终难以成事,不是合格的史官。三是驳斥韩愈关于史家命运的思考,韩愈将良史之命运不济与著史建立联系,柳宗元认为并非如此,即便如此亦当勇往直前。四是驳斥韩愈提出的无能为之的解释,韩愈认为有唐以来的历史纷繁复杂,恐怕自身梳理不出,无法胜任史职,柳宗元直接批评韩愈放弃以直道著史,柳宗元的推理直指韩愈内心,认为:"是退之宜守中道,不忘其直,无以他事自恐。退之之恐,唯在不直、不得中道,刑祸非所恐也。"话已至此,柳宗元实在无法抑制欲要叩问韩愈的情绪,模拟韩愈的口吻一一否定之,尤其针对韩愈面对历史的茫然心理、史官命运不测的迷信心理,最后提出"今人当为而不为,又诱馆中他人及后生者,此大惑已"。柳宗元认为居其位就必须谋其事,如果做不到,不如让位与能者。柳宗元的话说得一点都不客气,本来韩愈就多经磨难,依然不改直正之品格,秉笔写史又怎能心存畏惧?柳宗元此时贬居南土,身为局外之人以公理平情言之,用儒家的"直道"精神劝导韩愈用儒者情怀而追求成为良史。柳宗元采取的策略是否定法，或者拈出史家之不幸者分析著史，会更容易陷入因写往事而导致思来者的思想之困境，或者辩说史家陷入困境与著史本身并无联系，史官仅需守中道而行，称职并不是难事，事在人为也。柳宗元认为，史家的品格是决定著作质量的关键性因素。原因很简单，著史并非一个人和一个时代的事业，需要史馆任职者前赴后继，史官们构成一个坚守直道而连续守职的群体，乃是"一个前后相承的崇高事业之承担者的群体"[①]。与韩愈的这场思想对话，柳宗元直接告诉韩愈：作为史家必须有担当，必须对得起手中的史笔，那些写就的文字落在纸上就会发挥知人论世的作用，而不是一纸空文，后人读罢就会据此知古以论世，一定会从中读出撰写时代及撰写对象所属时代的精神气象。就此而言，柳宗元以书信的方式论及史德，补充刘知几《史通》提出的史家要具备才、学、识的论断，已将史德融入关于职业素养的论述里，只是未能以直接的概念融入其中，不过，书信之口语化并不能与史家的著述相比较。

柳宗元《与韩愈论史官书》给出了史家的真正品格需要具备的条件，这可以从三个方面进行归纳：第一，史家绝不能趋炎附势，记载当代史事不可避免地会涉及当权者，不妥协是首要条件，史官的职责是保证史笔的真实性，不可以因为君王的要求以及当权者的命令而改变自己的撰著原则。第二，史官必须写信史，这与第一方面有些重合，又不尽相同，是根据第一方面进一步引申的结果。柳宗元认定韩愈惧祸的根本原因是害怕自己不能信守直道，从中推理出史官不信守直道的后果就是难以写出一部可信的著作。第三，信史的核心要素是求真，求真就要去伪，史官要有自己的立场，绝对不能将怪力乱神采撷入史，更不能以之为原则写史，这是柳宗元的一贯主张，这个主张在多篇文章中有所论述。非写实因素能够入文，但不能入史，柳宗元

[①] 瞿林东：《柳宗元史论的理论价值和历史地位》，《唐代史学论稿》（增订版），高等教育出版社2015年版，第430页。

一再反对经典著作融入非现实因素，对此加以嘲讽或直接驳斥。

现实世界的残酷性使得柳宗元在思想中形成了理性判断的能力，他认为，只有发生的事实才具有可信性，而制约记载事实的因素在于人自身。换而言之，他认为，人能够依靠人自身的能力改变自然，构建一个有秩序的社会。在《与韩愈论史官书》中，柳宗元一一评点了前代史家：范晔以"悖乱"导致宗族遭祸；司马迁乃是惹皇帝发怒，导致其被处以宫刑；班固则"不检下"；崔浩以直书其事"斗暴虏"，未能变通；左丘明因病而盲与著史无关；子夏"不为史亦盲"。说了这么多，就是要驳斥韩愈提出的"人祸"问题，柳宗元与韩愈的对话中含有曲为己辩的因素。因为韩愈《答刘秀才论史书》中列举的上述史家，主旨是因有责任感而致祸，思往事而引发自家的忧虑感。这种忧虑感并非就现实而发，不一定能够证明韩愈存在避祸的心理，其实更可能是对身为史官需守职尽责的理解。作为对话者的柳宗元显然也是别有用意，意图借他人之酒杯，浇胸中之块垒。柳宗元将《段太尉逸事状》寄给韩愈，《与史官韩愈致段太尉逸事状》证明韩愈给他回信，并与之商榷。柳宗元承认自己"进退之力史事"的做法过于激进。就《与韩愈论史官书》而言，柳宗元的行文充溢着一种针锋相对的锐气，咄咄逼人而不留余地，措辞严厉有余而温和不足，强辩之而缺乏说理性。柳宗元写信的目的在于以批评的方式与韩愈对话，达到表述对史官任职资格的理解、说出自己的想法是写作的追求目标。

韩愈《答刘秀才论史书》是私人间的书信，虽然具有一定的公开性，却不是表态式发言，可以有个人化的"满纸辛酸"，可以有谦辞及不满情绪。柳宗元《与韩愈论史官书》则更多地具有公开化的性质，柳宗元对韩愈身为史官依然瞻前顾后感到非常不满意，他用秉笔直言的史德标准要求韩愈，一一批评韩愈的错误想法，或认为其迷信，或认为其有恐惧之念，关于如何著史以及史家的行为规范，能够从他的文章中找到有效的评价尺度。如《柳宗直西汉文类集序》评史，对于《左传》《国语》评价较高，从司马迁《史记》

到班固《汉书》则有了变化,班固"吾尝病其畔散不属"。柳宗元为其弟柳宗直编撰《西汉文类》作序,其时柳宗直早已离世。这篇序富有逻辑性,有条不紊地分析,按照时代发展而论述的脉络非常清晰。柳宗元自史家写史论起,于叙述之中提出自己的见解。以《西汉文类》为例,柳宗元对史家确定史书之编年、叙事之体例、纪言纪事之功能均进行明晰的分类,以左右史书撰写传统贯穿其中。柳宗元突显"古人蔚然之道",认为《史记》而后,史家所秉承的书写准则已经偏离正轨。即便是为人所推崇的《汉书》,依然存在撰写法度的缺陷,而其缺点则是"畔散不属,无以考其变"。柳宗元认为殷周之前著史行文"简而野",魏晋之后则"荡而靡",惟汉代"得其中"。西汉时期,贾谊"明儒术",以公孙宏、董仲舒、司马迁、司马相如为代表的士人阶层能够创造"风雅益盛"的局面,风雅之气"宣于诏策,达于奏议,讽于辞赋,传于歌谣",于是"二百三十年间,列辟之达道,名臣之大范,贤能之志业,黔黎之风美列焉"。鸿篇大论地叙述了汉代风雅大盛的格局,从中可以看出柳宗元的文字里所表述的对汉代文史之学的观点。柳宗元肯定了司马迁、班固以纪传体叙事的开创性,认可以史传文本保存当下文章的撰述方式,施加以所采撷的文章入传,不仅仅能彰显传主的风范,而且史家的直正品格及远见卓识亦隐于其中。

  史官应该被看作一个有德行有担当的共同体,柳宗元认为,这样的共同体不能缺少责任感和使命感,哪怕是个人撰史同样要为群体代言,个人依然是史官共同体的一分子。柳宗元《与友人论为文书》虽然旨在论文,其观点用在撰史上同样有效。他认为,扬雄虽然已经不在了,但"《法言》大兴",司马迁活着的时候,"《史记》未振"。这两个人都是有大才者,况且如此,湮没无闻者就更难以计数。如果关注历史学家的遭际,关注史书的流传过程,两两对比,得出"生则不遇,死而垂声"的结论,这个结论是对史家直正品格的挑战,史家成果在当代的隐没与后世的传遍天下存在着天壤之别。史家及其所撰史书或是当世赢得显名,或是后世才被认可,传世的经典总会有人阅读，即使本时代难以认可，终会流芳百年。柳宗元《与史官韩愈致段秀实太尉逸事书》表达的亦是此意，他认为，史家的品格体现为"据事迹实录"，由此就"善恶自见"。柳宗元在《与史官韩愈致段秀实太尉逸事书》中叮嘱韩愈，司马迁已化为尘土，而韩退之"复以史道在职"，只有"宜不苟过日时"。柳宗元回忆当年与韩愈一起企盼能做史官，两人"志甚壮"的图景还在。段秀实的事迹就应当由我们这样的人记录入史，"宜使勿坠"。柳宗元以古例今，反复论证段太尉事迹的重要性，在《段太尉逸事状》的末尾申说了以其文入史之意图。虽然自己未居史职，史官所具备的责任感在柳宗元身上一点也不缺少，甚至强于史官。个人遭际的变化让他暂时失去任职史馆的可能性，他却无改对史家、史事的广搜博取。柳宗元的论辩是有针对性的，在与韩愈的论辩中，其历史观得以彰显，居于历史观中心的正是史家坚守直正之气节。换言之，对人的身份的认定是柳宗元思想的一个出发点。其实，柳宗元并不能理解韩愈的苦衷，韩愈居于京城的仕宦生涯在他看来无比幸福，可只有韩愈知道撰史的难处。诉苦归诉苦，韩愈并没有忘却"诛奸谀于既死，发潜德之幽光"，那是他的座右铭。不过，柳宗元的质疑是有意义的，这些存世文献为我们展示出所思所想，韩愈以弘道为己任，并将之融入史才、文笔、议论之中，形成只此一家的文学成就。

第四节　史才初具：韩愈以儒者为底色的史家手笔

韩愈在《答刘秀才论史书》中大倒苦水，认为自己不能胜任史职。事实上并非如此。韩愈未任史馆修撰时已经有多篇传记文，这些文字初步展现了他叙述史事的能力。史才初显的韩愈并不满足于坐在史馆秉笔著述，他有着更为高远的理想——走出书斋，这或许是他与刘秀才反复诉说内心想法的理由。韩愈与柳宗元一样具有崇汉情结，推崇善著史者、善论者和善属文者，如司马相如、司马迁、刘向、扬雄等人。从这些人身上，韩愈练就史才与文笔兼备，亦不缺诗人之情。① 穿越历史空间，步入思想世界，再到文学天地，韩愈游走于汉代的文化语境中，并从中汲取营养以滋养自身，世变则是韩愈文风丕变的催化剂。

到韩愈生活的时代，"安史之乱"已经是半个世纪之前的史事，但其留下的余响仍在。世变自然会留下过多的创伤，需要足够的时间弥合，许多故事的细节如果不被记录下来，就会失去细节的真实。韩愈便是在往复回味中讲故事，故事中有意识地以儒家思想涵养文化精神。元和二年（807），韩愈撰写《张中丞传后叙》，讲述的是关于张巡的故事，这一点我们在房琯与文学、吏治之争中有所述及，而韩愈叙述的故事却表现了张巡的另一面。张巡文武双全，张巡、许远是睢阳的官员，一直被视为"安史之乱"中坚贞不屈的忠臣形象，也是战乱之中殊死维护皇权的代表性人物。本来李翰撰有《张巡传》，却没有流传下来，反倒是韩愈《张中丞传后叙》流传至今。与《张巡传》的正面描写相比，《张中丞传后叙》仅仅具有补遗性质，因为张巡的事迹已经被李翰纳入《张巡传》之中，仅仅需要补入大场面中的小风景，以塑造一个更为全面的张巡形象。也就是说，对张巡智勇兼备而又忠于国家的一面，李翰《张巡传》已记录在内，如《进张巡中丞传表》便在呈上《张巡传》的同时为其形象定位。例如"孤城粮尽，外救不至"之际，张巡"犹奋羸起病，摧锋陷坚"。即使"啖肤而食"，依然"知死不叛"，最后"城陷见执，终无挠词"，不愧为忠烈之士。据《唐国史补》纪事云："张巡之守睢阳，粮尽食人，以至受害。人亦有非之者。上元二年（761），卫县尉李翰撰巡传上之，因请收葬睢阳将士骸骨。又采从来论巡守死立节不当异议者五人之辞，著于篇。"② 张巡死后，对其人的评价产生争论：一个方面是在

---

① 中唐士人的共同特点是诗人之情与史家之心的融合，韩愈是其中的代表人物。查屏球对此有过翔实的论述。（查屏球：《唐学与唐诗——中晚唐诗风的一种文化考察》，商务印书馆2000年版，第272页。）

② 李肇：《唐国史补》，陶敏主编：《全唐五代笔记》，三秦出版社2012年版，第805页。

遇到生存困境的时候，居然"食人"，这是不可原谅的过失，也是无奈之举；另一个方面是张巡能够尽忠而死，确实是需要树立的榜样。李翰根据《周典》"三宥"之说，认为可以原谅张巡的过失，不能"掩而不传"，不能"传而不实"，以实录的方式呈现出一个残酷环境下的真实形象。李翰的传记作品只有《张巡传》，他还为杜佑《通典》作序，突出撰写史书要发挥"经邦""致用"的功能。

李翰撰写《张巡传》则以"经邦"为目的。韩愈、张籍都认真读过《张巡传》，认为最遗憾的是没能以合传的方式将许远加进去，也没有记载南霁云的故事，所以韩愈才会另起炉灶，操笔撰文将张籍和自己所知道的记载下来。《张中丞传后叙》主要表达的想法有三个方面：第一个方面是有意为许远辩护，韩愈强调许远也是尽忠而死，他与张巡并无分歧，而是相当和睦；第二个方面是韩愈增补南霁云逃出来去见贺兰进明的事情，这应该是补叙事实；第三个方面是补叙张巡以超强的记忆力读书之事，从中可见其不仅具有武略，而且文才出众。

石晋时期修《旧唐书》，为张巡立传则以李翰所撰《张巡传》为基础，采撷《张中丞传后叙》的部分内容，如关于南霁云的叙述。北宋时期重修唐史，欧阳修、宋祁所撰的《新唐书》则在《旧唐书》的基础上，借鉴李翰和韩愈的文章，又采撷《刘宾客嘉话录》《南部新书》等唐五代笔记的相关记载。如今李翰《张巡传》已经失传，很难分析两《唐书》采撷入传成文之过程。《新唐书》关于张巡的故事采撷议论入传，其中就梳理了张巡故事流传过程中的评述，如吃人、张巡与许远私人关系等内容，传记文本借用张澹、李纾、董南史、张建封、樊晃、朱巨川、李翰等人的说法，认为张巡功大于过。其之所以食人乃是因为守城的需要，在人伦与忠义之间放置一杆秤，无论是李翰还是韩愈均要以春秋笔法辨其大节，以彰显乱世中抱守忠义的价值所在。

"安史之乱"是发生在唐朝的重大历史事件，而且是具有标志性的事件，学者们认为，这是唐朝由盛转衰的分水岭。相比之下，泾原兵变则是小事件，准确地说是唐王朝军队内部的哗变。这场内乱距离韩愈更近，他在少年时代亲身见识过其中的一些场面，有些场景一定记忆犹新。泾原兵变发生的时间是建中四年（783）八月，泾原兵为讨李希烈途经长安，因为待遇问题而军心不稳，最终造成不可收拾的哗变。哗变已发生，唐德宗仓皇逃出，直奔奉天，朱泚被拥护而称帝。这场动乱在第二年被李晟等将领平定，唐德宗回到长安。

韩愈《太学生何蕃传》作于贞元十五年（799），已经是泾原兵变发生的15年以后，讲述的是何蕃的故事，讲述15年前的故事带有追忆的色彩。主人公何蕃是京城中绝对的小人物，却是这场世乱中有风骨、尚气节的小人物，何蕃作为一个品学兼优的太学生，却缺少入仕的机会。自何蕃进入太学算起，已经20余年，他从未受到礼部的眷顾，太学官员曾经不遗余力地推荐他，依然无济于事。《太学生何蕃传》主要讲述了两件事情：第一件事与尽孝有关，叙述何蕃作为孝子，能够"闵亲之老不自克"。何蕃要离开太学回家尽孝道，"诸生"无法改变他的想法，就把他关在空房子里，又把何蕃的"义行"告知国子司业阳城，想要留住何蕃。可惜阳城已经出为道州刺史，没能成功。这部分内容主要是述其孝行。第二件事是借欧阳詹的转述以表彰其忠义。欧阳詹讲述太学生质疑何蕃，认为何蕃有义而无勇，于是，欧阳詹就讲述了何蕃守住气节的故事。当朱泚之乱来临，太学诸生欲群起而从之，遭到何蕃"正色叱之"，最终"六馆之士不从乱"，正是何蕃的功劳。这两件事讲完，韩愈不忘进行概括，以议论而讲理。韩愈认为，何蕃的孝行忠义不能湮没无闻，得出的结论是：贫贱出身的士人"必有待"才会"能有所立"，这样的士人应该不止何蕃一个。韩愈提及阳城，并以假设的语气分析道，如果阳城还在，故事就会发生改变，这时候的韩愈对阳城的态度已经发生了变化。韩愈嘲讽曾经身为谏官的阳城竟然默然无语，把众人的期望置于一边而不管不顾，不久，裴延龄与陆贽的权争导致陆贽被贬，阳城直言进谏而毫无惧色。身为史官的韩愈把阳城的故事写进了《顺宗实录》，如前所述，柳宗元、元稹、白居易或以诗，或以文，赞颂阳城身上所体现出的士人风骨。

韩愈《张中丞传后叙》《太学生何蕃传》均与其身边的朋友有些关系。《太学生何蕃传》是以欧阳詹转述的方式叙事，《张中丞传后叙》则以张籍补叙的方式叙事，这样就交代了故事的来源，增加了真实性和可信性，这是中唐时期叙事文的一个共同特征。元和三年（808），韩愈专门给李渤写信邀请其入朝，即《与少室山李渤拾遗书》，书信的内容是要李渤告别少室山隐居生活，来与天下士君子共襄盛世，力求有所作为。韩愈这封书信注重说理：认为孔子生于乱世之中还要追求有为，现在天下太平，朝中有明君诤臣，安可错过良时盛世！韩愈崇尚孟子，对孟子所说的"浩然之气"提出自己的看法，极为看重士人之品格，这种品格是以德行、言语体现出来的。

韩愈《毛颖传》引起的争议值得反思：张籍的讥讽是认为此文有悖于道统，柳宗元的知赏是认为其与道统并不相悖。同一篇文字何以取得不同的阅读效应？李肇认为，《毛颖传》展示出韩愈的史才。《唐国史补》云："沈既济撰《枕中记》，庄生寓言之类。韩愈撰《毛颖传》，其文尤高，不下史迁。二篇真良史才也。"[①]将《毛颖传》与司马迁《史记》并列，称赞韩愈"真良史才也！"韩愈既能铁肩担道义，体现出士人义无反顾的赴死精神，又能以叙事之笔再现世变的图景。以文存史、以诗记史，百川汇入史家的笔下，才会成为永远的回响。如果用《论语》中的说法，士人需要"弘毅"，要做好"任重而道远"的心理准备。唐代士人阶层参加科举考试，与高门大族联姻，皆以追求功名为指向，真正为弘扬儒家道义者虽然代不乏人，却也并不多见。安史之乱是一场席卷全国的事件，乱中、乱后文儒群体不断反思，继续阅读儒家经典，祈望从中找到治理国家的思想良方，将儒家精神融入述往事成为不得已的通幽之径。自贞元时期到元和时期，

[①] 李肇：《唐国史补》，陶敏主编：《全唐五代笔记》，三秦出版社2012年版，第843页。钱锺书认为："《毛颖传》词旨虽巧，情事不足动人，俳谐之作而已。"（钱锺书：《谈艺录》，生活·读书·新知三联书店2008年版，第162页。）

恰恰成为中唐士风和文风发生转变的关键区间，士风之骏发自然会导致文风之丕变，或者说文风之丕变是士风复振的征象，文体、文风改革的愿望益加强烈。文学变革需以士风为底色，因此于思想激荡之际，以韩愈、元稹、柳宗元、白居易等为代表的元和士人以建立道统为目标，著史、作文，追根溯源，同气相求，形成了一个以弘扬道统为己任的文儒群体。

第五节　"史"可以群：世变与中唐士风的重建

世变对史学的影响是多方面的，流传的书籍与出土文献如果能够描画历史的脉络，我们就能够想象某些细节所代表的图景，这些存在想象限度的图景能触发讨论史学的冲动。杜维运认为："文人学者，发言立论，或驰书友人，每每讨论史学上的问题。此与时代丧乱，或有相当深切的关系。"[①] 从为人师到为时代著史，韩愈坐在史馆中自己的位置上，如何将自己的思考诉诸笔下，他的笔下仅仅存留自己的思考吗？答案显然是否定的。元稹、柳宗元均在韩愈任史官之际和他探讨过史官之问题，并推介甄济及段秀实事迹，两段事迹分别与韩文《太学生何蕃传》《张中丞传后叙》具有同样背景、一般精神，两相对读总觉得似有内在的联系，这种内在的联系与中唐士风的形成关联甚深。

元和八年（813），韩愈并未因为入史职而高兴，元稹《与史馆韩郎中书》很快就送到他的手边。元稹能够想到韩愈，基于两个原因：一是元稹的妻子韦丛离世，韩愈受托为之撰墓志铭，这是两人交往较早的记录；二是元稹获知韩愈任职史馆修撰，自己所知道的史事找到载入史册的机会，元稹《与史馆韩郎中书》所讲述的内容一定切合韩愈的史官身份。元稹与甄济之子甄逢比较熟悉，听其讲述自己父亲的事迹，读了"注记"发现"缺而未书"，所以就与韩愈对话，希

[①] 杜维运：《中国史学史》第二册，商务印书馆 2010 年版，第 523 页。

望能够"谨备所闻,盖欲执事者编此义烈,亦永永于来世耳"。元稹写信的出发点就是认为这样的故事需要入史,入史的责任由他传递给韩愈,落到了韩愈的肩上。甄济父子的事迹所蕴含的正是世变中守住气节的原则,如果韩愈以此入史,那么,将能够为本时代提供一个弘扬士风的范例。根据元稹《与史馆韩郎中书》所述,甄济本来隐居在青岩山,大概是天宝中期的事情,其世外高人的形象被朝廷注意,他却"凡十征不起",与阳城一样,出山担任谏官。"安史之乱"发生之前,甄济被迫到安禄山那里任从事。直到天宝十二年(753),察觉出安禄山"反状潜兆",甄济立即"乃伪瘖其口,复隐青岩"。待到"安史之乱"发生,安禄山派遣自己的手下逼迫甄济为之所用,甄济则"嚛闭无言,延颈承刃,气和色定,若甘心然",带来的结果是被安庆绪"掳而囚之"。等到"代宗复洛"听说此事,顿时"为之动色",因为此前"肃宗高其行",长安收复后,那些在安禄山处任伪职的"受污者"惭愧地见他,他们悔不当初,"莫不俯伏仰叹",恨不得"即死于其地"。元稹的这封信主要是表彰以甄济为代表的士人于世变之际的高尚气节。讲完甄济的故事,元稹禁不住以甄济与陷贼为官者进行鲜明的对比,比较之后进行议论,议论的焦点是世变前后士人的表现:承平时期的公卿,可以"为鸐为鹭",一旦赶上世变则"为蛇为豕,为猿为枭",这样的士人居然是绝对的大多数。而甄济本来只是隐于青岩山的一介布衣,动乱中宁可"延颈承刃"而"分死不回",他大可不必如此。于是元稹感慨不已:"参古今之士,盖百一焉。"写到这里,意思已相当明确,甄济是士人阶层的代表,能够在残酷的现实面前洁身自好。甄逢是甄济的儿子,过着耕田读书的生活,非常本分,做到了"刻身立行,勤己取足",在满足自己生活需要的基础上,能"斥其余以救人之急",子承父德,这是家族文化承传的结果。促动元稹立即写信的原因很简单,甄逢担心他们父子不会被史官记录在册,想到京城告诉史官,他已经出发了。元稹担心甄逢"仆短马瘦,言简行孤",京城之大,立足尚难,何况是以小民之身份入史馆,很难实现自己的愿望,于是元稹赶快写信给任史官的韩愈，把希望寄托在韩愈的身上，盼望韩愈能将甄济守节之事载入史册。

收到元稹的来信，韩愈马上回复，《答元侍御书》虽然不长，却言简意赅。韩愈的复信首先叙述了甄济父子的故事，觉得不仅甄济的故事当入史书，他的儿子，甚至为史官提供事迹的元稹，也应该在史书中有所说明。韩愈认同元稹的想法，并应允会将甄济父子之事入史。这封信的末尾有一段话，主要是韩愈对元稹因"抗直喜立事"而遭贬的评价。从这段评价来看，韩愈并不了解元稹，因为元稹并不是"安而乐之者"。不过，韩愈心目中的元稹却是有心人，是居于偏远之地尚能有所作为者，元稹在信中所表达的想法符合韩愈心目中士人的立身之道。如果向前追溯，归结起来，这是韩愈第二次评价元稹，是以复信的方式评价其人。第一次评价是在《监察御史元君妻韦氏夫人墓志铭》当中，叙述元稹参加考试中"能直言策第一"，授予左拾遗，却"因直言失官"；后来任监察御史，"举职无所顾"。白居易此前就认为元稹的事迹可以入史，如此说来，元稹所体现的士人风骨与韩愈以事入史的标准相互契合，所以韩愈会采纳元稹的建议，并给他回信。

给韩愈写信的除了元稹外，还有同样被贬的柳宗元。与元稹一样，柳宗元有《与史官韩愈致段秀实太尉逸事书》，书后附有《段太尉逸事状》。建中四年（783）发生泾原兵变，朱泚反叛，段秀实当庭以笏板击之，最终被害而死。根据《与史官韩愈致段秀实太尉逸事书》的讲述，柳宗元从两个途径知晓段秀实的故事：一个途径是亲自访察，从"老校退卒"中"得段太尉事最详"；另一个途径是在州刺史崔公处，"又具得太尉实迹"。两处合之，便大体完备。这些经实地调查的"逸事"极有可能会湮没无闻，这正是柳宗元担心的事情。如果因为没有告知史官就此失传，是非常遗憾的，这是柳宗元给韩愈写信的原因，与元稹的担心一样，只是获知的途径不同。柳宗元希望韩愈录段太尉的故事入国史，因此面对韩愈发出肺腑之言。其大意是司马迁后，韩愈作为史官应该继承太史公的志向，当年"与退之期为史",志向一致。而现在是"孤囚废锢",又"连遭瘴疠羸顿",极可能"朝夕就死",处于这样凄惨的境地,实在"无能为也",故而托付此事与韩愈,恰恰韩愈忝列史职,自己却因参与朝政而被远贬蛮荒之地,这样的对比更加突显出柳宗元此时的栖遑与无助,好在柳宗元还可以把两人当初欲求接踵司马迁的著史使命寄托于史官韩愈。《段太尉逸事状》并不是专门的史书,天宝时期的韩琬、萧颖士、高峻等人曾经著有《续史记》《高氏小史》等著作①,但是诸人并未任过史职,故而完成的史著仅属私人著史而已。

与元稹不同,柳宗元不仅仅以书信的形式期望史官将段秀实的事迹入史,还亲自操笔作《段太尉逸事状》,这是柳宗元颇为自负的一篇文章,以其史才叙述段秀实之逸事,自认为达到了其认可的"信且著"。段秀实是儒者中的战斗者,为守节不惜赴死,与甄济的故事相似。《段太尉逸事状》讲述与郭晞相关的故事可见段太尉之勇决;与焦令谌相关的故事可见段太尉之仁心;与太尉之女婿相关的故事可见其廉洁与预见之能力。文章的末节写段秀实认为朱泚要成为叛臣之预判,写处理其女婿接受贿赂一事,可见其过人的智慧。甄济、段秀实、何蕃均不亏大节,应当入史并成为典范人物。柳宗元知道韩愈推崇司马迁和扬雄,《答韦珩示韩愈相推以文墨事书》便有所言及,因而柳宗元屡屡把韩愈与司马迁、扬雄相比,认为韩愈能够成为良史。

将元稹、柳宗元与韩愈的书信放在一起比较早有先例。王佐《鸡肋集》卷九便有所申说,分别述及元稹、柳宗元在贬所"上韩愈书",将"甄济执死不污禄山"入史,即"存诸史氏"与元稹被贬联系起来,云:"宗元、微之身为逐客,于段、甄分势非所关迫,犹且拳拳如切己事。"② 柳宗元、元稹均在贬谪之地,分别对江陵、永州"瘴疠之地"有所记述,十年贬谪生活,使他们的身体受到极大的损

---

① 瞿林东:《中唐史学发展的几种趋势》,《唐代史学论稿》,高等教育出版社2015年版,第21—22页。
② 杨军、周相录主编:《元稹资料汇编》,高等教育出版社2015年版,第230—231页。

害。即便如此，两人还是未改追求直正之品格，挖掘被遗漏的人事，以载入史册。韩愈、元稹、柳宗元虽然是同代人，年龄差却不小，韩愈要比元稹年长11岁，比柳宗元年长5岁，这样的年龄差让这两次对话均以韩愈为中心。柳宗元、元稹虽为贬臣身份，但只要史学存在秉笔直书的法度，史官能以直道写史，柳宗元、元稹的建议就会被采纳。上述诸人仕宦生涯中起伏跌宕，无论处江湖之远，还是身居庙堂之高，彼此以直道相许，也就具备了做史官的基本条件。

　　元稹、柳宗元将韩愈与太史公相比并非偶然，《史记》对于中唐文章学的影响不可小觑。中唐文人用史家之笔法乃是一时风气，如韩愈、刘禹锡、元稹、白居易、柳宗元均曾模仿太史公笔法写作传记类文章，尽管文体不同，所用的写法却是接受史传传统而形成的。自开元盛世至元和时期，士人经历了数次的世乱，世风为之一变，士风跟着为之一变，对于士人而言，思想的震荡尤其强烈。儒家史学精神作用于士风，在修史中蕴含春秋大义，并以之影响世风之形成。

第六节　文儒风范：著史以涵养时代精神

　　孟子认为：以五百年作为一个时间单元，"必有王者兴"，也会"必有名世者"。司马迁转述其父的遗嘱，也说自孔子著《春秋》五百年，需要史家执笔撰著史书。冯友兰《贞元六书》中的《新世训》将立德、立功、立言与道德、功业、学问相互对应，这种对应的根本还在德行，只有重视德行，其他方面才会获得认可。唐代河东柳氏家族有著史传统，柳芳、柳冕父子乃是代表人物，他们对于史官的看法自然本于儒教。柳冕亦以"五百年"起论，其《答孟判官论宇文生评史官书》以周公制礼为起点，五百年有孔子作《春秋》，再过五百年则有司马迁著《史记》，而后则没有能继承者。周公、孔子、司马迁著史的意义在于可以"叙远古、示将来"，而司马迁的过失则在于不本儒教。柳冕一方面肯定司马迁撰史的伟大功绩，另一方面不满意其"不本于儒教"，造成写法并不纯正。贞元、元和时期，虽本于儒教，但是包括李华、独孤及、梁肃等人并不排斥佛、道，关于司马迁《史记》的负面评论越来越少，以史传笔法撰文极为普遍，与初唐《汉书》学大盛相比，太史公笔法在中唐亦非常盛行。元稹、白居易、刘禹锡、柳宗元、韩愈等人所创作的碑铭之作、传记之文皆本太史公笔法而为之，借此以展示时代之气象。韩愈之所以采纳柳宗元、元稹的建议，是因为在其位则当成其事，柳宗元、元稹的书信无疑得到韩愈的认可，被认可的根源还在于彼此声气相通，韩愈居于史官职位并不是完全的决定因素。韩愈作为史官，最大的成就是撰成《顺宗实录》，这是唐朝唯一留下的实录。《顺宗实录》经历了一个曲折的撰修过程，到了韩愈的手里，能够做到褒贬分明。史家最难处理的是经历过的史事，这个时段牵扯过多的人际关系，韩愈则不仅据实而写且能平心而论。

"安史之乱"促动了儒学思想的转型，早在宝应二年（763），吏部侍郎杨绾上书将《孟子》《论语》升格为儒学经典，列入"明经"科目。如果将文化转型放在历史背景之下加以考察，中唐时期文儒群体集体性反思动乱之根源，民族关系、时代风会、文化语境再次成为思考的关键词，士大夫群体自觉地重新寻找建立道统的思想资源，基于论文著史以树人心的出发点，以儒家之道为根本，达成共识并践行于操作的层面。从历史经验来看，思想层面的正本清源殊为不易，除了意识形态层面上的强制性措施外，只有靠口耳相传与典籍传播才能取得"润物细无声"的效果。曾经无比信奉的观念变得愈加遥远，要想建构新秩序还有很长的路要走，找到路就需要一个时段的寻索，经过确定经典、阐释经典、传播经典，才能激发出活力。著史不仅要根于儒学经典，还要根于史学经典，在唐代史学视野中，秉笔当以《史记》或者《汉书》为典范。虽然史家秉笔的准则从孔子作《春秋》就已经确定下来，但对于中唐士人而言，世变的发生不可逆转，如果为士君子立传，需要的思想资源是不言而喻的。

有德行，还要有胆识，这是史官要成为良史所必备的资质，决定着史家的认识能否很好地得到践行。严格地说，这也是入职的基本条件，次之是文才和思想的能力。华夷之辨也好，忠奸之论也罢，都成为中唐士人关注的焦点议题。葛兆光曾经分析了安史之乱前后所面临的思想背景。他认为，在这个时间段里，一些异族出身的藩镇封疆大吏及其周边的士人集团的存在，会导致文化方面和政治方面中央与地方的中心发生倾斜。"中心与边缘"模糊不分，"贵族与寒门"身份不分，"文明与粗俗"界限不分，"汉族与异族"华夷不分，因此种族、地域、门阀等影响因素共同形成的"等秩清楚的社会秩序已经解体，以传统的宇宙天地空间等差为支持系统的礼法之学渐渐崩溃，而以礼法观念作为支援背景的姓氏之学也已经失去了对社会的诊断与批评能力"①。如此一来，必然会导致士风沦落，士人在扭转世风的过程中还要以如何对待种族、地域、门阀为议题，要以礼乐文明为中心，力求将已有的思想资源重新诠释，让其成为现实的推动力。或者埋首古籍去发现经典，一旦想推动社会进步，经典的权威性必须经过官方的认可，这是等级制社会必须走的程序，也是合法的流程和规则。元稹、柳宗元、张籍等人既不是制定规则的人，也不是执行规则的人，他们只有建议权与约束力，韩愈任职史馆，又是他们的好朋友，只有盯住韩愈，他们的想法才有可能借助韩愈来实现。

　　放眼中唐士人群体，具备"史笔"的不是只有韩愈一人，而是存在着一个默默的以之行文的士人群，这些士人无论胡汉出身，均有以《春秋》笔法创作的文本，出身鲜卑贵族的元稹奉旨为田弘正所撰碑铭就是一个范例。读《沂国公魏博德政碑》《段太尉逸事状》，能够得出一个结论：元稹和柳宗元均以太史公笔法成文，可见其史才、史学及史识。元稹循太史公笔法为文，以墓志为多，如《进田弘正碑文状》云："臣所以效马迁史体，叙事直书，约李斯碑文，勒铭称制，使弘正见铭而戒逸，将吏观叙而爱忠。不隐实功，不为溢美，文虽朴

---

① 葛兆光：《中国思想史》，复旦大学出版社2013年版，第28页。

野，事颇彰明。"① 元稹、柳宗元这两位大文学家有著史的志向，却被远贬南国，失却将代表儒士之气节的事迹入史的机遇，因此他们传书给韩愈，并写好相关的文字，借助韩愈完成自家撰史的理想。一个出身于河东柳氏，一个出身于传承儒学的庶族家庭，一个出身于胡姓士族，出身不同、身份不同，却不妨碍他们有共同的追求，他们成为士人群体中践行儒学思想而共建传统的代表人物。不仅在著史中敢为，还要在履职中践行，在韩愈的身上，体现出不畏死的敢为精神。藩镇作乱，韩愈孤身入幕之际，元稹慨叹"韩愈可惜"，而韩愈能够做到完成任务，全身而退，这是史官生活对韩愈影响的表征。把道定位为道德理想，可能不够准确，却也适用。其外在的表现则应该为"岁寒，然后知松柏之后凋也"，或者是"三军可夺帅也，匹夫不可夺志也"。若想"立于德"就要以之践于行，方可被史官载入史册，上升为涵养人格的范例，时代风气则因范例渐多而氛围渐成，氛围影响风尚习气，所以才有"其身正不令而行"的论定，风尚习气是判断士风的一个条件。

以文士而任史官，史官的身份令士人羡慕，具备这一身份者被认为是能够维系道统的群体。韩愈之后，其弟子李翱亦为史官，有《答皇甫湜》论及史官的责任，云："用仲尼褒贬之心，取天下公是公非以为本。群党之所谓是者，仆未必以为是；群党之所谓非者，仆未必以为非。使仆书成而传，则富贵而功德不著者，未必声明于后；贫贱而道德全者，未必不煊赫于无穷。韩退之所谓：'诛奸谀于既死，发潜德之幽光'是翱心也。"② 李翱阅读过之前的"唐书"，读罢特别失望，觉得"史官才薄，言辞鄙浅"完全不能胜任，历史需要重写，对此他有自己之设计。韩愈的另一位弟子皇甫湜此前即撰有《编年纪传论》，提出不应该以体式来限定良史之标准，当以经衡史，身为史家必须以"直笔"为之，这样方可称良史。皇甫湜认为："湜以为合

---

① 冀勤校点：《元稹集》，中华书局2010年版，第467页。
② 董诰等编：《全唐文》卷六三五，中华书局1983年版，第6410—6411页。

圣人之经者,以心不以迹;得良史之体者,在适不在同。编年、纪传,系于时之所宜,才之所长者耳,何常之有?夫是非与圣人同辨,善恶得天下之中,不虚美,不隐恶,则为纪、为传、为编年,是皆良史也。"[1]以李翱、皇甫湜为代表的"韩门弟子"将论史与弘道汇于一端,将论文与弘道再为一端,将论道与弘道又别为一端,此三端融汇于一身,士风因"道"长、"道"消而起起落落,弘道便成为论述的核心主题。

自贞元至元和时期,儒风激荡,文士涵养性灵中蕴有气格品性,兼有文儒之人职而为史官,治世之理想融于职业活动之中,遂发自内心而落于纸页,史家秉笔则弘扬士风。至此,胡姓士族开启的文儒化进程开始收尾,他们抛却原有的身份,并融入关中版图之内,与关中士族合流。关于儒学与文学的互融,葛晓音、马茂军、刘顺等学者均已有论述,查屏球则将儒学观念与诗歌创作结合起来,认为儒学复兴是一个从感性生发到理性归纳的过程,由情入理,情在理中得到升华后以尊德性的倡导回到情感世界,从而"儒士群的忧世之诗也是中唐思想史上的一段重要史料。其强烈的忠臣意识和深广的济世情怀为中唐儒家政治伦理的重建拉开了序幕,表现出了这一精神上升时的最初动向与文化意义"[2]。序幕拉开了,在胡汉融合背景下,鲜卑士族以高贵的出身获得科举、联姻的机会,家学门风中的儒家文化精神焕发出新的特质。中唐时期是重建时代思想的变革期,自大历时期儒化已经进行,至元和时期士人的自觉性空前高涨,不仅仅身先士卒,而且以之入诗、入史、入文。考察元和时期以阳城为中心生成的文学书写,无论是元稹、白居易关于《阳城驿》的唱和活动,还是韩愈、柳宗元根据阳城事迹所作的文章,从中都能见出士人风骨。元和士人以成诗写史为契机,营造风清气正的时代之风气,彰显持守气节的精

---

[1] 董诰等编:《全唐文》卷六八六,中华书局1983年版,第7030页。
[2] 查屏球:《忧患之诗与儒家政治伦理的重建》,《从游士到儒士——汉唐士风与文风论稿》,复旦大学出版社2005年版,第398页。

神价值，于是以接踵孟子而见出人性之光辉的选择路径更为后来者示出不二法门。

中唐元和时期是唐宋思想转型的一个重要起点。中唐史学精神主要表现在士人群体构成的一致性价值取向上，若以一人观之则是见木不见林，以文字对话彼此激励形成了价值观趋同的现象。一人得为史官，士人阶层以修史为讨论之契机，以史才、诗笔、议论统摄于追求直道的目标中，纪事以弘道为准则，以儒士之思想反思历史，以文士之笔墨撰著成史，以思想之光辉引领政事，德行与文学辅之以力量，史德之基本内涵尽在其中。于是，孔子之春秋大义蕴于其中，太史公之发愤著书融于其中，载入史册的事迹熠熠生辉。以史官韩愈为中心，元稹与之对话，柳宗元与之对话；以元稹为中心，韩愈与之对话，白居易与之对话。以元和士人为主体构建元和文化精神，他们不仅介入历史、文学和思想的世界，而且于宦海沉浮中历经波折而不改进取之志，以进取之志践履儒家入世的精神。

本章结论

一是刘禹锡、柳宗元、韩愈等中唐文学家著文弘扬阳城之德行，元稹、白居易等文学家以诗为史，构成阳城形象接受史的重要阶段。此一阶段的特点便是推动以阳城事迹入史。

二是元稹、柳宗元分别就甄济、段秀实事迹给韩愈写信，建议将二人收集的事迹入史，以体现追求直道的意义。

三是中唐文人用史家之笔法乃是一时风气，如韩愈、刘禹锡、元稹、白居易、柳宗元均曾模仿太史公笔法写作传记类文章，尽管文体不同，所用的写法却是接受史传传统而形成的。

四是士人阶层以修史为讨论之契机，以史才、诗笔、议论统摄于追求直道的目标中，纪事以弘道为准则，以儒士之思想反思历史，以文士之笔墨撰著成史，以思想之光辉引领政事，德行与文学辅之以力量，史德之基本内涵尽在其中。

第二章　贬谪之思与中唐士人的文学书写

尚永亮论及元和五大诗人的贬谪文学，从中掘发出贬谪文化的概念。仕宦之波折乃是文学经典生成的触媒，诗人一旦因时、因地、因人触及往事，则往往会诉诸笔下，构成一个独立的书写单元。

第一节　元和十年前后：激情的归途

阅读中唐文学史，总觉得元和十年（815）是一道坎儿。元稹、柳宗元、刘禹锡从长安被贬出来，在贬地度过第一段艰难的岁月，经过多年的苦盼，终于回到了长安，可是很快又再度出发，进入第二个贬谪周期，这道坎儿是艰苦而漫长的。走过这道坎儿，元稹、柳宗元、白居易、刘禹锡很快就成熟了，青年时期屡经挫折所带来的种种惶惑随之渐渐消除，虽然不敢确定等待自己的是穷途还是通途，却似乎找到了一个突破口，开始相对淡然地对待生活。元和十年（815），柳宗元、刘禹锡、元稹从贬地回到长安，风尘未落，旋即又踏上漫漫长路，过不了多久，白居易也踏上赴江州的途程。以长安为中心的离离合合，这其中有仕宦经历的变化，亦有一个心态变化的过程。这个过程与中唐士风关联甚深，开启了因贬谪而创作的文学高峰，也开启了以仕宦推动世风及文风的新时代。

一　因事获罪：欲将沉醉换悲凉

"永贞革新"是刘禹锡和柳宗元命运发生变化的分界线。对于刘禹锡来说，这是漫漫人生长途中的第一个时间节点，他的路还很长。对于柳宗元来说，则是人生的转折点，他的人生就此被一分为二：一半是通达，一半是坎坷。其中，敷水驿事件是元稹遭遇的一大挫折。元和五年（810），刚刚经受丧妻之痛的元稹因与宦官争厅，由监察御史出为江陵户曹参军，以直正为政事之宗旨却换来痛苦的贬谪之旅。江陵五年，尽管从时间长度上要比刘禹锡、柳宗元短一半儿，却也是处于万般煎熬之中。

元和元年（806），在奔赴永州、连州的路上，刘禹锡、柳宗元在思考；元和五年，在奔赴江陵的路上，元稹在思考。从京城到贬所的人生落差使得他们面临生命的沉沦[①]，每到一处元稹都有诗作纪事，并寄给白居易，二人于唱酬往来中交流思想，借以消解不平。元稹以《阳城驿》《大庾岭》等为题的作品都有对自己遭遇的发抒。到达江陵，他在与李景俭等人的交游之作中不改自家悲愤的底色，由于丧妻之痛，悲愤中夹杂着挥之不去的哀思。同命者前有交谊深厚的卢子蒙，后有贬地相识的王侍御，元稹在诗作中对韦丛的忆念从未消退。身处瘴疠之地，他们的青葱岁月显得益加残酷，如何度过无数个漫漫长夜？

刘禹锡在赴连州的路上经过江陵，正值韩愈任江陵府法曹参军，他为刘禹锡设宴洗尘。韩愈出示《岳阳楼别窦司直》，这是韩愈写给窦庠的诗作，窦庠有《酬韩愈侍郎等岳阳楼见赠》，刘禹锡读罢韩愈的赠别诗，结合自己的遭遇，文思如滔滔江水贯注而下，写下《韩十八侍御见示岳阳楼别窦司直诗因令属和重以自述故足成六十二韵》。诗中，刘禹锡花费了很大篇幅写岳阳楼之景象，想象韩愈和窦庠话别的场景，而后笔锋一转，自"伊余负微尚，夙昔惭知己"开始自述，从"孤志无依倚"到"独处穷途否"，韩愈与刘禹锡，一个是永贞革

[①] 参见尚永亮主撰《唐五代逐臣与贬谪文学研究》，武汉大学出版社 2007 年版，第 315 页。尚永亮对于元和逐臣的贬谪心态有着极为深入的论述。（参见《贬谪文化与贬谪文学——以中唐元和五大诗人之贬及其创作为中心》，兰州大学出版社 2004 年版。）

新的当政者，一个是永贞革新的观望者，情绪的投入颇为复杂，而今俱为往事。韩愈是淋漓尽致地宣泄，刘禹锡则是有所侧重地言说，不能坏了离别的氛围。从江陵再出发，刘禹锡接到了被追贬朗州司马的诏令，在朗州，他则以"世道俱颓波，我心如砥柱"自励，与韩愈、柳宗元论道，与还源、元嵩等人论禅，与窦群、窦常唱和，他不断思考着，也给杜佑等人写信，期盼能够获得量移。刘禹锡与杜佑的关系很密切，永贞革新前后，他是杜佑的部下，为之起草文字。刘禹锡被贬，杜佑甚为惋惜，给他写信，刘禹锡也企望能够得到杜佑的援手，量移到距离京城较近的地方。刘禹锡还有《上淮南李相公启》《上杜司徒启》《上门下武相公启》《上中书李相公启》等文，可是，"八司马"逢赦亦不在量移之列。这十年中最为凄苦的是丧妻之痛，刘禹锡的妻子薛氏在元和七年（812）病逝,[①] 刘禹锡不胜悲痛，写有《伤往赋》及《谪居悼往二首》，"授室九年而鳏"，前途未卜，"牛衣独自眠，谁哀仲卿泣"。元和八年（813），刘禹锡与元稹、窦常酬赠唱和颇为密集。刘禹锡有《酬窦员外使君寒食日途次松滋渡先寄示四韵》《酬窦员外旬休早凉见示诗》《酬窦员外郡斋宴客偶命柘枝因见寄兼呈张十一院长元九侍御》等诗作，都是与窦常酬唱的，还有一首兼及元稹。刘禹锡与元稹交往亦频繁，有《赠元九侍御文石枕以诗奖之》《酬元九侍御赠壁竹鞭长句》《酬元九院长自江陵见寄》等作品。元稹《刘二十八以文石枕见赠仍题绝句以将厚意》云："枕截文琼珠缀篇，野人酬赠壁州鞭。用长时节君须策，泥醉风云我要眠。歌昈彩霞临药灶，执陪仙仗引炉烟。张骞却上知何日，随会归期在此年。"刘禹锡《酬元九侍御赠壁竹鞭长句》诗云："碧玉孤根生在林，美人相赠比双金。初开郢客缄封后，想见巴山冰雪深。多节本怀端直性，露青犹有岁寒心。何时策马同归去，关树扶疏敲镫吟。"盼望"同

---

① 陶敏、陶红雨《刘禹锡全集编年校注》（岳麓书社 2003 年版，第 119 页）认为，薛氏元和七年病逝。萧瑞峰《刘禹锡诗传》（浙江大学出版社 2014 年版，第 175 页）认为，薛氏元和八年病逝。

归"之意自然明晰。第二年底，诏书来了，刘禹锡于兴奋中不免怅惘，来时一家人，还时少一个。湖湘逐客均在回归的路上，大家彼此唱酬，虽经磨砺依然壮志在胸，渴望迎来人生之转机。

柳宗元亦早年丧妻，所娶弘农杨氏乃是杨凭之女，杨氏"柔顺淑茂""端明惠和"①，夫妻一起生活仅三年，杨氏23岁即因"孕而不育"的妇科病而卒。②对于丧妻之痛，柳宗元在《与杨京兆凭书》中言："独恨不幸获托姻好，而早凋落，寡居十余年。"又在《祭杨凭詹事文》中言："家无主妇，身迁万里"，信及祭文均写在贬谪时期，故而切身之痛尤深。这段时期，柳宗元给李建写信，一并给萧俛、杨凭等寄书启，值得一提的是李建与刘禹锡、柳宗元都是顾少连知贡举的同门，甚至很可能是同榜进士及第。③李建在刘禹锡、柳宗元遭遇不幸外贬之际还给他们写信并给柳宗元寄药，德行自是高标。李建后来与元稹、白居易成"生死交"，获得元和士人的众口赞誉。元和六年（811），吕温离世，柳宗元、刘禹锡、元稹均有哭吕衡州之作，此点我们会专门探讨。

元和十年（815），接到赴京都长安的诏书，永州十年落下了帷幕，柳宗元在这里留下了太多的足迹；朗州十年落下了帷幕，刘禹锡在这里诚惶诚恐地生活了十年；江陵五年落下了帷幕，元稹在这里留下了青春的记忆，他们都心有不甘。书信来往，酬唱伴游，切磋学术，这些活动都给麻木而焦虑的他们注入了活力，他们有了更多的机会去深入生活、接近百姓、反思历史。从自怨自艾的倾诉与徘徊到放宽身心地游赏山水，从政治理想的幻灭到用文字书写内心的道统观念，从盼望救赎到诲人不倦，他们完成了自我形象的蜕变过程。从中心到边缘的空间变换，从永贞元年到元和十年的时间冲刷，这些都让

---

① 柳宗元：《亡妻弘农杨氏志》，尹占华、韩文奇校注：《柳宗元集校注》，中华书局2013年版，第854页。
② 参见李浩《柳宗元婚配与子女考》，《唐代关中士族与文学》（增订本），中国社会科学出版社2003年版，第271页。
③ 傅璇琮：《唐代翰林学士传论》，辽海出版社2011年版，第385页。

刘禹锡和柳宗元逐渐接受了自己的新处境，也适应了现有的身份，尽管柳宗元和刘禹锡并不认同现有的一切。他们努力让心灵安顿下来，开始接受命运的捉弄，在等待的煎熬中完成了一个思想家和文学家形象的自我书写。拟醉、狂醉，酒入愁肠化作相思泪，用在元稹身上，再恰切不过。时光荏苒，元稹逐渐从丧妻之痛中解脱出来，从沉醉中清醒过来，买妾成家，儿女渐多，日后也证明，相较于丧妻之痛与无嗣之忧，自家所经历的丧子、丧女之痛更深。总之，他们在贬地不仅面临家庭之变故，还有环境、疾病、流言、交游等因素，更重要的是心理接受能力的考验，他们在荒远僻地多经磨难，被囚居感、被弃感、苦闷感油然而生。[1]

纵观三人在贬地的诗作：元稹一直没有走出贬谪的阴影，这点他和柳宗元一样，虽然都无可奈何地面对现实，力求消解苦闷；刘禹锡反倒是逐步安顿下来，既渴望回归京城，又不改旧志，波澜不惊地面对挫折。他们都曾潜心佛典，寻找消解苦痛的法门，亦将用世之志写入诗文，借以传不朽之事业。尽管如此，从第一个贬谪周期来看，他们仍能在个体处在困境之时或多或少地反映出"一种不甘衰败、奋发图强的复兴精神，一种源于忧患而又欲克服忧患、建基于多难兴邦、哀兵必胜信念上的进取精神"[2]。志在用世、积极进取而又敢于批判现实的元和文化精神融入他们的仕宦之旅，或者说，他们亦是元和文化精神的代表。

二 归心各异：零落成泥碾作尘

元和十年（815）正月，柳宗元、刘禹锡、元稹接到唐宪宗诏书，要他们赶赴长安。这真是一个意外的喜讯，对此，窦巩有《送刘禹锡》，云："十年憔悴武陵溪，鹤病深林玉在泥。今日太行平似砥，

---

[1] 参见尚永亮主撰《唐五代逐臣与贬谪文学研究》，武汉大学出版社2007年版，第321—351页。

[2] 尚永亮：《贬谪文化与贬谪文学——以中唐元和五大诗人之贬及其创作为中心》，兰州大学出版社2004年版，第30页。

九霄初倚入云梯。"刘禹锡接到诏书后,写下《元和甲午岁诏书尽征江湘逐客余自武陵赴京宿于都亭有怀续来诸君子》:"雷雨江湖起卧龙,武陵樵客蹑仙踪。十年楚水枫林下,今夜初闻长乐钟。"悲凉与欣喜交加,故而未见特别快意之感。柳宗元则是分外高兴,打点行装,"白日放歌须纵酒,青春作伴好还乡",觉得又迎来了生命的春天,他写下《朗州窦常员外寄刘二十八诗见促行骑走笔戏赠》:

投荒垂一纪,新诏下荆扉。疑比庄周梦,情如苏武归。赐环留逸响,五马助征骓。不羡衡阳雁,春来前后飞。①

元和十年前后窦常为朗州刺史,乃是刘禹锡的上司,这段时间是刘禹锡与窦常交游密切的时期。好心情往往能捕捉到好风景,接到喜讯的柳宗元将自己"投荒垂一纪"的磨难与失落抛到一边,只想快马加鞭奔向长安这个让他魂牵梦绕的故土。回程的路上,他依然要路过汨罗江,这是他当年凭吊屈原的地方,旧地重来,想想自己写就的《吊屈原文》,此刻柳宗元全然有了新的姿态。看他的《汨罗遇风》:"南来不作楚臣悲,重入修门自有期。为报春风汨罗道,莫将波浪枉明时。"他肯定了自己生活的时代,也渴望不远处有美好的明天向他招手,等待他的,会是一个什么样的前景呢?柳宗元一定想了很多,也许此时他最想做的,便是挥去往日的阴霾。告别永州,他完成了自己人生中一段忧伤而辉煌的岁月。

同样是一纸诏令,贬出意味着远离仕宦通途,召回则意味着希望的点燃,柳宗元似乎看到了希望的来临,为之惊喜不已。回归的路上他有一首《诏追赴都二月至灞上亭》:"十一年前南渡客,四千里外北归人。诏书许逐阳和至,驿路开花处处新。"此诗堪与李白《早发白帝城》媲美,只是缺少一点豪放的气度。时间的久远与空间的距离都昭示了柳宗元对过去的记忆,大发往事不堪回首的感慨。此时的欢

---

① 尹占华、韩文奇:《柳宗元集校注》,中华书局2013年版,第2781页。

欣早已驱散一切阴霾，风景这边独好，柳宗元更盼望的是拥有未来的新气象。唐宪宗当政以来，在治理国家上确实有所作为，经济呈现出不断复苏的迹象，朝政也趋于平稳，尤其是在处理藩镇问题上取得了突破性的进展。眼见自己当年想解决的一些问题如今已经有了较为理想的答案，面对这样一个"明时"，柳宗元当然不愿错过。可是，他无论如何也想不到，一路欢歌笑语，等来的却依然是一纸再度远行的无情诏令。

在被召回的路上，元稹有一首《题蓝桥驿呈梦德子厚致用》，这首写给刘禹锡、柳宗元、李景俭的诗显然带有同病相怜的意味。诗云："泉溜才通疑夜磬，烧烟馀暖有春泥。千层玉帐铺松盖，五出银区印虎蹄。暗落金乌山渐黑，深埋粉堠路浑迷。心知魏阙无多地，十二琼楼百里西。"从政治敏感度来说，元稹的判断无疑要准确一些，他知道此去未必能获得境遇的改变。

元和四年（809），元稹有《褒城驿》，诗云："严秦修此驿，兼涨驿前池。已种千竿竹，又栽千树梨。四年三月半，新笋晚花时。怅望东川去，等闲题作诗。"六年过去，再经此地，感慨遂深。又有《褒城驿二首》，其二云："忆昔万株梨映竹，遇逢黄令醉残春。梨枯竹尽黄令死，今日再来衰病身。"这五年的身心交困带来的只有疾病缠身，元和八年（813）、元和十年（815），元稹均大病一场，各种苦难化作切肤之痛。得知元稹要回到长安，窦巩有《送元稹西归》一诗，先是诉说元稹"南州风土滞龙媒"的境况，而后庆贺元稹"黄纸初飞敕字来"，接着想象美好的前景："二月曲江连旧宅，阿婆情熟牡丹开。"这首诗倒是写得明快而单纯，元才子在江陵滞留五载，而今迎来转运之机遇，回到京都旧宅，自然是要迎来绽放理想之时节。

到了京城，元稹有《西归绝句十二首》，这组诗作将过去与当下融为一题，将往事与此际所见之图景形成对比，面对长期贬谪，诏书到来"一半犹疑梦里行"，诗人诉说"一夜思量十年事"的焦虑性体验，十年自然是从任御史官算起，一日将因直正而贬谪的历程过一遍，的确是难以释怀。虽然焦虑不复存在，却也曾历尽沧桑，而今白发早生，不复强健，"今日还乡独憔悴"。感慨过后，就是在京城的现实生活了，元稹与白居易、李绅等人宴游吟诗，度过了一段马上吟诗的惬意时光。另有如《小碎》："小碎诗篇取次书，等闲题柱意何如。诸郎到处应相问，留取三行代鲤鱼。"可见，他的心态逐渐放松下来。元稹还写有酬和诗，与多年未见的友朋话旧，如《酬卢秘书》《和乐天刘家花》《和乐天高相宅》《和乐天仇家酒》《和乐天赠恒寂僧》等，这些难忘的文本都是他在接下来漫漫贬途中追忆的资本。

三　梦断魂牵：每依北斗望京华

这些从贬谪之地归来的士子们汇聚于长安，带着多年的苦楚各自去见友朋，倾诉这些年的艰辛与感怀，更多的是感慨时光流逝中人事的变迁。如刘禹锡有《伤独孤舍人》，序中写到："贞元中，余以御史监祠事。河南独孤生，始仕为奉礼郎。有事宗庙郊时，必与之俱，由是甚熟。及余谪武陵九年间，独孤生仕至中书舍人，视草禁中，上方许以宰相。元和十年春，余祗召抵京师，次都亭日，舍人疾不起。余闻，因作伤词以为吊。"诗云："昔别矜年少，今悲丧国华。远来同社燕，不见早梅花。"在自己被贬的年月里，仕宦顺畅的老友没能等到自己的归来便永远离开了。刘禹锡还有《酬杨侍郎凭见寄二首》，其一云："翔鸾阙底谢皇恩，缨上沧浪旧水痕。疏傅挥金忽相忆，远擎长句与招魂。"其二云："十年毛羽摧颓，一旦天书召回。看看瓜时欲到，故侯也好归来。"杨凭的原作没有保留下来，他是柳宗元的岳丈，柳宗元亦有和作。和作题为《奉酬杨侍郎丈因送八叔拾遗戏赠诏追南来诸宾二首》，其一云："贞一来时送彩笺，一行归雁慰惊弦。翰林寂寞谁为主，鸣凤应须早上天。"其二云："一生判却归休，谓著南冠到头。冶长虽解缧绁，无由得见东周。"两人的酬和诗都是一般情怀，即对离去又归来的共同体悟。刘禹锡另有《征还京师见旧番官冯叔达》，诗云："前者匆匆襆被行，十年憔悴到京城。南宫旧吏来相问，何处淹留白发生。""十年憔悴"是刘禹锡对过去十年艰辛的概括，这样的生活落下的结果就是"白发生"。

武元衡是当朝宰相,他与刘禹锡、柳宗元之间始终有那么一层隔阂。当刘禹锡、柳宗元等人以不屈者的姿态回到京师,显然会响起反对的声音,对于本朝的臣子来说,这些旧人物的介入是相当不和谐的。刘禹锡去了一趟玄都观,故地重游,看罢桃花,再看同行诸君子,一首绝句脱口而出,也是祸从口出。《戏赠看花诸君子》云:"紫陌红尘拂面来,无人不道看花回。玄都观里桃千树,尽是刘郎去后栽。"如此目中无人还了得,于是就让他陷入绝境,尤其是刘禹锡在游玄都观写下的诗作中所体现的傲然盛气,一定会触动反对者的某根神经。关键问题则在于召回他们是加以重用还是继续外放呢?最后的结局是官升了,人却离得更远了。他们刚刚升起的希望之火迅速熄灭,还得离开京城。韩泰出为漳州刺史,韩晔为汀州刺史,刘禹锡为播州刺史,陈谏为封州刺史,柳宗元为柳州刺史,他们刚刚从远州回来,就又要出发了。他们要去的是今天的福建、贵州、广东、广西等地,距离京城长安十分遥远。刘禹锡因为作诗讽刺当政者的原因,被派往道路难行、去途艰险的播州,还要带着八旬老母。柳宗元实在不能无视挚友所面临的悲惨际遇,他要求和刘禹锡对调,自己去播州,这些细节体现出柳宗元的君子品格,能够勇于牺牲自我来帮助自己的朋友,这件事让我们从中懂得了患难情深的道理。正因为这样,刘禹锡、柳宗元之间的友谊才能遇挫弥坚。这个场景应该写入史书,这是中唐士人心史的经典片断,也是传统士大夫品格的杰出样本,在仕宦与德行的检验中,元和士风的魂灵再现。

再度从长安出发,他们要到新的去处。与白乐天的十里春风吟诗比赛结束了,玄都观里的桃花依旧,通州的月亮,柳州的风土,还有连州的山水,不管你想不想去看看,都身不由己。临别之际,元稹有《沣西别乐天博载樊宗宪李景信两秀才侄谷三月三十日相饯送》,诗云:"今朝相送自同游,酒语诗情替别愁。忽到沣西总回去,一身骑马向通州。"还有《归田》及乐府诗《紫踯躅》《山枇杷》《褒城驿二首》《寄昙嵩寂三上人》《苍溪县寄扬州兄弟》《新政县》《南昌滩》等作品。如《新政县》诗云:"新政县前逢月夜,嘉陵江底看星辰。已闻城上三更鼓，不见心中一个人。须鬓暗添巴路雪，衣裳无复帝乡尘。曾沾几许名兼利，劳动生涯涉苦辛。"

一段充满希望的旅程结束了，柳宗元还要重新上路，奔赴新的目的地，比永州还要遥远的柳州，唯一改变的是，这次他是一个有实职的刺史。刘禹锡与他一同出发，一路上，他难以抑制内心的失落，如《长沙驿前感旧》写到："海鹤一为别，存亡三十秋。今来数行泪，独上驿南楼。"行至衡阳，两人不得不分开，走向各自的州府，今朝一别，不知何时再见，柳宗元动情地写下《衡阳与梦得分路赠别》一诗，"十年憔悴"换来的是无法接受的"岭外行""绿荫不改来时路"，只是由欢欣变为伤感。刘禹锡有《再授连州至衡阳酬柳柳州赠诗》，诗云："去国十年同赴召，渡湘千里又分歧。重临事异黄丞相，三黜名惭柳士师。归目并随回雁尽，愁肠正遇断猿时。桂江东过连山下，相望长吟有所思。"读了刘禹锡的和诗后，柳宗元又写了一首《重别梦得》："二十年来万事同，今日歧路忽西东。皇恩若许归田去，晚岁当为邻舍翁。"刘禹锡有《重答柳柳州》："弱冠同怀长者忧，临岐回想尽悠悠。耦耕若便遗身老，黄发相看万事休。"柳宗元还有一首《三赠梦得》："信书成自误，经事渐知非。今日临歧别，何年待汝归。"刘禹锡有《答柳子厚》："年方伯玉早，恨比四愁多。会待休车骑，相随出蔚罗。"从三赠三答中可以看出两人对再次外放的态度，更可以看出柳宗元与刘禹锡之间的友朋情深。此刻的柳宗元觉得自己的人生前景更加渺茫，或许在此际他真的想就此隐去，与友人一起做个自在的田舍翁。到达连州，刘禹锡与柳宗元、窦常继续唱和，不知想起朗州的生活会有何种感慨。还是旧日友朋，只是换了空间，柳宗元已是柳州刺史，窦常已是夔州刺史，尤其与窦常的交往，朗州往事历历在目。

元和十年（815）的六月二十七日，柳宗元到达柳州；元和十年六月，元稹到达通州，结果大病一场。他们去的都是人烟稀少而又远离政治、经济重心地带的区域，在《寄韦珩》一诗中，柳宗元有过描写：

初拜柳州出东郊，道旁相送皆贤豪。回眸炫晃别群玉，独赴异域穿蓬蒿。炎烟六月咽口鼻，胸鸣肩举不可逃。桂州西南又千里，漓水斗石麻兰高。阴森野葛交蔽日，悬蛇结虺如蒲萄。到官数宿贼满野，缚壮杀老啼且号。饥行夜坐设方略，笼铜枹鼓手所操。奇疮钉骨状如箭，鬼手脱命争纤毫。今年噬毒得霍疾，支心搅腹戟与刀。迩来气少筋骨露，苍白浪汨盈颠毛。君今矻矻又窜逐，辞赋已复穷诗骚。神兵庙略频破虏，四溟不日清风涛。圣恩倘忽念地茅，十年践蹈久已劳。幸因解网入鸟兽，毕命江海终游遨。愿言未果身益老，起望东北心滔滔。①

从京城离别到路上见闻，从柳州风土到自身体验，柳宗元把自己的生活现状书写出来，这其中蕴含着多少伤感与无奈。他实在不能接受与友朋再度分开而又难得音讯的处境，因为已经有过十年类似的残酷生活了。柳宗元在《送李渭赴京师序》中说："过洞庭，上湘江，非有罪左迁者罕至。又况逾临源岭。下漓水，出荔浦，名不在刑部而来吏者，其加少也固宜。前予逐居永州，李君至，固怪其弃美仕、就丑地，无所束缚，自取瘴疠。后予斥刺柳州，至于桂，君又在焉，方屑屑为吏。噫！何自苦如是耶？"文中对二人遭际的叙述痛心疾首，与李渭两次相遇，一在永州，一在柳州，言语之间表现了柳宗元的贬谪心态。命运弄人，给了一份希望而后是更大的失望，每当想起一起被贬的共患难的刘禹锡等人，就会激起他内心不可消解的愁怀。且看他的《登柳州城楼寄漳、汀、封、连四州》：

城上高楼接大荒，海天愁思正茫茫。惊风乱飐芙蓉水，密雨斜侵薜荔墙。岭树重遮千里目，江流曲似九回肠。共来百粤文身地，犹自音书滞一乡。②

---

① 尹占华、韩文奇：《柳宗元集校注》，中华书局2013年版，第2760页。
② 尹占华、韩文奇：《柳宗元集校注》，第2815页。

登上城楼，远眺前方，空旷的荒野延展了诗人茫茫海天般的愁思。急风吹来，水中的荷花已乱，密雨倾盆，斜打在爬满薜荔的墙上。尽力看去，岭上的树木重重，遮住了诗人的视线，江流弯曲，如同九转的愁肠。诗人想到自己被迫来到这个荒蛮之地，与友人音书不通，各自滞留一方。这是初到柳州的柳宗元，一个孤独者的心态呈现，清人贺裳《载酒园诗话又编》云："柳五言诗犹能强自排遣，七言则满纸涕泪。"永州十年，柳宗元并没有放弃自己的理想，用文章来表达一己之志向与变化之心态。辗转到了柳州，生活境况改变不大，他渐渐接受了残酷的现实，开始适应生活，将自身的情感从激烈转为和缓，并淡然地写入诗中。尤其是元和十年（815），严重的挫折让他对自己的前途产生了绝望，这种心理在这些诗作中得到了较为充分的体现。他写给的对象之一便是刘禹锡，到达连州的刘禹锡再度遇见窦群，并与之酬和。元和十二年（817），岳父杨凭卒，柳宗元有《祭杨凭詹事文》："此生化作身千亿，散上峰头望故乡。"柳宗元的这句诗或可代表三人共同的心声，只是他们各自的命运都在发生变化。不过，当平淮西的胜利消息传来，他们都会喜上眉梢并诉诸笔下，用世之志被激发起来，如老杜所写"漫卷诗书喜欲狂"，个人的命运与国家的兴衰建立起不可分割的关系，这是元和士人往往能置个人穷达于度外的深层原因。

与柳宗元衡阳一别，待到刘禹锡再至衡阳，柳宗元已经病逝，刘禹锡遂写有《重至衡阳伤柳仪曹》，其"序"云："元和乙未岁，与故人柳子厚临湘水为别。柳浮舟适柳州，余登陆赴连州。后五年，余从故道出桂岭，至前别处，而君没于南中，因赋诗以投吊。"诗云："忆昨与故人，湘江岸头别。我马映林嘶，君帆转山灭。马嘶循古道，帆灭如流点。千里江篱春，故人今不见。"三年后，刘禹锡又有《伤愚溪》，其"序"云："故人柳子厚之谪永州，得胜地，结茅树蔬，为沼沚，为台榭，目曰愚溪。柳子没三年，有僧游零陵，告余曰：'愚溪无复囊时矣！'一闻僧言，悲不能自胜，遂以所闻为七言以寄恨。"其一云："溪水悠悠春自来，草堂无主燕飞回。隔帘唯见中庭草，一树山榴依旧开。"其二云："草圣数行留坏壁，木奴千树属邻家。唯见里门通德榜，残阳寂寞出樵车。"其三云："柳门竹巷依依在，野草青苔日日多。纵有邻人解吹笛，山阳旧侣更谁过？"柳子在，愚溪为山水胜境，如今"草堂无主"，纵然花开亦无欣赏者，况且残阳、坏壁、野草、青苔，已然是一片萧条肃杀，柳家竹巷无旧日风景。第三首尾联乃是诗眼，"纵有邻人解吹笛，山阳旧侣更谁过？"怀念之情溢于言表。因地思人，刘禹锡后来也在怀念元稹的诗作中发过同样的感慨，只是那已是大和时期。

后来，柳宗元早早离开尘世，元稹几经仕宦变动，回到京城，辉煌时得以拜相，却暴卒于武昌军节度使任上，唯刘禹锡以长寿而终。"二十三年弃置身"，回首漫长的贬谪经历，刘禹锡在与白居易聚会中将"到乡翻似烂柯人"的感慨一饮而尽，曾经的贬谪经历依然对生者发生着影响，他们依然留有"脱离谪籍后的心灵烙印"[①]。柳宗元去世，韩愈为之撰墓志铭，刘禹锡写祭文；元稹去世，白居易撰墓志铭，刘禹锡写诗悼念，长寿者往往要独自承受失去挚友的痛苦。元和十年（815）前后，离去—归来—再离去的贬谪之旅让这些正当壮年的士人们告别了气志如神的慷慨往事，他们成长起来，家庭、仕宦都在地域的迁徙中颠簸，"路长人困蹇驴嘶"，苏东坡的体会放在他们的身上再合适不过了。一时之激情换得无限苍凉，柳宗元、刘禹锡、元稹，从一个起点跌落，刚刚看到曙光重又遭遇日暮，不得不踏上又一段人生的穷途。这一个循环周期不仅深深地烙在他们的记忆里，同时还诉诸笔下，深一脚浅一脚，付出的都是成长的代价。

第二节　楚地悲歌：吕温之死与元和士人的同情书写

一个人的离去自然牵动着与之相关的人事，吕温生于唐代宗大历

[①] 尚永亮主撰：《唐五代逐臣与贬谪文学研究》，武汉大学出版社2007年版，第351页。

七年（772），卒于宪宗元和六年（811），中年离世，壮志未酬，挚友兼为同道，为之歌哭者自是不少，就现存文献而言，刘禹锡、柳宗元、韩愈、元稹、窦庠等人都有诗文及之。本节即以吕温之离世探讨元和士人对于政事的理解。

一 纪事的限度：史家对吕温人生行迹的书写

吕温（772—811），字和叔，一字化光，贞元十四年（798）登进士第，与李翱、张仲素、独孤郁、王起、李建等为同榜进士①，本年知贡举者为顾少连，后顾卒，吕温撰《祭座主兵部尚书顾公文》。吕温又在第二年与独孤申叔同登博学宏词科，本年进士及第则有张籍、李景俭等人。②《旧唐书》本传谓其"天才俊拔，文采赡逸"，王叔文非常欣赏他，贞元十九年（803）任其为右拾遗。因吕温奉使赴吐蕃，未能参与"永贞革新"，得以免于同时被贬谪的命运。后因与李吉甫有隙，出为均州刺史，再降为道州刺史，又转衡州刺史，故而世称"吕衡州"。吕温在衡州任上仅一年，《旧唐书》所云"秩满归京，不得意，发疾卒"并不准确，吕温卒于衡州任上。③柳宗元《唐故衡州刺史东平吕府君诔》："维唐元和六年八月日，衡州刺史东平吕君卒"，并"葬于江陵之野"。元和六年（811），元稹在江陵贬所，李景俭亦在江陵，虽然并无两人交游之文献，却从李景俭、窦巩处窥得端倪。

吕温所交游者，以同门进士和参与"永贞革新"的士人为主，吕温《祭座主兵部尚书顾公文》："维贞元十年岁次甲申月日，门生侍御史王播、监察御史刘禹锡、陈讽、柳宗元、左拾遗吕温、李逢吉、右拾遗卢元辅、剑南西川观察支使李正叔、万年县主簿谈元茂、集贤殿校书郎王启、秘省校书郎李建、京兆府文学李逢、渭南县尉席夔、

---

① 徐松撰，孟二冬补正：《登科记考补正》，北京燕山出版社2003年版，第600—604页。
② 徐松撰，孟二冬补正：《登科记考补正》，第607—608页。
③ 李德辉：《全唐文作者小传正补》，辽海出版社2011年版，第721页。

户县尉张隶初、奉礼郎独孤郁、协律郎萧节、奉礼郎时元佐、荥阳主簿李宗衡、前乡贡进士郑素等，谨以清酌之奠，祭于座主故兵部尚书东都留守顾公之灵。"贞元九年、十年、十四年，顾少连三知贡举，刘禹锡、柳宗元、谈元茂等人贞元九年及第，王播、陈讽、席夔等贞元十年及第，吕温、卢元辅、李建、张隶初、独孤郁、萧节、李宗衡等贞元十四年及第。此外，所交游者亦有窦群、元稹、韩愈、窦庠、李景俭等。贞元十一年、十二年、十三年，吕温之父吕渭知贡举。据《旧唐书》本传："时王叔文用事，故与温同游东宫者，皆不次任用，温在蕃中，悲叹久之。元和元年，使还，转户部员外郎。时柳宗元等九人坐叔文贬逐。唯温以奉使免。"出使吐蕃，吕温写下一些别具一格的诗作，亦为一时特色。

关于吕温事迹，两《唐书》抓住三个时段："永贞革新"、出使吐蕃、御史官时期。对于其任均州、道州、衡州事，则极为简略。因其传文不长，不妨列出全文加以比较。《旧唐书》本传内容可分为两个部分，"永贞革新"、出使吐蕃为第一部分。云：

> 温，字化光，贞元末登进士第，与翰林学士韦执谊善。顺宗在东宫，侍书王叔文劝太子招纳时之英俊以自辅，温与执谊尤为叔文所眷，起家再命拜左拾遗。二十年冬，副工部侍郎张荐为入吐蕃使，行至凤翔，转侍御史，赐绯袍牙笏。明年，德宗晏驾，顺宗即位，张荐卒于青海，吐蕃以中国丧祸，留温经年。时王叔文用事，故与温同游东宫者，皆不次任用，温在蕃中，悲叹久之。元和元年，使还，转户部员外郎。时柳宗元等九人坐叔文贬逐。唯温以奉使免。

行文至此，则包括"永贞革新"和出使吐蕃二事，这两件事又相互联系。吕温以未能参与革新为憾，又因此幸免于难。第二部分重在书写对于吕温为人的评价，将叙事与褒贬结合起来。传云：

温天才俊拔，文彩赡逸，为时流柳宗元、刘禹锡所称。然性多险诈，好奇近利，与窦群、羊士谔趣尚相狎。群为韦夏卿所荐，自处士不数年至御史中丞，李吉甫尤奇待之。三年，吉甫为中官所恶，将出镇扬州，温欲乘其有间倾之。温自司封员外郎转刑部郎中，窦群请为知杂。吉甫以疾在第，召医人陈登诊视，夜宿于安邑里第。温伺知之，诘旦，令吏捕登鞫问之，又奏劾吉甫交通术士。宪宗异之，召登面讯，其事皆虚，乃贬群为湖南观察使，羊士谔资州刺史，温均州刺史。朝议以所责太轻，群再贬黔南，温贬道州刺史。五年，转衡州，秩满归京，不得意，发疾卒。温文体富艳，有丘明、班固之风，所著《凌烟阁功臣铭》、《张始兴画赞》、《移博士书》，颇为文士所赏，有文集十卷。

《新唐书》本传在《旧唐书》的基础上加以重构，叙事内容变化不大，更注重叙述吕温之政事活动和思想世界，对其文学活动则减去不少文字。传云：

温，字和叔，一字化光，从陆质治《春秋》，梁肃为文章。贞元末，擢进士第。与韦执谊厚，因善王叔文。再迁为左拾遗。以侍御史副张荐使吐蕃，会顺宗立，荐卒于虏，虏以中国有丧，留温不遣。时叔文秉权，与游者皆贵显，温在绝域不得迁，常自悲。元和元年乃还，而柳宗元等皆坐叔文贬，温独免，进户部员外郎。

温藻翰精富，一时流辈推尚。性险躁，谲诡而好利，与窦群、羊士谔相昵。群为御史中丞，荐温知杂事，士谔为御史，宰相李吉甫持之，久不报，温等怨。时吉甫为宦侍所抑，温乘其间谋逐之。会吉甫病，夜召术士宿于第，即捕士掠讯，且奏吉甫阴事。宪宗骇异，既诘辩，皆妄言，将悉诛群等，吉甫苦救乃免，于是贬温均州刺史，士谔资州。议者不厌，再贬为道州。久之，徙衡州，治有善状。卒，年四十。

相比之下,《旧唐书》注重吕温交游之人物,自王叔文、韦执谊、刘禹锡、柳宗元至窦群、羊士谔等均有所提及,由此叙吕温政事、文学之事迹。《旧唐书》亦注重吕温的文学成就,直接采入《凌烟阁功臣铭》《张始兴画赞》《移博士书》等篇名,可见吕温当时即以文学知名。从叙事指向来看,《旧唐书》要客观一些,如叙及吕温在吐蕃未参与"永贞革新",云"时王叔文用事,故与温同游东宫者,皆不次任用,温在蕃中,悲叹久之"。而《新唐书》则云:"时叔文秉权,与游者皆贵显,温在绝域不得迁,常自悲。"在《旧唐书》叙事的基础上,《新唐书》增加了一些细节上的内容,却将旧书关于交游及文章篇目或减或删。增加者有二:一是吕温德行及文学渊源,集"从陆质治《春秋》,梁肃为文章",当出自刘禹锡《唐故衡州刺史吕君集纪》:"早闻《诗》《礼》于先侍郎,又师吴郡陆质通《春秋》,从安定梁肃学文章。"① 加入这部分内容则突出吕温与古文运动的关系。二是吕温等与李吉甫相争,对于李吉甫的形象评价,两《唐书》亦不相同。《旧唐书》的叙述仅及吕温,而《新唐书》则将吕温、窦群、羊士谔作为群体写之。据《新唐书》本传:"宪宗骇异,既诘辩,皆妄言,将悉诛群等,吉甫苦救乃免,于是贬温均州刺史,士谔资州。"其中,"李吉甫苦救乃免"乃是《旧唐书》所无之内容。增加吕温学问渊源,减却其文学之描写,乃是侧重叙事主题的需要,却有意抹杀了吕温的文学世界和思想空间的丰富性,仅以"永贞革新"一事、李吉甫一人为主完成吕温传记的重构,在纯粹化的同时更趋于简单化。关于吕温的轶事,韦绚《刘宾客嘉话录》有"吕温不把麻"条,云:"通事舍人宣诏,旧命拾遗团句把麻者,盖谒者不知书,多失句度,故用拾遗低摘声句以助之。及吕温为拾遗,被唤把麻,不肯去。遂成故事。拾遗不把麻者,自吕始也。时柳宗元戏吕云:'幸识

---

① 陶敏、陶红雨:《刘禹锡全集编年校注》,岳麓书社2003年版,第1059页。

一文半字，何不与他把也。'"① 可见吕温性情之一面。

对于吕温的为人，两《唐书》评价接近，《旧唐书》云："然性多险诈，好奇近利。"《新唐书》曰："性险躁，谲诡而好利。"主要指的还是窦群、吕温等人弹劾李吉甫一事。然贞元、元和之际，士人激进以改变时局的努力就此被严重低估了，元稹、白居易、刘禹锡、柳宗元、韩愈等人均有"险躁"激进的一面，史家采撷实录入传多代表时人的一般见识，并不足怪。从吕温留下的文字来看，《人文化成论》《代陆淳上春秋书》，乃是其思想的世界；在吕温为自己家族成员所作墓志中可见家族文化之承传；在吕温与友朋交往的诗作中可见其文采俊拔之一面。纸上之材料虽然不能完全否定史家之定评，却让我们不可忽略入传人物思想的丰富性。对入传人物进行身份认定有其长处，以当时之观念臧否传主亦往往会遮蔽其生涯思想世界的多元特征。

二 思想的温度：刘禹锡、柳宗元对于吕温的评价

吕温的人生行迹全赖刘禹锡和柳宗元的文章而留存，后被采撷入两《唐书》，友朋对于同道事迹传播之意义可见矣。细读柳宗元《唐故衡州刺史东平吕府君诔》，吕温之形象隐约可见，然如柳宗元所说，纸上之文字与本人之实际生活依然相去甚远。纪事是有限度的，两《唐书》关于吕温传文皆极简，柳宗元、刘禹锡的文章所纪事或因史家之褒贬爱憎，或因对永贞革新的成见，未能采撷入传。

柳宗元与吕温交谊甚深，《与元饶州论春秋书》云："往年又闻和叔言兄论楚商臣一义。"吕温卒后，柳宗元"私为之泪"，即《唐故衡州刺史东平吕府君诔》一文。其"序"云：

> 维唐元和六年八月日，衡州刺史东平吕君卒。爰用十月二十四日，藁葬于江陵之野。呜呼！君有智勇孝仁，惟其能，可用康天下；惟其志，可用经百世。不克而死，世亦无由知焉。君由道

---

① 陶敏、陶红雨：《刘禹锡全集编年校注》，岳麓书社2003年版，第1358页。

州。以陕为衡州。君之卒,二州之人哭者逾月。湖南人重社饮酒,是月上戊,不酒去乐,会哭于神所而归。

余居永州,在二州中间,其哀声交于北南,舟船之下上,必呱呱然,盖尝闻于古而睹于今也。君之志与能不施于生人,知之者又不过十人。世徒读君之文章,歌君之理行,不知二者之于君其末也。呜呼,君之文章,宜端于百世,今其存者,非君之极言也,独其词耳;君之理行,宜极于天下,今其闻者,非君之尽力也,独其迹耳。万不试而一出焉,尤为当世甚重。若使幸得出其什二三,则巍然为伟人,与世无穷,其可涯也?君所居官为第三品,宜得谥于太常。余惧州吏逸其辞也,私为之诔,以志其行。

此段序先言吕温有大志而"世亦无由知焉";次言"治有善状"之影响,即吕温死后道州、衡州之哀声;再言其文章、理行未能伸展。诔辞则从吕温习《春秋》下笔,"道不苟用"之进程,再写两人志同道合。曰:

天乎痛哉!尧、舜之道,至大以简;仲尼之文,至幽以默。千载纷争,或失或得,倬乎吾兄,独取其直。贯于化始,与道咸极。推而下之,法度不忒。旁而肆之,中和允塞。道大艺备,斯为全德。而官止刺一州,年不逾四十,佐王之志,没而不立,岂非修正直以召灾,好仁义以速咎者耶?

君昔与余,讲德讨儒。时中之奥,希圣为徒。志存致君,笑咏唐虞。揭兹日月,以耀群愚。疑生所怪,怒起特殊。齿舌嗷嗷,雷动风驱。良辰不偶,卒与祸俱。直道莫试,嘉言罔敷。佐王之器,穷以郡符。秩在三品,宜谥王都。诸生群吏,尚拥良图。故友咨怀,累行陈谟。是旌是告,永永不渝。呜呼哀哉!

行文至此,不禁仰天发问:"呜呼化光!今复何为乎?止乎行乎?昧乎明乎。岂荡为太空与化无穷乎?将结为光耀以助临照乎?岂为雨

第二章 贬谪之思与中唐士人的文学书写 / 65

为露以泽下土乎？将为雷为霆以泄怨怒乎？岂为凤为麟、为景星为卿云以寓其神乎？将为金为锡、为圭为璧以栖其魄乎？岂复为贤人以续其志乎？将奋为神明以遂其义乎？不然，是昭昭者其得已乎，其不得已乎？抑有知乎，其无知乎？彼且有知，其可使吾知之乎？幽明茫然，一恸肠绝。呜呼化光！庶或听之。"柳宗元《祭吕衡州温文》先因吕温之死而问天，次述吕温修大道、遵正直、好仁义而年寿不永壮志未酬，再言自己与吕温之情谊。云：

> 宗元幼虽好学，晚未闻道，洎乎获友君子，乃知适于中庸，削去邪杂，显陈直正，而为道不谬，兄实使然。呜呼！积乎中不必施于外，裕乎古不必谐于今，二事相期，从古至少，至于化光，最为太甚。理行第一，尚非所长，文章过人，略而不有，素志所蓄，巍然可知。贪愚皆贵，险很皆老，则化光之夭厄，反不荣欤？所恸者志不得行，功不得施，茕茕之民，不被化光之德；庸庸之俗，不知化光之心。斯言一出，内若焚裂。海内甚广，知音几人？自友朋凋丧，志业殆绝，唯望化光伸其宏略，震耀昌大，兴行于时，使斯人徒，知我所立。今复往矣，吾道息矣！虽其存者，志亦死矣！临江大哭，万事已矣！穷天之英，贯古之识，一朝去此，终复何适？

柳宗元与吕温均从陆质学，交往颇多，柳宗元有《酬韶州裴曹长使君寄道州吕八大使因以见示二十韵》，身怀慰藉之意。元和六年（811）四月，柳宗元有《与吕道州温论非国语书》，与吕温"讲德讨儒"，论《国语》有违儒道之谬误，故而述作《非国语》之用意。元和六年五月，吕温转衡州刺史，路过永州，与柳宗元相见。柳宗元《谢李吉甫相公示手札启》云："六月二十九日，衡州刺史吕温道过永州，辱示相公手札，省录狂瞽，收抚羁缧，沐以含弘之仁，忘其进越之罪。"[①] 两人交谊之深从中可见，正因为彼此思

[①] 尹占华、韩文奇：《柳宗元集校注》，中华书局2013年版，第2290页。

想世界之相通，故而吕温之死让柳宗元不断地发出"天乎痛哉"之悲叹。

又过去了十年，到了长庆元年（821），吕温之子吕安衡将遗稿交付刘禹锡，编为二百篇，结为一集。刘禹锡为之作《唐故衡州刺史吕君集纪》，此文先是叙吕温生平，而后叙作集纪因由，再从吕温人生行迹论其胸怀之志。生平部分写其以文学入仕，德宗闻其名而任为谏官，后入吐蕃，归来后职务多有迁转，为御史官时"会中执法左迁，缘坐出为道州刺史"，吕温"以政闻，改衡州，年四十而没"，其子将吕温作品交给刘禹锡，刘禹锡将二百篇作品编为十卷。如《集纪》所言，吕温三代皆"以文学至大官"，学识亦有渊源，终有大志。《集纪》云："温年益壮，志益大，遂拔去文字，与隽贤交，重气概，核名实，歆然以致君及物为大欲。每与其徒讲疑考要皇王霸强之术、臣子忠孝之道，出入上下，百千年间，诋诃角逐，叠发连注。"故而有《人文化成论》《诸葛武侯庙记》，因"始学左氏书，故其文微为富艳"。如《祭陆给事文》《与族兄皋请学春秋书》《代国子陆博士进集注春秋表》等。追溯起来，刘禹锡与吕温确有同门之谊。贞元二十年（804），他们曾同祭座主顾少连，祭文由吕温执笔。《子刘子自传》云："初，叔文北海人，自言猛之后，有远祖风，唯东平吕温、陇西李景俭、河东柳宗元以为信然。三子者，皆与予厚善；日夕过，言其能。"韩愈《顺宗实录》卷五云："叔文最所贤重者李景俭，而最所谓奇才者吕温。"吕温从好文学而转向安人活国的大志向，"于是就放弃文学，专与有杰出政治才能的英才交往，注重政治气节，考核名实关系，把辅佐君主治理国家作为自己的最高理想"[1]。在刘禹锡看来，吕温精通"王霸富强之术，臣子忠孝之道""能明王道，似荀卿"。吕温生不逢时，"刘禹锡赞扬吕温的政治抱负和社会活动才能，对他的主张和理想无法实现表示感慨。刘禹锡同吕温的关系，不

---

[1] 卞孝萱、卞敏：《刘禹锡评传》，南京大学出版社1996年版，第155页。

仅是文字之交，而且有共同的政治抱负"①。吕温与刘禹锡同龄，柳宗元比他们小一岁，同道同龄又曾共事，此时对于吕温之死必有切肤之痛，他们的文字将吕温尊文崇道的形象完整地呈现出来。

三 思念的热度：空怀济世安人略

一个胸怀澄清天下之志的好友，刚及中年就离世，对于同样有此志向的同道而言，悲痛之余别有会心，故而壮志未酬的念想勃然而发。柳宗元、刘禹锡、元稹、窦巩俱有诗哭之。吕温葬于江陵，时李景俭、元稹皆在江陵，而窦巩亦在江陵，韩愈贞元二十一年（805）亦曾任职江陵。段平仲、韦词、路随、吕温、窦群、李景俭都曾得到韦夏卿的知赏，刘禹锡是韦夏卿的下属，元稹是韦夏卿的女婿，则韦夏卿与"永贞革新"的关系自当密切。

柳宗元《吕侍御恭墓志》云："吕氏世仕至大官，皆有道，翼兴于世。温洎恭名为豪杰，知者以为是必立王功，活生人。不幸温刺衡州，年四十卒。恭未及理人，年三十七又卒。世固有其具而不及其用若温、恭者耶？恭貌奇壮，有大志，信善容物，宜寿考硕大，而又不克。吕氏之道恶乎兴？"吕恭娶裴延龄之女，而裴延龄与陆贽在贞元时期发生权争，元稹代人草论裴延龄之文字。

柳宗元有《同刘二十八哭吕衡州兼寄江陵李元二侍御》，这个题目就将刘禹锡、柳宗元、李景俭、元稹与吕温的关系联上了。诗云："衡岳新摧天柱峰，士林憔悴泣相逢。只令文字传青简，不使功名上景钟。三亩空留悬磬室，九原犹寄若堂封。遥想荆州人物论，几回中夜惜元龙。"②于前代士史中为吕温在本时代定位，虽有志不获骋，却留文字在人间。而文字能代表这个活生生的思想者吗？柳宗元自己都认为不能，故而益加悲切。刘禹锡和吕温有过诗

---

① 卞孝萱、卞敏：《刘禹锡评传》，南京大学出版社1996年版，第155页。
② 尹占华、韩文奇：《柳宗元集校注》，中华书局2013年版，第675页。

歌唱和，吕温有《郡内书怀寄刘连州窦夔州》，① 诗云："朱邑何为者，桐乡有古祠。我心常所慕，二郡老人知。"刘禹锡和作为《吕八见寄郡内书怀因而戏和》，诗云："文苑振金声，循良冠百城。不知今史氏，何处列君名。"元和六年（811）夏，刘禹锡还有一首《送李策秀才还湖南因寄幕中亲故兼简衡州吕八郎中》，此诗较长，以较大的篇幅写刘禹锡、吕温之旧情。本年，吕温即卒。刘禹锡《哭吕衡州时予方谪居》，诗云："一夜霜风凋玉芝，苍生望绝士林悲。空怀济世安人略，不见男婚女嫁时。遗草一函归太史，旅坟三尺近要离。朔方徯岁行当满，欲为君刊第二碑。"与柳宗元诗之悲切伤感相比，刘禹锡诗更为激越，伤怀中蕴不平之气，尤其"空怀济世安人略，不见男婚女嫁时"一联将壮志未酬之个人诉求与儿女未婚之家庭生活相对而言，益显悲壮。

据吴伟斌所论，元稹当有诗酬和柳宗元和刘禹锡的悲悼之作②，现存元稹集中未存，难以具论。元稹另有《哭吕衡州六首》：

气敌三人杰，交深一纸书。我投冰莹眼，君报水怜鱼。髀股惟夸瘦，膏肓岂暇除。伤心死诸葛，忧道不忧馀。

望有经纶钓，虔收宰相刀。江文驾风远，云貌接天高。国待球琳器，家藏虎豹韬。尽将千载宝，埋入五原蒿。

白马双旌队，青山八阵图。请缨期系虏，枕草誓捐躯。势激三千壮，年应四十无。遥闻不瞑目，非是不怜吴。

雕鹗生难敌，沉檀死更香。儿童喧巷市，赢老哭碑堂。雁起

---

① 据陶敏、陶红雨《刘禹锡全集编年校注》（岳麓书社 2003 年版，第 105 页）考证，吕温此诗当无"刘连州窦夔州"字样。
② 吴伟斌：《新编元稹集》，三秦出版社 2015 年版，第 2968 页。

沙汀暗，云连海气黄。祝融峰上月，几照北人丧。

　　回雁峰前雁，春回尽却回。联行四人去，同葬一人来。铙吹临江返，城池隔雾开。满船深夜哭，风樯楚猿哀。

　　杜预春秋癖，扬雄著述精。在时兼不语，终古定归名。耒水波文细，湘江竹叶轻。平生思风月，潜寐若为情。

　　元稹将吕温比作诸葛亮，胸有大志却出师未捷身先死。"联行四人去"，可能指的是吕温、元稹、李景俭、窦巩四人，非刘禹锡、柳宗元、程异、凌准四人。① 吕温分别撰《唐故太子舍人李府君夫人荥阳郑氏墓志铭并序》《京兆韦公神道碑铭并序》，荥阳郑氏乃李景俭之母，京兆韦公乃李景俭的岳父韦武。吕温《故太子少保赠尚书左仆射京兆韦府君神道碑》乃为元稹岳父韦夏卿所撰墓志，吕温与二人之关系或可从此窥知一二。吕温有《同舍弟恭岁暮寄晋州李六协律三十韵》，李景俭有联句诗《春日与李六舍弟联句》，今存。另，元和三年（808），吕温被贬道州刺史，李景俭亦被贬为江陵户曹参军，两人同行至江陵话别。② 元和六年（811），元稹被贬江陵，元稹与李景俭得以密切交往，或与吕温亦有关联。第五首中"联行四人去，同葬一人来"如何解读？四人中当有吕温，从刘禹锡、柳宗元及两《唐书》史传的记载来看，吕温当逝于衡州任上，去世之际是否在衡州则尚有疑问。这有两种可能：一是逝于衡州，一是逝于江陵。如果逝于衡州，则"四人"当指吕温、吕恭、吕俭、吕让四兄弟，据赵荣蔚《吕温年谱》，元和六年（811），兄弟四人会于衡州，《吕衡州文集》亦有三首诗写给吕恭、吕俭、吕让。③ 可是吕温离世后为何葬于江陵

---

① 周相录《元稹集校注》（上海古籍出版社2013年版，第234页）云："疑指刘禹锡、柳宗元、程异、凌准。"
② 赵荣蔚：《吕温年谱》，三秦出版社2003年版，第148页。
③ 赵荣蔚：《吕温年谱》，第181页。

之野？窦巩《哭吕衡州八郎中》："今朝血泪问苍苍，不分先悲旅馆丧。人送剑来归陇上，雁飞书去叫衡阳。还家路远儿童小，埋玉泉深昼夜长。望尽素车秋草外，欲将身赎返魂香。"窦巩并未言及吕温胸怀大志，而是悲其命丧他乡，葬于江陵，更多的是哭其眼前境况，并无对吕温了解之同情。吕温极可能赴江陵访李景俭和元稹，死于江陵旅馆，就地藁葬江陵之野。故而所指四人极可能是元稹、李景俭、吕温、窦巩。四人同在江陵，说好一起外出，如今却为其中一人送葬。吴伟斌则认为"四人"当指元稹、李景俭、刘禹锡、柳宗元。① 元稹这六首诗乃是以诗为传，将吕温的人生行迹蕴于诗中。细读元稹的六首诗，先写元稹与吕温的相交，当在永贞革新之前，此时吕温意气风发；次写吕温胸怀壮志；次写吕温入吐蕃；次写滞留吐蕃；次写赴衡州而卒，注重悲情；最后写吕温之思想及文学。壮志难酬则是贯穿这组诗的主题，以此主题描述吕温不得志的一生。

吕温的离世，看似平常，实际上关涉到士人气节与理想实现的可能性问题。面对这一问题，身为逐臣的元稹、柳宗元、刘禹锡自有无限感慨，这些感慨缘于吕温之死，却并未止于此。从吕温的交游即可看出，所交者多有大志者。贞元十八年（802），独孤申叔卒，年仅二十七。柳宗元有《亡友秘书省校书郎独孤君墓碣》，韩愈有《独孤申叔哀辞》，皇甫湜有《伤独孤赋》。柳宗元在文末特意列出一份友人名单：

> 呜呼！君短命，行道之日未久，故其道信于其友，而未信于天下。今记其知君者于墓：韩泰安平，南阳人。李行谌元固、其弟行敏中明，赵郡赞皇人。柳宗元，河东解人。崔广略，清河人。韩愈退之，昌黎人。王涯广津，太原人。吕温和叔，东平人。崔群敦诗，清河人。刘禹锡梦得，中山人。李景俭致用，陇西人。严休复玄锡，冯翊人。韦词致用，京兆杜陵人。

---

① 吴伟斌：《新编元稹集》，三秦出版社2015年版，第2999页。

这份名单有柳宗元、韩愈、王涯、吕温、崔群、刘禹锡、李景俭等人。皇甫湜《伤独孤赋》："伤独孤者，伤君子也，盖伤君子有道而无命也。河南独孤申步胜冠举进士，博学宏辞登科，典校秘书，不幸短命无后。其人也，君子也，天厚之才而啬之年，又亡其家，伤哉！余获知于君也久，而叨磨渐之益焉。不幸沦丧所知，追想其人，作赋伤之也。"此中所感亦可用在吕温身上，唯其有后也。元和六年（811），吕温离世，为之歌哭的依旧大多是这里所列的名字。

吕温离世的元和六年（811），"永贞革新"已如前尘旧梦，对一位因以未能参与变革而深以为憾的友人的怀念，刘禹锡、柳宗元将自家之理想的破碎感融入其中，贬至江陵的元稹仍在抒写丧妻之痛，这段时间主要沉浸在丧妻之痛和壮志难酬的郁闷之中，悼念吕温则自会注重对吕温壮志未酬的书写，这其中亦蕴含缘于自身的体悟。刘禹锡一句"空怀济世安人略"把大家的想法说出来了，不独为吕温一人，当为这些胸怀壮志者回首往昔岁月而唱出的怀旧之挽歌。

本章结论

其一，元和十年（815）是元稹、刘禹锡、柳宗元的人生节点，三人试图走出贬谪的阴影，力求消解苦闷，既渴望回归京城，又不改旧志，波澜不惊地面对挫折。元和十年（815）被召回京城，元稹、刘禹锡、柳宗元的诗作中充满憧憬，甚至在京城度过一段惬意的时光，所创作的作品是他们在接下来漫漫贬谪途中追忆的资本。

其二，元和十年（815）前后，离去—归来—再离去的贬谪之旅让这些正当壮年的士人们告别了气志如神的慷慨往事，家庭、仕途在地域的迁徙中颠簸，一时之激情换得无限苍凉。

其三，吕温的离世触发元和士人的省思，他们从不同的角度思考士人气节与理想实现的可能性问题。面对这一问题，身为逐臣的元稹、柳宗元、刘禹锡自有无限感慨，这些感慨缘于吕温之死，却并未止于此。

第三章 "平淮西"与元和士人的文学书写

元和时期，因削藩引发多起战事，"平淮西"无疑是其中的一件大事。从围绕"平淮西"议题的争论到武元衡之死，再到裴度、李愬统领的平蔡州大捷，元和士人均在诗文中有所体现。关于此一方面，彭万隆、陈冠明等人或以之论元和诗风，或钩稽史事，均有论著及之。① 对待割据的藩镇，唐宪宗能够力主出战，与武元衡、裴度不无关系。武元衡因之被刺身亡，白居易为此进言而得罪权臣，被贬江州。元和十二年（817），胜利的消息传来，远贬之官员皆欣喜异常，且将此诉诸笔下。立碑而有碑文，撰碑文者有之，进表者有之，写信者有之，为颂诗者有之，"永贞革新"、武元衡之死与"平蔡州"之战，均与之相关。"平淮西"的前前后后并不缺少文学书写，如陈冠明所论："创作亦贯穿于整个平叛军事行动之中，既有诗歌，又有散文、公文等。"② 从中正可以见出士人之家国情怀，此或为唐宋思想转型之一面也。

第一节 故事的前奏：特殊年份里的叙事指向

让我们从"平蔡州"的两年前说起，这是整个故事的前奏。翻开

---

① 文章有：彭万隆《元和削藩与元和诗歌》，《唐五代诗考论》，浙江大学出版社2006年版，第130—233页；陈冠明《裴度平叛日历简编之一》，《周口师范学院学报》2012年第1期；《裴度平叛日历简编之二》，《周口师范学院学报》2012年第3期。专著则有：《唐代裴度集团平叛日历考》，中国古文献出版社2013年版。

② 陈冠明：《裴度平叛日历简编之一》，《周口师范学院学报》2012年第1期。

《资治通鉴》,读元和十年(815)之纪事,柳宗元、刘禹锡等"王叔文之党"被召回后再放逐是第一个重要的话题。《资治通鉴》所叙刘禹锡被贬的故事是这样的:

> 王叔文之党坐谪官者,凡十年不量移,执政有怜其才欲渐进之者,悉召至京师。谏官争言其不可,上与武元衡亦恶之。三月,乙酉,皆以为远州刺史,官虽进而地益远。永州司马柳宗元为柳州刺史,朗州司马刘禹锡为播州刺史。宗元曰:"播州非人所居,而梦得亲在堂,万无母子俱往理。"欲请于朝,愿以柳易播。会中丞裴度亦为禹锡言曰:"禹锡诚有罪,然母老,与其子为死别,良可伤!"上曰:"为人子尤当自谨,勿贻亲忧,此则禹锡重可责也。"度曰:"陛下方侍太后,恐禹锡在所宜矜。"上良久,乃曰:"朕所言,以责为人子者耳,然不欲伤其亲心。"退,谓左右曰:"裴度爱我终切。"明日,改禹锡连州刺史。①

在"考异"部分,司马光据实录及笺证集,参考韩愈《柳子厚墓志》,增入对刘禹锡贬播州之原因及改为连州过程之分析。在"刘郎"故事中,柳宗元占了重要的分量,裴度的助力也是不可忽略的因素,一位是刘禹锡的同道挚友,另一位则是平淮西的勋臣。司马光极为赞赏柳宗元的"雪中送炭",故而随后为柳宗元浓墨重彩地写上一笔,采撷《梓人传》《种树郭橐驼传》入史,乃因"此其文之有理者也"。胡三省则认为:"《梓人传》以谕相,《种树郭橐驼传》以谕守令,故温公取之,以其有资于治道也。"② 其实,当年被召回的还有元稹,元稹、刘禹锡、柳宗元等人是获知平淮西消息后最为振奋的贬官群体,一方面他们以此为国强之讯息而激动,另一方面"青春作伴好还乡"的愿望益加迫切。

---

① (宋)司马光:《资治通鉴》卷二百三十九,中华书局1977年版,第7831页。
② (宋)司马光:《资治通鉴》卷二百三十九,第7833页。

元和十年（815），被贬出的还有白居易，武元衡被刺是导致白居易被贬的直接原因。唐宪宗欲讨吴元济，吴元济求救于王承宗、李师道，于是形成了双方三派的局面。一方是唐宪宗君臣，可分为两派：一派是坚持讨淮西的阵营，武元衡、裴度、韩愈等是也；另一派则是反对征战者，以钱徽、萧俛、独孤郁、段文昌等人为代表。另一方则为三个藩镇：吴元济、王承宗、李师道是也。在较量的过程中，武元衡、裴度态度最为坚决，力挺讨淮西。武元衡、裴度俱是文儒，既有文化素养，又能治国理政。据《旧唐书·武元衡传》："沉浮宴咏者久之，德宗知其才，召授比部郎中。"元和八年（813）拜相，并奉诏进旧诗。① 杨承祖认为，武元衡遇刺"致令文学儒臣之誉望竟为政治事件之突发所掩"②。据《因话录》："晋公贞元中作《铸剑戟为农器赋》。其首云：'皇帝嗣位之十三载，寰海镜清，方隅砥平。驱域中尽归力穑，示天下不复用兵。'宪宗平荡宿寇，数致太平，正当元和十三年。而晋公以文儒作相，竟立殊勋，为章武佐命，观其辞赋气概，岂得无异日之事乎。"③ 武元衡、裴度因其文儒之身份而坚持一统天下，而不能任藩镇自治。战事一起，吴元济等人便作出多种干扰的恶行。《资治通鉴》云：

> 吴元济遣使求救于恒、郓。王承宗、李师道数上表请赦元济，上不从。是时发诸道兵讨元济而不及淄青，师道使大将将二千人趣寿春，声言助官军讨元济，实欲为元济之援也。师道素养刺客奸人数十人，厚资给之，其徒说师道曰："用兵所急，莫先粮储。今河阴院积江、淮租赋，请潜往焚之。募东都恶少年数百，劫都市，焚宫阙，则朝廷未暇讨蔡，先自救腹心。此亦救蔡一奇也。"师道从之。自是所在盗贼窃发。辛亥暮，盗数十人攻

---

① 杨承祖：《武元衡传论》，《杨承祖文录》，华东师范大学出版社2017年版，第541页。
② 杨承祖：《武元衡传论》，《杨承祖文录》，第529页。
③ 周勋初：《唐人轶事汇编》，上海古籍出版社2016年版，第1011—1012页。

河阴转运院，杀伤十余人，烧钱帛三十馀万缗匹、谷二万馀斛，于是人情恇惧。群臣多请罢兵，上不许。①

刺客奸人制造的混乱并没有改变唐宪宗的决心，只是"诸军讨淮西久未有功"，遂派裴度前往宣慰，裴度回来后力陈淮西可取，认为李光颜可用。韩愈也就此上言，献计献策。不久，李光颜大破淮西军，于是，李师道思行刺之事，将对付的目标锁定于武元衡、裴度身上，《资治通鉴》云：

上自李吉甫薨，悉以用兵事委武元衡。李师道所养客说李师道曰："天子所以锐意诛蔡者，元衡赞之也，请密往刺之。元衡死，则他相不敢主其谋，争劝天子罢兵矣。"师道以为然，即资给遣之。王承宗遣牙将尹少卿奏事，为吴元济游说。少卿至中书，辞指不逊，元衡叱出之。承宗又上书诋毁元衡。②

血腥的刺杀场面出现了，司马光是这样叙述的：

六月，癸卯，天未明，元衡入朝，出所居靖安坊东门。有贼自暗中突出射之，从者皆散去，贼执元衡马行十馀步而杀之，取其颅骨而去。又入通化坊击裴度，伤其首，附沟中，度毡帽厚，得不死。傔人王义自后抱贼大呼，贼断义臂而去。京城大骇，于是诏宰相出入，加金吾骑士张弦露刃以卫之，所过坊门呵索甚严。朝士未晓不敢出门。上或御殿久之，班犹未齐。

贼遗纸于金吾及府、县，曰："毋急捕我，我先杀汝。"故捕贼者不敢甚急。兵部侍郎许孟容见上言："自古未有宰相横尸路隅而盗不获者，此朝廷之辱也！"因涕泣。又诣中书挥涕言："请

---

① （宋）司马光：《资治通鉴》卷二三九，中华书局2012年版，第7833—7834页。
② （宋）司马光：《资治通鉴》卷二三九，第7835页。

奏起裴中丞为相，大索贼党，穷其奸源。"戊申，诏中外所在搜捕，获贼者赏钱万缗，官五品；敢庇匿者，举族诛之。于是京城大索，公卿家有复壁、重橑者皆索之。①

朝廷在追查的过程中，发现王承宗的手下张晏等八人"行止无状"，故"众多疑之"，在拘捕按察的过程中，张弘靖疑其不实，屡上言，宪宗不听，终杀之，并绝王承宗朝贡。武元衡之死并没有改变唐宪宗、裴度君臣平淮西的决策与决心。八月，查出是李师道所为，因忙于讨吴元济而未能惩治李师道。故事讲完了，似乎没有白居易什么事，那么他又是如何被贬的呢？白居易时为太子左赞善大夫，初授此职，颇觉心灰意冷，给李绅的诗中有"一种共君官职冷，不如犹得日高眠"之句。武元衡遇刺事件发生，白居易得知此事难以遏制，第一个上言，请求抓捕凶手。据白居易《与杨虞卿书》：

去年六月，盗杀右丞相于通衢中，迸血体，磔发肉，所不忍道。合朝震栗，不知所云。仆以书籍以来，未有此事。苟有所见，虽畎亩皂隶之臣，不当默默，况在班列，而能胜其痛愤耶？故武丞相之气平明绝，仆之书奏午入。两日之内，满城知之，其不与者，或语以伪言，或陷以非语，皆曰："丞、郎、给、舍、谏官、御史？尚未论请，而赞善大夫何反忧国之甚也！"仆闻此语，退而思之，赞善大夫诚贱冗耳，朝廷有非常事，即日独进封章，谓之忠，谓之愤，亦无愧矣！谓之妄，谓之狂，又敢逃乎？以此获辜，顾何如耳，况又不以此为罪名乎！②

白居易认为自己因言此事获罪，"素恶居易者"则借他事陷之。据《旧唐书》本传："九年冬，入朝，授太子左赞善大夫。十年七

---

① （宋）司马光：《资治通鉴》卷二三九，中华书局2012年版，第7835—7836页。
② 谢思炜：《白居易文集校注》，中华书局2011年版，第291—292页。

月，盗杀宰相武元衡，居易首上疏论其冤，急请捕贼以雪国耻。宰相以宫官非谏职，不当先谏官言事。会有素恶居易者，掎摭居易，言浮华无行，其母因看花堕井而死，而居易作《赏花》及《新井》诗，甚伤名教，不宜置彼周行。执政方恶其言事，奏贬为江表刺史。诏出，中书舍人王涯上疏论之，言居易所犯状迹，不宜治郡，追诏授江州司马。"《新唐书》本传云："明年，以母丧解，还，拜左赞善大夫。是时，盗杀武元衡，京都震扰。居易首上疏，请亟捕贼，刷朝廷耻，以必得为期。宰相嫌其出位，不悦。俄有言：'居易母堕井死，而居易赋《新井篇》，言浮华，无实行，不可用。'出为州刺史。中书舍人王涯上言不宜治郡，追贬江州司马。既失志，能顺适所遇，托浮屠生死说，若忘形骸者。"之前白居易亦屡屡言事，主要有二：一是李师道出钱为魏徵孙赎故第事，一是派中人吐突承璀率师讨王承宗事。将这些言事的内容结合起来，不难看出白居易亦是讨淮西的支持者，这点与韩愈的态度一致。元和十年（815）的远贬江州是白居易人生的分界线，他的人生态度至此开始发生变化。[1] 上书的还有独孤朗，据李翱《独孤公墓志铭》："十年，盗杀宰相，御史中丞伤以免，公疏请贬京兆尹，杀捕盗吏，事皆不行，君子壮之。"白居易因此被贬出，韩愈尚在京师，先有《论淮西事宜状》，行刺事件发生后，又上《论捕贼行赏表》，亦遭降职。韩愈后来有幸随裴度赴淮西，以彰义行军司马的身份成为平淮西的见证者和记录者，写下了诸多关于战地现场的文字。

对此事有反应的还有已经外放的刘禹锡和柳宗元。刘禹锡、柳宗元于元和十年（815）三月外放，六月武元衡遇刺，对于武元衡的死，二人的态度有些微妙。刘禹锡有《代靖安佳人怨》，其引言曰："靖安，丞相武公居里名也。元和十年（815）六月，公将朝，夜漏未尽三刻，骑出里门，遇盗，薨于墙下。初，公为郎，余为御史，繇是旧故。今守于远服，贱不可以谏，又不得为歌诗声于楚挽，故代作

---

[1] 蹇长春：《白居易评传》，南京大学出版社2011年版，第150页。

《佳人怨》，以裨于乐府云。"诗云："宝马鸣珂踏晓尘，鱼文匕首犯车茵。适来行哭里门外，昨夜华堂歌舞人。"其二云："秉烛朝天遂不回，路人弹指望高台。墙东便是伤心地，夜夜流萤飞去来。"① 对刘禹锡与武元衡的恩怨，学界多有探讨。刘禹锡又有《和武中丞秋日寄怀简诸僚故》《奉和淮南李相公早秋即事寄成都武相公》《江陵严司空见示与成都武相公唱和因命同作》等诗，元和七年（812）、元和八年（813）这两年，刘禹锡与武元衡亦多有私人交往。刘禹锡有《上门下武相公启》《谢门下武相公启》，从这两文来看，武元衡对刘禹锡多有援助，过去或有矛盾却并非敌对者。此诗当无幸灾乐祸之快意，② 这两首诗与其咏史诗风格相似，一是想象遇刺之场面，慨叹武元衡命运之变化；一是抒写人去台空后的现场图景。另一位因"永贞革新"而贬出的柳宗元也有《古东门行》："汉家三十六将军，东方雷动横阵云。鸡鸣函谷客如雾，貌同心异不可数。赤丸夜语飞电光，徼巡司隶眠如羊。当街一叱百吏走，冯敬胸中函匕首。凶徒侧耳潜慊心，悍臣破胆皆杜口。魏王卧内藏兵符，子西掩袂真无辜。羌胡毂下一朝起，敌国舟中非所拟。安陵谁辨削砺工，韩国诅明深井里。绝胭断骨那下补，万金宠赠不如土。"③ 此诗以乐府讽盗杀武元衡事，亦以同情为主，并无幸灾乐祸之感。不久前还同在长安，而今物是人非，此时的刘禹锡、柳宗元感慨遂深，至平淮西后，两人之表现可反证此时惋惜之情绪。有意味的是，当熟悉的旧日身影离开尘世，刘禹锡、柳宗元一以咏史的风味，一以拟古的手法，以旧格调写目前之时事，对武元衡本人的态度与对平淮西的态度纠缠在一起，个人之际遇与家国之情怀并存，复杂的心绪一目了然。当此际，刘禹锡、柳宗元两人或已抛却往日的纠葛，毕竟他们熟悉的"伤心地"已不见"昨夜华堂歌舞人"。

---

① 陶敏、陶红雨：《刘禹锡全集编年校注》，岳麓书社2003年版，第219—220页。
② 陶敏、陶红雨：《刘禹锡全集编年校注》，第222页。
③ 尹占华、韩文奇：《柳宗元集校注》，中华书局2013年版，第2750页。

第三章 "平淮西"与元和士人的文学书写 / 79

多年征讨淮西无果，这在白居易江州时期的诗作中也有反映。白居易多写因淮寇未平而多年征战带来的诸种困扰。如《放旅雁》："九江十年冬大雪，江水生冰树枝折。百鸟无食东西飞，中有旅雁声最饥。雪中啄草冰上宿，翅冷腾空飞动迟。江童持网捕将去，手携入市生卖之。我本北人今谴谪，人鸟虽殊同是客。见此客鸟伤客人，赎汝放汝飞入云。雁雁汝飞向何处，第一莫飞西北去。淮西有贼讨未平，百万甲兵久屯聚。官军贼军相守老，食尽兵穷将及汝。健儿饥饿射汝吃，拔汝翅翎为箭羽。"此诗借写旅雁而叹征战之苦。又有《送幼史》："淮右寇未散，江西岁再徂。故里干戈地，行人风雪途。此时与尔别，江畔立踟蹰。"有《春游西林寺》："是年淮寇起，处处兴兵革。智士劳思谋，戎臣苦征役。"《元和十二年淮寇未平诏停岁仗愤然有感率尔成章》："闻停岁仗轸皇情，应为淮西寇未平。不分气从歌里发，无明心向酒中生。愚计忽思飞短檄，狂心便欲请长缨。从来妄动多如此，自笑何曾得事成。"《东南行一百韵》："岘阳亭寂寞，夏口路崎岖。大道全生棘，中丁尽执殳。江关未撤警，淮寇尚稽诛（自注：时淮西未平，路经襄、鄂二州界，所见如此）。"相较于白居易的诗作颇丰，元稹对此留下的文字不多，元和九年（814），元稹在严绶幕，代作《代谕淮西书》，有诗《赠李十一》。诗云："淮水连年起战尘，油旌三换一何频！共君其后俱从事，羞见功名与别人。"元和十年（815），元稹与刘禹锡、柳宗元一道被召回，后元稹出为通州司马。故有《归田》云："千万人间事，从兹不复言。"赴通州过新政县，作《新政县》云："已闻城上三更鼓，不见心中一个人。"《南昌滩》云："物色可怜心莫恨，此行都是独行时。"一路之寂寞可想而知。后到通州，因病仅关心己事，白居易被贬，元稹有《闻乐天授江州司马》《酬乐天赴江州路上见寄三首》，却仅言彼此贬谪之苦，并没有留下关于武元衡遇刺之事的相关文字。

韩愈、柳宗元、元稹、白居易、刘禹锡等人身处政争漩涡之中，因所处境地与所居身份之不同，所以对于征讨淮西关注的程度不一，对于相关的战事及政事则均有文字涉及。韩愈、白居易身在朝中，故而表现得最为直接；元稹、刘禹锡、柳宗元俱为谪臣，刘禹锡、柳宗元对武元衡之死表现得稍显复杂，元稹则徒为感怀而已。

第二节　平淮西：故事的完整图景

　　如果向前追溯，贞元十五年（799），唐德宗曾诏讨吴少诚，第二年无果而终。元和九年（814），时任淮西节度使吴少阳死，吴元济秘不发丧，自总兵柄，朝廷从此开始征讨吴元济，虽偶有小胜，却并无大的进展。从元和十年（815）起，司马温公《资治通鉴》即以"平淮西"为中心叙述政事，形成了独立的叙事单元。元和十年（815），战幕拉开，却发生了以武元衡遇刺事件为主的一系列滋扰。唐宪宗、裴度，还有已然长逝的武元衡，与妥协者形成了对峙。武元衡被刺，朝臣震恐，何去何从，议论蜂起。《资治通鉴》元和十一年（816）起笔即免去钱徽翰林学士、萧俛知制诰之职，而令其守本官，原因是"时群臣请罢兵者众，上患之，故黜徽、俛以警其余"。钱徽、萧俛均是吴越江南士族出身，钱徽乃是钱起之子，有文才。据《旧唐书·钱徽传》："（元和）十一年，王师讨淮西，诏朝臣议兵，徽上疏言用兵累岁，供馈力殚，宜罢淮西之征。宪宗不悦，罢徽学士之职，守本官。"随后唐宪宗削去王承宗职位并征讨之。李光颜、乌重胤讨淮西节节胜利，唐宪宗又将请罢兵的韦贯之、独孤郁贬出。据《旧唐书·韦贯之传》："淮西之役，镇州盗窃发辇下，杀宰相武元衡，伤御史中丞裴度。及度为相，二寇并征，议者以物力不可。贯之请释镇以养威，攻蔡以专力。上方急于太平，未可其奏。贯之进言：'陛下岂不知建中之事乎？天下之兵，始于蔡急魏应，齐赵同恶。德宗率天下兵，命李抱真、马燧急攻之，物力用屈，于是朱泚乘之为乱，朱滔随而向阙，致使梁、汉为府，奉天有行，皆陛下所闻见。非他，不能忍待次第，速于扑灭故也。陛下独不能宽岁月，俟拔蔡而图镇邪？'上深然之，而业已下伐镇诏。后灭蔡而镇自服，如其策焉。"从中可见韦贯之并非反对讨淮西，只是策略不同而已。即便如此，唐宪宗求胜心切，仍然认为李光颜等"久无功"，派梁守谦宣慰并诏书切责，"示以无功必罚"。从急切的态度上即可看出唐宪宗身上的压力，战事不可久拖。可是，事与愿违，讨伐王承宗并不顺利，反而连吃败仗。直到年底，以李愬为唐、随、邓节度使，为下一年的胜利拉开了序幕。

元和十二年（817），先后隆重登场的正是李愬和裴度。李愬的谋略决定着战局的走向，裴度的总领显示着态度的坚决。读《资治通鉴》本年纪事，与韩愈《平淮西碑》、段文昌《平淮西碑》比较，则《资治通鉴》之纪事与段文昌《碑》同者多，尤其是对征讨淮西战事发展之过程的叙述，《资治通鉴》与段文昌《平淮西碑》近乎一致。韩愈《平淮西碑》则对前一段叙述简单，仅以天子号令引之。关于平蔡州，韩愈《平淮西碑》云：

> 十二年八月，丞相度至师，都统弘责战益急，颜、胤、武合战亦用命。元济尽并其众洄曲以备。十月壬申，愬用所得贼将，自文城因天大雪，疾驰百二十里，用夜半到蔡，破其门，取元济以献。尽得其属人卒。辛巳，丞相度入蔡，以皇帝命赦其人，淮西平，大飨赉功。师还之日，因以其食赐蔡人。凡蔡卒三万五千，其不乐为兵，愿归为农者十九，悉纵之。斩元济京师。[1]

段文昌《平淮西碑》云：

> 将决其机，以安海内，复命丞相裴度，拥淮蔡之节，抚将帅之臣，分邓禹之麾旆，盛窦宪之幕府，四牡业业，於藩於宣。先是光颜、重允、公武，戎旅同心，垒垣齐列，常蛇之势，首尾相从。胡骑之雄，纷纭纵击，逐余孽如鸟雀，猎残寇似狐狸。干矛如林，行次于洄曲，丞相之来也。群帅之志气逾励，统制之号令

---

[1] 刘真伦、岳珍：《韩愈文集汇校笺注》，中华书局2010年版，第2197页。

益明，势如雷霆，功在漏刻。贼乃悉其精骑，以备洄曲之师。唐随帅李愬，新总伤痍之军，稍励奔北之气，城孤援绝，地逼势危，而能养貔虎之威，未尝矍视，屈鸷鸟之势，不使露形。是以收文城栅而降吴秀琳，下兴桥而擒李祐。祐果敢多略，众以留之，或谓蓄患，不利吾军，诚明在躬，秉信不挠，爰命释缚，授之亲兵。祐感慨之心，出于九死。纵横之计，果效六奇。粤十月既望，阴凝雪飞，天地尽闭。乃遣其将史旻、仇良辅留镇文城，备其侵轶，命李祐领突骑三千以为乡导，自领中权三千，与监军使李诚义继进，又遣其将田进诚领马步三千以殿其后。郊云晦暝，寒可堕指，一夕卷旆，凌晨破关，铺敦淮濆，仍执丑虏。虽魏军得田畴为导，潜出卢龙，邓艾得田章先登，长驱绵竹，用奇制胜，与古为俦。①

韩愈《平淮西碑》以古文叙述，仅仅用不到四十字写李愬雪夜入蔡州之事；段文昌《平淮西碑》则以骈体行文，共计用近三百字以渲染其事，两者的分量显然不同。这两篇《平淮西碑》均肯定裴度作为统帅的地位，这是自然的，因为裴度代表着国家之决策，只是两篇文字关于平蔡州的过程描述存在着不小的差异。平蔡州乃是一锤定音之壮举，平淮西之重头戏，亦是震慑藩镇的关键一节，李愬调兵遣将之过程至关重要，这也是后来发生磨碑事件之缘由。故而，《资治通鉴》此一部分也颇费周折，《资治通鉴》卷二百四十关于李愬调兵遣将之过程，而其如何对待丁士良、吴秀琳、李祐等降将则至关重要。从军事上分为讨王承宗和讨吴元济两个部分。战局之变化则先因李愬之到任，其潜心策划而准备就绪，后因裴度、马总、韩愈的到任而志益坚。《资治通鉴》充分利用史料，人物各司其职，各有其功，从细节处突出了李愬雪夜入蔡州之生动图景，李愬一击得胜的重要性不言而喻。裴度作为统帅不改文儒本色，据

---

① 董诰等：《全唐文》卷六一七，中华书局1983年版，第6236页。

王定保《唐摭言》："裴晋公赴敌淮西，题名华岳之阙门。大顺中，户部侍郎司空图以一绝纪之曰：'岳前大队赴淮西，从此中原息战鼙。石阙莫教苔藓上，分明认取晋公题。'"又白居易《题裴晋公女几山刻石诗后》序云："公出讨淮西，过女几山下，刻石题诗，末句云：'待平贼垒报天子，莫指仙山示武夫。'果如所言，克期平贼，由是淮蔡迄今底宁，殆二十年，人安生业。夫嗟叹不足则咏歌之，故居易作诗二百言，继题公之篇末。欲使采诗者、修史者、后之往来观者，知公之功德本末前后也。"[1] 以诗为史，追忆中有对裴度文儒情怀的书写。

在这幅图景中，不能缺少彰义行军司马韩愈的身影，他的一路行程见证了"元和中兴"的壮丽景观，这些图景都在他的诗作中有所反映。据钱仲联《韩昌黎诗系年集释》，韩愈元和十二年（817）共有相关诗作十七首，多以七言绝句为之，言简意明。甫一出发，韩愈便极为乐观，写有《过鸿沟》一诗，诗云："龙疲虎困割川原，亿万苍生性命存。谁劝君王回马首，真成一掷赌乾坤。"方世举评曰："此诗虽咏楚、汉事，实为伐蔡之举，时宰有谏阻者，几败公事也。视为咏古则非。"[2]《赠刑部马侍郎》云："红旗照海压南荒，征入中台作侍郎。暂从相公平小寇，便归天阙致时康。"[3] 在韩愈看来，平淮西乃是影响亿万苍生的大事，君王不可犹豫不决，咏古而思今，唯有坚定伐蔡之决心方可胜利，当是韩愈此际的内心所想。韩愈一路吟唱不已，随裴度征讨途中则有：

> 司徒东镇驰书谒，丞相西来走马迎。两府元臣今转密，一方逋寇不难平。
>
> ——《送张侍郎》

---

[1] 周勋初：《唐人轶事汇编》，上海古籍出版社2016年版，第1012页。
[2] 方世举撰，郝润华、丁俊丽整理：《韩昌黎诗集编年笺注》，中华书局2012年版，第526页。
[3] 方世举撰，郝润华、丁俊丽整理：《韩昌黎诗集编年笺注》，第528页。

旗穿晓日云霞杂，仙倚秋空剑戟明。敢请相公平贼后，暂携诸吏上峥嵘。

——《奉和裴相公东征途经女几山下作》

城上赤云呈胜气，眉间黄色见归期。幕中无事惟须饮，即是连镳向阙时。

——《郾城晚饮奉赠副使马侍郎及冯、李二员外》

为文无出相如右，谋帅难居邵榖先。归去雪销溱洧动，西来旌旆拂晴天。

——《酬别留后侍郎，蔡平，命马总为留后》

四面星辰著地明，散烧烟火宿天兵。不关破贼须归奏，自趁新年贺太平。

——《同李二十八员外从裴相公野宿西界》①

韩愈写其所闻所见，获知平蔡州之兴奋溢于言表，胜利归来，归途中更有诗作记录其畅快之心情，如《和李司勋过连昌宫》一诗云："夹道疏槐出老根，高甍巨桷压山原。宫前遗老来相问，今是开元几叶孙。"平蔡州胜利的消息传来，韩愈有《桃林夜贺晋公》一诗，云："西来骑火照山红，夜宿桃林腊月中。手把命珪兼相印，一时重叠赏元功。"返回途中有《次潼关先寄张十二阁老使君》，诗云："荆山已去华山来，日出潼关四扇开。刺史莫辞迎候远，相公亲破蔡州回。"《次潼关上都统相公》云："暂辞堂印执兵权，尽管诸军破贼年。冠盖相望催入相，待将功德格皇天。"读这些即兴之绝句，令人想起抗战时期田间的街头宣传诗，昌黎的这些文字颇似之，其作用或在文字之外。收尾之作则是《晋公破贼回重拜台司以诗示幕中宾客愈奉和》，诗云："南伐旋师太华东，天书夜到册元功。将军旧压三司贵，相国新兼五等崇。鹓鹭欲归仙仗里，熊罴还入禁营中。长惭典午

---

① 方世举撰，郝润华、丁俊丽整理：《韩昌黎诗集编年笺注》，中华书局2012年版，第527—554页。

非材职，得就闲官即至公。"① 韩愈在元和十三年（818）所作《送李员外院长分司东都》、元和十四年（819）所作《元日酬蔡州马十二尚书去年蔡州元日见寄之什》依然回忆"羁旅逐东征"之故事。元和十三年（818）四月，王承宗献德、棣二州，朝廷赦免其罪。七月，讨李师道，斩杀之。至此，一扫藩镇之跋扈，渐显中兴之气象。元和十四年（819），因宪宗崇佛，韩愈上《论佛骨表》被贬至潮州，这些激动于心的故事才被冲淡了许多。随裴度平淮西是韩愈一生中的关键时节，其家国情怀由此根植于心，不可移易，这从他后来的一系列行为中得到了充分的展示。不过，集中表达平蔡州与其家国情怀之关系的还是其所撰而终被磨掉的《平淮西碑》，此点我们会在下文继续探讨。

第三节　中唐贬谪士人关于"平淮西"的文学书写

据《旧唐书·宪宗纪》所载："（元和十二年）十一月丙戌朔，御兴安门受淮西之俘。以吴元济徇两市，斩于独柳树；妻沈氏，没入掖庭；弟二人、子三人，配流，寻诛之；判官刘协等七人处斩。录平淮西功：随唐节度使、检校左散骑常侍李愬检校尚书左仆射、襄州刺史，充山南东道节度、襄邓随唐复郢均房等州观察等使；加宣武军节度使韩弘兼侍中；忠武军节度使李光颜、河阳节度使乌重胤并检校司空。以宣武军都虞侯韩公武检校左散骑常侍、鄜坊丹延节度使，以魏博行营兵马使田布为右金吾卫将军，皆赏破贼功也。甲午，恩王连薨。以蔡州郾城为澺，析上蔡、西平、遂平三县隶焉。戊申，以淮西宣慰副使、门下侍郎、同平章事裴度守本官，赐上柱国、晋国公、食邑三千户；以蔡州留后马总检校工部尚书、蔡州刺史、彰义军节度

---

① 方世举撰，郝润华、丁俊丽整理：《韩昌黎诗集编年笺注》，中华书局2012年版，第556—559页。

使、澨州颍陈许节度使。丙子,以右庶子韩愈为刑部侍郎。"① 平蔡州的消息快速传布开来,国威大振,士大夫群体更是喜出望外,这件军国之大事对于贬谪在外的士人而言,来得恰是时候。元和十三年(818),唐宪宗发《平淮西大赦文》,宣布大赦天下,自然群情振奋。元稹有《贺诛吴元济表》《贺裴相公破淮西启》《上门下裴相公书》,柳宗元有《上裴晋公度献唐雅诗启》《上襄阳李愬仆射献唐雅诗启》《献平淮夷雅表》,刘禹锡有《贺收蔡州表》《贺门下裴相公启》,白居易有《刘十九同宿》《三游洞序》等作品。

　　元和十二年(817),元稹仅有《贺诛吴元济表》《贺裴相公破淮西启》两文,其中《贺诛吴元济表》,杨军疑为代作②,但代作与否并不影响所表达的个人之情感。元稹《贺诛吴元济表》云:"五十年间,三后贻顾。眇尔元济,继为凶妖,谓君命可逃,谓父死为利,陛下凝兹睿算,取彼凶残,不越殷宗之期,遂剿淮夷之命。威动区宇,道光祖宗,凡在生成孰不懂怀!臣忝官藩翰,不获率舞阙庭,瞻望徘徊,无任踊跃屏营之至。"③ 这篇文章虽属常例贺文,用词未见个人之特色,却也可表群情。《贺裴相公破淮西启》则是元稹单独给裴度的,元稹一生与裴度多有交集,早年两人多有契合之处。元和元年(806),裴度因"密疏论权幸"由监察御史出为河南府功曹参军,元稹因"讼所言当行",由左拾遗出为河南县尉。《贺裴相公破淮西启》云:"伏见当道节度使牒,伏承相公生擒吴元济,归斩阙下,功高振古,事绝称言,亿兆欢呼。天下幸甚。某闻举世非之而心不惑者谓之明,群疑未亡而计先定者谓之智。日者天弃淮蔡,蓄为污潴。五十年间,三后垂顾。眇尔元济,继为凶妖,谓君命可逃,以父死为利。圣上以睿谟神算,方议剪除;群下守见习闻,咸怀阻沮。公英猷独运,卓立不回。内排疑惑之词,外辑异同之旅。三军保任,一意诛锄。投

---

① 刘昫等:《旧唐书》卷十五,中华书局1975年版,第461—462页。
② 杨军:《元稹集编年笺注》(散文卷),三秦出版社2002年版,第254页。
③ 周相录:《元稹集校注》,上海古籍出版社2011年版,第927页。

石之卵虽危，拒轮之臂犹奋。赖阁下忠诚愤激，亲自拊巡。灵旗一临，徐涔电扫。此所谓俟周公而后淮夷服，得元凯而后吴寇平。凡在陶甄，孰不忻幸。况某早趋门馆，抃跃尤深，僻守遐荒，不获随例拜贺，无任踊跃徘徊之至。"① 元和十三年（818），元稹为求勋臣裴度的援引，有《上门下裴相公书》，先叙及旧情，亦言及淮蔡平之功勋，再言"构致群材，使栋梁榱桷咸适其用"之重要性，终进入主题，"今殊勋既建，王化方行，亦当念魏郑公守成之难，而三复文皇帝'思危'之诏乎？以愚思之，欲人之不怨，莫若迁授之有常；欲人之竭诚，莫若援拯于焚溺"。然后述及自己的遭遇，希望裴度能够像裴垍一样荐拔人才，自己能够有用武之地，元稹诗作《连昌宫词》亦作于此时。卞孝萱《元稹年谱》"元和十三年"云："从诗中'官军又取淮西贼，此贼亦除天下宁'二句，可以看出是作于元和十二年十月平定淮西吴元济之后，十三年七月讨伐淄青李师道之前。因为'天下宁'三字反映出那时没有兵事。如果已经讨伐李师道，元稹就不能说'天下宁'，也不可能有'老翁深望幸'的下文。"② 为此诗编年的还有周相录，认为："元和十二年末或元和十三年七月前作于通州。"③ 此诗于平蔡之事虽着笔不多，亦为元稹此际议论之证明。

元和十三年（818），大赦天下。柳宗元在柳州刺史任上，遇此国家之大事，自然会为之颂歌。柳宗元作《平淮夷雅》二篇，献给三方：宪宗皇帝、裴度和李愬。《献平淮夷雅表》是柳宗元上表陈情之良机，文章中先写自己垂荒十四年的事实，夸赞宪宗皇帝"太平之功，中兴之德，推校千古"，而后引出自己的意图，那就是："臣伏自忖度，有方刚之力。不得备戍行，致死命，况今已无事，思报国恩，独惟文章。"继而柳宗元为献雅行为追溯古《雅》之意义所在：自周宣王之功业，包括平淮夷在内，因《雅》而传颂。经过这样的

---

① 周相录：《元稹集校注》，上海古籍出版社2011年版，第1445—1446页。
② 卞孝萱：《元稹年谱》，齐鲁书社1980年版，第299—302页。
③ 周相录：《元稹集校注》，上海古籍出版社2011年版，第706页。

解读，则为自己的献雅行为找到了经典的立足处。最后一部分则追溯宪宗即位以来之功业，独"《大雅》不作""臣诚不佞，然不胜愤懑。伏以朝中多文臣，不敢尽专数事，谨撰《平淮夷雅》二篇，虽不及尹吉甫、召穆公等，庶施诸后代，有以佐唐之光明"，行文至此，意图尽出，借献《雅》而述己之志向和见识，仍在希求致用，以能参与国家大事而自重之。《上裴晋公度献唐雅诗启》和《上襄阳李愬仆射献唐雅诗启》是写给平淮西的两位功臣的，两人此际正是"春风得意"，虽然后来因《平淮西碑》亦发生不快，仅以功劳之高下相争而已。《上裴晋公度献唐雅诗启》先述献《雅》之意义，后述裴度之功绩，张扬"故天下文士，皆愿秉笔牍，勤思虑，以赞述洪烈，阐扬大勋。宗元虽败辱斥逐，守在蛮裔，犹欲振发枯槁，决疏潢污，馨效蚩鄙，少佐毫发"。于是，"谨撰《平淮夷雅》二篇，恐惧不敢进献，私愿彻声闻于下执事，庶宥罪戾，以明其心"。至此，意思说得更清楚了，自己厕身于天下文士皆愿为之事，希望得到援手，能够创造一展志向的机遇。与《献平淮夷雅表》之意思不同在于自己只是文士之一员，并未言无文士献《雅》而遗憾之意。《上襄阳李愬仆射献唐雅诗启》则稍有不同之处，亦先从"周宣中兴"说起，言"天子中兴"得良将。而后与《献平淮夷雅表》的表述一致，"然而未有嗣《大雅》之说，以布天下，以施后代，岂圣唐之文雅，独后于周室哉！"最后回到自我，这段表述颇值得注意，曰："宗元身虽陷败，而其论著，往往不为世屈，意者殆不可自薄自匿以坠斯时，苟有辅万分之一，虽死不憾。谨献《平淮夷雅》二篇，斋沐上献。诚丑言淫声，不足以当金石，庶继代洪烈，稗官里人，得采而歌之，不胜愤踊之至。"柳宗元要表达的意思是身败而以文存世，文存而能见己意之宏深。《平淮夷雅》二篇，一篇颂宪宗之功业兼及裴度，一篇述李愬之战绩，对应三人，因身份之不同表述之措辞各异，展现自我的面相也不同，却体现出同样的书写意图。在柳宗元看来，借时事论政献颂以表用世之志则是最为重要的，这或许可以追溯到元德秀，元德秀认为一时代要有本时代的正声，故而自制雅乐以献之。以新声而写时事，只要执着于此，国家之希望就会存在，个体价值也能够借此实现。从这件事可以看出柳宗元承续道统的渴望，他以为时代歌唱的姿态弘扬大雅之声，献皇帝亦献勋臣。柳宗元继承河东柳氏之家学门风，欲积极参与时政以实现人生的价值，可惜早年一失足成终生之坎壈。如韩愈所说，如无这一贬谪经历或没有文学家的柳宗元，仅为一个政治家而已，孰得孰失已然明了。此时的柳宗元，政治上无法实现之理想则可蕴于文字之中借以传世。

刘禹锡有《贺收蔡州表》《贺门下裴相公启》《贺赦表》《贺赦笺》《上门下裴相公启》《与刑部韩侍郎书》等多篇文字言及平蔡州事。《贺收蔡州表》云："伏见诏书，以唐州节度使李愬生擒逆贼吴元济献俘，文武百僚于兴安门列班称贺者。天威远被，元恶就诛。一方既平，万国咸庆。中贺。伏惟睿圣文武皇帝陛下，德超邃古，道合上元。临御以来，天人协赞。削平吴蜀，扫荡塞垣。车书大同，夷狄来贡。蕞尔元济，敢怀野心。辄聚犬羊，苟偷时月。陛下圣谟独运，睿感潜通。天助神兵，人生勇气。既擒凶逆，爰正刑书。伏三纪之逋诛，成九衢之壮观。宗社昭告，华夷式瞻。行吊伐而在礼无违，烜威声而何城不克？楚氛改色，淮水安流。汉上疲人，尽沾雨露；汝南遗老，重睹升平。凡在具臣，孰不欣抃！臣久辞朝列，忝守遐藩，不获称庆阙庭，陈露丹悃。仰瞻宸极，倍万群情。无任踊跃庆快之至。"与元稹之恳切相比，刘禹锡《贺门下裴相公启》则相对简约："制胜于尊俎之间，指踪于鞴绁之末。萧斧既定，衮衣以归。君心如鱼水，人望如风草。一德交畅，万邦和平。运神思于洪炉，纳生灵于寿域。文武丕绩，冠于古今。"①《平淮西大赦文》下，刘禹锡有《贺赦表》，述"网开三面，危疑者许以自新；耳达四聪，暇累者期于录用"之意。《上门下裴相公启》则与元稹用意相同，云："以今日将明之材，行前修博施之义，笔端肤寸，泽及九垠，犹夫疾耕，必有滞穗。某顷

---

① 陶敏、陶红雨：《刘禹锡全集编年校注》，岳麓书社2003年版，第1027页。

堕危厄,尝受厚恩,诅盟于心,要之自效。"① 首赞裴度平淮西之功勋,次论人才得用之要,再述自家之愿望。《与刑部韩侍郎书》则与韩愈平等言之,故而直入主题,云:"退之从丞相平戎还,以功为第一官,然犹议者赚然,如未迁陟。此非特用文章学问有以当众心也,乃在恢廓器度,以推贤尽材为孜孜,故人心乐其道行,行必及物故耳。"又言:"春雷一振,必歙然翘首,与生为徒。况有吹律者召东风以薰之,其化也益速。雷且奋矣,其知风之自乎!既得位,当行之无忽。"② 虽含祈望援引之意,却重在立论,读之觉其议论之风姿。刘禹锡《城西行》写斩吴元济一事,城西所指长安城西独柳树下,乃是专门的行刑之所。诗云:"城西簇簇三叛族,叛者为谁蔡吴蜀。中使提刀出禁来,九衢车马轰如雷。临刑与酒杯未覆,雠家白官先请肉。守吏能然董卓脐,饥乌来觇桓玄目。城西人散泰阶平,雨洗血痕春草生。"③ 关于平淮西一事,刘禹锡更值得注意的代表作是《平蔡州》,这是特意为之的一组诗作。《平蔡州》共三首,乃是有序之组诗:其一写平蔡之过程,李愬之战功,裴度之镇抚,各以一联言之。其二写胜利之场面,欢庆之场面描写中还有老人的讲述,写出对承平之渴望,末句可理解为老人的赞颂之辞,亦可理解为作者的赞颂之辞。《刘宾客嘉话录》中有"平蔡州诗"条,便有刘禹锡自己对此诗的理解。其三写平蔡州之意义,"天子受贺登高楼"正是史家叙述之场面,以诗为史,截取片段构成叙事过程,这组诗堪称以平蔡州为主题浑然一体的经典之作。

自大和年间至开成年间,刘禹锡、白居易与裴度多有唱酬往来,据《旧唐书·裴度传》:"自是,中官用事,衣冠道丧。度以年及悬舆,王纲板荡,不复以出处为意。东都立第于集贤里,筑山穿池,竹木丛萃,有风亭水榭,梯桥架阁,岛屿回环,极都城之胜概。又于午

---

① 陶敏、陶红雨:《刘禹锡全集编年校注》,岳麓书社2003年版,第1030页。
② 陶敏、陶红雨:《刘禹锡全集编年校注》,第1032页。
③ 陶敏、陶红雨:《刘禹锡全集编年校注》,第247—248页。

桥创别墅，花木万株；中起凉台暑馆，名曰'绿野堂'。引甘水贯其中，酾引脉分，映带左右。度视事之隙，与诗人白居易、刘禹锡酣宴终日，高歌放言，以诗酒琴书自乐，当时名士，皆从之游。"刘禹锡虽有与裴度唱和之作，却少有与平淮西相关者。大和二年（828），《和裴相公傍水闲行》云："看花临水心无事，功业成来十二年。"末句所指"功业"正是平淮西事。《奉送裴司徒令公自东都留守再命太原》，诗云："星使出关东，兵符赐上公。山河归旧国，管籥换离宫。行色旌旗动，军声鼓角雄。爱棠馀故吏，骑竹见新童。汉垒三秋静，胡沙万里空。其如天下望，旦夕咏清风。"送别之际暗含对其平淮西功绩的颂扬。白居易的相关书写则要完整得多，元和十二年（817），淮西初破，白居易有《刘十九同宿》（时淮寇初破）："红旗破贼非吾事，黄纸除书无我名。唯共嵩阳刘处士，围棋赌酒到天明。"至元和十四年（819），白居易《三游洞序》云："平淮西之明年冬，予自江州司马授忠州刺史，微之自通州司马授虢州长史。又明年春，各祗命之郡，与知退偕行。三月十日，三会于夷陵。"后白居易、刘禹锡、裴度在洛阳多有唱和，交游频繁，从居洛时期白居易所写与裴度相关的诗作中亦可看出其态度。与平淮西相关者，白居易有《寄献北都留守裴令公》，诗序云："司徒令公分守东洛，移镇北都，一心勤王，三月成政，形容盛德，实在歌诗，况辱知音，敢不先唱。辄奉五言四十韵寄献，以抒下情。"诗句中有："天上中台正，人间一品高。休明值尧舜，勋业过萧曹。始擅文三捷，终兼武六韬。动人名赫赫，忧国意忉忉。荡蔡擒封豕，平齐斩巨鳌。两河收土宇，四海定波涛。"重在颂其功业。《侍中晋公欲到东洛先蒙书问期宿龙门思往感今辄献长句》，诗云："昔蒙兴化池头送，今许龙门潭上期。聚散但惭长见念，荣枯安敢道相思。功成名遂来虽久，云卧山游去未迟。闻说风情筋力在，只如初破蔡州时。"又有《裴侍中晋公出讨淮西时过女几山刻石题诗》专门颂"平淮西"之业绩，前已引其诗序，乃是白居易见裴度出征平淮西路过女几山刻石题诗有感而作，这首诗显然借女几山刻石诗以歌颂裴度所建之大功业，正是平淮西之胜利给当地居民带来了二十年的和平生活。

此外，王建与平淮西有关的诗集中在李愬的身上。有《赠李愬仆射二首》，《赠李愬仆射》："唐州将士死生同，尽逐双旌旧镇空。独破淮西功业大，新除陇右世家雄。知时每笑论兵法，识势还轻立战功。次第各分茅土贵，殊勋并在一门中。"① 杨巨源、姚合、张祜则以裴度为主，杨巨源《元日含元殿下立仗丹凤楼门下宣赦相公称贺二首》、姚合《送萧正字往蔡州贺裴相淮西平》均是名作。值得注意的是张祜《献太原裴相公三十韵》，诗云："万古元和史，功名将相殊。英明逢主断，直道与天符。一镜辞西阙，双旌镇北都。轮辕归大匠，剑戟尽洪炉。物望朝端洽，人情海内输。重轻毫在手，斟酌斗回枢。邴吉真丞相，陈蕃实丈夫。礼宾青眼色，忧国白髭鬚。几赖平中土，长愁入五湖。旱苗今雨活，妖祲共风驱。料敌穷天象，开边过地图。黄河归博望，青塚破凶奴。虎豹皆亲射，豺狼例手诛。坐筹千不失，持钺四无虚。勇义精诚感，温良美价沽。夔龙甘道劣，贾马分材枯。曙色开营柳，秋声动塞榆。纵横追穴兔，直下灌城狐。举论当前古，推心及后儒。风云如借便，开眼即天衢。"颂文歌诗如潮起，"平淮西"在当时及其后的影响从中可知一二。

平蔡州犹如雄鸡一唱，远贬的谪臣柳宗元《平淮夷雅》二篇，刘禹锡《平蔡州三首》，元稹《贺诛吴元济表》《贺裴相公破淮西启》，白居易《三游洞序》《侍中晋公欲到东洛先蒙书问期宿龙门思往感今辄献长句》等作品构成了群体的歌唱，他们在无任踊跃之际蕴含了自家的渴望，盛世华年，他们的梦想在一瞬间再度被激发而出。

第四节　余论：《平淮西碑》带来的风波

平淮西战事结束，论功行赏完毕，接下来便进入树碑立传的环节。无论就当事人之身份，还是文学才华，韩愈都是最佳人选。本来

---

① 尹占华：《王建诗集校注》，巴蜀书社2006年版，第315页。

进展顺利，韩愈撰毕《平淮西碑》，已经刻石树立，却引来李愬的不满。《旧唐书·韩愈传》叙事简略，韩愈以功劳授官刑部侍郎，并"仍诏愈撰《平淮西碑》"，因为韩愈"其辞多叙裴度事"，李愬认为自己功当第一，因为是他以奇策取胜，雪夜"入蔡州擒吴元济"。但李愬并未直接出场，而是"愬妻出入禁中，因诉碑辞不实，诏令磨愈文。宪宗命翰林学士段文昌重撰文勒石"①。此前我们对于韩愈《平淮西碑》与段文昌《平淮西碑》关于裴度、李愬的叙述有过比对，虽然韩愈关于李愬入蔡州一事着墨不多，却并不意味着忽略其功劳。韩愈与裴度一起奔赴战场并见证了胜利之过程，落笔撰碑有他自己的书写立场，是从国家决策的宏观处起笔，以叙述"平淮西"的重大意义。磨平韩愈《平淮西碑》，让段文昌重写，从事件自身来看是因为涉及如何评价李愬的问题，其实并非如此，背后当有现实背景与文化语境的介入。读罢《资治通鉴》关于"平淮西"前前后后的叙事，以段文昌为首，包括钱徽、萧俛等人在内，属于主张"消兵"一派②，这群文士的主张在战事开始及进行中并未受到重视，而战事甫一结束，"消兵"便被提上日程。从这个角度来讲，将段文昌《平淮西碑》树立而将韩昌黎《平淮西碑》磨掉，实际上是因战后消兵的主张被提上日程。自元和时期至晚唐五代，立挺韩愈《平淮西碑》的文士甚多，其中比较有代表性的是李商隐，其《韩碑》云："帝曰汝度功第一，汝从事愈宜为辞。愈拜稽首蹈且舞，金石刻画臣能为。"接踵李商隐的是北宋的苏轼，苏轼《沿流馆中得二绝句》直接入题，以比较两篇《平淮西碑》的优劣，他认为"淮西功德冠吾唐"，首句便言明"平淮西"的重要性，"吏部文章日月光"则俨然是"李杜文章在，光焰万丈长"的翻版，突出韩愈《平淮西碑》的经典意义。"千古残碑人脍炙"则以寥寥七字述韩愈《平淮西碑》被推倒之事，最后一句点题"不知世有段文昌"。晚唐五代时期，罗隐有传奇《说

---

① 刘昫等：《旧唐书》卷十五，中华书局1975年版，第4198页。
② 陈寅恪：《元白诗笺证稿》，生活·读书·新知三联书店2001年版，第77页。

石烈士》亦是演绎此事,乃是存在的不同叙事指向的文本。罗隐在《说石烈士》中刻画了石效忠的形象,讲述石效忠认为韩愈的叙述有失公平,就想为李愬鸣不平,因而将韩愈《平淮西碑》推倒而改由段文昌重撰、重石。至北宋,不仅苏轼,北宋的王安石、陈师道等文人多以诗文论之。其实,韩愈《平淮西碑》和段文昌《平淮西碑》的文本均保存至今,分别以古文与骈文执笔,自是不同,所形成的叙事结构变化并不大。

从《旧唐书》韩愈本传的叙述来看,韩愈已经擢升为刑部侍郎,撰《平淮西碑》并非其分内之事,而"仍诏愈撰《平淮西碑》",认为韩愈是最合适的人选,这当无可争议。对于韩愈来说,这是圣上的恩宠,自是荣耀无比,韩愈撰碑之后所上《进撰平淮西碑文表》言之甚详,云:"今词学之英,所在麻列;儒宗文师,磊落相望;外之则宰相公卿郎官博士,内之则翰林禁密游侠侍从之臣,不可一一遽数:召之使之,无有不可。至于臣者,自知最为浅陋,顾贪恩侍,趣以就事,丛杂乖戾,律吕失次;乾坤之荣,日月之光,知其不可绘画,强颜为之,以塞诏旨,罪当诛死。"[1] 韩愈于元和十三年(818)正月十四奉命撰碑,直至三月二十五日进碑,共费时七十日,如他所说"经陟旬月,不敢措手"。两《唐书》处理磨碑事件的方式不同:《旧唐书》直接言之,《新唐书》在韩愈的传记中并没有叙述此事,却采撷《平淮西碑》入史,作为叙述"平淮西"的基本史料。韩愈既是战事的见证人,忝列其中本就无比荣耀,又以功臣身份受诏撰写碑文自当受宠若惊。我们不能忽略韩愈的古文家身份,一个倡导以古文写作的文士能够获得机会以古文撰写述国事的碑文,这是其所提倡的古文登上庙堂的良机,如果文成碑立,便意味着倡导古文的观念获得合法性,从私域空间进入公共空间,其重要意义不言而喻。

因李愬争功而引发的磨碑事件并非如《旧唐书》所叙述得那么简单,韩愈《平淮西碑》撰毕进献,得到了宪宗的称赏,将碑文分赐

---

[1] 阎琦:《韩昌黎文集注释》,三秦出版社2004年版,第389页。

参与的将领,在获得认同后才勒石树立。时隔近一年才因李愬之妻入宫投诉,导致韩愈《平淮西碑》被磨掉,又让段文昌撰《平淮西碑》。所诉的"碑辞不实"主要指的就是如何叙述李愬雪夜入蔡州的问题,说到底就是以之为中心还是将其作为国家战略成功的一个步骤来处理文字。韩愈奉诏撰《平淮西碑》,作为贬谪之臣的柳宗元与刘禹锡同样为之欢呼雀跃,一方面是两人均有家国之情怀,另一方面也意味着他们迎来了命运之转机。柳宗元对于"平淮西"战事的处理展示出较高的情商,他撰《平淮夷雅》,由《皇武》《方城》两首颂诗组成,两首诗歌各有侧重点:一首旨在歌颂裴度,另一首旨在歌颂李愬。刘禹锡在《刘宾客嘉话录》中评论韩愈《平淮西碑》与柳宗元《平淮夷雅》遣词的优劣,亦评论韩愈《平淮西碑》与段文昌《平淮西碑》遣词的优劣。《刘宾客嘉话录》中"韩《碑》柳《雅》"条便是柳宗元与刘禹锡讨论《平淮西碑》与《平淮夷雅》优劣的问题,无论是遣词中的"仰父俯子"与"左飧右粥",还是叙述史事的详略问题,显然认为《平淮夷雅》更为出色。"段文昌淮西碑"条则认为段文昌《平淮西碑》不仅善于用典,而且有古雅之致,"别是一家之美"[①]。以柳宗元、刘禹锡等为代表的文士阶层曾经热烈地讨论了韩愈《平淮西碑》,但韩愈以古文撰碑的做法却没有得到柳宗元和刘禹锡的认可,须知柳宗元乃是他的同道,看来以骈文或韵文以奏雅已是一种共识。《刘宾客嘉话录》所谈论的是因遣词而产生的叙事效果,此外尚有别解。《新唐书·吴元济传》则有叙事的倾向性,云:"始度之出,太子右庶子韩愈为行军司马,帝美度功,即命愈为《平淮西碑》,其文曰……愈以元济之平,繇度能固天子意,得不赦,故诸将不敢首鼠,卒禽之,多归度功,而愬特以入蔡功居第一。愬妻,唐安公主女也,出入禁中,诉愈文不实。帝亦重牾武臣心,诏斫其文,更命翰林学士段文昌为之。"[②] 不仅仅采摭《平淮西碑》入传,

---

① 陶敏、陶红雨:《刘宾客嘉话录》,中华书局2019年版,第111页。
② 宋祁、欧阳修:《新唐书》卷二一四,中华书局1975年版,第6008—6012页。

亦采摭《进撰平淮西碑文表》入传，虽然所入非韩愈传而是藩镇之吴元济传，却意义非凡。叙事至此，如果史家不认可韩愈的叙述，则不会采摭韩愈一碑、一表入史，即使采摭入史也应当其后采摭段文昌《平淮西碑》入史，由此可见一斑。

　　韩愈之所以受到非议，还因为当时士大夫文人所持的基本态度与之不同，其中包括柳宗元、元稹、白居易、刘禹锡等人在内。韩愈仅仅站在自身所处立场发出议论，自然在情绪表达上与时议的侧重点不同，站在国家立意基础上还需要表彰个人，除统帅以外，最突出者就是李愬，他主要从全局出发以国家之大业立论。《新唐书》因持崇韩之态度，并没有在韩愈传记中提到《平淮西碑》被磨一事，而是放在吴元济传中。王韬论磨碑之事，云："《平淮西碑》昌黎归功裴度，李愬妻某公主，愬之上前，更命段文昌重立碑文。愬与度，将相同功一体，犹可言也，而梁首演功德碑，颂平蔡之功，使奄寺专美，良由作文者杨承和本宦者，自是气类相感，然国事不可问矣。"① 尘埃落定，磨了碑又重新立一个，结局已然无可更改，唯一影响到的应该是韩愈的心情，这一挫折不仅让韩愈的情绪变坏，甚至影响到其一言一行，甚至影响到了其所写文章的风格以及古文运动的开展，《论佛骨表》之措辞激烈与之不无联系。② 作为整个征讨过程的亲历者，自家的荣耀感自然大打折扣。关于《平淮西碑》被磨事件，主要涉及对平淮西功臣的评价问题，裴度的指挥、李愬的战略都仅仅是给个文字上的说法，这个说法会因碑文传布开来，活着的人总是把身后事看得无比重要。韩碑被磨，不仅仅是政事之事件，也是重要的文学事件，关乎骈文与古文之地位问题，这段余波不独对韩愈之仕宦心态有刺激作用，对于古文运动同样产生了极大的影响。

　　纵观"平蔡州"的前前后后，文本、思想与史事交互呈现，体现

---

① 中华书局编：《王韬日记》增订本，中华书局2015年版，第15页。
② 关于此点可参阎琦《元和末年韩愈与佛教关系之探讨》一文。（阎琦：《唐代文学研究识小集》，三秦出版社2011年版，第242页。）

出元和时期文学书写与时政密切相关之特征。文学世界、思想世界融入政治空间之内，文儒之内涵亦从初盛唐之际的以文为主转化为以儒为主，文学书写亦是参与政事的重要组成部分。总而言之，平淮西是中唐时期的军国之大业，以裴度为中心，韩愈、元稹、白居易、刘禹锡、柳宗元等人均有诗文与之相关。因身份及境遇不同，书写的角度各异。战地壮歌令人欢欣鼓舞，何况足以震慑藩镇，国家便入和平一途，生当此际，能无颂者？韩愈是战事之亲历者，以白描短句写心声，以碑文实录功绩；白居易、元稹、刘禹锡、柳宗元为谪臣，为国家欢呼之余，亦祈望改变个人之处境，以投入国家建设之中；刘禹锡、白居易因后期与裴度有交游唱酬，对此主题之书写增加余响。平蔡州一锤定音，这些士人阶层之文化精英均"白日放歌须纵酒"，执笔为文，欲改变个人之处境以为国家出力，家国情怀蕴于笔下，直是一览无余。

本章结论

1. 韩愈、柳宗元、元稹、白居易、刘禹锡等人构成一个士人群体，身处政争漩涡之中，因所处境地与所居身份之不同，对于征讨淮西关注的程度不一，以武元衡之死为主题，对于相关战事及政事均有文字涉及，其中，元稹、白居易的文学书写尤为值得关注。

2. 韩愈是战事之亲历者，以白描短句写心声，以碑文实录功绩；白居易、元稹、刘禹锡、柳宗元为谪臣，为国家欢呼之余，祈望改变个人之处境，以投入国家建设之中；刘禹锡、白居易因后期与裴度有交游唱酬，对此主题之书写增加余响。

3. 文本、思想与史事交互呈现，体现出元和时期文学书写与时政密切相关之特征。文学世界、思想世界融入政治空间之内，文儒之内涵亦从初盛唐之际的以文为主转化为以儒为主，文学书写亦是参与政事的重要组成部分。

第四章　元稹的亲缘与身份意识

元氏家风与元稹的婚姻关联甚深，这从其碑文中就能够呈现出来；而元稹进入仕途所经历的身份变化，对其文学创作又产生了直接的影响；元稹的婚姻生活直接诱发其无嗣之忧，更成为文学书写的一个主题。

第一节　元稹与元氏家族的婚姻关系

胡姓士族在中唐融入以河南、山西、陕西为主的地域文化圈，成为关中士族的一部分，但由于民族之差别，尚保留着胡族之风气。从平城到洛阳，魏孝文帝迁都，加速了汉化之进程，鲜卑贵族中长孙、于、窦、元、宇文、独孤等姓氏家族不仅为武力之强宗，亦渐成文化之士族。中唐时期，河南元氏文人辈出，尤以元结、元稹最为有名，两人都为文学家，又非文学所能限制者，考察家族文化，则其成就与家族的文化环境关系密切。元稹是北魏皇族的后裔，这自当无疑问，鲜卑族亦是胡姓中的著姓大族，魏孝文帝迁都洛阳，洛阳自此成为北魏文化中心，在改易汉姓的背景下，拓跋氏易汉姓元氏，祖籍称河南洛阳人。对于自家身份，元稹在文章中多有记述，尤其是在为本族亲眷所撰的碑铭文中。将这些文字所涉婚姻关系梳理一下，即可看出，元稹的胡姓身份与他的人生体验紧密相关。

《全唐文》卷三七二柳芳《姓系论》中提到元氏家族的代北虏姓

身份，并叙述魏孝文帝迁洛后，其家族亦号称河南洛阳人。① 此处的记载与《新唐书》相同。祖先的荣耀是推动元稹进取的重要元素，拓跋氏乃是北魏皇族，北魏太和二十年（496），魏孝文帝迁都洛阳，拓跋氏改汉姓元氏，从此称河南洛阳人。元氏家族经过北朝至唐初的汉化阶段，以胡姓身份融入汉地，渐受汉人之风俗浸润，尤其在文化方面，泯然汉人矣。姚薇元《北朝胡姓考》中的"内篇"部分述及"宗室十姓"中的"元氏"，云："托跋氏自道武都代，从崔宏议，建号大魏，自称黄帝之后，以土德王，故曲解'托跋'为'土后'。至孝文迁洛，以'土为黄中之色，万物之元'，因诏改元氏。"又云："北周时又复旧姓"。如周相录所说："隋时又回改元氏，然亦有未改者。"② 元氏家族入唐之初，并没有获得较高的社会地位。

结合元稹、白居易的叙述便可梳理出元稹一系的演进过程。元稹对于唐前祖先世系有过清晰的叙述，其《夏阳县令陆翰妻元氏墓志铭》云："始祖有魏昭成皇帝，后嗣失国，今称河南洛阳人焉。六代祖讳庆，在周为内史大夫，以谏废。在隋为兵部尚书、昌平公，以忠进。古君子曰：'忠之后必复。'降五世而生我皇考府君。"③ 将这段话与白居易《元公墓志铭》对读则更为清楚，白居易从周隋开始追溯，并没有将北魏时期的皇室谱系纳入文中。北魏孝文帝锐意改革，推行汉化政策，迁都洛阳，元稹祖先随之南迁，改易汉姓，定居洛阳，故而两京在元稹的人生中至为关键。

元稹之父元宽编有《百叶书要》，元稹兄弟从小便研读，这是元氏以读书传家的范例。④ 关于元氏家族的家学门风，乃在孝、俭、学、政四端。元稹《夏阳县令陆翰妻元氏墓志铭》云：

---

① 董浩等编：《全唐文》卷三七二，中华书局1983年版，第3779页。
② 周相录：《元稹年谱新编》，上海古籍出版社2003年版，第2页。
③ 周相录：《元稹集校注》（下），上海古籍出版社2011年版，第1375页。
④ 关于这一点可以参考梁尔涛的论述。（梁尔涛：《唐代家族与文学研究》，中国社会科学出版社2014年版，第190页。）

府君讳某，以四教垂子孙：孝先之，俭次之，学次之，政成之。当乾元、广德之间，郡国多事，由云阳、昭应尉，冯翊、猗氏长，迁于殿中侍御史……董方（一作芳）书奏议者凡八人，其在比部郎中也。宗人得罪，有不察夫玉与珉类而不杂者，屈我府君为虢州别驾。累迁舒王府长史。至则悬车息宴浩如也。①

此四端之形成与家族之姻娅关系密不可分。元稹之父元宽，母郑氏，乃是元氏家族与山东之荥阳郑氏联姻而成。元稹在《夏阳县令陆翰妻元氏墓志铭》中云："我外祖睦州刺史荥阳郑公讳济，官族甲天下。"②荥阳郑氏乃是山东士族，元氏家族的家学门风与山东士族之影响关联极甚，元稹之母即出身荥阳郑氏。据白居易《唐河南元府君夫人荥阳郑氏墓志铭》云："夫人曾祖讳远思，官至郑州刺史，赠太常卿……父讳济，睦州刺史。夫人睦州次女也。其出范阳卢氏，外祖讳平子，京兆府泾阳县令。"③白居易《元公墓志铭》云："妣荥阳郑氏，追封陈留郡太夫人。"白居易《唐河南元府君夫人荥阳郑氏墓志铭》云："府君之为比部也，夫人始封荥阳县君，从夫贵也。稹之为拾遗也，夫人进封荥阳县太君，从子贵也。天下有五甲姓，荥阳郑氏居其一。郑之勋德官爵，有国史在。郑之源派婚姻，有家牒在。"元母郑氏不但是高门官宦之后，而且知书明礼，于丈夫辞世之后，"亲执诗书，诲而不倦"④。同时郑氏也很善于治家，以致白居易为其作志时不无感慨地说："今夫人女美如此，妇德又如此，母仪又如此，三者具美，可谓冠古今矣。"⑤足以见郑氏对于元稹影响之深远。

---

① 周相录：《元稹集校注》（下），上海古籍出版社2011年版，第1375—1376页。
② 杨军：《元稹集编年笺注》（散文卷），三秦出版社2008年版，第64—65页。
③ 董诰等编：《全唐文》卷六八〇，中华书局1983年版，第6950页。
④ 卞孝萱：《元稹年谱》，齐鲁书社1980年版，第21页。
⑤ 董诰等编：《全唐文》卷六八〇，中华书局1983年版，第6951页。

细读白居易《唐河南元府君夫人荥阳郑氏墓志铭》可知，元稹早年丧父，孤儿寡母，恰是郑氏以山东士族的家学门风为元氏家族立法。对于郑氏身上所体现的家学门风，云："初夫人为女时，事父母，以孝闻。友兄姊，睦弟妹，以悌闻。发自生知，不由师训，其淑性有如此者。夫人为妇时，元氏世食贫，然以丰洁家祀，传为贻燕之训。夫人每及时祭，则终夜不寝。煎和涤濯，必躬亲之。虽隆暑沍寒之时，而服勤亲馈，面无怠色，其诚敬有如此者。元氏、郑氏皆大族好合，而姻表滋多，凡中外吉凶之礼，有疑议者，皆质于夫人。夫人从而酌之，靡不中礼。其明达有如此者。"① 郑氏嫁入元氏家族前，有孝悌之行；嫁入元氏家族后，其孝、俭、学、慈均为元氏家人称道，对此，白居易不惜笔墨而叙之，《唐河南元府君夫人荥阳郑氏墓志铭》复云：

"夫人为母时，府君既殁，积与稹方髫龀，家贫无师以授业。夫人亲执诗书，诲而不倦。四五年间，二子皆以通经入仕。稹既第判入等，授秘书省校书郎；属今天子始践阼，策三科以拔天下贤俊，中第者凡十八人，稹冠其首焉。由校书郎拜左拾遗，不数月，谠言直声，动于朝廷，以是出为河南尉。长女既适陆氏，陆氏有舅姑，多姻族；于是以顺奉上，以惠逮下，二纪而殁，妇道不衰，内外六姻，仰为仪范。非夫人恂恂孜孜，善诱所至；则曷能使子达于邦，女宜其家哉？其教诲有如此者。既而诸子虽迭仕，禄秩甚薄，每至月给食，时给衣，皆始自孤弱者，次及疏贱者。由是衣无常主，厨无异膳，亲者悦，疏者来。故佣保乳母之类，有冻馁垂白，不忍去元氏之门者，而况臧获辈乎？其仁爱有如此者。自夫人母其家，殆二十五年，专用训诫，除去鞭扑。常以正颜色训诸女妇，诸女妇其心战兢，如履于冰。常以正辞气诫诸子孙，诸子孙其心愧耻，若挞于市。由是纳下于少过，致家于

---

① 董诰等编：《全唐文》卷六八〇，中华书局1983年版，第6950页。

太和。婢仆终岁不闻忿争。童孺成人，不识榎楚。闺门之内熙熙然，如太古时人也。其慈训有如此者。"又言："今夫人女美如此，妇德又如此，母仪又如此，三者具美，可谓冠古今矣！呜呼！惟夫人道移于他，则何用而不臧乎？若引而伸之，可以维一国焉。则《关雎》《鹊巢》之化，斯不远矣。若推而广之，可以肥天下焉。则姜嫄、文母之风，斯不远矣。岂止于训四子以圣善，化一家于仁厚者哉？"①

夫人"亲执诗书"的结果是"二子皆以通经入仕"，学业有成。"常以正辞气诫诸子孙"，培育出其子为人则"谠言直声"，一女则"于是以顺奉上，以惠逮下，二纪而殁，妇道不衰，内外六姻，仰为仪范"。甚至奴仆杂役均"不忍去元氏之门"。白居易所撰之墓志以郑氏夫人"女美如此，妇德又如此，母仪又如此，三者具美"为中心，详述郑氏持家之风范，将元氏家族家学之渊源尽叙于文中。尽管其中不乏溢美之处，却道出元氏家学门风之由来：寡母教"少孤"之子女延续家学门风之不坠，郑氏夫人确实教子有方。②

元氏家族与山东士族之清河崔氏联姻。元稹《唐故朝议郎侍御史内供奉盐铁转运河阴留后河南元君墓志铭》为元稹之兄元秬的墓志，以家风行文，云："有魏昭成皇帝十一代而生我隋朝兵部尚书府君讳某，后五代而生我比部郎中、舒王府长史府君讳某。君即府君之第二子也。"③ 元秬于元和十四年（819）殁于元稹之官舍。《河南元君墓志铭》云："我尚书府君有大勋烈于周、隋氏，我比部府君积大学行搢绅间，我诸父法尚严，家极贫，而事事于丧祭宾客，虽帚除薪水，

---

① 董诰等编：《全唐文》卷六八〇，中华书局1983年版，第6950—6951页。
② 李浩《寡母教孤：对唐代士族教育的一个突出形象的考察与分析》一文专门分析了这种现象，其中就有元稹的事例，认为寡母教孤能够显示出士族崇尚的家学家风。（参见《唐代三大地域士族文学研究》，中华书局2008年版，第225页。）
③ 周相录：《元稹集校注》（下），上海古籍出版社2011年版，第1367页。

不免于吾兄。"①元柜重孝而遵礼，其妻清河崔氏，亦山东士族。

元氏家族与山东士族之赵郡李氏联姻。元稹《唐故京兆府盩厔县尉元君墓志铭》与白居易《元公墓志铭》对读，则此人当长元稹一辈，"唐盩厔县尉讳某，字某，姓元氏。于有魏昭成皇帝为十四世孙，曾曰尚食奉御某，祖曰绵州长史、赠太子宾客某，父曰都官郎中、岳州刺史某，母曰某望阁夫人，妻曰陇西李氏女，子曰某、曰某，女曰某。"又云："君少孤力学，通《五经》书，善鼓琴，能为五言、七言近体诗。事亲愉愉然，终身不忘婴儿之慕；奉兄恭恭然，若童子之爱敬；临弟、侄、妻、子煦煦然，穷年无愠厉。居官以谨廉，贞顺而仁爱，寮友之悍诞鄙异者游于君，则必怡然，无自疑于我矣。"②元氏家族以孤儿寡母成长者非个案，此第二例也。

元氏家族与江东士族之吴郡陆氏联姻。讲忠、义、孝、悌是吴郡陆氏家族家学门风之主要内涵，又有"博学寡要"的经学传统。③自六朝至隋唐，陆氏家族文学人才辈出，善属文者在史家传记中为数亦不少。据元稹《夏阳县令陆翰妻元氏墓志铭》，元稹的大姐于建中四年（783）嫁吴郡陆翰，吴郡陆氏乃是江东士族。贞元四年（788），元稹随母在凤翔依舅族，师从陆翰读经。元稹《诲侄等书》云："吾幼乏岐嶷，十岁知方，严毅之训不闻，师友之资尽废……是时尚在凤翔，每借书于齐仓曹家，徒步执卷，就陆姊夫师授。栖栖勤勤，其始也若此。"④关于陆翰之事迹，岑仲勉有过考证，《唐史馀瀋》卷四"杂述·德明之后两陆翰"条云："《新书》七三下《世系表》，丹阳陆氏，德明生敦信，相高宗；敦信生庆叶，庆叶生翰，大理司直。此一陆翰，敦信之孙也。《元氏长庆集》五八，稹姊元氏志：'生十四年，遂归于吴郡陆翰。翰，国朝左侍极兼右相教信之玄孙，临汝令祕

---

① 周相录：《元稹集校注》（下），上海古籍出版社2011年版，第1368页。
② 周相录：《元稹集校注》（下），第1322页。
③ 王永平：《六朝江东世族之家学家风研究》，江苏古籍出版社2003年版，第67—100页。
④ 周相录：《元稹集校注》（中），上海古籍出版社2011年版，第861页。

之元子.'（据校本改正）此又一陆翰，敦信之玄孙也。依《姓纂》所列，敦信有四子，曰郢客、邠卿、越宾、庆叶。稹之姊夫翰，不审出自某枝，然对于《新·表》之翰，最少是再从祖称谓，彼固书香世阀，何以名竟相同？是《表》《集》有讹；抑敦信之后，果有两翰？惜乏参证，以明吾疑也。"① 虽然岑仲勉提出有两个陆翰的可能，而最为可能的是同一人。慎而言之，与元氏联姻之陆翰对元稹为学的启蒙作用却不可忽略。

据《唐故建州浦城县尉元君墓志铭》，则元氏与渤海封氏、濮阳吴氏联姻。"君讳某，字莫之。有魏昭成皇帝十七世而生某官某，君即某官之次子也。少孤，母曰渤海封夫人，提捧教训，不十四五，其心卓然。读书为文，举进士，每岁抵刺史以上，求与计去，且取衣食之资以供养，意义渐闻于朋友间。"② 这是"少孤力学"的第三例，已然成为元氏家族的一种现象，从行文中能够约略考察此一元氏的出处。据"宗侄观察鄜坊，君亦俱去"，则宗侄指元义方，此人乃元义方叔父。又云："夫人濮阳吴氏，贤善恭干。"则可知元氏与吴氏联姻，非仅从吴郡陆氏出也。元稹与墓主交谊甚深，云："予与君伯季之间，十岁相得，师学然诺，出入宴游，无不同也。"又据元稹《寄吴士矩端公五十韵》云："昔在凤翔日，十岁即相识。"③《赠吴渠州从姨兄士则》云："忆昔分襟童子郎。"④ 吴士矩、吴士则兄弟乃是元稹从姨兄。《新唐书·吴溆传》云："吴溆者，章敬皇后之弟……子士矩，别传。"⑤ 从此两点可见，元氏与郑氏、陆氏联姻，并与贵为皇亲国戚的吴姓具有姻娅关系，这种姻娅关系对于元稹少年时期所受的文化教育均有极深之影响。

---

① 岑仲勉：《唐史馀瀋》，中华书局2004年版，第225页。
② 周相录：《元稹集校注》（下），上海古籍出版社2011年版，第1371页。
③ 周相录：《元稹集校注》（上），上海古籍出版社2011年版，第154页。
④ 周相录：《元稹集校注》（中），上海古籍出版社2011年版，第602页。
⑤ （宋）欧阳修、宋祁撰：《新唐书》卷一百九十三，中华书局1975年版，第5556页。

元氏家族与关中士族联姻则主要因元稹而成。元稹先娶京兆韦氏之韦丛,韦丛父韦夏卿。《元稹志》云:"前夫人京兆韦氏"。韩愈《监察御史元君妻京兆韦氏夫人墓志铭》(以下简称《韦丛志》)云:"夫人讳丛,字茂之,姓韦氏。其上七世祖父封龙门公。龙门之后,世率相继为显官。夫人曾祖父讳伯阳,自万年令为太原少尹、副留守北都,卒赠秘书监。其大王父迢,以都官郎为岭南军司马,卒赠同州刺史。王考夏卿,以太子少保卒,赠左仆射。仆射娶裴氏皋女,皋为给事中,皋父宰相耀卿。夫人于仆射为季女。"① 《遣悲怀(三首)》是元稹悼念亡妻韦丛(字成之)所写的三首七言律诗,韦氏是太子少保韦夏卿的幼女,二十岁时嫁与元稹。七年后,即元和四年(809)七月九日,韦氏去世。元稹的妻子韦丛去世的时候,元稹写了很多诗来怀念她。《遣悲怀(其一)》将妻子韦丛过去的闺中生活与出嫁后的生活进行对比,从韦氏家族到元氏家族,体现出生活境况之变化。这首诗可称为"你和我",以述韦氏之贤惠为主,追忆妻子生前的艰苦处境和夫妻情爱,并抒写自己的抱憾之情。悼亡诗正如颜延之所说:"抚存悼亡,感今怀昔。"这首诗则先怀昔而后感今。我们先看首尾两联:"谢公最小偏怜女,自嫁黔娄百事乖。"起笔一、二句引用典故,"谢公最小偏怜女"指的是谢道韫,当年谢安非常喜欢他的这个侄女,因为谢道韫十分有才华,他拿谢道韫来比韦丛,以战国时齐国的贫士黔娄自喻。中唐之际,关中士族的地位非常高,韦丛出身于京兆韦氏家族,乃唐之高门士族,所谓"城南韦杜、去天尺五",元稹娶韦丛自认为是高攀,元稹与韦丛在一起正是"忍情"之结果。那么,元稹对于他的这段婚姻是怎样理解的呢?元稹《祭亡妻韦氏文》:"况夫人之生也,选甘而味,借光而衣,顺耳而声,便心而使,亲戚骄其意,父兄可其求,将二十年矣,非女子之幸耶?逮归于我,始知贱贫,食亦不饱,衣亦不温。然而不悔于色,不戚于言。

---

① 刘真伦、岳真:《韩愈文集汇校笺注》,中华书局 2010 年版,第 1599—1600 页。

他人以我为拙，夫人以我为尊……"①元稹家贫，所以说"自嫁黔娄百事乖"。患难夫妻，昨是而今非。尾联："今日俸钱过十万，与君营奠复营斋。"其时元稹任监察御史，分务东台，也算是人生得意之时，心怀理想，欲为"直正"之官，可一年以后就因房式事件得罪权贵，后又与宦官争厅，于是被贬为江陵府士曹参军。元稹在《叙诗寄乐天书》中说："不幸少有伉俪之悲，抚存感往，成数十首，取潘子悼亡为题。"白居易《元公墓志铭》："前夫人京兆韦氏，懿淑有闻，无禄早世。生一女曰保子，适校书郎韦绚。"元、韦通婚，自元延祖、元德秀、元结即是，元氏与韦氏联姻，乃是胡姓士族融入关中文化集团的一个表现。

  元稹所娶一为韦丛，一为裴淑，俱为关中大姓女。韦丛离世后，元稹续娶河东裴氏之裴淑，《唐故福建等州都团练观察处置等使中大夫使持节都督福州诸军事守福州刺史兼御史中丞上柱国赐紫金鱼袋赠左散骑常侍裴公墓志铭》云："予与公姻懿相习熟。"②裴公父与裴淑为从兄妹，故而元稹为之撰墓志。如《新唐书》卷七十一上《宰相世系表》"中眷裴氏"所列：知久子安期，汾州司马。安期子后己，济源令。五子：郁，太常卿、河东县公。邠，少府监丞。郧，涪州刺史。鄯，兖州别驾，郜，汾州别驾。郜生父，父为福建观察使。③如此看来，涪州刺史裴郧当是裴淑之父，周相录结合元稹《寒食日》，云："今年寒食好风流，此日一家同出游。碧水青山无限思，莫将心道是涪州。"④认为这可以证明裴淑曾经在涪州住过很长一段时间。故而卞孝萱认为："元稹由通州司马移虢州长史时，曾绕道涪州，当是陪裴淑回娘家一趟。元稹有《黄草峡听柔之琴二首》，元稹与裴父姻懿，裴父为裴郜子，裴郜为裴郧兄弟，则裴淑当是裴父从兄妹。元

---

① 周相录：《元稹集校注》（下），上海古籍出版社2011年版，第1420页。
② 周相录：《元稹集校注》（下），第1340页。
③ （宋）欧阳修、宋祁撰：《新唐书》卷七十一上，中华书局1975年版，第2219页。
④ 周相录：《元稹集校注》（中），上海古籍出版社2011年版，第616页。

稹任浙东观察使时曾辟裴埕为观察判官。埕为父之弟。"①

关于家族联姻所形成的盛况，元稹有多篇文章叙之。元稹《告赠皇祖祖妣文》云："蕴郁懿粹，族用繁昌。始，兵部赐第于靖安里，下及天宝，五世其居。冕弁骈比，罗列省寺。一日秉朝烛者，凡十四五。叔仲伯季，姊妹诸姑，洎友婿弥孙，岁时与会聚者，百有余人。冠冕之盛，重于一时。"② 元氏为胡姓士族，北魏时期受汉化影响最深，隋唐洛阳之地位益加重要，故而文化之熏染自然要加速其汉化之程度，其家族在长安靖安里有故宅，处于两京之地，有得天独厚的地域优势。据《告赠皇祖祖妣文》，"安史之乱"导致胡姓之地位下移，元氏虽世居中原，亦难免家族之日渐衰落。后因族人获罪朝廷，元宽受牵连降为虢州长史，元宽卒后，孤儿寡母遂依舅族，荥阳郑氏乃是山东士族，文化底蕴甚深，元稹得母教，亦得郑氏家族亲属的助力，后又得姊夫陆翰的经学传授，得以成才。追溯家族之发展历程，元稹《告赠皇祖祖妣文》有言："降及兵部，为隋巨人，抑扬直声，扶卫衰俗。"而回顾初唐以来之繁衍，仅言："我曾我祖，仍世不偶。先尚书盛德大业，屈于郎署。"过去的枝繁叶茂，而今的渐次凋零，对于元稹本人的刺激是让他发愤图强，并以家族荣耀为目标，汲汲于仕宦而患得患失。元稹妻京兆韦氏、河东裴氏，亦关中士族，元稹姐姐亦嫁吴郡陆氏，如此看来，出身胡姓的河南元氏与江东士族、山东士族、关中士族俱有联姻，兴旺家族之努力可见一斑。元稹与韦夏卿、裴父等人多有交往，与荥阳郑氏家族之成员就读书学习多有切磋琢磨，韦夏卿所援引的士人，如窦群、吕温、李景俭等，均成为元稹的挚友。凡此种种均由婚姻关系牵引而成，这些都构成了元稹的交游空间，对于元稹的文学创作产生了难以估量的影响。

---

① 卞孝萱：《元稹年谱》，齐鲁书社1980年版，第12页。
② 周相录：《元稹集校注》（下），上海古籍出版社2011年版，第1390—1391页。

第二节　文官职位与元稹的身份意识

士大夫与专制制度的关系乃是依附生存的关系，他们亦在改革制度以适应专制之体制，故而，唐代文士阶层依然是在体制内祈望改变社会地位，这种变化正是在角色转变中完成的，只是并不会一帆风顺。一旦社会角色发生变化，他们会对既往的角色实践进行思考，经历对自家身份认证之自觉过程，才会对其仕宦、生活、文学活动等诸多方面产生影响。

元稹在一生之中，谏官、御史官、翰林学士三个文官身份对其仕宦及文学活动影响极深，任此三职后均有地方任职的经历。据白居易《元公墓志铭并序》，元稹任地方官有三个时间段：一是因任谏官得罪人而出为河南尉；二是因敷水驿事件而由监察御史贬出，自元和五年（810）至元和十三年（818）皆在地方，任江陵士曹参军、通州司马、虢州长史；三是长庆三年（823）至大和五年（831），因裴度弹劾出学士院后拜相，又因事罢相而为同州刺史，后为浙东观察使，又为武昌军节度使，其间因调回长安稍有间隔，却时间极短。本节即以元稹任"清望官"之谏官、御史官、翰林学士期间的职事活动为中心，分析其诗文中的身份意识。

一　谏官身份与元稹诗文的政治母题

元稹任谏官时间并不长，元和元年（806）四月至九月，任左拾遗。据白居易《唐河南元府君夫人荥阳郑氏墓志铭（并序）》云："稹既第，判入等，授秘书省校书郎；属今天子始践阼，策三科以拔天下贤俊，中第者凡十八人，稹冠其首焉。由校书郎拜左拾遗，不数月，谠言直声动于朝廷，以是出为河南尉。"因直获罪只是元稹仕宦经历的第一次贬谪。元稹暴卒，白居易《元公墓志铭并序》："二十八应制策，入三等，拜左拾遗。即日献《教本书》，数月间上封事六七。宪宗召对，言及时政，执政者疑忌，出公为河南尉。"

据《旧唐书·职官志二》，左、右拾遗，古时无此官，武则天时始置，从八品上，"掌供奉讽谏，扈从乘舆。凡发令举事，有不便于时，不合于道，大则廷议，小则上封。若贤良之遗滞于下，忠孝之不闻于上，则条其事状而荐言之"[①]。白居易也说："朝廷得失无不察，天下利病无不言，此国朝置拾遗之本意也。"(《旧唐书·白居易传》)从理论上说，拾遗不独可以谏诤天子之过失，而且可以纠察宰相之失误，虽"其秩甚卑"，而"其选甚重"（白居易《初除拾遗献书》），左拾遗在谏官中职位虽低，却是皇帝的侍臣和近臣[②]，需要任此职者具有强烈的社会责任感，不惜代价地论事议政，往往会遭遇仕宦之挫折。士人阶层因谏官之重要性，自觉地形成了谏诤传统，此传统可分为政治与文学两个部分：政治实践需落实在文字之中，文字遂由实用而为文学。谏官群体的政治实践实际上肯定了文学的谏诤传统，因此文人积极参与谏诤活动。在任左拾遗期间，元稹留下了多篇重要的谏诤文字，此一阶段的任职经历对于他的文学创作起到了推动作用。论及谏官经历对于文学的影响，傅绍良认为：谏官的人格修养，以及由此引出的感物言志的创作习惯，还有讽谏实践三个方面构成了文学的政治母题，进而干预生活。士大夫不仅是官员，也是执笔创作的文人，两种身份兼具，谏官身份让他们渴望求仕为官，养就强烈的道德批判意识。作为守道者，身处文人阶层的谏臣难以摆脱与现实的关系。[③] 元稹因敷水驿事件而被贬为江陵户曹参军，在赴任途中所作《阳城驿》，以及在韩愈任史官时将甄逢甄济父子的事迹交付之，均是此一证明。

在任左拾遗后，连上《论教本书》等文章，元稹《叙奏》云："元和初，章武皇帝新即位，臣下未有以言刮视听者。予时始以对诏在拾遗中供奉，由是献《教本书》《谏职》《论事》等表十数通，仍

---

① （后晋）刘昫等撰：《旧唐书》卷四十三，中华书局1975年版，第1845页。
② 赖瑞和：《唐代中层文官》，中华书局2011年版，第96页。
③ 傅绍良：《唐代谏议制度与文人》，中国社会科学出版社2003年版，第52页。

为裴度、李正辞、韦熏讼所言当行,而宰相曲道上语。上颇悟,召见问状。宰相大恶之,不一月,出为河南尉。"① 元稹《酬翰林白学士代书一百韵》自注云:"予元和元年任拾遗。八(脱'月'字)十三日延英对,九月十日贬授河南尉。" 元稹《听庾及之弹〈乌夜啼引〉》:"四五年前作拾遗,谏书不密丞相知。谪官诏下吏驱遣,身作因拘妻在远。归来相见泪如珠,唯说闲宵长拜乌。君来到舍是乌力,妆点乌盘邀女巫。"②《旧传》云:"稹性锋锐,见事风生。既居谏垣,不欲碌碌自滞,事无不言,即日上疏论谏职。又以前时王叔文、王伾以猥亵待诏……乃献《教本书》。"③《新传》云:"始,王叔文、王伾蒙幸太子宫,而桡国政,稹谓宜选正人辅导,因献言曰:……有自以职谏诤,不得数召见,上疏曰……辄昧死条上十事……"《资治通鉴》卷二三七《唐纪》五三云:"稹上疏论谏职……顷之,复上疏……因条奏请次对百官、复正牙奏事、禁非时贡献等十事。稹又以贞元中王伾、王叔文以伎术得幸东宫,永贞之际几乱天下,上书劝上早择修正之士使辅导诸子。"④《考异》就此次序曰:"稹《自叙》及《新传》,先上《教本书》,《论谏职》在后。今从《旧传》。" 纵观元稹任谏职之活动,此一任职对当时的谏官并未产生文学影响,这种影响往往产生在离职之后。元稹因论事而被贬河南尉,在此期间会因职位、地域之变化而诱发其在思想层面对自家的谏诤活动加以考量,而后形成人格上的自我陶冶,政事活动对文学活动形成刺激之作用,一旦认定自身活动的正义性,便会继续在其他职位上显现其谏臣意识,再由谏臣意识化为谏诤情结。

  元稹有《献事表》《论教本书》《论谏职表》《论追制表》《论西戎表》《迁庙议状》等文,论事不可谓不密集,说其恪尽职守足以当

---

① (后晋)刘昫等撰:《旧唐书》卷一百六十六,中华书局1975年版,第4337页。
② 周相录:《元稹集校注》(上),上海古籍出版社2011年版,第252—253页。
③ (后晋)刘昫等撰:《旧唐书》卷一百六十六,中华书局1975年版,第4327—4328页。
④ (宋)司马光编著:《资治通鉴》卷二百三十七,中华书局2012年版,第7753—7754页。

之。元稹身上的谏臣意识往往与文学创作实践与文学观念的生成密不可分，乃是贞元、元和时期谏诤风气的缩影，正是因为有着强烈的谏诤意识才会有元稹、白居易参与的"新乐府运动"，才会有韩愈、柳宗元参与的"古文运动"，这些文人虽然受三教融合的影响，却依然以儒家思想为中心为官求仕，不失进取之心。任谏职对于元稹文学创作的影响并不是中唐之个案，"唐代文士精神与谏诤意识是高度统一的，陈子昂、杜甫、韩愈、柳宗元、元稹、白居易都是具有强烈谏诤精神的文人代表。文学与政治的结合，文士与谏臣的结合，产生了深远的影响"①。所谓文士精神与谏诤意识高度统一的载体恰恰是留下的谏言，这些文字所呈现出的文士形象才是最具有可信度的。

二 御史官身份与元稹的反省意识

监察御史负责"分察百僚，巡按郡县，纠视刑狱，肃整朝仪"②。如赖瑞和所论："监察御史官品虽低，仅是正八品，乃是清贵的职位，是士大夫仕进的途中才能迁转的官职。"③ 御史官需要选任刚果劲直、坚明劲峭之士④，元稹差几近之。元稹由左拾遗出为河南尉，因母亲郑氏去世而丁母忧。元和四年（809），除监察御史，充剑南东川详覆使。弹奏故剑南西川节度使严砺，又弹奏山南西道，因获罪权贵而被分务东台。元和五年（810），分务东台的元稹弹奏河南尹房式，遭罚俸召回长安，他在东台不到一年，弹奏数十事。⑤ 据白居易《元公墓志铭并序》："丁陈留太夫人忧，哀毁过礼，杖不能起。服除之明日，授监察御史。使于蜀，按任敬仲狱得情。又劾奏东川帅违诏条

---

① 姚中辰主编：《中国谏议制度史》，中华书局2015年版，第296页。该书第292—293页论白居易任左拾遗时期的进谏存在误差，此时白居易以左拾遗为翰林学士之职，非为左拾遗身份也。傅璇琮对此予以辨正。（参见《唐翰林学士传论》，辽海出版社2011年版，第100页。）
② 李林甫等撰：《唐六典》卷十三，中华书局2014年版，第381页。
③ 赖瑞和：《唐代中层文官》，中华书局2011年版，第54页。
④ 霍志军：《唐代御史制度与文人》，中国社会科学出版社2013年版，第51—56页。
⑤ 周相录：《元稹年谱新编》，上海古籍出版社2003年版，第89页。

过籍税。又奏平塗山甫等八十八家冤事。名动三川,三川人慕之,其后多以公姓字名其子。朝廷病东诸侯不奉法,东御史府不治事,命公分台而董之。时有河南尉离局从军职,尹不能止。监察使死,其柩乘传入邮,邮吏不敢诘。内园司械系人逾年,台府不得知。飞龙使匿赵氏亡命奴为养子,主不敢言。浙右帅封杖杖安吉令至死,子不敢愬。凡此者数十事,或奏,或劾,或移,岁余皆举正之。内外权宠臣无奈何,咸不快意。会河南尹有不如法事,公引故事奏而慑之甚急。"元稹奉诏回长安途中,发生敷水驿事件,被贬为江陵士曹参军。自元和四年(809)二月至元和五年(810)三月,元稹任监察御史计一年余,比任左拾遗的时间要长一些。任职时间虽短,但居其位则谋其事,元稹在长安与洛阳两京职位上却大有作为,以致因得罪权臣而远贬江陵。

　　御史官对于文学之直接影响在于其所撰的与职事相关之文字,其职事活动或可成为创作的素材。[①] 因任御史官者进士及第为多,又为善属文者,彼此之间的交往中自有文学因素,元稹与李夷简的交往便是如此。元稹任御史官期间,主要的文字俱与职事活动有关,以弹奏论事之表状为主,因韦丛去世并有悼亡之诗文。其任御史官对于文学并无直接影响,或因职务之变动,如分务东台发些感慨,抑或因韦丛逝于洛阳,因地域之流动而有所触动。对于任御史官期间的职事活动,元稹是于长安赴江陵的途中及任职通州期间完成了自我的思考。如元和七年(812),江陵士曹参军任上所作《酬别致用》,诗云:"达则济亿兆,穷亦济毫厘。济人无大小,誓不空济私。"正是在不断反思的基础上坚定其信念。再如元和十三年(818),通州司马任上所作《酬乐天闻李尚书拜相以诗见贺》,诗云:"初因弹劾死东川,又为亲情弄化权。百口共经三峡水,一时重上两漫天。尚书入用虽旬月,司马衔冤已十年。若待更遭秋瘴后,便愁平地有重泉。"诗作首联自注云:"予为监察御史,劾奏故东川节度使严砺籍没衣冠等八十

---

① 霍志军:《唐代御史制度与文人》,中国社会科学出版社2013年版,第127页。

馀家，由是操权者大怒。分司东台日，又劾奏宰相亲因缘，遂贬江陵士曹耳。"① 直到贬官后的一段时期，御史官与其文学创作方得以联系紧密，并称为贬谪期的一个书写主题。元稹将诸多的想法蕴于诗文中，尤其是在与白居易的唱和、唱酬之作中展现出来，如将元稹诗作与白居易《和答诗十首》结合起来，即可明晰元稹的心路历程。白居易《赠樊著作》云："元稹为御史，以直立其身。"并对其因直而获谴多表不平之意。每到一处，元稹皆以地域之名物而思及自身，将因直正而被贬之过程反复思量，形成以此一时期任职经历为中心的政治母题的集中书写。

三　翰林学士与元稹的制诰改革

元和十三年（818）三月，李夷简为门下侍郎、同平章事。白居易《闻李尚书拜相因以长句寄贺微之》："怜君不久在通川，知已新提造化权。夔卨定求才济世，张雷应辨气冲天。那知沦落天涯日，正是陶钧海内年。肯向泥中抛折剑，不收重铸作龙泉。"何以言祝贺？盖因李夷简与元稹多有交往。元和四年（809），元稹为监察御史，李夷简为御史中丞，两人相处甚洽，后李夷简到山南东道、剑南西川任节度使，元稹不仅曾去襄阳拜访，还有《贻蜀五首》之《病马诗寄上李尚书》写给李夷简。② 诗云："万里长鸣望蜀门，病身犹带旧疮痕。遥看云路心空在，久服盐车力渐烦。尚有高悬双镜眼，何由并驾两朱轓。唯应夜识深山道，忽遇君侯一报恩。"李夷简拜相，元稹即权知通州州务，年底移虢州长史，第二年冬，入朝为膳部员外郎。元和十五年（820）五月，迁祠部郎中、知制诰，赐绯鱼袋。长庆元年（821）二月，迁中书舍人、翰林承旨学士，赐紫金鱼袋，即白居易《元稹除中书舍人翰林学士赐紫金鱼袋制》所谓"一日之中，三加新命"。通过钩稽可见，在任翰林学士之前，元稹有过一段任郎官

---

① 杨军：《元稹集编年笺注》（诗歌卷），三秦出版社2002年版，第767页。
② 周相录：《元稹年谱新编》，上海古籍出版社2003年版，第166—167页。

的经历，虽然时间不长，却已经对其文学创作有所促动。据白居易《元公墓志铭并序》："长庆初，穆宗嗣位，旧闻公名，以膳部员外郎征用。既至，转祠部郎中，赐绯鱼袋，知制诰。制诰，王言也。近代相沿，多失于巧俗。自公下笔，俗一变至于雅，三变至于典谟。时谓得人。"① 从此段叙述可知，元稹此际已经开始改革制诰文体，变俗为雅而成范式。

据白居易《元公墓志铭并序》："上嘉之，数召与语，知其有辅弼才。擢授中书舍人，赐紫金鱼袋，翰林学士承旨。"② 元稹《翰林学士院记》附题名云："元稹：长庆元年二月十六日，自祠部郎中、知制诰，行中书舍人、翰林学士，仍赐紫金鱼袋。"岑仲勉《补唐代翰林两记（卷下）翰林承旨学士厅壁记校补》云："抑稹除中舍之制，系朝散大夫守中书舍人，此作'行'，当误。鱼袋下应补充'字'。"元稹任职学士院，"学士院由翰林学士、承旨学士、学士院使、院吏组成，穆宗至文宗期间还断续存在过翰林侍讲学士和翰林侍书学士。"③ 此一时期，翰林学士无定员，如韦执谊《翰林院故事》："大抵召入者一二人，或三四人，或五六人，出于所命，盖无定数。"④ 李肇《翰林志》亦言："凡学士无定员，皆以他官充，下至校书郎，上至诸曹尚书，皆为之。"⑤ 李肇所说的"皆以他官充"值得注意，傅璇琮曾专门以白居易为例分析过翰林学士并非实职，而是以他官充任。"校书郎、左拾遗等是官，翰林学士、知制诰等是职，凡翰林学士，都须带有官衔。"⑥ 翰林学士建立于唐玄宗开元时期，承旨学士则是后设的，居翰林学士之首。据元稹《承旨学士院记》："宪宗章武孝皇帝以永贞元年即大位，始命郑公为承旨学士，位在诸

---

① 谢思炜：《白居易文集校注》第4册，中华书局2011年版，第1928页。
② 谢思炜：《白居易文集校注》第4册，第1928页。
③ 毛蕾：《唐代翰林学士》，社会科学文献出版社2000年版，第25页。
④ 傅璇琮、施纯德编：《翰学三书》，辽宁教育出版社2003年版，第16页。
⑤ 傅璇琮、施纯德编：《翰学三书》，第4页。
⑥ 傅璇琮：《唐翰林学士传论》，辽海出版社2011年版，第100页。

学士上，居在东第一阁。"① 翰林学士入职，除中书舍人外，还要通过以制诰和诗赋为主的五道文考试，白居易即以通过考试入学士院为翰林学士。丁居晦《重修承旨学士壁记》附题名："相元稹：长庆元年二月十六日，自祠部郎中、知制诰充，仍赐紫。十七日，拜中书舍人。"元稹则以中书舍人直入，未参加考试。"一日之中，三加新命"之荣誉感非常人可有之。

关于唐代翰林与文学的关系，傅璇琮有极为精到的论述，他梳理了翰林学士与文人的诗歌唱酬、翰林学士对于文人的影响、翰林学士对于改革制诰的作用等诸多问题。② 元稹任职学士院的文学活动有哪些呢？所作文章主要是制诰，诗作多与李建、白居易、李景俭、杨巨源等好友相关，盖因翰林学士最忌结朋党，清直无党是一个择取标准。③ 即便元稹小心如此，裴度依然弹奏元稹结党，《资治通鉴》卷二四二长庆元年十月云："翰林学士元稹与知枢密魏弘简相结，求为宰相，由是有宠于上，每事咨访焉。稹无怨于裴度，但以度先达众望，恐其复有功大用，妨己进取，故度所奏画军事，多与弘简从中沮坏之。度乃上表极陈其朋比奸蠹之状，以为：'……臣自兵兴以来，所陈章疏，事皆要切，所奉书诏，多有参差。蒙陛下委付之意不轻，遭奸臣抑损之事不少。臣素与佞幸亦无仇嫌，正以臣前请乘传诣阙，面陈军事，奸臣最所畏惮，恐臣发其过，百计止臣。臣又请与诸军齐进，随便攻讨，奸臣恐臣或有成功，曲加阻碍，逗留日时；进退皆受羁牵，意见悉遭蔽塞。但欲令臣失所，使臣无成，则天下理乱，山东胜负，悉不顾矣……'"裴度《论元稹魏弘简奸状疏》言："又与翰苑近臣，结为朋党，陛下听其所说，则必访于近臣，不知近臣已先私相计会，更唱迭和，蔽惑聪明。"裴度《论元稹魏弘简奸状第二疏》云："其第一表、第二状，伏恐圣意含宏，留中不行，臣谨再写重进。

---

① 杨军：《元稹集编年笺注》（散文卷），三秦出版社2008年版，第735页。
② 傅璇琮：《唐代翰林与文学——以文史结合做历史—文化的探索》，《唐翰林学士传论》，辽海出版社2011年版，第36—78页。
③ 毛蕾：《唐代翰林学士》，社会科学文献出版社2000年版，第43页。

伏乞圣恩宣出，令文武百官于朝堂集议，必以臣表状虚谬，抵牾权幸，伏望更加谴责，以谢弘简、元稹；如弘简、元稹等实为朋党，实蔽圣聪，实是奸邪，实作威福，伏望议事定刑，以谢天下。"裴度所谓朋党当与李绅、李德裕有关系。《旧唐书·李德裕传》云："时德裕与李绅、元稹俱在翰林，以学识才名相类，情颇款密，而（李）逢吉之党深恶之。"结党之证据则是长庆元年的科举案。《旧唐书·穆宗纪》云长庆元年（823）三月，"敕：今年钱徽下进士及第郑朗等一十四人，宜令中书舍人王起、主客郎中知制诰白居易等重试以闻"。《资治通鉴》卷二四一长庆元年载："（段）文昌言于上曰：'今岁礼部殊不公，所取进士皆子弟无艺，以关节得之。'上以问诸学士，德裕、稹、绅皆曰：'诚如文昌言。'上乃命中书舍人王起覆试。夏四月，丁丑，黜（郑）朗等十人，贬徽江州刺史，宗闵剑州刺史，汝士开江令。"据白居易《元公墓志铭并序》："寻拜工部侍郎，旋守本官、同中书门下平章事。公既得位，方将行己志，答君知。无何，有憸人以飞语构同位，诏下按验无状，上知其诬，全大体，与同位两罢之，出为同州刺史。"元稹的翰苑生活并不长，亦不到一年，却是他最为难忘的一段经历。

　　元稹任职翰林学士期间最大的文学成就便是改革制诰。[①] 陈寅恪认为：在当时一般人心目中，元和一代文章正宗，应推元白，而非韩柳，其《读莺莺传》云："今《白氏长庆集·中书制诰》有'旧体''新体'之分别。其所谓'新体'，即微之所主张，而乐天所从同之复古改良公式文字新体也……在昌黎平生著作中，《平淮西碑文》（昌黎集叁拾）乃一篇极意写成之古文体公式文字，诚可称勇敢之改革，然此文终遭废弃……惟就改革当时公式文字一端言，则昌黎失败，而微之成功，可无疑也。至于北宋继昌黎古文运动之欧阳永叔为翰林学士，亦不能变公式文之骈体。司马君实竟以不能为四六文，辞

――――――――――
[①] 傅璇琮：《唐翰林学士传论》，辽海出版社2011年版，第591页。郭自虎：《元稹与元和文体新变》第三章"制从长庆辞高古"，安徽大学出版社2010年版，第35—58页。

知内制之命。然则朝廷公式文体之变革，其难若是。微之于此，信乎卓尔不群矣。"① 此一时间亦是元稹诗歌传播的高峰期，据白居易《元公墓志铭并序》："公凡为文，无不臻极，尤工诗。在翰林时，穆宗前后索诗数百篇，命左右讽咏，宫中呼为元才子。自六宫两都八方至南蛮东夷国，皆写传之。每一章一句出，无胫而走，疾于珠玉。"② 后来，元稹出院而赴浙东任职，在与翰苑同事李德裕唱酬往来中依然追忆翰苑之旧事，足见翰苑任职对于元稹的重要性。

按照赖瑞和的分类，左拾遗、监察御史属中层文官，翰林学士属于高层文官。元稹任此三职时间都不长，任左拾遗、监察御史期间，文学活动和职位之间并无直接的关联，离职后在文学创作中对于职位意识有所思考，这时才会形成对于过往身份的再认识。任中层文官之际，元稹往往砥砺德行，追求直正，极为自觉，后入高层，自觉意识弱化许多，这是因为左拾遗、监察御史在各自职事内均是起步之官，任此职时元稹尚年轻气盛。任翰林学士一职则不一样，元稹已多经磨难，不复往日之盛气，此职位之要求亦高。从对文学活动的影响来看，翰林学士之职自具得天独厚的优势，因为翰林学士不仅仅是帝王身边的宠臣，而且名望甚高，能够提携文士并改变文学风尚，其作品传播亦达到最佳之效果。元稹因其文学才能而得到擢升，亦因得任翰林学士而愈加名满天下，文学创作也因担任此职而有所促动。任职学士院对于元稹的文学活动发生的促动作用要到后来才能显现，如任职浙东形成浙东唱和诗群，并与翰苑旧友李德裕酬唱往来，文官职位与地方官职位的交错也让元稹在政事与文学之间增加互动，形成对文学的疏离与刺激，文学文本的内涵愈加丰富，形成了以政事为中心的主题书写效应。

总而论之，元稹一生不改进取之志，且一直为之努力。"纵观元

---

① 陈寅恪：《元白诗笺证稿》，生活·读书·新知三联书店2003年版，第118—120页。

② 谢思炜校注：《白居易文集校注》第4册，中华书局2011年版，第1929页。

稹一生，前后虽有穷达之别，而无论穷达皆要有所作为，其积极用世之心是一以贯之的。"① 在元稹身上，文学与政事虽然不是同步发展，却彼此相互影响。任职时期，文学是文学，政事是政事，或因政事滋生文学书写话题，却不是决定因素。元稹的文学活动多以家庭生活、友朋交往为中心而展开，政事则是一条伏线，待到职事终结方才浮出水面，与过往的职事活动相联系的文学活动往往后发。无论如何，元稹的任职经历与其文学创作有着紧密的联系，具体职位所形成的职业痕迹深深地留存在他所创作的文本中。

第三节　诗家名望与元稹的无嗣之忧

中唐时期是士族身份变化的关键阶段，仕宦进路对于士族身份虽然依旧看重，但也随着科举制度的定型而呈现出新的特征。在婚姻方面，却依旧看重双方的士族身份，尤其是关中士族出身的士大夫，如柳宗元、裴度等人。陈寅恪《元白诗笺证稿》认为婚姻、仕宦对于中古士人非常重要，对于传宗接代来说，如果陷入无子困境则必然会产生无嗣之忧。笔者曾经专门探讨柳宗元的士族身份与无嗣之忧的关系，与柳宗元相比，元稹、白居易的无嗣之忧则是另一种情形，虽然都因传宗接代而起，元稹、白居易的文学名望与无嗣之忧却具有了直接的关联。关于"元、白"的无嗣之忧与文化心理的关系，肖伟韬曾经发表《"元、白"的无嗣之忧及其文化心理意蕴》一文加以探讨，认为："元稹、白居易之所以执著沉迷于没有子孙的苦痛当中，很明显，是由当时的社会文化心理结构决定的。"② 读毕该文，受益匪浅，却仍觉得似有未发之覆，故而本节即以元稹为研究对象，探讨诗家名望与其所滋生的无嗣之忧的关系。

---

① 裴斐：《元白雌黄》，《裴斐文集》第4卷，人民文学出版社2013年版，第79页。
② 肖伟韬：《"元、白"的无嗣之忧及其文化心理意蕴》，《兰州学刊》2009年第4期。

一 婚姻生活：无嗣之忧的滋生源

元稹无嗣之忧产生的时间节点与其婚姻的关系是需要厘清的，元稹与白居易、柳宗元的区别正在于，他的无嗣之忧经历了发生—消解—再发生—再消解的过程，此一过程与他的三段婚姻生活息息相关，子女之成长状况更是决定性因素。元稹一生共有七子六女，夭亡八个，何其不幸！可以说，无嗣之忧如影随形地伴随着元稹的婚姻生活，这也是他过早离世的一个原因。

如果以元稹的婚姻生活为界限，无嗣之忧的滋生消长则自然分为三个时间段：第一个时间段是元和四年（809）至元和五年（810），以韦丛去世为其起因。贞元十九年（803），元稹与韦丛结婚，婚后韦丛生下五子一女，遗憾的是只有一个女儿存活下来，其女儿保子后来嫁给韦绚。元和四年（809），元稹任监察御史，同年六月，因获罪权贵，分务东台，七月，韦丛卒。元和五年（810），元稹分务东台，因房式事件而被罚俸，返回途中住敷水驿而发生争厅事件，因唐宪宗包庇宦官，被贬为江陵士曹参军。丧妻与贬谪先后至，对元稹的打击之大可想而知。此一时期，元稹所滋生出的无嗣之忧，乃是因为韦丛的去世而引发的，因贬谪而倍增其痛，因此，无嗣之忧成为元稹悼亡诗作中反复思及的一个关注点，其诗歌内容上的侧重点还是怀念亡妻。元稹因与韦氏结婚无儿而多生感慨，在《谕子蒙》《遣悲怀》《阳城驿》等作品中有所体现，如《谕子蒙》："抚稚君休感，无儿我不伤。"卢子蒙即卢载，与元稹友好，韦丛去世，元稹与之酬唱的诗作存有五首，如蜀刻本题注云"子蒙近亦丧妻"，他们经历相近，故而有共同的话语。《初寒夜寄卢子蒙》："闻君亦同病，中夜还相悲。"从元稹的诗作内容来看，集中书写丧妻之痛，悼亡之意。如《城外回谢子蒙见谕》："稚女凭人问，病夫空自哀。潘安寄新咏，仍是夜深来。"《卢十九子蒙吟卢七员外洛川怀古六韵命余和》："子蒙将此曲，吟似独眠人。"《六年春遣怀八首》："百事无心值寒食，身将稚女帐前啼。"此种情绪在《遣悲怀三首》中达到顶点，前两首写夫妻患难与共的生活细节及妻去夫存的悲凉感，第三首则引出无嗣之忧，诗云："邓攸无子寻知命，潘岳悼亡犹费辞。"概括言之，此一时段尽管元稹滋生无嗣之忧，乃是因韦丛离世而附带引发的，并不如后来情感之强烈。第二年，元稹被贬为江陵士曹参军，元和六年（811）春夏之交，在李景俭的建议下，元稹在江陵纳妾安氏，侧室安氏生有一子二女，后均夭折，其中子荆于长庆元年（821）夭亡，安氏于元和九年（814）之前于江陵辞世，安氏之辞世对于元稹的影响自然不若韦丛，其原因之一便是安氏乃为其所买之侍妾，但安氏有子，元稹《葬安氏志》云："稚子荆方四岁，望其能念母亦何时？幸而立，则不能使不知其卒葬，故为志且铭。"铭文云："且曰有子，异日庸知其无求墓之哀焉。"① 细读全文，元稹因子及母，遂为安氏撰文立碑。自元和六年（811）至元和十年（815），元稹的生活并不如意，身体多病，宦途不顺，而无嗣之忧则因有子而略有所解。

第二个时间段是元和十三年（818）至长庆二年（822），其间又可分为两段：一段是裴淑所引发的无嗣之忧，一段是元稹与安氏所生之子夭亡而导致的无嗣之忧。元和十年（815）三月，元稹被贬为通州司马，同年，元稹与裴淑结婚，裴淑字柔之，出自河东裴氏。关于元稹与裴淑结婚的时间、地点，学界分歧较多：陈寅恪认为是元和十二年（817）在通州成婚；卞孝萱认为是元和十一年（816）五月在涪州结婚；周相录认为是元和十年（815）在赴通州途经涪州时与裴淑结婚；而吴伟斌则认为元稹是在元和十年冬天到兴元后续娶裴淑的。② 我们暂取元和十年之说，因为此说较为合理。用元稹的诗句，韦丛与元稹算是"贫贱夫妻"，安氏归元稹之后在江陵亦受苦多多。裴淑最初亦与元稹共患难，境况好不了多少，后来元稹仕宦通达倒是不假，而其间浮浮沉沉如过山车一般，元稹的后半生有裴淑陪在身边

---

① 周相录：《元稹集校注》，上海古籍出版社2011年版，第1384—1385页。
② 参见陈寅恪《元白诗笺证稿》，卞孝萱《元稹年谱》，周相录《元稹年谱新编》，吴伟斌《元稹考论》等著作。

荣辱与共，是他修来之福气。但倍感惋惜的是，两人婚后无子，虽然有安氏所生之子，可对于裴淑来说，这段无子的婚姻生活却远不能称得上完满。元和十四年（819），元稹自通州赶往虢州，任虢州长史，绕道涪州，随裴淑探望亲属，在涪期间，元稹作有《黄草峡听柔之琴二首》。第一首诗云："胡笳夜奏塞声寒，是我乡音听渐难。料得小来辛苦学，又因知向峡中弹。"诗作夸赞妻子琴艺之高，以自己之听音难来反衬妻子之技艺高。第二首则切中主题，诗云："别鹤凄清觉露寒，离声渐咽命雏难。怜君伴我涪州宿，犹有心情彻夜弹。"这首诗所写的正是盼望子嗣之情。"别鹤"即指《别鹤操》，据崔豹《古今注》："《别鹤操》，商陵牧子所作也。娶妻五年而无子，父兄将为之改娶，妻闻之，仲夜起，倚户而悲啸。牧子闻之，怆然而悲，乃歌曰：'将乖比翼隔天端，山川悠远路漫漫，揽衣不寝食忘餐。'后人因以为乐章焉。"则《别鹤操》是专写无嗣之忧的曲子。《酬乐天江楼夜吟稹诗因成三十韵》云"阮籍惊长啸，商陵怨别弦。猿羞啼月峡，鹤让警秋天"当是同样意思，元稹为白居易叹惋并自伤。裴淑无子所以滋生无嗣之忧，此忧情波及元稹，故而此意连绵不断。

元和十四年（819），安氏所生的两个女儿降真、樊夭亡，元稹有《哭小女降真》《哭女樊》，仅剩一子荆。长庆元年（821），子荆夭亡，二女一子皆无，这对于元稹可以称得上是天大的打击，从他所作的《哭子十首》中即可见出他深切的悲痛。此时的元稹在官场上可谓春风得意，深得穆宗的器重，凡事多有商议，而家庭之不幸却是飞来横祸，来得猝不及防。元稹的第一个想法是"九重泉路托何人"。独子夭亡，谁来为之处理后事呢？由此出发，追溯境况变化之过程，如："尔母溺情连夜哭，我身因事有时悲。钟声欲绝东方动，便是寻常上学时。"裴淑之伤情乃在养母至亲，又在自己无子，元稹亦由此发出"不知还得见儿无"的悲叹。再如："鞭扑校多怜校少，又缘遗恨哭三声。深嗟尔更无兄弟，自叹予应绝子孙。"又如："寂寞讲堂基址在，何人车马入高门。往年鬓已同潘岳，垂老年教作邓攸。"再如："烦恼数中除一事，自兹无复子孙忧。长年苦境知何限，岂得因儿独丧明。"不仅如此，元稹复思及安氏，本以为有子念想，如今亦如断线之风筝，毫无指望，故云："消遣又来缘尔母，夜深和泪有经声。"转自悲来，"乌生八子今无七，猿叫三声月正孤。寂寞空堂天欲曙，拂帘双燕引新雏。"这是实写，此时，元稹有八个孩子，失去其七，仅有一女长大，嫁入韦氏。因之，元稹的无嗣之忧愈加强烈，丧妻、丧妾、丧子、丧女，来自家庭之不幸愈加沉重，不亚于仕宦之苦难波折。从情绪之表达及写作之水准而言，《哭子十首》并不亚于《遣悲怀三首》，只是一为绝句、一为律体，一为悼亡、一为哭子，仅仅是诗体上的差异而已。

第三个时间段是大和二年（828），元稹已入人生之暮年，无嗣之忧愈加强烈。所作《感逝》云："头白夫妻分无子，谁令兰梦感衰翁？三声啼妇卧床上，一寸断肠埋土中。蜩甲暗枯秋叶坠，燕雏新去旧巢空。情知此恨人皆有，应与暮年心不同。"[①] 这与《遣悲怀》"诚知此恨人人有"可为"互文"，以旧日之诗句来传达此际之情思。裴淑又弹《别鹤操》，此时的元稹已经在浙东观察使任上，元稹作《听妻弹别鹤操》，白居易有和诗《和微之听妻弹别鹤操因为揭示其义依韵加四句》。元稹《听妻弹别鹤操》："《别鹤》声声怨夜弦，闻君此奏欲潸然。商瞿五十知无子，便付琴书与仲宣。"[②] 这首诗乃因听妻子弹琴而引发的无嗣之忧，前两句因听弹琴而引发怨情，第三句用典自《史记·仲尼弟子列传》："商瞿年长无子，其母为取室。孔子使之齐，瞿母请之，孔子曰：'无忧，瞿年四十，后当有五丈夫子。'已而果然。"第四句据《三国志·王粲传》："（蔡邕）闻粲在门，倒屣迎之。粲至，年既幼弱，容状短小，一座尽惊。邕云：'此王公孙也，有异才，吾不如也。吾家书籍文章，尽当与之。'"两句诗连起来，意思是如果我也能有儿子的话，就把书籍文章托付给他，以流传下去。元稹以商瞿自比，担忧年过四十尚无子。读此诗当结合元稹与

[①] 周相录：《元稹集校注》（上），上海古籍出版社2011年版，第271—272页。
[②] 周相录：《元稹集校注》（中），上海古籍出版社2011年版，第645页。

白居易叹共生无嗣之忧的"天谴两家无嗣子,欲将文集与它谁?"(《郡务稍简因得整比旧诗并连缀焚削封章繁委篋笥仅逾百轴偶成自叹因寄乐天》)白居易读元稹的这首诗,有和诗《和微之听妻弹别鹤操因为揭示其义依韵加四句》云:"一闻无儿叹,相念两如此。无儿虽薄命,有妻偕老矣。"以夫妻相依解无儿之痛。元稹号称"元才子",当时即已扬名海内外,元白忧无嗣既是基于家庭生活之和谐,亦因彼此才华由于无子而传承难矣。第二年,裴淑生子道护,元稹《妻满月日相喧》一诗,诗云:"十月辛勤一月悲,今朝相见泪淋漓。狂花落尽莫惆怅,犹胜因花压折枝。"至少从诗句里能看出元稹对妻子生育"辛勤"多有体谅,无嗣之忧遂得自然消解之。

元稹所创作的这些写及无嗣之忧的作品是其心路历程之呈现,部分作品在不同阶段为元稹带来了诗家名望,这也是不容置疑的,如《遣悲怀》等作品,或因悼亡,或因次韵,一部分列入感伤,另一部分则是"元和体"的组成内容。反过来,正是因为诗家名望才更为渴望有子嗣传其衣钵。综而观之,一方面,无嗣之忧正是婚姻生活带来的烦恼;另一方面,得以接续的婚姻生活也对元稹的无嗣之忧有所缓解。

二 宦途迁转:无嗣之忧的助推力

元稹无嗣之忧的滋生与婚姻家庭生活有关系,更与仕宦之迁转有着密不可分的关联,至少增加了无嗣之忧的强度。元稹所经历的贬谪生活,对其身心产生严重的损伤,长期生活在瘴疠之地,几乎命丧江陵,诗歌创作成为人生的一个重要支撑点,让他的人际交往因此能有与共鸣者的交结处,尤其是与白居易的唱和,更是让他体味到友情的重要性。无嗣虽然是延续宗族的障碍,亦是家庭生活之缺憾,而士人之被贬使得家庭受到的影响更大,家人与之共同颠沛流离,一直无法过上安定的生活,必然导致身心疲惫而心灰意冷,甚至绝望或者心理崩溃。

贞元二十一年(805)是中唐不平凡的一年,所谓"永贞革新"

就发生在这个时段。前一年年末，元稹的大姐去世，年仅三十五，十月归葬，这时已经改元永贞，元稹为之撰墓志铭，他还与白居易一起准备参加制科考试，试图进一步改变命运。第二年，也就是元和元年（806）四月，终于登才识兼茂明于体用科，授官左拾遗，进入谏官行列。年轻人一旦有了说话的机会，自然要秉公直说，元稹为此得罪了不少人，为执政所嫉，出为河南尉，从京都到地方，元稹仕宦生涯的第一次低谷很快就来了。元稹和被贬的裴度一起赶赴洛阳，刚到洛阳便传来了母亲去世的消息，他只能"泣血西归"，同年，他的岳父韦夏卿也去世了。

白居易和元稹的感情进一步深化应该就在这段时间，两人无嗣之忧的生发也在这段时间。白居易为元母撰墓志铭，并在元稹困顿之际给予经济支援，两人本就兴趣相投，由此一来，交情更深。元和四年（809）二月，元稹除监察御史。三月，充剑南东川详覆使。元稹与李建、白居易、白行简等人交游，上任途中不断回忆往事，心境大好。他不改直正的为官宗旨，弹劾严砺等官员，再度获罪权贵，六月被分务东台。七月，妻子韦丛去世，这对元稹是个沉重的打击，读《祭亡妻韦氏文》即可知，再读《遣悲怀》三首则更觉凄怆，因韦丛离去而生发无嗣之忧。十月，韦丛归葬，元稹请韩愈为其身后撰墓志铭。元稹在东台不满一年，却弹奏数十事之多。元和五年（810）三月，因事从洛阳返长安，宿敷水驿，与宦官因争厅而发生冲突，稹被马鞭击伤面。结果到长安，因为唐宪宗包庇宦官而被贬为江陵士曹参军，白居易、李绛、崔群上书谏止，却没能改变结局。元稹在离京赴任之前，有《诲侄等书》，其中有述家庭贫苦，有述其兄持家之难，有述自己苦学成才之路，有述为官直正之行，有嘱诸侄努力之言。所谓诲侄，正因无嗣，此刻的元稹赴瘴疠之地而前途未卜，回顾以往"效职无避祸之心，临事有致命之志"，故而"尝誓效死君前，扬名后代"。元稹妥当地安排好家事，白居易让弟弟白行简送元稹，并送诗一轴。在赴任途中，元稹给白居易寄诗作十七首，白居易和答之，"元白唱和"自此拉开序幕。第二年，窦巩两次途经江陵，均与元稹唱和。吕温卒于贬所，元稹有诗哭之，刘禹锡亦有诗哭之，柳宗元和刘禹锡诗，并寄元稹。至此，元和五位文学家彼此俱有往来。上述事迹正是元稹丧妻及遭贬前后之经历，简而言之，元和五年（810），韦丛去世，随后发生敷水驿事件，元稹被贬为江陵士曹参军，无嗣之忧在诗文中间接表现出来，亦可从宦途之思考中印证出来。最为重要的作品即是白居易所唱和的十首诗，这组诗作于赴任的途中，其中《阳城驿》叙及阳城的暮年，云："有鸟哭杨震，无儿悲邓攸。唯馀门弟子，列树松与楸。"白居易解读为："终言阳公命，左迁天一涯。道州炎瘴地，身不得生归。"这些正是元稹所担忧的，此外自是无嗣之忧，所到之处难以获得再娶的机会，无嗣之忧怕是此生相随。到了江陵，身处瘴疠之地，元稹身体极为不好，再加上情绪殊恶，在怀念亡妻的同时滋生无嗣之忧。李景俭为之纳妾安氏，照顾其起居，安氏生一子二女，元稹的无嗣之忧遂暂得消解，只是厄运还没有结束。

元稹再次陷入无嗣之忧是在通州任上。元和九年（814），安氏去世，元稹与裴淑婚后无子，宦途曲折，这让元稹陷入焦虑之中。元和十年（815），元稹返京，此时返京的还有刘禹锡、柳宗元等人。正是因为与永贞党人交往较多，元稹被出为通州司马，在赴任途中，与裴淑结婚。八月，白居易被贬为江州司马，这一年，元白的文学观念渐趋成熟，元稹有《叙诗寄乐天书》，白居易有《与元九书》，元稹赠答白居易诗过百篇，"元和体"风靡一时。这时的元稹堕入低谷，献诗于郑余庆、权德舆、李逢吉等人，献诗乃是一种求得赏识的方式，属于别种干谒之方式，以此种方式追求速进，元稹并非个案，柳宗元、白居易、刘禹锡、韩愈等人均用此法，可谓一时之风气。元和十三年（818），元稹致书裴度以求任用，四月权知州务，十二月移虢州长史。第二年初，在赴任途中元白相遇，相话三宿而别。同年，女樊殇、兄元秬卒。年底，元稹入京任膳部员外郎。元和十三年（818），元稹有《酬乐天东南行诗一百韵》，此诗为酬答之作，白居易在《东南行》中追忆友朋故事，元稹亦在此语境中忆及自身，"士元名位屈，伯道子孙无"，不只为自己叫屈，而是为彼此歌哭，无嗣之忧的情绪加深正是在仕宦迁转中滋生的，裴淑随元稹经历仕宦之迁转，面对地域、职位之变化，自然也会产生感情的波动。长庆三年（823），元稹任浙东观察使，从长安到浙东去，裴淑并不愿意，而是"有阻色"，元稹《初除浙东妻有阻色因以四韵晓之》云："嫁时五月归巴地，今日双旌上越州。兴庆首行千命妇，会稽旁带六诸侯。海楼翡翠闲相逐，镜水鸳鸯暖共游。我有主恩羞未报，君于此外更何求。"细读此诗，在今昔对比中，元稹认为当下的境况自是已经好转许多，当初裴淑嫁给元稹，元稹出为通州司马，而今越州比通州好多了，职位亦重要得多，况且越州山水清音甲天下，有让人惬意之处，又得穆宗赏识，臣子需报主恩，又何怨之有呢？家庭生活之不稳定对于生儿育女自然有极大的影响。

　　元和十五年（820）是元稹人生的转折点。本年他向令狐楚献诗，得到令狐楚的赏识，令狐楚为宪宗山陵使，元稹为判官。二月，迁"祠曹员外试知制诰"，五月，迁祠部郎中、知制诰、赐绯鱼袋。不过，他很快就把令狐楚得罪了，因为令狐楚被贬，元稹起草《令狐楚再贬衡州刺史制》，史家云："楚深恨稹"。元稹得到唐穆宗的器重，常召见他并与之密商国事。唐穆宗改元长庆，元稹升任中书舍人、翰林承旨学士、赐紫金鱼袋，与李绅、李德裕一起被称为翰林"三俊"，三月，三人弹劾钱徽取士不公，导致李宗闵等人远贬，从元稹的态度可见其人品并非低劣。正如他自叙所说"一日之中，三加新命"，元稹开始改革制诰之写法，以自身实践加以倡导①，又奉旨进呈杂诗十卷，可谓志得意满，前景光明。长庆元年（821），与安氏所生子荆夭亡，仕宦高峰期遭此家庭生活之变故让元稹痛不欲生。而穆宗与元稹的来往更为密切，"访以密谋"。一系列的恩宠给元稹带来诸多的负面影响，这主要源于他得宠的方式不被认为是正途，裴度连上三表弹劾元稹结交宦官，结局是元稹罢学士，出为工部侍郎。这

---

① 此点陈寅恪《读莺莺传》一文多有论述，可参看；亦可参看郭自虎《元稹与元和文体新变》一书。

一年元稹四十三岁，正当盛年，盛年丧子，仕途遇阻，他一时难以接受。

长庆二年（822），藩镇用兵，王庭凑等人围冀州，官军救之，财力均耗，元稹劝穆宗罢兵。韩愈冒险去宣慰王庭凑，元稹极为担忧，此事记载于李翱所撰《韩公行状》中。二月，元稹同平章事，得入宰相之列。五月，有人受指使诬告元稹要派人刺杀裴度。六月，元稹与裴度俱罢相，出为同州刺史兼长春宫使，谏官觉得对元稹处罚太轻，于是削去其长春宫使一职，元稹在同州刺史任上多有作为。第二年八月，改越州刺史兼谏议大夫、浙东观察使，与李德裕、白居易相聚，编好自己的文集。元稹与友朋多有唱和，并为白居易编《白氏长庆集》，作序。长庆四年（824），穆宗去世，元稹感伤且灰心。至此，元稹仕宦生涯的黄金时代来得快去得也快，想要速进的他经历了冰火两重天，人生的又一个阶段结束了。

大和时代，因帝位之变化，元稹失去了往日的地位，他对穆宗深深怀念，却也"流水落花春去也"。唐敬宗宝应年间，元稹与白居易、李德裕交往频繁，李德裕作《述梦诗四十韵》，元、白和之，李德裕、元稹、刘禹锡《吴越唱和集》《元白酬唱集》编成。大和二年（828），元稹仍然在浙东观察使任上，因裴淑未能生子，无嗣之忧更为强烈。白居易作诗贺元稹加检校礼部尚书，并作诗颂扬他的政绩。大和三年（829），诏为尚书右丞，女儿结婚。这年冬天，裴淑生子，名道护，老来得子的元稹此后便不再滋生无嗣之忧了，只是孩子幼小，难以承传父亲的才智。好景不长，本来已经走上坦途的元稹在大和四年（830）除检校户部尚书、兼鄂州刺史、武昌军节度使，妻子裴淑不乐，夫妻以诗相赠答。大和四年（830），对于元稹夫妇来说，无嗣之忧已经不复存在，仕宦迁转之苦却依然延续着。元稹转任武昌军节度使、鄂州刺史，一家又要从长安到鄂州，裴淑心情自然不好。据范摅《云溪友议》卷下载："（元稹）复自会稽拜尚书右丞，到京未逾月，出镇武昌。是时，中门外构缇幕，候天使送节次，忽闻宅内恸哭，侍者曰：'夫人也。'乃传问：'旌钺将至，何长恸焉？'裴氏曰：'岁杪到家乡，先春又赴任，亲情半未相见，所以如此。'立赠柔之诗曰……"这首诗即元稹《赠柔之》，诗云："穷冬到乡国，正岁别京华。自恨风尘眼，常看远地花。碧幢还照曜，红粉莫咨嗟。嫁得浮云婿，相随即是家。"裴淑亦有《答微之》："侯门初拥节，御苑柳丝新。不是悲殊命，唯愁别近亲。黄莺迁古木，朱履从清尘。想到千山外，沧江正暮春。"夫妻间一赠一答，将彼此心事写出。在元稹的眼里，他屡经仕宦风霜，随地域之变化而生沧桑感，妻子嫁给这样的人，也就只好随之迁徙。在裴淑的眼里，仕宦之迁转不是她悲恸的直接原因，而是刚刚回到亲旧身边，未及叙叙家长里短就要再度远行，的确心有不甘。从元稹、裴淑的诗作中，可见盼望子嗣乃是夫妻共存的无嗣之忧，亦可见仕途坎壈而不断迁徙的无奈之意，两者之间既有各自的背景也互有联系，元稹与裴淑的夫妻之情从字里行间也能够感受得到。元稹不仅具有为官的"直正"品格，还算得上是一位能够处处体谅妻子的好丈夫。

大和五年（831），元稹走上人生的末路。七月，"遇暴疾而卒"，子道护仅三岁，有嗣而无法托付后事。白居易作诗哀之，为文祭之，受元稹之托为之作《墓志铭》。五十三岁的元稹就此告别人间，他的诗文在后世并未能如白居易的作品那样广泛流传，世人对他的人品还质疑多多，这一切都需要时间来消解。也许，我们无法复原那个时代的风景，元稹也注定难以遇到知音了。

回顾宦途，元稹一生屡经贬谪，对待人生的态度自然会发生变化，事业之低谷与家庭无嗣之不幸始终相伴，事业巅峰之时也没有品尝到家庭之快乐，两度得子均在外放之任上，一个夭亡，一个幼小，都无法承担他的期望。从这点来看，仕宦之迁转加速了无嗣之忧的程度，何止改变了他的人生态度，甚至影响了他极为看重的家族文化之承传。

三 诗家名望：无嗣之忧的负重力

事功一时难以建立，著述却可以传世，传统士大夫往往在人生低谷之际潜心著述，期以延续事功之缺憾。唐代文学的繁荣使得社会产生文学崇拜之心理，士子不由文学仕进，则终不为美。元稹负有诗家之盛望，这对于他来说，既有日常家庭生活的促动，亦有其加剧无嗣之忧的因由。

无嗣之忧挥之不去，还有一个重要的决定因素，即自元和时期起，元稹诗家之名望甚高，元稹虽也如韩愈、柳宗元一般为人指点创作诗文之法门，却并非好为人师，而是盼望有子继承家学。"元和诗体"名震一时，传播海内外，却无子继其绝学，必为难以弥补的心灵创伤。

这个问题并非元稹所独有，而是元稹、白居易所共有。元白相识于元和四年（809），因唱和诗而名声大振，直至大和四年（830），三十年间元白之诗名不减。[①] 元稹获得诗家名望与无嗣之忧的滋生几乎在同一个时间段，即元和五年（810）前后，由于被贬为江陵士曹参军，他在途中多与白居易唱和，次韵诗就此成规模，因此有元白并称，诗作亦被称为"元和诗体"。元稹《上令狐相公诗启》云：

> 唯杯酒光景间，屡为小碎篇章，以自吟畅。然以为律体卑痹，格力不扬，苟无姿态，则陷流俗。常欲得思深语近，韵律调新，属对无差，而风情自远。然而病未能也。江湖间多新进小生，不知天下文有宗主，妄相仿效，而又从而失之，遂至于支离褊浅之词，皆自为元和诗体。某又与同门生白居易友善，居易雅能为诗，就中爱驱驾文字，穷极声韵，或为千言，或为五百律诗以相投寄。小生自审不能有以过之，往往戏排旧韵，别创新词，名为次韵相酬，盖欲以难相挑耳。江湖间为诗者，复相仿效，力或不足，则至于颠倒语言，重复首尾，韵同意等，不异前篇，亦自谓元和诗体。[②]

[①] 尚永亮：《"元白并称"与多面元白》，《文学遗产》2016年第2期。
[②] 周相录：《元稹集校注》，上海古籍出版社2011年版，第1450—1451页。

这篇文章写于元和十四年（819），此时元稹已经回京任职，令狐相公指令狐楚，他对元稹知赏有加，故而元稹献文，此文叙述"元和诗体"之内容、形式及传播状况，可以印证元白在元和初期即已名声远播。记述诗人人生感受的"元和诗体"，以写意、逞能之两端为江湖间"新进小生"或"为诗者"广泛效仿。另元稹《白氏长庆集序》述曰：

> 予始与乐天同校秘书之名，多以诗章相赠答。会予遣掾江陵，乐天犹在翰林，寄予百韵律诗及杂体，前后数十章。是后各佐江、通，复相酬寄。巴、蜀、江、楚间洎长安中少年，递相仿效，竞作新词，自谓为"元和诗"，而乐天《秦中吟》《贺雨》讽喻等篇，时人罕能知者。然而二十年间，禁省、观寺、邮候墙壁之上无不书，王公、妾妇、牛童、马走之口无不道，至于缮写模勒，炫卖于市井，或持之以交酒茗者，处处皆是。其甚者，有至于盗窃名姓，苟求自售。杂乱闲厕，无可奈何。予尝于平水市中，见村校诸童竞习诗，召而问之，皆对曰："先生教我乐天、微之诗。"固亦不知予之为微之也。又鸡林贾人求市颇切，自云本国宰相，每以百金换一篇。其甚伪者，宰相辄能辨别之。自篇章以来，未有如是流传之广者。[①]

此文长庆四年（824）作于越州，文集编就，回顾平生，特意在文字中忆及以文赠答的情境。不管称为"元和诗""元和诗体""元和格"还是"元和体"，元白之作品在元和时期的影响力自不待言。[②]自元和五年（810）至大和四年（830），两人就无嗣之问题在诗作中

---

① 周相录：《元稹集校注》，上海古籍出版社2011年版，第1280—1281页。
② 关于对"元和体"的辨析，可参见陈才智《元白诗派研究》，社会科学文献出版社2007年版，第195页。

多有唱和互动，如友朋晤谈，彼此宽解对方。白居易发出叩问者多，如《和三月三十日四十韵》："我既无子孙，君仍毕婚娶。"《吟前篇因寄微之》："何事遣君还似我，髭须早白亦无儿？"《醉封诗简寄微之》："未死又邻沧海郡，无儿俱作白头翁。"元稹《酬乐天江楼夜吟稹诗因成三十韵》："铃因风断续，珠与调牵绵。阮籍惊长啸，商陵怨别弦。猿羞啼月峡，鹤让警秋天。"均系悲无嗣之苍凉。元和十三年（818），元稹有《酬乐天东南行诗一百韵》，此诗为酬答之作，状行旅之艰辛。白居易在《东南行》中追忆友朋故事，元稹亦在此语境中忆及自身，"士元名位屈，伯道子孙无"。不只为自己叫屈，而是为彼此歌哭。那么如何消解这份忧虑呢？"旧好飞琼翰，新诗灌玉壶。几催闲处泣，终作苦中娱。"所作新诗产生了意想不到的传播效果，"元和体"名扬一时，"元白"并称已为好文者言说之时尚。盛名之下，他们更为重视日常家庭生活的缺失，如此一来，文学名望间接加重了他们忧思之程度。白居易《初丧崔儿报微之敦诗》："文章十帙官三品，身后传谁庇荫谁！"《和微之道保生三日》："且有承家望，谁论得力时？"这里提出了一个议题，无子荫官、无子托付文章编集，无子成为言说的伤痛。白居易《予与微之老而无子发于言叹著在诗篇今年冬各有一子戏作二什一以相贺一以相嘲》："一园水竹今为主，百卷文章更付谁？"读此诗当结合元稹向白居易叹共生无嗣之忧的"天遣两家无嗣子，欲将文集与它谁？"此联出自《郡务稍简因得整比旧诗并连缀焚削封章繁委箧笥仅逾百轴偶成自叹因寄乐天》一诗，原诗如下："近来章奏小年诗，一种成空尽可悲。书得眼昏朱似碧，用来心破发如丝。催身易老缘多事，报主深恩在几时。天遣两家无嗣子，欲将文集与它谁。"[1]问题提出之后又当如何面对呢？元稹在整理自家诗集的时候亦喜亦悲：喜的是自己的作品产生了极大的影

---

[1] 关于此诗与元稹心态之关系，日本学者赤井益久在《元稹的政治与文学》一文中有精彩的分析。（参见赤井益久《中唐文人之文艺及其世界》，中华书局2014年版，第102页。）

响力,悲的是这样的好作品却无可托付之人。白居易读元稹的这首诗,有和诗《和微之听妻弹别鹤操因为揭示其义依韵加四句》,云:"一闻无儿叹,相念两如此。无儿虽薄命,有妻偕老矣。"以夫妻相依解元白无儿之痛,却仍然无法解决"欲将文集与它谁"这一难题。元稹即便号称"元才子",当时即已扬名海内外,依然面对着家庭生活之不幸,借此发出忧无嗣而才华之传承难矣之浩叹。探究此点当结合元白文集之编撰,据吴伟斌所论,元稹集先后编过八次。① 元稹第一次编作品成集是在元和四年(809)。在李景俭的建议下,元稹编作品为集,数次编集均是对创作生涯的回顾,亦是对自家名望的考量,故而在"元和体"风靡一时的背景下,对自家声望的守护与延续也成为元白切磋的话题。

长庆四年(824),元白叹无子嗣继承才学的念头愈加强烈。白居易《酬微之》:"满帙填箱唱和诗,少年为戏老成悲。声声丽曲敲寒玉,句句妍辞缀色丝。吟玩独当明月夜,伤嗟同是白头时。由来才命相磨折,天谴无儿欲怨谁。"白居易《馀思未尽,加为六韵,重寄微之》:"海内声华并在身,箧中文字绝无伦。遥知独对封章草,忽忆同为献纳臣。走笔往来盈卷轴,除官递互掌丝纶。制从长庆辞高古,诗到元和体变新。各有文姬才稚齿,俱无通子继余尘。琴书何必求王粲,与女犹胜与外人。"无儿有女,尚有托者,只是元稹并不这么想,《酬乐天余思不尽加为六韵之作》:"律吕同声我尔身,文章君是一伶伦。众推贾谊为才子,帝喜相如作侍臣。次韵千言曾报答,直词三道共经纶。元诗驳杂真难辨,白朴流传用转新。蔡女图书虽在口,于公门户岂生尘。商瞿未老犹希冀,莫把籯金便付人。"对生子的盼望还在延续,然而这样的企盼不仅仅是属于元稹的,而是元白共有的。大和五年(831),元稹离世,白居易《元相公挽歌词三首》之三云:"琴书剑佩谁收拾?三岁遗孤新学行。"依然并置了这个难题,三岁孩童如何能托付后事呢?通过梳理上述资料,至少有三个可确认的结

---

① 吴伟斌:《新编元稹集》,三秦出版社2015年版,第22—26页。

论：一是元稹颇以诗名自负，自己极为看重诗家之名望；二是以诗家之名望观照现实生活，对无子可传承家学极为遗憾，屡屡蕴于字句间；三是元稹书写无嗣之忧的作品游走于文学生活与日常生活之间，将生活负重寓于文学书写之中，形成无嗣之忧的书写主题。中唐时期，元稹并不孤立，白居易、柳宗元都有根植于家庭生活现状的此类作品，一方面基于被贬的迁谪仕宦生活，另一方面基于文学名望与治世理想的延续。

如此稍显烦琐的论述旨在说明，无嗣之忧源于生活，体现在元稹的诗作中，并与诗家名望有密切的关系，家庭生活滋生之，仕宦迁转强化之，诗家名望压迫之。阅读这些作品可以窥知诗人的日常生活体验，日常生活的诗化与诗人之心理息息相关，借此知人论世的内蕴自可了解，创作心理与文本样态也就此建立了密不可分的联系。

本章结论

1. 元氏与郑氏、陆氏联姻，对于元稹之文化教育均有极深之影响。

2. 元稹的谏官、御史官、翰林学士等文官身份是联结其文学文本中政治母体与创作风格的纽带。

3. 元稹的无嗣之忧源于生活，体现在元稹的诗作中，并与诗家名望有密切的关系。家庭生活、仕宦迁转、诗家名望均占有一定的分量，日常生活的诗化与诗人之心理状态就此具有了关联性。

第五章　元稹文学交游考论

元稹一生极重情义，尤其与朋友交往，这一点在其诗文中多有体现。关于元白之交游情况，朱金城、王拾遗等前辈学者多有考论，具体情状已无须赘述，只是两人之交谊与中唐文风和士风多有关联，此一点尚可叙说。本章将以元稹与卢氏家族、元稹与"四李"、元稹与窦氏家族、元稹与白居易等的交游活动为中心，侧重元稹与朋友交游中心态之变化，借此揭橥士风与文风之关系。

第一节　元稹与卢氏兄弟交游考论

范阳卢氏乃是山东家族，有岗头卢之称。元稹《去杭州》云："房杜王魏之子孙，虽及百代为清门。骏骨凤毛真可贵，岗头泽底何足论。"句中有题注："近世不以勋贤之胄为令族，而以岗卢泽李为甲门。"元氏乃胡姓出身，与韦、裴等关中士族联姻者多，与山东士族联姻者相对较少，其中与清河崔氏、荥阳郑氏尚有数例，与范阳卢氏、赵郡李氏则更少一些。聚焦于元稹个人身上，则其与赵郡李氏、范阳卢氏出身的士人多有交往，而且均在其婚姻、仕宦等特定处境之中，从中或可窥知元稹的心态变化。本节以现存相关的诗文为中心，结合出土文献，钩稽元稹与卢氏兄弟之交游状况，对于学界已有考辨者则侧重于论，或考或论，考论结合，期以探寻元稹交游活动与文学创作的关系。

一　元稹与卢载

元稹与卢子蒙之间的交往可分两个时段：元和四年（809）至元和六年（811）为一段，元和九年（814）为另一时段。前一段是属于特定时间段的交往，此时的元稹经受丧偶及贬谪之苦痛，贬谪之苦多与白居易倾诉，而丧偶之痛和无嗣之忧则多与卢子蒙倾诉；后一段则在安定之后的通州时期。卢子蒙何许人也？目前有两个说法：一说是卢贞，一说是卢载。

陶敏认为，卢子蒙是卢贞而为之详考，用力甚勤。陶敏早在20世纪80年代就曾发表《〈全唐诗〉卢贞小传及收诗订误》一文，文章认为有两个卢贞：一为河南尹卢贞，一为侍御史内供奉卢贞，与元稹、刘禹锡交往之卢子蒙乃是后者。① 此后，在其他著述中此一观点亦多有论及，如考证元稹《刘氏馆集隐客、归和、子元、及之、子蒙、晦之》中的"子蒙"云："子蒙，卢真字。《唐诗纪事》卷四九：'卢贞字子蒙。'但误以为会昌河南尹卢贞。"② 复于白居易《览卢子蒙侍御旧诗多与微之唱和感今伤昔因赠子蒙题于卷后》诗考证卢子蒙云："卢贞，一作卢真，字子蒙，元和中屡与元稹唱和。白居易会昌五年七老会诗自注有：'前侍御史内供奉官范阳卢真'，即其人。《唐诗纪事》卷四九以子蒙为会昌河南尹卢贞字，误。"③ 陶敏、陶红雨在刘禹锡《岁夜咏怀》诗后附卢贞和诗，并认为："此卢贞乃字子蒙之卢贞，为元稹好友，官至侍御史，开成、会昌中退居洛阳，非前《夜宴福建卢常侍宅因送之镇》诗中之卢贞。"④ 在陶敏之前，王拾遗《元稹交游笺证》一文即认为："卢子蒙，名贞，里居、仕历不得其详。"⑤ 后杨军注释元稹《初

---

① 陶敏：《〈全唐诗〉卢贞小传及收诗订误》，初刊《邵阳师专学报》1983年第1期，后收入《唐代文学与文献论集》，中华书局2010年版，第416—422页。
② 陶敏：《全唐诗人名汇考》，辽海出版社2006年版，第795页。
③ 陶敏：《全唐诗人名汇考》，第876页。
④ 陶敏、陶红雨：《刘禹锡全集编年校注》，岳麓书社2003年版，第728页。
⑤ 王拾遗：《元稹论稿》，陕西人民出版社1994年版，第106页。

寒夜寄卢子蒙》一诗，接受陶敏的观点，云："卢子蒙，卢贞，字子蒙，行十九。郡望范阳，元和九年以大理评事为剑南西川节度使李夷简从事。后官侍御史内供奉。与元稹唱和较多。晚年居洛阳，曾与'七老会''九老会'。"① 周相录则于元稹《刘氏馆集隐客、归和、子元、及之、子蒙、晦之》诗所注与杨氏相同。② 吴伟斌关于《初寒夜寄卢子蒙子蒙近亦丧妻》注"子蒙"仅云："卢子蒙，即卢真，元稹朋友。"极为简略。③ 综上所述，如无新材料出现，卢子蒙即卢贞几为定论。

新材料往往带来新发现，卢载自撰墓志及所撰其妻郑氏墓志的出土为我们提供了另一种可能。谢思炜据新出这两方墓志提出卢子蒙非卢贞，当是卢载。④ 文艳蓉在其博士论文《白居易生平与创作实证研究》中有"白居易与卢载交游考"，其中多有细密的论证。⑤ 胡可先亦认为卢子蒙当为卢载，并进一步加以论证。所撰《新出石刻石料与唐代卢氏文学家族考论》一文，据新出卢载自撰墓志铭，结合元稹、张祜等人诗作，认为卢子蒙当是卢载而非卢贞或者卢真⑥，结论当为可信，细处尚能以材料条理证之。

卢载之父为卢岳，卢岳与杜甫有过交往，杜甫三首诗中提到的"卢十四"或"侍御"即卢岳。⑦ 穆员《陕虢观察使卢公墓志铭》云："三子载、戣、戡，长齿未童，幼哀及礼。"⑧ 卢岳卒于贞元四年（788），按照卢载自撰墓志后面的补叙，卢载卒于大中二年（848），年七十五，则其当生于大历九年（774），贞元四年（788），卢载十

---

① 杨军：《元稹集编年笺注》诗歌卷，三秦出版社2002年版，第170页。
② 周相录：《元稹集校注》，上海古籍出版社2011年版，第146—147页。
③ 吴伟斌：《新编元稹集》，三秦出版社2015年版，第1550页。
④ 谢思炜：《白居易文集校注》，中华书局2011年版，第591—592页。
⑤ 文艳蓉：《白居易生平与创作实证研究》，博士学位论文，浙江大学，2009年。凡文艳蓉所详论者本文则简面略之，有相同者则是其先为发明，不敢略美。
⑥ 胡可先：《新出石刻石料与唐代卢氏文学家族考论》，《唐研究》第二十卷，北京大学出版社2014年版，第346—347页。
⑦ 陶敏：《杜甫交游续考》，《唐代文学与文献论集》，中华书局2010年版，第89—90页。
⑧ 董诰等编：《全唐文》卷七八四，中华书局1983年版，第8198页。

四岁，尚算年幼。卢载《唐朝议郎守太子宾客分司东都上柱国赐紫金鱼袋卢载墓志铭并序自撰》开头即言："卢载，字子蒙，其门阀既承先大夫之后，不备书也。"卢载字子蒙，符合元稹所交往之卢子蒙，此其一。其墓志铭又言："其迹坦然，为旧相今宾客李公所知，引拔成就，自使府至谏议大夫。"① 此"李公"乃是李宗闵，李夷简乃其伯父，李夷简元和八年（813）正月检校户部尚书、成都尹，充剑南西川节度使，据元稹所记"元和九年以大理评事为剑南西川节度使李夷简从事"，自是得到李夷简的赏识，再得李宗闵的"引拔"，亦符合情理。李宗闵于大和三年（829）拜相，开成四年（839）为太子宾客分司东都，与卢载任同职而分司东都，此一时期两人自然交游甚多，由此亦可反证卢载当是与元稹交往之卢子蒙。

卢载《唐前黔中观察推官试太常寺协律郎卢载妻郑氏墓志铭并序》云："两子四女，男甫十岁，女犹未笄，循而视之，下及抱乳。"元稹《城外回谢子蒙见谕》有"稚女凭人问，病夫空自哀"。两相对照，当是取两人之相同处境。《谕子蒙》云："抚稚君休感，无儿我不伤。"则上句言子蒙与其共处，下句言自己无嗣，益悲一层。诚如胡可先所论："这些关于丧妻的叙述和叹咏，都与新出土卢载所撰其妻郑氏墓志相吻合。"② 卢载此文宜与元稹《祭亡妻韦氏文》对读，郑氏乃山东士族，与卢氏俱同，元氏乃胡姓，韦氏乃关中士族，以出身而论，元稹不若卢载。卢氏与郑氏通婚，乃是常情，元氏与韦氏通婚，亦是。除卢载外，还有卢沐、卢殷、卢士玑、卢士琼、卢诏等人，亦与荥阳郑氏通婚。为何元稹、卢载都在诗文中认定对方"下嫁"呢？韦氏嫁入元氏、郑氏嫁入卢氏，或非因门第出身论贵贱，而是就元稹、卢载自家之贫寒状况而言。元氏亦曾与郑氏联姻，元稹母亲即出自郑氏家族，这或是两人心有戚戚焉的另一层原因所在。

---

① 吴刚主编：《全唐文补遗·千唐志斋新藏专辑》，三秦出版社2006年版，第376—377页。

② 胡可先：《新出石刻石料与唐代卢氏文学家族考论》，《唐研究》第二十卷，北京大学出版社2014年版，第347页。

卢载《唐前黔中观察推官试太常寺协律郎卢载妻郑氏墓志铭并序》乃是卢载为其亡妻所撰之墓志。据此墓志，郑氏卒于"元和四年五月廿六日""享年三十始满"，以此则可知卢载年三十六丧妻。据韩愈《韦丛志》：韦丛"年二十七，元和四年七月九日卒"。时元稹三十一岁，故其诗《台中鞫狱忆开元观旧事呈损之兼赠周兄四十韵》云："而我亦何苦，三十身已鳏。"元稹有《初寒夜寄卢子蒙子蒙近亦丧妻》诗，从诗题上即可断定写作时间上的完全吻合。从卢载之叙述，郑氏之经历与韦丛极为相类，皆出高门而因下嫁历贫苦。卢载先述郑氏出身高门，家世之显赫，其人"性和而真，仪举而令，允有贤德，称其门风。幼而孤，育于相府夫人之室，以淑质而被善训，由女仪而得妇道。亦既归我，遂安穷居。食艰糟糠，衣至补缀。而雅度深远，果相晓察。且有芳讯，惠然广余。因而益随，不慢其贱。非屯难离别，未尝咨怨焉。"① 随后是卢载自述，言其"嵩峰伊流，弥在约中。静而不孤，唱必来和。虽不敢学古，亦其自得之心焉。道惟有涯，贫病如积。量己之分，深同所归。身齐草茅，愿止山水"。自撰墓志中亦有类似叙述，云："渐图山水之娱，以终残年。"② 是言夫人与其同心，夫妻多有会心之处。故而又云："副笲六珈，以我宜阙。遐龄介福，在予何乖。游衍之娱，伫来兹而未及；晤言之适，属回顾而成空。魂而有知，与我同恨。"铭文云："贫而无怨，贱不为耻。有范在躬，有言近理。离忧悃当，契阔始终。"关于卢载贫苦，张祜有《寄卢载》一诗："故人卢氏子，十载旷佳期。少见双鱼信，多闻八米诗。侏儒他甚饱，款段尔应羸。忽谓今刘二，相逢不熟槌。"其中"故人卢氏子"之"卢氏"当指卢岳。

元稹《贻蜀五首》有《卢评事子蒙》，乃是在江陵写给卢子蒙的诗作，中有"唯公两弟闲相访，往往潸然一望公"诗句。此诗作于元和九年（814），考元稹此时交往之卢姓人物，仅有卢戡、卢士衍

---

① 吴刚主编：《全唐文补遗·千唐志斋新藏专辑》，三秦出版社2006年版，第309页。
② 吴刚主编：《全唐文补遗·千唐志斋新藏专辑》，第376页。

二人。据前引《卢岳墓志铭》,结合胡可先所列卢氏谱系,则卢戡乃卢载之弟,卢士衍乃卢载之堂兄弟,符合诗句"两弟"之提法,而且这"两弟"与元稹均有交往,下文会详细论之。陶敏考证《全唐诗》作者小传对于"卢贞"的论考亦提及此诗,并认为卢贞在李夷简幕中。云:

> 《全唐诗》卷四一四元稹《贻蜀五首》序:"元和九年,蜀从事韦臧文告别……因赋代怀五章。"首章为《病马诗寄上李尚书》,第三章为《卢评事子蒙》。李夷简元和八年正月检校户部尚书、成都尹,充剑南西川节度使,见《旧唐书·宪宗纪下》,知卢真时在李夷简西川幕中。①

卢载自撰墓志铭又言:"其迹坦然,为旧相今宾客李公所知,引拔成就,自使府至谏议大夫。"② 此"李公"正是李夷简,这与元稹所记相符,符合"元和九年以大理评事为剑南西川节度使李夷简从事",而后得到李夷简侄李宗闵的赏识及提拔。白居易《觅卢子蒙侍御旧诗多与微之唱和感今伤昔因赠子蒙题于卷后》云:"昔闻元九咏君诗,恨与卢君相识迟。今日逢君开旧卷,卷中多道赠微之。相看泪眼情难说,别有伤心事岂知?闻道咸阳坟上树,已抽三丈白杨枝。"③ 此可证卢子蒙多与元稹唱和,虽未流传,但结合卢载所撰墓志,与其本人"少好作诗,忽忽亦或不凡"相符。④ 至此,卢子蒙为卢载即可定论。

---

① 陶敏:《全唐诗作者小传补正》,辽海出版社2010年版,第705页。
② 吴刚主编:《全唐文补遗·千唐志斋新藏专辑》,三秦出版社2006年版,第376—377页。
③ 谢思炜:《白居易诗集校注》,中华书局2006年版,第2754—2755页。此诗注释中,谢思炜亦判定有两个卢贞,尚未认为卢子蒙即卢载。
④ 关于这一点,胡可先《新出石刻石料与唐代卢氏文学家族考论》(《唐研究》第二十卷,北京大学出版社2014年版,第346—347页)已经论之,胡可先还就卢贞《和刘梦得岁夜怀友》与卢载自撰墓志相印证,证明卢子蒙非卢贞而是卢载。

元稹与卢载之交往因皆有丧妻之痛。《初寒夜寄卢子蒙》诗题注有"子蒙近亦丧妻",诗云:"闻君亦同病,终夜远相悲。"据卢载撰妻子墓志,其妻于元和四年(809)五月卒,将元稹悼亡诗与写给卢子蒙的诗作相证,则知元稹与卢子蒙的同病相怜与诗作之内容关联甚深。正是两人的家贫及丧妻经历诱发了对书写主题之强化。卢载亦长于诗,自述:"少好作诗,忽忽亦或不凡。长兼叙事,多必有为而作。"他自己提及的有《建中德音述》《文定》《黄叔度碑》《序张子田文(宋汴判官名权舆)》《铭郑玉水墓志(东都留守推官名溶)》《与崔周桢书》《为魏博田侍中与镇州兵马留后王侍御承元书》《任商州刺史日告城隍神碑文》等作品,可见卢载于文章更擅长碑铭文之类,从自撰及为其妻所撰墓志即能看出。文字工稳且富于变化,时有个性之言语。新出文献中有卢载撰《唐故河中府士曹参军卢府君墓志铭》①,乃为其堂兄所作。从白居易《览卢子蒙侍御旧诗多与微之唱和感今伤昔因赠子蒙题于卷后》来看,卢载亦有不少诗作,惜未能传下来。写本时代,文本之命运难测,故今日之探讨皆为有限之结论耳。

从元稹现存与卢载交游之诗作来看,两人相识于元和四年(809)。元和四年六月,元稹因获罪权贵,以监察御史分务东台,此时卢载也在洛阳。此阶段元稹写给卢子蒙的诗作最多,计有五首,俱写丧妻之痛。元稹有《初寒夜寄卢子蒙》,诗云:"月是阴秋镜,寒为寂寞资。轻寒酒醒后,斜月枕前时。倚壁思闲事,回灯检旧诗。闻君亦同病,终夜远相悲。"此诗即点出卢子蒙丧妻之事,所谓"倚壁思闲事,回灯检旧诗。"欲消解"终夜远相悲",乃有《遣悲怀》等作品。元和五年(810),元稹《独夜伤怀赠张侍御》题注"张生近丧妻",诗云:"烬火孤星灭,残灯寸焰明。竹风吹面冷,檐雪坠阶声。寡鹤连天叫,寒雏彻夜惊。只应张侍御,潜会我心情。"又有《城外回谢子蒙见谕》:"十里抚柩别,一身骑马回。寒烟半堂影,烬火满庭灰。稚女凭人问,病夫空自哀。潘安寄新咏,仍是夜深来。"

---

① 吴刚主编:《全唐文补遗》第八辑,三秦出版社2005年版,第149页。

又有《谕子蒙》:"抚稚君休感,无儿我不伤。片云离岫远,双燕念巢忙。大壑谁非水,华星各自光。但令长有酒,何必谢家庄。"又有《答子蒙》:"报卢君,门外雪纷纷。纷纷门外雪,城中鼓声绝。强梁御史人觑步,安得夜开沽酒户。"元稹又有《卢十九子蒙吟卢七员外洛川怀古六韵命余和》:"闻道卢明府,闲行咏洛神。浪圆疑靥笑,波斗忆眉颦。蹀躞桥头马,空濛水上尘。草芽犹犯雪,冰岸欲消春。寓目终无限,通辞未有因。子蒙将此曲,吟似独眠人。"诗中提及卢七员外,从诗题看此人曾为洛阳县令,有《洛川怀古》,周相录"疑为卢元辅"①。从内容来看,元稹这首和作仍未离怀念亡妻之主题。

元和五年(810),元稹则有《刘氏馆集隐客归和子元及之子蒙晦之》一诗,云:"湿垫缘竹径,寥落护岸冰。偶然沽市酒,不越四五升。诗客爱时景,道人话升腾。笑言各有趣,悠哉古孙登。"又有《襄阳为卢窦纪事五首》,又有《惧醉》题注"答卢子蒙",诗云:"闻道秋来怯夜寒,不辞泥水为杯盘。殷勤惧醉有深意,愁到醒时灯火阑。"又有《拟醉》,题注云:"与卢子蒙饮于窦晦之,醉后赋诗十九首,子蒙叙为别卷。自此至狂醉,皆是夕所赋。"诗云:"九月闲宵初向火,一尊清酒始行杯。怜君城外遥相忆,冒雨冲泥黑地来。"本年三月,元稹被召回长安,过敷水驿,因与宦官争厅,被贬为江陵士曹参军,就此与卢子蒙分别。

元和六年(811),元稹亦多有悼亡之作,却无与卢子蒙相关者。如《六年春遣怀八首》其四:"婢仆晒君余服用,娇痴稚女绕床行。玉梳钿朵香胶解,尽日风吹玳瑁筝。"其六:"我随楚泽波中梗,君作咸阳泉下泥。百事无心值寒食,身将稚女帐前啼。"此时卢载或已入幕。元和九年(814),元稹《贻蜀五首》,题注:"元和九年,蜀从事韦藏文告别,蜀多朋旧,稹性懒为寒温书,因赋代怀五章,而赠行亦在其数。"第三首《卢评事子蒙》云:"为我殷勤卢子蒙,近来无复昔时同。懒成积疹推难动,禅尽狂心炼到空。老爱早眠虚夜月,

---

① 周相录:《元稹年谱新编》,上海古籍出版社2003年版,第87页。

病妨杯酒负春风。唯公两弟闲相访，往往潸然一望公。"至此，现存元稹诗作再无与卢子蒙交往之文字。据自撰之墓志续载，卢载曾任侍御史内供奉，又任太子宾客分司东都，后迁礼部尚书致仕，又转兵部尚书致仕，据白居易《天平军判官卢载可协律郎》，卢载在长庆元年（821）左右曾任协律郎。

若无卢载与之同病相怜，步入一条彼此交叉的追忆之河流，元稹悼亡之作必缺少激发沉思之机会，写丧偶之孤独感亦少有对话之对象，此一特定之交游时段对于元稹的文学创作深有影响。

二 元稹与卢戡

元和五年（810），元稹与卢载作别于洛阳，因回长安途中发生敷水驿事件，被贬为江陵士曹参军。元和六年（811），元稹在江陵即与卢戡交往，当是出于卢载的介绍。

卢戡是卢载的弟弟，元稹有两首诗是写给他的，还有一首因有感于江陵往事而提及卢戡。虽然所涉及的相关作品远不及与卢载的多，时间跨度却很长。与卢载交往之诗作一样，饮酒赋诗是避不过的话题。元稹《诮卢戡与予数约游三寺戡独沉醉而不行》："乘兴无羁束，闲行信马蹄。路幽穿竹远，野迥望云低。素帯茅花乱，圆珠稻实齐。如何卢进士，空恋醉如泥。"此诗杨军《元稹集编年笺注》（诗歌卷）系于元和九年（814），注释云："元稹作此诗于江陵时期"①，周相录《元稹年谱新编》将此诗系于元和六年（811），云："约本年八月，元稹'游三寺'。"②《元稹年谱新编》以元稹与僧如展、韦载等人及此诗证之，极有说服力。周相录亦在《元稹集校注》注释中云："约元和六年作于江陵。"吴伟斌《新编元稹集》则亦系于元和九年。从诗意来看，卢戡与卢载一样亦是性情中人，本与元稹约好出游，却独醉而失约。元稹称卢戡为"卢进士"，当为戏称，因卢戡元和十五年

---

① 杨军：《元稹集编年笺注》（诗歌卷），三秦出版社2002年版，第500页。
② 周相录：《元稹年谱新编》，上海古籍出版社2004年版，第115页。

（820）方进士及第。

据王拾遗所论，卢戡要去投奔李夷简，元稹写有《送卢戡》，时间大致是元和七年（812）。① 杨军将此诗系于元和九年（814），注释云："作于江陵时期。"② 周相录《元稹集校注》注释云："元和六年至九年作于江陵。"③ 吴伟斌《新编元稹集》则将此诗编于元和八年（813），他认为，元稹与卢戡应是少年相识，元和五年（810）元稹贬江陵，又与之相遇，有《襄阳为卢窦纪事五首》。④ 元稹《襄阳为卢窦纪事五首》中所提及之"卢"当不是卢戡，而是卢载。

《送卢戡》诗云："红树蝉声满夕阳，白头相送倍相伤。老嗟去日光阴促，病觉今年昼夜长。顾我亲情皆远道，念君兄弟欲他乡。红旗满眼襄州路，此别泪流千万行。"此诗写得极富深情，前番与卢载一别，此时又送走其弟，"念君兄弟欲他乡"一句当指卢载已在襄阳李夷简幕中，而卢戡也要前去。据吴伟斌关于此诗注释，白居易有《授卢戡桂州副使制》，检白集并无此制，《全唐文》卷七二六有崔嘏《授卢戡桂州副使制》："敕前江陵县令卢戡等，藩方之命寮寀，虽得以上朝廷，亦择其可者而授之。至于升副车、首宾席，自非贤才，孰允佳选。戡尚义有闻，积学多识，去于荣进，乐在闲放，以是为请，宜乎得人。由山立而下，或以吏能发为官业，或以词藻蔚彼隽髦。各从所适之宜，以广用人之路。银章赤绂，耀彼华筵。可依前件。"⑤《文苑英华》卷四一二"幕府"载有此文，"广用"则"一作用广得"。可知卢戡曾为江陵县令，而后为桂州副使。据《全唐文》卷七七二李商隐《为荥阳公谢除卢副使等官状》，文前有"新授某官卢戡，新授某官任缙"，文中有"臣得进奏官某状报，臣所奏卢某等二人，奉某月日敕旨，赐授前件官充职者。臣谬当廉印，合启幕庭，抚

---

① 王拾遗：《元稹论稿》，陕西人民出版社1994年版，第100页。
② 杨军：《元稹集编年笺注》（诗歌卷），三秦出版社2002年版，第508页。
③ 周相录：《元稹集校注》，上海古籍出版社2011年版，第608页。
④ 吴伟斌：《新编元稹集》，三秦出版社2015年版，第3256页。
⑤ 董诰等编：《全唐文》卷七二六，中华书局1983年版，第7482页。

鱼罩以兴怀,惧皮之废礼。卢戡与臣同年登第,少日论交,学富文雄,气孤志逸,玉清真知则为乐,女舒脱以求媒,实怀难进之规,不起后时之叹。任缮幼学孝悌,洁静精微,得君子之时中,友乡人之善者,匪因请托,实自谙知。皇帝陛下俯照远藩,咸加命秩,南台贴职,延阁分班,使戡有纤朱之荣,缮无衣白之见。已经圣鉴,可谓国华。冀收规画之功,共奉澄清之寄。不胜感恩荷圣之至。"① 则卢戡与荥阳公郑亚同年登第,郑亚元和十五年(820)进士及第,大和二年(828)登贤良方正能直言极谏科。卢戡在郑亚幕中,卢、郑联姻在中晚唐乃是山东士族之常态,卢载即娶荥阳郑氏之女,故而两家乃世代之姻亲。元稹有《和乐天示杨琼》,诗云:"我在江陵少年日,知有杨琼初唤出。腰身瘦小歌圆紧,依约年应十六七。去年十月过苏州,琼来拜问郎不识。青衫玉貌何处去,安得红旗遮头白。我语杨琼琼莫语,汝虽笑我我笑汝。汝今无复小腰身,不似江陵时好女。杨琼为我歌送酒,尔忆江陵县中否。江陵王令骨为灰,车来嫁作尚书妇。卢戡及第严涧在,其馀死者十八九。我今贺尔亦自多,尔得老成余白首。"杨军将此诗系于长庆四年(824),周相录、吴伟斌同。如此则"卢戡及第严涧在",则当指卢戡元和十五年(820)进士及第。徐松《登科记考》卷十八亦在元和十五年(820)及第者中列有卢戡的名字。②《和乐天示杨琼》诗下有题注,云:"杨琼本名播,少为江陵酒妓。去年姑苏过琼叙旧,及今见乐天此篇,因走笔追书此曲。"白居易原诗题为《寄李苏州兼示杨琼》,诗云:"真娘墓头春草碧,心奴鬓上秋霜白。为问苏台酒席中,使君歌笑与谁同。就中犹有杨琼在,堪上东山伴谢公。"《问杨琼》:"古人唱歌兼唱情,今人唱歌唯唱声。欲说向君君不会,试将此语问杨琼。"仅仅与歌妓叙旧而已,元稹则因此思及旧事,将江陵友朋追忆一过,万千感慨,不能自已。

---

① 董诰等编:《全唐文》卷七七二,中华书局1983年版,第8051页。刘学锴、余恕诚在《李商隐文编年校注》注解中有对卢戡事迹的钩稽。(参见刘学锴、余恕诚《李商隐文编年校注》,中华书局2002年版,第1212—1213页。)

② 徐松撰,孟二冬补正:《登科记考补正》,北京燕山出版社2003年版,第767页。

元稹与卢戡直接交往的两首诗很难判定具体的创作年份，断定在元和六年至元和九年间则无疑问。不过，元稹与卢戡至少至长庆时期一直有交往，只是因传世文献有限，难以证实而已。

三 元稹与卢士衍

除了与卢载、卢戡两兄弟有交往外，因偶然机会，元稹与卢士衍亦有往来。卢士衍亦卢氏家族之一员，他是卢士玫的哥哥，亦是卢载、卢戡之堂兄弟，出于卢正荣一系。

元和九年（814），元稹为江陵士曹参军，随湖南观察使张正甫见到卢头陀，听其讲出家的故事，因激发其感慨，遂写有《卢头陀诗》一首。在元稹的诗作中，卢头陀乃是卢士衍，此时卢士衍已经出家为头陀，元稹《卢头陀诗》序云："道泉头陀，字源一，姓卢氏，本名士衍，弟曰起居郎士玫，则官阀可知也。少力学，善记忆，戡解职仕，不三十余，历八诸侯府，皆掌剧事。性强迈，不录幽琐，为吏所构，谪官建州。无何，有异人密授心契，冥失所在。卢氏既为大门族，兄弟且贤豪，惶骇求索无所得。胤子某积岁穷尽荒僻，一夕于衡山佛舍众头陀中灯下识之，号叫泣血无所顾。然而先是，众以为姜头陀，自是知其为卢头陀矣。而后往来湘潭间，不常次舍，秖以衡山为诣极。元和九年，张中丞领潭之岁，予拜张公于潭，适上人在焉。即日诣所舍东寺一见，蒙念不碍小劣，尽得本末其事，列而序之，仍以四韵七言为赠尔。"此序可分为三个部分：一是叙出家前事迹，乃出身于山东世家大门族，因"为吏所构"而"谪官建州"，导致其出家为头陀；二是卢氏家族寻找其不归之过程；三是元稹知其身世而赠诗互动。卢氏兄弟因仕宦困境而人生态度发生改变者还有卢士珩，卢士玫有《卢故苏州长洲县尉府君墓志铭》，此墓志墓主正是卢士珩，从其所述事迹来看，卢士珩与卢士衍经历极为相近。《卢故苏州长洲县尉府君墓志铭》云："尚书王公纬，表公以左金吾卫兵曹参军为之从事。公发硎之利，物无不剸。一使之事，半以委之。簿领之多待我，驰翰而后能决也。古人云：'木秀于林，风必摧之；行高于人，众必毁之。'于公见之矣。绳以无辜，左迁为建州建安员外尉。人皆以为冤。"亦谪官建州，《墓志铭》又云："及到县，唯服饵理心，未尝言事之曲直。本道廉使阎公辟为从事，又请假牧南安郡。会圣君仕宥天下，与人维新，公量移受苏州长洲尉。公以为州县之事徒劳，即从此灭迹，高谢人寰。往来于罗浮九疑之间，岩栖谷隐，垂二十载。无何，至桂林。值故人观察使杜君留连，归山未得。以元和十五年七月二日，阴阳来寇，捐于桂林之旅馆，享年六十有二。"① 一为头陀，一为修道。与元稹所述相比，虽有出入，亦有为同一人之可能，待考。元稹与卢士衍均为人所构而遭贬谪之苦，故而元稹下笔便多有共鸣之处。元稹《卢头陀诗》云："卢师深话出家由，剃尽心花始剃头。马哭青山别车匿，鹊飞螺髻见罗睺。还来旧日经过处，似隔前身梦寐游。为向八龙兄弟说，他生缘会此生休。"元稹所以能知卢士衍身世，与卢载、卢戡当有关系。元稹诗序云："性强迈，不录幽琐，为吏所构，谪官建州。"据元稹《唐故建州浦城县尉元君墓志铭》，元稹的一位同宗兄长元矩曾在建州任职，元稹与卢士衍或因此是旧相识。首句即有因左迁而不能接受，有一"剃尽心花"之过程，终而出家。颔联以佛家语言迥出尘世间，颈联则言以昨日为前生之感，尾联则让元稹传信亲旧表诀别之意，而元稹与卢氏"八龙兄弟"中有交往的则是卢载、卢戡。除了卢家三兄弟外，元稹还有《卢士玫权知京兆尹制》文一篇，因无元稹与卢士玫交往之记录，故而不论。

　　元稹又有《醉别卢头陀》，似与之畅饮后作，诗云："醉迷狂象别吾师，梦觉观空始自悲。尽日笙歌人散后，满江风雨独醒时。心超几地行无处，云到何天住有期。顿见佛光身上出，已蒙衣内缀摩尼。"显然，元稹与卢头陀的交往触发自己之感怀，故而"自悲"。"尽日笙歌人散后，满江风雨独醒时"乃是元稹的心声，遭遇贬谪的孤独情怀跃然纸上，故而与卢头陀的相遇，又形成情感交流的冲击波，令元稹再次思及自身婚宦之往事。

---

① 吴钢主编：《全唐文补遗·千唐志斋新藏专辑》，三秦出版社2006年版，第336页。

总之，元稹在洛阳、江陵两地分别书写悼亡之悲与贬谪之痛，婚宦中的苦痛悲伤均在与卢氏兄弟之陆续交游活动中有所显现，通过元稹诗歌中的情感书写，似可窥知其心态之一斑，此一时段之交游有助于我们解读元稹婚、宦生活中所体现的沉浮心态。

第二节　元稹与"四李"交游述论

研究元稹的文学创作活动，就要将元稹与李氏家族成员的交游作为一个关注点，尤其是李建、李景俭，与元稹算是生死之交，元稹与李绅相识早，后同在翰林，与李德裕亦是同在翰林，后分别在浙东、浙西唱酬往来。李建、李景俭、李绅、李德裕出身各不相同，他们当中有的是皇族出身，有的是山东士族赵郡李氏，有的是陇西李氏，均属唐代贵族阶层。关于元稹与"四李"的交游，朱金城《白居易研究》、王拾遗《元稹论稿》、刘维治《元白研究》、周相录《元稹年谱新编》等著作中汇集文献，已经钩稽出交游的基本情况。本节在吸收学界已有成果的基础上，有意将"四李"并为一组士族群体，以探讨胡姓士族出身的元稹与他们交往的特殊意义，这样便能够以士族身份为中心，探寻元和士风嬗变的雪泥鸿爪，或可重新审视元稹与中唐元和、长庆至大和时期世风丕变之关系。

一　元稹与李景俭

李景俭出身皇族，字宽中，别号致用，"汉中王瑀之孙"。贞元十五年（799），李景俭与张籍、王炎同榜进士及第。[①] 据《旧唐书·李景俭传》，李景俭不仅"性俊朗，博闻强记"，而且"自负王霸之略，于士大夫间无所屈降"。元稹与李景俭相识较早，元稹被贬江陵之际

[①] 关于元稹与李景俭的交游往来，王拾遗已钩稽出基本情况，本文则在参考其成果的基础上注重分析元稹与李景俭的交游与中唐士风有关之处，并补充文献资料。（王拾遗：《元稹论稿》，陕西人民出版社1994年版，第80页。）

两人相交日深。与结识窦群相似，元稹因韦夏卿的关系与李景俭熟识，据吕温《故太子少保赠尚书左仆射京兆韦府君神道碑》，韦夏卿非常欣赏李景俭。① 因此，韦夏卿留守东都就辟李景俭为从事。元稹娶韦夏卿之女韦丛为妻，韦夏卿便成为元稹的岳父。李景俭与"永贞革新"中的王叔文、韦执谊走得很近，"二王""窃政"，李景俭则"居母丧"，躲过一劫。李景俭与窦群、窦巩兄弟来往较多，仕宦上则因为窦群的引荐任监察御史，后来窦群"以罪左迁"，李景俭被贬为江陵户曹参军。元稹与李景俭这段经历很相似，元稹亦曾从监察御史任上被贬为江陵士曹参军。李景俭在元和士人当中属于异类，皇族出身，按说应该仕宦通达，却屡屡因为饮酒使气，居然敢凌辱宰相。贞元十九年（804），吕温受李景俭之托，撰有《唐故太子舍人李府君夫人荥阳郑氏墓志铭并序》，郑氏是李景俭的母亲，与元稹的母亲一样亦是出自荥阳郑氏。这篇墓志专门形容当时的李景俭，云："长曰景俭，负王佐之材，探圣人之奥。磅礴秀气，拔乎其伦。"② 李景俭身列士大夫间"无所屈降"，不愿屈居人下，难免会在仕宦的路上经历波折，恰恰是因为有了元稹这样的挚友，李景俭才能化险为夷。柳宗元在《与吕道州温论非国语书》中曾经提到李景俭撰有《孟子评》③，属意于孟子，则追求逸气和浩然之气，李景俭为追求王霸之业研究儒学经典，所选取的路径与韩愈、柳宗元、刘禹锡等人一致。

　　元稹与李景俭交游有两个集中的时间段：元和时期是第一个集中的时间段。开始两人均任职江陵，元和三年（808），李景俭因窦群而被贬为江陵户曹参军。元稹则在元和五年（810）因"敷水驿事件"含冤而被贬为江陵士曹参军，本有旧谊，又因双双贬谪之身，由泛泛之交而上升为"生死交"。刚到江陵，见到李景俭，元稹就因李景俭的存在而得以释怀。元稹在《酬别致用》一诗中追忆两人的这

---

① 吕温：《吕衡州文集附考证》丛书集成初编本，中华书局1985年版，第62页。
② 吕温：《吕衡州文集附考证》丛书集成初编本，第75页。
③ 尹占华、韩文奇：《柳宗元集校注》，中华书局2013年版，第2066页。

段交往："昨来窜荆蛮，分与平生隳。那言返为遇，获见心所奇。"因此，"一见肺肝尽，坦然无滞疑。感念交契定，泪流如断縻。此交定生死，非为论盛衰"。元稹妻韦氏去世，自己又遭贬谪，这种悲痛在与友朋唱酬的诗作中反复诉说。丧妻之伤还在于无嗣之忧，为了解决子嗣问题，也是为了能有人照顾体弱多病的元稹，李景俭就劝元稹买妾。据元稹《葬安氏志》："始辛卯岁，予友致用悯予愁，为予卜姓而受之。"这里的"予愁"指的应当是无嗣之忧。李景俭既劝元稹买妾以成家，过上正常的生活，还劝元稹收集自己的诗作，编辑成册。根据元稹《叙诗寄乐天书》的叙述，李景俭细读元稹的诗作，想要读到元稹更多的作品，于是元稹"撰成卷轴"，共收集八百余首诗将其分类，分为十体，计二十卷。元稹诗作的首次编集完成，《叙诗寄乐天书》便是编集后的总结，这次总结给了元稹将自己的文学观念加以申说的机会，这个机会因李景俭的劝说而实现。

元稹任职江陵时期所创作的与李景俭有关的诗作为数不少，如《江边四十韵》《酬李六醉后见寄口号》《送致用》《哀病骢呈致用》《饮致用神曲酒三十韵》等，看题目便可知，二人经常在一起饮酒，且饮酒的原因各不相同。如在《江边四十韵》一诗的题注中，交代了饮酒的原因：官府为元稹修宅，修建成功后为了庆祝一下才"因招李六侍御"来饮酒。李景俭在江陵任职五年多，后来离开江陵。韩愈《送李六协律归荆南》是其送别李景俭的诗作，钱仲联《韩昌黎诗系年集释》将《送李六协律归荆南》系于元和十年（815）[1]，则可知李景俭此时还在江陵。李景俭与元稹分别的时间应该在元和十年之后，李景俭离开，元稹伤感不已，有《送致用》，直接表达"不为悲身为别君"的主题。此时的元稹未必看淡了自己的曲折人生，却认为李景俭的离开更为重要，所以用"欲识九回肠断处"表述自己当时的复杂心情。

---

[1] 李景俭离开江陵的时间在元和十年左右。韩愈《送李六协律归荆南》即写给李景俭之诗作。钱仲联将此诗系于元和十年，知元和十年李景俭仍在江陵。（参见钱仲联《韩昌黎诗系年集释》，上海古籍出版社1984年版，第941页。）

元和十三年（818），李景俭为忠州刺史，元稹则在元和十年（815）被召回，又出为通州司马。元稹遇见李景俭的弟弟李景信，写有《与李十一夜饮》，李十一即李景信，诗云："寒夜灯前赖酒壶，与君相对兴犹孤。忠州刺史应闲卧，江水猿声水得无。"见到弟弟则想到其兄，想象李景俭在忠州的生活，言语之中蕴含思念之情。元稹还有《凭李忠州寄书乐天》，从题目上看，元稹与李景俭极有可能有过相遇，这是元和后期两人交谊的记录。元和十年之前，同在江陵时期，李景俭不仅是元稹对饮的对象，而且是倾诉的对象，李景俭了解元稹的仕宦遭遇、文学创作、家庭变故，并为之出谋划策。李景俭促使元稹调整心态以面对生活，减轻了元稹的贬谪之苦、无嗣之忧。

元和末期至长庆时期，两人同在京城任职，这是元稹与李景俭交游的第二个时间段。元和十三年（818），白居易任忠州刺史，元稹移虢州长史。第二年，元稹入朝，李景俭亦入朝。根据《旧唐书》本传的记载，李景俭任职忠州刺史后便入朝，因"执政恶之"，再任澧州刺史，李景俭能够再次入京，与元稹的翰林学士身份有关，据《旧唐书·李景俭传》："与元稹、李绅相善。时绅、稹在翰林，屡言于上前。及延英辞日，景俭自陈己屈，穆宗怜之，追诏拜仓部员外郎。月余，骤迁谏议大夫。"忝列谏官，李景俭展现了"无所屈降"的一面，常常"凌蔑公卿大臣"。第一次被他"凌蔑"的是萧俛和段文昌，"景俭轻之，形于谈谑"。两人到穆宗前告状，"穆宗不获已"，以李景俭被贬而告终。

唐穆宗喜读元稹诗，亦重用其人。因为元稹伸出援手，李景俭"自郡召还，复为谏议大夫"。没过多久，李景俭因饮酒使性而再次被贬。退朝之后，李景俭与兵部郎中知制诰冯宿、库部郎中知制诰杨嗣复、起居舍人温造、司勋员外郎李肇、刑部员外郎王镒相约去拜谒任职史馆的独孤朗，在史馆饮酒谈论："景俭乘醉诣中书谒宰相，呼王播、崔植、杜元颖名，面疏其失，辞颇悖慢。宰相逊言止之，旋奏贬漳州刺史。是日同饮于史馆者皆贬逐。"元稹自然不能坐视不管，何况此时的元稹已经位至宰辅，李景俭还没有到达漳州就改授楚州刺史，结果"议者以景俭使酒，凌忽宰臣，诏令才行，遽迁大郡。稹惧其物议，追还，授少府少监。"关于这次李景俭被贬，元稹写有《别毅郎》一诗，叹息"尔爷只为一杯酒"便造成"此别那知死与生"的严重后果。可是"儿有何辜才七岁"，就是因为饮酒使性，"亦教儿作瘴江行"，这就是残酷的现实，元稹关注李景俭的前途，"爱惜尔爷唯有我，我今憔悴望何人"，于是用"伤心自比笼中鹤，翦尽翅翎愁到身"表达对彼此友情的珍视。在元稹的眼里，李景俭因酒醉生事而带来的既是关乎李景俭的命运变化，又对其家庭产生了不可估量的严重后果。将《别毅郎》与《送致用》对读，再参照元稹与白居易的酬赠之作，可以发现元稹经常用"鹤"意象叙述孤独的情思，大概是看到毅郎思及自家的无嗣之忧。

李景俭的人生结局是"景俭竟以忤物不得志而卒"。再次召回之后，元稹与李景俭的交游并没有中断，惜无文献可证。如史传所载，李景俭"疏财尚义"又"不厉名节"，对于他的死，史家以"知名之士咸惜之"表述惋惜之意。李景俭体现出中唐贞元时期到长庆时期的一位任性狂狷的士大夫形象，在他的身上留存着盛唐文儒的狂狷习气，从元稹与李景俭的交游能够悟出李景俭的交友之道，即取性相近者而来往，元稹与李景俭于江陵时期定下"生死交"，而终能守之，可见二人均是重情义的"士君子"。

二 元稹与李建

除了李景俭外，另一位与元稹定"生死交"的是李建，不过，与元稹与李建一起的还有白居易。李建，山东赵郡李氏家族出身，字杓直。李建的妻子房氏是一代名相房琯的后人，这样的联姻是山东士族与胡姓士族通婚的一个例证，元稹的父亲元宽与荥阳郑氏家族通婚亦是这样的例证。元稹先后娶京兆韦氏女、河东裴氏女为妻，则胡姓士族与关中士族、山东士族通婚已是常态，从中可见胡姓士族的汉化程度。据白居易《有唐善人碑》，李建殁后"有史官起居郎渤海高鉷作行状，有翰林学士、中书舍人河南元稹作墓志，有尚书主客郎中、知制诰太原白居易作墓碑,大署其碑曰善人墓"。三位清流士大夫操笔为其作行状、墓志、墓碑,李建的口碑可想而知。就元、白两位大手笔分别为李建作墓志和墓碑而言,李建在元、白心目中的分量绝非泛泛之交可比。

《旧唐书·李逊传》载:"逊幼孤,寓居江陵,与其弟建,皆安贫苦,易衣并食,讲习不倦。逊兄造,知二弟贤,日为营丐,成其志业。建先逊一年卒。兄弟同致休显,士君子多之。"①《旧唐书·李建传》则增加了"嗜学力文"。正是因为早年的经历,李建"名位虽显,以廉俭自处,家不理垣屋,士友推之"。李建进士及第后选授的官职是秘书省校书郎,唐德宗因闻其名,"用为右拾遗、翰林学士"②。《新唐书·李建传》云:"贞元中,补校书郎。德宗思得文学者,或以建闻,帝问左右,宰相郑珣瑜曰:'臣为吏部时,当补校书者八人,它皆借贵势以请,建独无有。'帝喜,擢左拾遗、翰林学士。"③ 此事元稹《唐故中大夫尚书吏部侍郎上柱国陇西县开国男赠工部尚书李公墓志铭》已经叙及,《新唐书》应该是在《旧唐书》已有文本的基础上采撷元稹的叙述入传,生成重新建构的传记文本。若要深入了解元稹与李建的交谊,需要阅读元稹所撰《唐故中大夫尚书吏部侍郎上柱国陇西县开国男赠工部尚书李公墓志铭》,这篇墓志铭有关于元、白与李建交游的记载,云:"公始校秘书时,与同省郎白居易、元稹定死生分,至是稹与白哭泣不自胜,且相谓曰:'杓直常自言,在江陵时无衣食,赖伯兄造焦劳营为,纵两弟游学。不数年,与仲兄逊举进士,并世为公卿。而伯兄先杓直殁,今杓直复不以疾闻于许,一旦发其丧,其兄何如哉!'许信至,果诲其犹子讷曰:'尔父有不朽行,宜得知者铭。吾悲挠不忍为,尔其告若父之执。'子讷遂来告曰:'为志且铭'。"④ 这段话可分为三个层次:第一个层次是

---

① (后晋)刘昫等撰:《旧唐书》卷一百五十五,中华书局1975年版,第4125页。
② (后晋)刘昫等撰:《旧唐书》卷一百五十五,第4125页。
③ (宋)欧阳修、宋祁撰:《新唐书》,中华书局1975年版,第5005页。
④ 周相录:《元稹集校注》(下),上海古籍出版社2011年版,第1335页。

元白因与李建相识而喜不自胜。元白与李建相识应该在贞元十九年（803），本年之前李建已经任秘书省校书郎，紧接着元稹和白居易亦忝列其中；第二个层次是李建自述其早年与伯兄李造、兄李逊"躬耕致养"的经历；第三个层次则回到时下，叙述李建之子讷请元稹撰写墓志的经过，伯兄先殁，而李建亦逝，李逊让李建之子讷请其父的好友为墓志，故而请元稹为之。

元稹与李建交往日多，与李景俭相似，也是在被贬江陵之后。元稹此前与之有关的诗作仅有《题李十一修行里居壁》，诗云："云阙朝回尘骑合，杏花春尽曲江闲。怜君虽在城中住，不隔人家便是山。"元和五年（810），元稹自洛阳西归，遭太监陷害被贬江陵，在赴任的路上有多篇诗作写给李建、白居易等挚友，如《贬江陵途中寄乐天、杓直、杓直以员外郎判盐》，从"想到江陵无一事，酒杯书卷缀新文"的想象中生发出对过去惬意生活的追忆。元稹此诗中间两联纯用想象勾画出可能面临的生活细节："紫芽嫩茗和枝采，朱橘香苞数瓣分。暇日上山狂逐鹿，凌晨过寺饱看云。"这两联所叙述的内容远不像贬谪生活，而是任意自然的隐逸生活。最后采用对比的手法，以自己将要过上的生活与白居易、李建的生活并置，以一句"不敢将心远羡君"收尾。这首诗与元稹赴江陵途中大部分诗作的风格迥然不同，丝毫没有悲戚的情绪。元稹边走边回忆，而且往事直接入梦，先是追忆与李建等人清明时节同游，如《清明日》一诗的题注，交代了行至汉上，而勾起对往事的忆念，再以绝句述之，此诗先写"常年寒食好风轻，触处相随取次行"的旧日图景，再回到眼前，写当前的情景，即"今日清明汉江上，一身骑马县官迎"，再追忆与李建等人同游曲江之事。如《江楼月》的题注叙述自己行至嘉川驿，望月之际想起与李建、白居易、白行简等人曾住在曲江附近一同赏月的情景，《江楼月》一诗将嘉陵江的月色与曲江月色融于一处，一句"江人潜傍杏园东"，含不尽之意于言外，这与早年《题李十一修行里居壁》的内容可以衔接，此诗追忆的同游曲江的往事正是彼时的风景。白居易和作《江楼月》则直接入题，写彼此的心灵感应。"谁料江边怀我夜，正当池畔望君时"，出语沉郁而见真情，此时的元稹如离群的孤雁，行行走走不断地回首有过的交游空间，空间里的人和事让他在孤独的行旅中倍觉温暖。元稹在咀嚼往事中把同游的经历一次又一次地写入诗中，这让他的记忆更加深刻，如此深刻的记忆还会不断地复现，李建、白居易等人的身影也会不断地复现。元稹以追忆交游幸福时光为主的代表作是《梁州梦》，这回元稹到了汉川驿，夜晚以往事的片断入梦，梦中人由上两次的五人减至三人，仅剩下李建、白居易和元稹自己。《梁州梦》一诗的题注中叙述追忆的仍然是同游曲江，"兼入慈恩寺诸院"。而"倏然而寤，则递乘及阶，邮吏已传呼报晓矣"。诗中以梦幻追忆完毕，才回到现实当中，直到"亭吏呼人排去马"，忽然明白过来，自己"身在古梁州"。白居易、白行简分别以诗文写及元稹的这个梦，而且白居易、李建、白行简等人正在曲江，计算元稹的行程应该到梁州，《三梦记》中所述的第一个梦正是写此诗所叙之事。元稹、白居易和李建皆在元稹江陵之行的追忆中，其中，李建又始终是不可或缺的一个，追忆图景中出现最多的就是"三人行"的点点滴滴。

在元稹所追忆的与李建的交游活动中，白居易的身影始终存在，这就构成了元、李交游中的第三人现象，这种现象导致元、白诗歌中分别存在一个诉诸笔下的李建形象，因为这里主要述及元稹与李建的交游活动，故而将这个话题另文论述。李建善属文但苦于属文，虽以文章见长，但不愿意从事与之相关的职业。白居易在《有唐善人碑》中叙述了李建自幼童时期便读《诗》《书》："日三百言，讽毕，尽得其义。"又"善理王氏《易》《左氏春秋》"，亦精于儒家经典之学。白居易不厌其烦地叙述李建的文学才能："前后著文凡一百五十二首，皆诣理撮要，词无枝叶。其卓然者，有《詹事府司直》《比部员外郎厅记》《请双日坐疏》《与梁肃书》《上宰相论选事状》，秉笔者许之。"[①] 如此文才居然苦于作文，由此观之，李建的志趣或不在此。

---

① 谢思炜：《白居易文集校注》，中华书局2011年版，第165页。

按照白居易的这段叙述，李建通经史之学，在孔门四科中的德行、政事、言语、文学四个方面表现均非常突出，堪称中唐元和时期文儒群体的典范人物。

元和十五年（820），李建以太常少卿知贡举。《旧唐书》云："征拜太常少卿，寻以本官知礼部贡举。建取舍非其人，又惑于请托，故其年选士不精，坐罚俸料。"① 元稹《李公墓志铭》云："入以亚太常，于礼部中核贡士，用己鉴取文章，选用多荐说者。遂为礼部侍郎，迁刑部，权于吏部郎众品。"白居易《有唐善人墓碑铭》云："在礼部时，由文取士，不听誉，不信毁。"本年，进士及第者共二十九人，可知有卢储、郑亚、卢戡、吕述、裴虔馀、施肩吾、唐持、姚康、崔嘏、陈越石、卢弘正、李中敏等人。② 李建出身于山东赵郡李氏，以及第名单观之，及第者以卢氏、郑氏、崔氏、李氏为多，均属山东士族，"选士不精"或许是因为出身与李建相同。比如出自山东卢氏家族的卢戡，江陵时期与元稹、李景俭均有交游，李建本人亦曾身居江陵，也许就是因为元稹的举荐而进士及第。李建循旧例采取"通榜"取士的方式本无问题，中唐元和、长庆时期，此种方式因为接受举荐者越来越多，又难以做到选人精当，所以会遭受非议。

元、白对于李建的为人发自内心的感佩，不嫌辞费而称颂，这在元稹《李公墓志铭》、白居易《有唐善人墓碑铭》中已经盖棺论定。在元、白的笔下，李建德行高尚，能够体现出中唐文儒所具有的优秀品格。元稹《与乐天同葬杓直》一诗祈望自己"他日事"能"兼得似君无"。白居易有《曲江忆李十一》，叹息"李君殁后"无人共游。元、白以诗挽之，言失去挚友之悲恸；以文叙之，言挚友高标之德行。元稹与李建之间的"生死交"不仅仅是属于两个人的，而且呈现出元稹、白居易、李建三人之间的深情厚谊。

---

① 《新唐书》李建传记中却未提及此事，或不认同《旧唐书》之评论。
② 徐松撰，孟二冬补正：《唐登科记考补正》，北京燕山出版社2003年版，第767—769页。

三　元稹与李绅

李绅是中唐时期政事、文学两个方面举足轻重的人物。从白居易《淮南节度使检校尚书右仆射赵郡李公家庙碑铭并序》来看，李绅出身于赵郡李氏。《旧唐书》称其"本山东著姓"，却没有说是出于赵郡李氏还是陇西李氏，《新唐书》则记载得稍微详细一些，指出他是李敬玄的曾孙。李绅六岁而孤，跟随其母读书学习，内容上"教以经义"，就少年时代的经历而言，李绅与元稹高度相似，同是少孤并受母亲教诲而成长。

白居易在《淮南节度使检校尚书右仆射赵郡李公家庙碑铭并序》中，叙述李绅有关忠孝节义之事尤其详细，其孝则主要在"侍亲之疾，冠带不解者三载，余可知也；执亲之丧，水浆不入口者五日，余可知也"；其忠则主要在"李锜盗据京口"时的表现，不为之出谋划策，不为之草章檄文字。后来，沈亚之《李绅》便是专以此事为主要内容成文。唐穆宗长庆时期，李绅以"忠孝文行，召入翰林"，白居易评介李绅："以忠贞奉乎君，以义利惠乎人，以黻冕贵乎身，以宗庙显乎亲，以孝敬交乎神。"[①]

元稹与李绅的交往可以分为三个阶段：贞元时期、元和时期、长庆至大和时期。其中，贞元时期是初识阶段。如果追根溯源的话，元稹与李绅的相识，当与韦夏卿有直接的关系。据《新唐书·李绅传》，李绅在未进士及第的时候，时任苏州刺史的韦夏卿便对之赞誉不已。贞元十二年（796），李绅游苏州，韦夏卿在苏州刺史任上。贞元十七年（801），李绅赴长安举进士，以行卷干谒吕温、韩愈，韩愈荐之，落第。贞元十九年（803），元稹与韦夏卿之女韦丛结婚，韦夏卿任东都留守。本年，因韦夏卿的介绍，元稹与李绅相识，虽相识时间不长，但二人交谊日深。贞元二十年（804），元稹与李绅已有交往，李绅再到长安应试便宿于元稹靖安坊的家中，白居易与李绅

[①] 卢燕平：《李绅集校注》，中华书局2009年版，第440页。

亦当于此时相识,《莺莺传》极有可能就是两人夜话元稹当年之情事的产物。当年九月,元稹撰《莺莺传》,云:"公垂卓然称异,遂为《莺莺歌》以传之。崔氏小名莺莺,公垂以命篇。"而后李绅有《莺莺歌》咏其事。陈寅恪在《读〈莺莺传〉》中提出,《莺莺传》与《莺莺歌》《长恨歌传》与《长恨歌》当是诗与传一体,两者不能截然分开,就文体而言,传奇对诗歌产生了最为直接的影响。[①] 当时李绅三十三岁,元稹二十六岁,元稹追忆往年之情事,因其凄婉而动人,李绅与之对话,遂以其事为传奇文,和而为诗,叙述风流情事而尽展才华,因李绅参加进士科考试,时下又重史才、诗笔、议论,两人之逞才符合一时之风气。元稹任秘书省校书郎期间,李绅参与到元白的唱酬活动之中。白居易《代书诗一百韵寄微之》就以"笑劝迂辛酒,闲吟短李诗"证明李绅的诗作传于元、白之口,元稹写有《酬翰林白学士代书一百韵》一诗,虽然诗句中并没有关于李绅的书写,元白的交游活动中却不会缺少李绅的身影。[②]

元和时期是元稹与李绅文学交游的集中阶段。元和元年(806),李绅进士及第,乃是春风得意之时,元稹与李绅交往日多,元稹与李绅、庾敬休曾经同游曲江,元稹《永贞二年正月二日上御丹凤楼赦天下予与李公垂庾顺之闲行曲江不及盛观》一诗写出三人追求自在的生活状态,选择"不看千官拥御楼"而是"数人同傍曲江头"。有一段时间,元稹和白居易为准备制举考试,潜心揣摩时事。元和元年二月,李绅进士及第,在他即将离开长安之际,元稹以咏花为题特意创作《赠李二十牡丹花片因以饯行》,诗中有"可怜颜色经年别,收取朱阑一片红",惜别之意点缀在牡丹花片之间。

元稹与李绅交游,并创作了讽刺时弊的乐府诗。李绅"始以文艺节操进用",并且以歌诗为所长。中唐新乐府运动中,最早创作乐府诗的就是李绅,即《新题乐府》二十首,元稹在《和李校书新题乐

---

① 陈寅恪:《元白诗笺证稿》,商务印书馆2015年版,第11页。
② 周相录:《元稹年谱新编》,上海古籍出版社2004年版,第50页。

府十二首》的"序"中讲述了其创作过程。白居易读罢李绅、元稹互相唱和中写作的讽刺时事的乐府诗,参据时事选出重要的主题,创作出《新乐府》五十首。① 元和时期是中唐乐府诗创作的重要阶段,这个阶段的突出特点是并不注重诗艺,而是以诗为谏,意在时政,李绅、元稹、白居易是这个阶段最有代表性的乐府诗作者,三位诗人于交游互动中创造了杰出的文学业绩,其中,李绅《遥知元九送王行周游越》更是与元稹交游的有力见证。元和十年(815)春,远贬多年的元稹被召回长安,此时李绅任国子助教,白居易任太子左赞善大夫。元稹、李绅、白居易、樊宗师等人游城南,如白居易《与元九书》所述,白居易与元稹春游时在马上"因各诵新艳小律",呈现出的场景是:"自皇子陂归昭国里,迭吟递唱,不绝声者二十里余。"樊宗师、李绅在一旁竟然"无所措口",白居易《游城南留元九、李二十晚归》亦纪其事。元和十年(815),白居易被贬至江州,有《编集拙诗成一十五卷因题卷末戏赠元九、李二十》回忆旧事。在白居易之前,被召回的元稹再出为通州司马。元和十一年(816),元稹写有《长滩梦李绅》依然系念李绅。

元和十五年(820)正月,李绅、李德裕以本官充翰林学士。长庆元年(821)二月,元稹迁中书舍人、翰林承旨学士、赐紫金鱼袋。长庆时期,元稹与李绅入学士院,同任翰林学士职位,两人的交往形成政事与文学并行的局面。据《旧唐书·李绅传》,元稹与李绅、李德裕一起任翰林学士,被称为"翰林三俊"。《旧唐书·李德裕传》认为三人"以学识才名相类"而且"情颇款密"。本年三月,因段文昌首先上言认为礼部取士不公平,李绅、李德裕与段文昌意见一致,唐穆宗下诏让王起、白居易组织重试,这场轰动一时的科场案被认为是"牛李党争"的发端。元稹与李绅、李德裕的态度是否相同呢?司马光《资治通鉴》认为,李德裕因为李宗闵"讥切其父"而恨之,元稹与李宗闵又因"争进取有隙",李绅、段文昌则是"以

---

① 傅璇琮:《唐翰林学士传论》,辽海出版社2011年版,第553页。

书属所善进士"向钱徽荐举,可是发榜时"文昌、绅所属皆不预",这就造成了双方的矛盾。按照《资治通鉴》所叙述的内容,李绅、段文昌纯粹是出于报复而弹劾钱徽等人,元稹和李德裕也是借机报复。无论这场科举案与"牛李党争"是否有关联,都导致士人的干谒进取与士大夫群体形成的党派变得更加错综复杂。傅璇琮在《李德裕年谱》《唐翰林学士传论》中反复申论长庆时期的科举案与李德裕并无必然的联系。不过,裴度《论元稹魏弘简奸状疏》在弹劾元稹时所说的"翰苑近臣,结为朋党"应该属实,这里的"翰苑近臣"就是指元稹、李德裕、李绅,出学士院之前,元稹和李绅一同保荐蒋防、庞严为翰林学士。

梳理元稹与李绅交游的相关资料,元稹与李绅的交往时断时续,后期因职位属地相距较远而导致有始无终。大和三年(829),元稹已经任职浙东,李绅有《新楼诗二十首·东武亭》,其序提到元稹建有东武亭,现存文献中并未见元稹与李绅交往的记载。元稹与李绅之交往集中在三个时段:第一个时段在贞元末期至元和初期,李绅入京参加进士科考试前后;第二个时段是元和中期,李绅、元稹、白居易在京城创作乐府诗及"元和诗体";第三个时段是元稹和李绅共同任翰林学士期间。元稹与李绅的交游扩大了元白的文学活动空间,确定共同的创作主题,尤其是元稹、李绅、白居易、张籍、樊宗师等人一起创造了中唐乐府诗创作的巅峰时代。

四 元稹与李德裕

李德裕,字文饶,出身于赵郡李氏家族,其父李吉甫于元和初年拜相。按照《旧唐书·李德裕传》的说法,李德裕精于经史之学,因"不喜科试"而以门荫入仕。元稹与李德裕的交往始于翰林学士任上,这是与前述三位李姓好友相比的不同之处。《新唐书·韦夏卿传》附有韦正卿的传记,云:"(韦正卿)与李德裕善,德裕任宰相,罕接士,唯瓘往请无间也。李宗闵恶之,德裕罢,贬为明州长史。"韦正卿是韦夏卿之弟,则元稹与李德裕的交游或与韦氏家族有些关联。

　　元稹与李德裕交往较为频繁的第一个时间段是长庆时期。关于长庆元年的科场案，在元稹与李绅交游中有所揭示。元稹与李德裕在翰苑感情极深，出学士院后，亦不断在唱酬往来中追忆过往生活的图景。长庆三年（823），李德裕出翰苑任浙西观察使，元稹任浙东观察使。元稹有《酬李浙西先因从事见寄之作》，诗云："近日金銮直，亲于汉珥貂。内人传帝命，丞相让吾僚。浙郡悬旌远，长安谕日遥。因君蕊珠赠，还一梦烟霄。"长庆四年（824），元稹有《寄浙西李大夫四首》，诗云：

　　　　柳眼梅心渐欲春，白头西望忆何人？金陵太守曾相伴，共蹋银台一路尘。

　　　　蕊珠深处少人知，网索西临太液池。浴殿晓闻天语后，步廊骑马笑相随。

　　　　禁林同直话交情，无夜无曾不到明。最忆西楼人静后，玉晨钟磬两三声。

　　　　由来鹏化便图南，浙右虽雄我未甘。早渡西江好归去，莫抛舟楫滞春潭。①

　　这组诗就是写元稹与李德裕所经历的翰苑生活，一首写一个生活场景：第一首写"共蹋银台一路尘"；第二首写"步廊骑马笑相随"；第三首写"禁林同直话交情"；第四首写出翰苑后的生活。宝历二年（825），李德裕《述梦诗四十韵》序云："去年七月，溽暑之后。骤降。其夕五鼓未尽，凉风凄然，始觉枕簟微冷。俄而假寐斯熟。忽梦

---

①　周相录：《元稹集校注》（中），上海古籍出版社 2011 年版，第 668 页。

赋诗怀禁夜署游。凡四十余韵，初觉尚忆其半，经时悉已遭失。今属岁杪无事，羁怀多感，因缀其所遣遗，为《述梦诗》以寄一二僚友。"① 诗歌题目所说的"述梦"，实际上并无可述的幻梦，而是梦见身在翰苑的真实往事。元稹读到《述梦诗四十韵》立即和之，刘禹锡亦有和诗，《述梦诗四十韵》多有题注，解释诗句之内容，元稹、刘禹锡亦是如此。

《述梦诗四十韵》先是以梦中所作的六句诗肯定所属的时代，以"良时幸已遭""君当尧舜日"起笔，接着写"吾僚"即翰林学士群体的日常工作，即"著书同陆贾，待诏比王褒。重价连悬璧，英词淬宝刀"，再写所居的环境，将内署中的物象收入笔下，以展示"闲随上苑遨"的惬意生活。整首诗富有层次感，写得到恩赐的荣耀，写内庭中的自然景象，写开展的游戏活动，写因梦忆旧的感怀。"梦"是这首诗的题眼，有梦中得到的句子，有梦中回忆的故事，有梦中见到的景象，而"梦"又与现实有所交叉。元稹和诗题为《奉和浙西大夫李德裕述梦四十韵，大夫本题言赠与梦中诗赋，以寄一二僚友，故今所和者亦止述翰苑旧游而已》，把在《寄李浙西大夫四首》所写的内容与李德裕的诗作融合在一起。这首诗直接以李德裕因梦得诗入题，次如解题的文字所写的那样"自戈矛而下，皆述大夫刀笔赡盛，文藻秀丽，翰苑谟猷，纶诰褒贬，功多名将，人许三公，世总台纲，充学士等矣。"接着写近期的交游，以唱酬往来为主。元稹还不断点出与李德裕的契合点，如"大夫与稹偏多同直"，如"稹与大夫，相代为翰林承旨"，一个是在为人处世上，一个是在所任职位上。元稹花费更多的笔墨描述翰苑生活，重点叙述他和李德裕以及李绅等结下的情谊。元稹身在浙东，李德裕身在浙西，共同的愿望是回到长安，所以元稹才会写出"北望心弥苦，西回首屡搔"② 这样的句子。刘禹锡《浙西李大夫示述梦四十韵并浙东元相公酬和斐然继声本韵次用》

---

① 傅璇琮、周建国：《李德裕文集校笺》，河北教育出版社2000年版，第461页。
② 傅璇琮、周建国：《李德裕文集校笺》，第465页。

属于读者的场外之作，以局外人的身份渲染元、李唱和之盛事。刘禹锡的诗作先以李德裕为中心，介绍其门第、家世与才华；接着专门写翰苑之旧事，婉转述来；而后再专写元、李唱和，以"卧龙曾得雨，孤鹤尚鸣皋"指浙东和浙西，并融入自己的感受。诗末云："今朝比潘陆，江海更滔滔。"① 元稹和李德裕分任浙东、浙西观察使，引领两地唱和之高格，形成极具影响的唱和诗群，时人便将两人以潘陆并称。

元稹任职浙东时期与李德裕唱酬往来频繁。宝历元年（825），元稹与李德裕的酬和往往有白居易、刘禹锡等人的参与，除以《述梦诗四十韵》为中心形成的元稹、李德裕、刘禹锡酬唱以外，李德裕《霜夜听小童薛阳陶吹觱篥》如今仅留残句，难窥全豹，元稹、刘禹锡、白居易纷纷和之，元稹《和浙西李大夫听薛阳陶吹觱篥》亦仅留残句。② 李德裕《晚下北固山喜松径成阴怅然怀古偶题临江亭》一诗也未成全璧，仅有十一句，元稹、刘禹锡和之，而今刘诗《和浙西李大夫晚下北固山喜松径成阴怅然怀古偶题临江亭并浙东元相公所和》尚存，元氏《和浙西李大夫晚下北固山喜松径成阴怅然怀古偶题临江亭》却仅两联尚在。李德裕《近于伊川卜山居命者画图而至欣然有感聊赋此诗兼寄浙东元相公大夫使求青田胎化鹤》是寄给元稹的诗作，身居两浙，并为长官，元稹、李德裕引领的唱和活动拓展了文学交游空间，促动了浙东、浙西形成生机蓬勃的文学风尚和文学气象。

大和四年（830）十月，李德裕就任剑南西川节度使，第二年，元稹辞世。刘禹锡《西川李尚书知愚与元武昌有旧远示二篇吟之泫然因以继和二首》"自注"云："来诗云：元公令陈从事求蜀琴，将以为寄，而武昌之讣闻，因陈生会葬。"③ 该诗"其一"写道："如何赠

---

① 陶敏、陶红雨：《刘禹锡全集编年校注》，岳麓书社2003年版，第370页。
② 陶敏、陶红雨：《刘禹锡全集编年校注》，第365页。
③ 陶敏、陶红雨：《刘禹锡全集编年校注》，第568页。

琴日，已是绝弦时。无复双金报，空余挂剑悲。"① 李德裕《忆金门旧游奉寄江西沈大夫》中"已悲泉下双琪树"一句，题注有"韦中令、元武昌皆沦没。"②

元稹自开启仕宦生涯便与李景俭、李建、李绅相熟，入职学士院与李德裕相识，以江陵、通州、长安、浙东为交游空间，留下了大量的文学作品。无论是任职两京还是任地方官时期，元稹与"四李"不仅在政事方面互相配合，而且在文学活动中交集甚多，元稹时常以诉诸诗文的方式传情达意。"四李"出身显贵，均属名门望族，复有儒士、诗人、清望官之身份，是元稹文学交游空间中不可或缺的重要人物。"四李"不仅与元稹交游，与白居易亦往来唱酬不绝，从多个方面影响到元稹的为人为文，他们所形成的中唐文儒群体代表了中唐士风中的某些征象。

第三节　元稹与窦巩文学交游考论

元稹与窦氏兄弟的交往贯穿一生之终始。元稹先结识的是排行第三的窦群，如前所述，两人相识应该是因为韦夏卿的关系。与窦巩相识，则先是因窦群的关系，而后有了府主与幕僚的关系。

元稹与窦巩唱酬往来大致分为两个阶段：一是窦巩途经江陵时期，二是窦巩入元稹幕时期。元和五年（810），元稹贬江陵，此前两人即有来往。元和六年（811）二月，窦巩赴黔州窦群处，途经江陵，与元稹相见并酬和。③ 此时的元稹依然处在丧妻之痛中，故而有《答友封见赠》，诗云："荀令香销潘簟空，悼亡诗满旧屏风。扶床小女君先识，应为些些似外翁。"首句用典，以申悼念亡人之意，荀令乃代指韦夏卿。元和元年（806），韦夏卿卒。元和四年（809），韦

---

① 陶敏、陶红雨：《刘禹锡全集编年校注》，岳麓书社2003年版，第568页。
② 傅璇琮、周建国：《李德裕文集校笺》，河北教育出版社2000年版，第489页。
③ 周相录：《元稹年谱新编》，三秦出版社2004年版，第110页。

丛卒，二人均卒于洛阳。元稹以潘簞喻韦丛已逝，自己为之作悼亡诗，后两句以稚女与外翁并列更显悲凉，字字隐含对亡妻的怀念。

现存窦巩与元稹相关的诗作不少。窦巩初到，有《江陵遇元九李六二侍御纪事书情呈十二韵》写给元稹和李景俭，这首诗先叙友情，再写眼前景象，最后写自家之苦闷。元稹、李景俭均因事贬官及此，如何安顿心灵是一个书写的主题，窦巩亦以此为书写之中心议题。元稹写有《酬友封话旧叙怀十二韵》，这首诗先叙离别之情，以"书信二年稀"见分别时间之久，以"乍见悲兼喜"道出情绪之复杂，而后徐徐道来，云："春深乡路远，老去宦情微。魏阙何由到？荆州且共依。人欺翻省事，官冷易藏威。但拟驯鸥鸟，无因用弩机。开张图卷轴，颠倒醉衫衣。莼菜银丝嫩，鲈鱼雪片肥。怜君诗似涌，赠我笔如飞。会遣诸伶唱，篇篇入禁闱。"[1] 此诗因与元稹、李景俭相遇而发感慨，先叙友情，再写眼前景象，落笔于对仕宦之穷通的理解。元稹又有《酬窦校书二十韵》，诗云：

> 鸥鹭元相得，杯觞每共传。芳游春烂熳，晴望月团圆。调笑风流剧，论文属对全。赏花珠并缀，看雪璧常连。竹寺荒唯好，松斋小更怜。潜投孟公辖，狂乞莫愁钱。尘土抛书卷，枪筹弄酒权。令夸齐箭道，力斗抹弓弦。但喜添樽满，谁忧乏桂燃。渐轻身外役，浑证饮中禅。及我辞云陛，逢君仕圃田。音徽千里断，魂梦两情偏。足听猿啼雨，深藏马腹鞭。官醪半清浊，夷馔杂腥膻。顾影无依倚，甘心守静专。那知暮江上，俱会落英前。款曲生平在，悲凉岁序迁。鹤方同北渚，鸿又过南天。丽句惭虚掷，沉机懒强牵。粗酬珍重意，工拙定相悬。[2]

其中"顾影无依倚，甘心守静专"依然有悼亡之情，遗憾窦巩

---

[1] 周相录：《元稹集校注》（上），上海古籍出版社2011年版，第351页。
[2] 彭定求等编：《全唐诗》卷四〇六，中华书局1999年版，第4536—4537页。

原作已佚失，难见两人酬和的缘由。《送友封二首》第一首云："桃叶成阴燕引雏，南风吹浪飐樯乌。瘴云拂地黄梅雨，明月满帆青草湖。迢递旅魂归去远，颠狂酒兴病来孤。知君兄弟怜诗句，遍为姑将恼大巫。"其二云："惠和坊里当时别，岂料江陵送上船。鹏翼张风期万里，马头无角已三年。甘将泥尾随龟后，尚有云心在鹤前。若见中丞忽相问，为言腰折气冲天。"《送友封》诗云："轻风略略柳欣欣，晴色空濛远似尘。斗柄未回犹带闰，江痕潜上已生春。兰成宅里寻枯树，宋玉亭前别故人。心断洛阳三两处，窈娘堤抱古天津。"[1]

元稹有《哭吕衡州六首》，窦巩亦有《哭吕衡州》，两人的诗作必然有所关联，窦群与吕温交好，元稹亦然。吕温死后葬江陵，窦巩亦当在江陵。元稹《哭吕衡州六首》的每首诗之间彼此相互联系：第一首写其与吕温相识相交之过程，时间应该是在永贞革新之前，当时的吕温踌躇满志；接着写吕温意气风发，有志欲获骋；次写吕温入吐蕃；次写滞留吐蕃；次写赴衡州而卒，注重悲情；最后写吕温之思想及文学。吕温与窦群、元稹交谊甚深，自然与窦巩也相当熟悉，窦巩《哭吕衡州八郎中》所取视角与元稹不同，侧重点在于悲其命丧他乡，以哭其眼前境况为主。元稹有《和友封题开善寺十韵》《友封体》，《友封体》则是诸家在编年方面较有争议的一首，题注云"黔府窦巩字友封"。卞孝萱《元稹年谱》编之于元和五年（810），杨军《元稹集编年笺注（诗歌卷）》从之；[2] 周相录《元稹集校注》"续补遗"部分将此诗编于元和六年（811）；[3] 吴伟斌《新编元稹集》编之于元和七年（812）。[4] 这一时期两人堪称密集的唱酬交往为后来窦巩入幕创造了机缘。元和十年（815），元稹自江陵入京，窦巩有《送元稹西归》："南州风土滞龙媒，黄纸初飞敕字来。二月曲江连旧宅，

---

[1] 彭定求等编：《全唐诗》卷四一三，中华书局1999年版，第4585页。
[2] 卞孝萱：《元稹年谱》，齐鲁书社1980年版，第188页；杨军笺注：《元稹集编年笺注（诗歌卷）》，三秦出版社2002年版，第359—360页。
[3] 周相录：《元稹集校注》，上海古籍出版社2011年版，第1545页。
[4] 吴伟斌：《新编元稹集》，三秦出版社2015年版，第3067页。

阿婆情熟牡丹开。"从此诗措辞来看，可与李白《早发白帝城》对读，从南州到曲江，取景富有想象力，窦巩为元稹终能被召回京城感到无比高兴。

元稹任职浙东时期，窦巩为副使。据《旧唐书》卷一五五："元稹观察浙东，奏为副使、检校秘书少监、兼御史中丞，赐金紫。稹移镇武昌，巩又从之。巩能五言诗，昆仲之间，与牟诗俱为时所赏重。性温雅，多不能持论，士友言议之际，吻动而不发，白居易等目为'嗫嚅翁'。"①据此，长庆三年（823）八月，元稹任越州刺史、浙东观察使，第二年辟请窦巩为副使。然而，根据陶敏的考证，窦巩时在长安，未入元稹幕。②周相录亦认为此前窦巩未曾入元稹幕。③大和四年（830），元稹除检校户部尚书、兼鄂州刺史、御史大夫、武昌军节度使，依旧辟请窦巩为副使。《新唐书》卷一七五云："元稹节度武昌，奏巩自副。"窦巩有《忝列武昌初至夏口书事献府主相公》，诗云："白发放橐鞬，梁王旧爱全。竹篱江畔宅，梅雨病中天。时奉登楼宴，闲修上水船。邑人兴谤易，莫遣鹤猜钱。"此诗一出，形成酬和之热潮。先是元稹有《戏酬副使中丞见示四韵》，诗云："莫恨暂橐鞬，交游几个全。眼明相见日，肺病欲秋天。五马虚盈枥，双蛾浪满船。可怜俱老大，无处用闲钱。"接着，元稹将窦巩原作及自己的和诗传给白居易，白居易见元稹、窦巩诗而和之，白居易《微之见寄与窦七酬唱之什本韵外勇加二韵》酬和，诗云："旌钺从橐鞬，宾僚情礼全。夔龙来要地，鸳鹭下寥天。赭汗骑骄马，青蛾舞醉仙。合成江上作，散到洛中传。穷巷能无酒，贫池亦有船。春装秋未寄，漫道足闲钱。"裴度见窦巩诗而和之，令狐楚见窦巩与元稹唱酬之作从而和之，诗俱见《窦氏联珠集》。④裴度与令狐楚分别有诗酬和窦巩，

---

① （后晋）刘昫等撰：《旧唐书》，中华书局1975年版，第4122—4123页。
② 陶敏：《全唐诗作者小传补正》，辽海出版社2010年版，第484页。
③ 周相录：《元稹年谱新编》，三秦出版社2004年版，第269页。
④ 傅璇琮、陈尚君、徐俊：《唐人选唐诗新编》增订本，中华书局2014年版，第755—756页。

裴度《窦七中丞见示初至夏口献元戎诗辄戏和之》步韵诗云："出佐青油幕，来吟白雪篇。须为九皋鹤，莫上五湖船。故态君应在，新声我亦便。元侯看再入，好被暂留连。"《和寄窦七中丞》诗注："鄂州使至，窦七副使中丞见示与元相公献酬之什。鄙人任户部尚书时中丞是当司员外郎，每示篇章多相唱和，今因四韵以寄所怀。"步韵诗云："仙吏秦城别，新诗鄂渚来。才推今八斗，职副旧三台。雕镂心偏许，缄封手自开。何年相赠答，却得在中台？"窦巩作诗，元稹和之，白居易亦和之。窦巩将诗作传给裴度和令狐楚，两人和之。方回《瀛奎律髓》评云："观此五言诗，足见一时人物风流之盛。"① 这是因元稹与窦巩交谊进而唱酬形成的文学传播史上的佳话。

皇甫枚《三水小牍》记有"元稹烹鲤得镜"一事，有"丞相元稹之镇江夏也，尝秋夕登黄鹤楼"，这些登高赋诗的宴集中多有窦巩的身影。大和五年（831），元稹暴卒于武昌军节度使任上，褚藏言窦巩之小叙云："无何，元公下世，公亦北归，道途遘疾，迨至辇下，告终于崇德里之私第，享年六十三。"②

第四节　元白交谊与元白唱和

元、白俱是胡姓出身③，元、白并称乃是元和、长庆时期已有之现象，主要源于两人诗歌次韵唱酬所产生的影响，"而次韵不独自元始且为其所长"④。"元和体"名扬四海，两人可谓文章知己，道义同路，自始至终情谊未变，元白交谊与个人身份之变化、时代之变化多有关联。本节拟对元白唱和及其他相关诗文进行考察，从仕宦、家

---

① 李庆甲集评校点：《瀛奎律髓汇评》，上海古籍出版社2005年版，第1488页。
② 傅璇琮、陈尚君、徐俊编：《唐人选唐诗新编》增订本，中华书局2014年版，第753页。
③ 关于白居易出身匈奴尚有争议，此处取《北朝胡姓考》之说法。
④ 裴斐：《元稹简论》，参见《裴斐文集》第四卷，人民文学出版社2013年版，第75页。

庭、文学观念三个方面入手，以两人之交游为主线，探寻元和士风与诗风之嬗变过程。

一 所合在方寸：元稹贬谪与元白唱和

岑仲勉云："考元、白交分，起于贞元，迄于大和，事历六朝，始终相得甚深，又皆以诗鸣，故投赠之作，积至十七卷。"① 元白自从贞元时期相识即成为挚友，在事业、生活诸多方面两人彼此理解，酬和往来，堪称一时之佳话。白居易《祭微之文》云："贞元季年，始定交分，行止通塞，靡所不同，金石胶漆，未足为喻，死生契阔者三十载，歌诗唱和者九百章，播于人间，今不复叙。至于爵禄患难之际，寤寐忧思之间，誓心同归，交感非一，布在文翰，今不重云。"正是因为彼此之间不可断绝的关系，才有"元白"并称，"元和体"引得竞相效仿，元白诗派亦成为学界研究的选题，呈现出中唐元白文学创作的影响力。② 白居易《与元九书》："与足下小通则以诗相戒，小穷则以诗相勉，索居则以诗相慰，同处则以诗相娱。"据朱金城《白居易交游考》，白居易《赠元稹》作于元和元年（806），白居易贞元十五年（799）冬至长安应进士试，至元和元年适为七年。白居易《酬元九对新栽竹有怀见寄》有"昔我十年前，与君始相识"之句，元白当相识于贞元十八年（802）以前。③

如尚永亮所论："元白的唱和之作，主要集中在三个时期：一是前已述及的元和五年至十年，二人首次长时间分离，开始批量唱和；二是元和十年至十四年，元白分别谪居通州、江州，唱酬日盛，由此

---

① 岑仲勉：《岑仲勉史学论文集》，中华书局1990年版，第154页。
② 对于元白唱和作品的梳理，可参见肖伟韬《白居易诗歌创作考论》，江西人民出版社2014年版，第95—159页。
③ 朱金城：《白居易研究》，陕西人民出版社1987年版，第6页。关于元白初识的时间，金卿东认为在贞元十六年（800），参见《元稹白居易初识之年考辨》，《文学遗产》2000年第6期；陈才智则撰文反驳，认为元白初识在贞元十九年（803），参见《元稹白居易初识之年再辨》，《文学遗产》2001年第5期。亦可参见陈才智《元白诗派研究》，社会科学文献出版社2007年版，第198页。

形成文学史上有名的通江唱和现象；三是长庆三年至大和三年，元稹出镇越州，白居易刺史杭州、苏州等地，二人借助诗筒往返酬唱，一时传为佳话。"① 虽然元白订交甚早，但从现有资料来看，深交还在元和五年（810），② 本年发生"敷水驿事件"，元稹因与宦官争厅而受辱，并被贬为江陵士曹参军。因"直道"之不行，白居易据理为之声援，上《论元稹第三状》，这是于公而言，于私亦如是。回顾这段时间两人的交游活动，白居易成为元稹的知心倾诉对象，元稹从长安出发，一路走一路写，一边寄给白居易，白居易及时酬和，并寄上自己的作品，表达自己的感受。元稹初和者有之，再和者有之。如白居易所言："不为同登科，不为同署官。所合在方寸，心源无异端。"心灵的沟通让两人愈加互相信任，此时相交日深是以元稹之贬谪为背景而展开的。

　　无论穷通，无论索居或者同处，往来唱和的诗作是元白心灵相通的纽带。元和五年（810），白居易在《赠樊著作》中将元稹与阳城相比："元稹为御史，以直立其身。其心如肺石，动必达穷民。"③ 这是白居易对于元稹贬谪之前为御史官的评价，希望樊宗师能够秉笔著史，"君为著作郎，职废志空存。虽有良史才，直笔无所申。何不自著书，实录彼善人。编为一家言，以备史阙文。"这个建议足以见出白居易的态度。白居易还有"曾将秋竹竿，比君孤且直""爱君直如发，勿念江湖人"等诗句，韩愈、张籍乃至多年后在为唐穆宗李恒写的任职制文中亦言。此时，元稹已在江陵，有《和乐天赠樊著作》，云："君为著作诗，志激词且温。璨然光扬者，皆以义烈闻。千虑竟一失，冰玉不断痕。谬予顽不肖，列在数子间。因君讥史氏，我亦能具陈。"于是元稹表述自己对著史的看法，追溯史家之渊源，批评："如何至近古，史氏为闲官。但令识字者，窃弄刀笔权。由心书曲直，

---

①　尚永亮：《元白并称与多面元白》，《文学遗产》2016 年第 2 期。
②　巩本栋认为："元白唱和的第一个重要的时期，是在元和四、五年（809—810）间。"（参见巩本栋《唱和诗词研究》，中华书局 2013 年版，第 152 页。）
③　谢思炜：《白居易诗集校注》，中华书局 2006 年版，第 55 页。

不使当世观。贻之千万代,疑言相并传。人人异所见,各各私所遍。以是曰褒贬,不如都无焉。"一旦史官不守直正之道,则褒贬失当,元稹的用意还在于批评社会风气。从白居易表彰阳城、元稹的"直道"到元稹由此出发强调史官之时代责任感,两人弘扬士风之道义跃然纸上。白居易《赠元稹》一诗善用譬喻,以"无波古井水,有节秋竹竿"来形容元稹的品格,元稹因此厅前种竹并写《种竹》诗,以竹喻己,起句云:"昔公怜我直,比作秋竹竿。"而后写竹子的遭遇,云:"失地颜色改,伤根枝叶残。清风犹渐渐,高节空团团。鸣蝉聒暮景,跳蛙集幽阑。尘土复昼夜,梢云良独难。丹丘信云远,安得临仙坛。瘴江冬草绿,何人惊岁寒。可怜亭亭干,一一青琅玕。孤凤竟不至,坐伤时节阑。"白居易《酬元九对新栽竹有怀见寄》回忆两人之交往,以"共保秋竹心,风霜侵不得"。互相勉励,并表达思念之情。前面我们曾经就阳城与元和士风的关系加以考察,这里依然要述及元、白对于阳城的看法,元稹写有《阳城驿》,白居易和之。元稹将阳城故事在诗作中简述一遍,白居易认为此诗可入史,在《赠樊著作》中更进一步将元稹加入,白居易对元稹的推崇可想而知。

元稹被贬至江陵,元、白之间只能借助驿站传诗,这种远距离的文学对话只能以单向传播的方式完成。元、白以寄赠、转寄、索阅而完成的交流持续至元稹任职浙东时期。① 从长安到江陵,元稹成诗便寄给白居易,诗歌的主题则是借题发挥,抒写贬谪中自家的思考,白居易则多有和答。同样,白居易有新诗寄给元稹,元稹也和答之,在一和一答中可窥见元和士风之不变。先看元作白和的关于《阳城驿》等十首和答诗,元稹起意而乐天和之。如《思归乐》,据卞孝萱《元稹年谱》及周相录《元稹集校注》,此诗作于元和五年(810)自长安贬江陵途中,吴伟斌进一步将其编入三月份。② 白居易有《和思归乐》,收入《和答诗十首》中,元稹这首诗的出发点是对待仕宦浮沉

---

① 吴淑玲:《唐代驿传与唐诗发展的关系》,人民出版社2015年版,第269页。
② 吴伟斌:《新编元稹集》,三秦出版社2015年版,第1820—1821页。

的态度问题。如白居易和作所云:"尚达死生观,宁为宠辱惊。"赵工部,指赵昌,《旧唐书》卷一五一,《新唐书》卷一七〇有传,此诗以赵昌之地位尚且如此,自己才"三十余",来日方长,从"金埋无土色,玉坠无瓦声。简折有寸利,镜破有片明"可见信心犹在。白居易和诗则以鸟声引出行人,再到迁客,演绎出迁客之忧愤化为精灵的故事,将孟尝君、魏武帝的典故引到元侍御即元稹身上,写其"因听思归鸟,神气独安宁"的心理状态。"问君何以然,道胜心自平",言其"况始三十余,年少有直名。心中志气大,眼前爵禄轻。"再举例,以展禽、灵均而及元稹被贬之事,"任意思归乐,声声啼到明"。白居易的和诗与元稹诗作在意思上是两两相对的,以元稹诗意为己意,更为明白晓畅,达观豁然。《古社》亦是白居易和答之作,狐媚惑人,在剿灭后还回清明,白居易则进一步将之故事化,狐媚化为美人专感少年,而烈风迅雷一到,则化为灰烬,用意乃在"寄言狐媚者,天火有时来"。元稹因忧愤显硬气,乐天则通达讲故事。《松树》则借助松树与槐树做比较,以"贞直干"突出寓意之深刻。白居易的和作则具有古意,拟古诗十九首,以"亭亭山上松"起句,以松槐经寒冬后的本性相比,君子"秉操贯风霜",而小人"变态随炎凉"。《桐花》一诗,白居易亦有和作,写紫桐"可怜暗淡色,无人知此心""自开还自落,暗芳终暗沉",抒发内心之志向,实际上就是自我之表白,愿得君王侧,一展襟抱。白居易的和作则与元稹对话,认为将紫桐裁为琴,"诚是君子心,恐非草木情",需与白居易《初与元九别》一诗对读,方见二人的理解方式差异。元稹《雉媒》一诗,白居易亦有和作。元稹以雉喻同类之相诱引而入网罗,白居易以"况此笼中雉,志在饮啄间。稻粱暂入口,性已随人迁。身苦亦自忘,同族何足言"规劝作者不要与之同类。《箭镞》一诗写其非所用,白居易和作亦从此引申,认为要用在适当处,以免不值得,元稹词作有自寓在内。此首诗的对话似有思考元稹贬谪之意义。将大觜乌写成大嘴乌,似将同类分为善恶,将之比较,以突出前者。白居易的和作将故事生动化,直接融入元稹的遭遇,巫乌合谋,众乌得势,而慈乌受苦，君王之鉴别甚为重要，此处亦为微之大声疾呼。《赛神》取唐代民俗为题，在唐代是习见的，相关诗作有王维《凉州赛神》、韩愈《游城南十六首赛神》，李嘉祐《夜闻江南人家赛神因题即事》等，赛神是一种设祭酬神之行为。元稹另有一首《赛神》，诗云："家家不敛获，赛神无富贫。"此诗写所见巫觋主导之活动，混淆视听，迷惑主人，或影射朝廷姑息养奸。《分水岭》以分流水比喻势利交，一旦风起即转向。以井中水自喻，能坚守己志。白居易和作则点明主题。以井水自喻，亦是元稹诗作常见者，如《酬别致用》等，白居易亦有《赠元稹》以井水喻人品。《四皓庙》，据元稹《酬翰林白学士代书一百韵》，作于赴江陵途中。对四皓之选择加以质疑，不敢谏，重隐论，不可取，用元稹自己的话说"讥其出处不常"。对于这首诗，白居易的和作与其他之作大有不同，白诗从元稹引秦代事迹发论，认为当隐则隐，当仕则仕，四皓之选择无可厚非。两人对于人生出处的态度并不相同，这在彼此选择的进取方式上就能看出来。①

　　白作元酬和的作品亦当不少，但多有佚失②，白居易起意而元稹酬和之，共有和作五首，酬唱六首。白居易有《赠吴丹》一诗，吴丹与白居易同年及第，崇尚道教，认为"无室家累，无子孙忧，屈身宠辱，委任而已，未尝一日戚戚其心"。白居易的诗作中有"宦途似风水，君心如虚舟。泛然而不有，进退得自由"这样的点题之句，也有"冬负南荣日，支体甚温柔。夏卧北窗风，枕席如凉秋。南山入舍下，酒瓮在床头。人间有闲地，何必隐林丘"③的惬意之感，自然就会生出"终当乞闲官，退与夫子游"的念头。元稹《和乐天赠吴丹》则先夸吴丹，而后想象他的生活，对于吴丹能放下宠辱而逍遥于江湖

---

① 关于这一点，胡可先将刘禹锡、柳宗元与白居易相比，认为"白居易有很深的屈原情结，但与刘禹锡、柳宗元的执著精神却截然不同"。胡可先也将白居易与元稹做比较。（参见《唐诗发展的地域因素和空间形态》，中国社会科学出版社2010年版，第250页。）

② 吴伟斌《新编元稹集》对此多有钩稽，并列有相关篇目（可参见该书目录及相关内容说明）。

③ 谢思炜：《白居易诗集校注》，中华书局2006年版，第474页。

之中的生活态度亦十分向往。白居易家贫,自左拾遗迁京兆户曹参军充翰林学士,喜作《初除户曹喜而言志》,一方面"喜而言志",另一方面又说"浮荣及虚位,皆是身之宾",想表达的是能够解决温饱即可,无复他求。元稹《和乐天初除户曹喜而言志》则叙议结合,详述白居易"披诚再三请"并"闻君得所请"的过程,评论云:"归来高堂上,兄弟罗酒尊。各称千万寿,共饮三四巡。我实知君者,千里能具陈。感君求禄意,求禄殊众人。上以奉颜色,馀以及亲宾。弃名不弃实,谋养不谋身。可怜白华士,永愿凌青云。"① 为白居易因升迁而解决衣食之忧而高兴,愿其"凌云之志"获得实现的机缘。

在白唱元酬的七组诗中,每一组都有特定的语境和针对的对象:第一组主要叙别后之相忆。白居易《初与元九别后忽梦见之及寤而书适至兼寄桐花诗怅然感怀因以此寄(元九初谪江陵)》是因元稹贬谪江陵而发,从送别之际写起:"永寿寺中语,新昌坊北分。归来数行泪,悲事不悲君。"再想象经行之地:"悠悠蓝田路,自去无消息。计君食宿程,已过商山北。昨夜云四散,千里同月色。"再写梦中相忆:"晓来梦见君,应是君相忆。梦中握君手,问君意何如。君言苦相忆,无人可寄书。"而梦醒时分,则梦与现实合二为一:"觉来未及说,叩门声冬冬。言是商州使,送君书一封。"于是,"枕上忽惊起,颠倒著衣裳。开缄见手札,一纸十三行。上论迁谪心,下说离别肠。心肠都未尽,不暇叙炎凉。云作此书夜,夜宿商州东。独对孤灯坐,阳城山馆中。夜深作书毕,山月向西斜。月下何所有,一树紫桐花。"这是白居易梦中的翻版,而后为梦与现实巧合而感慨,为元稹与自己的心灵感应而感慨。"桐花半落时,复道正相思。殷勤书背后,兼寄桐花诗。桐花诗八韵,思绪一何深。以我今朝意,忆君此夜心。一章三遍读,一句十回吟。珍重八十字,字字化为金。"② 元稹《酬乐天书怀见寄》亦是先写分别之场景:"新昌北门外,与君从此分。

---

① 周相录:《元稹集校注》,上海古籍出版社2013年版,第165页。
② 谢思炜:《白居易诗集校注》,中华书局2006年版,第55页。

街衢走车马，尘土不见君。"而后写自己的行程，行至商山而相忆成诗，诗云："君为分手归，我行行不息。我上秦岭南，君直枢星北。秦岭高崔嵬，商山好颜色。月照山馆花，裁诗寄相忆。天明作诗罢，草草随所如。"此后便是苦苦等候白居易的回音："凭人寄将去，三月无报书。荆州白日晚，城上鼓冬冬。行逢贺州牧，致书三四封。封题乐天字，未坼已沾裳。坼书八九读，泪落千万行。中有酬我诗，句句截我肠。仍云得诗夜，梦我魂凄凉。终言作书处，上直金銮东。诗书费一夕，万恨缄其中。中宵宫中出，复见宫月斜。书罢月亦落，晓灯随暗花。想君书罢时，南望劳所思。"叙罢彼此思念之情，再写心中所思："况我江上立，吟君怀我诗。怀我浩无极，江水秋正深。清见万丈底，照我平生心。感君求友什，因报壮士吟。持谢众人口，销尽犹是金。"① 白居易不仅计算元稹赴江陵的行程，日常生活中的登高望远也会浮现出老友的影子。

第二组则是白居易登上乐游原之所思所想，《登乐游原望》依然伤感于老友的贬谪，故独登乐游原而发无限之感慨："孔生死洛阳，元九谪荆门。可怜南北路，高盖者何人。"② 元稹《酬乐天登乐游原见忆》在追忆中安慰白居易："爱君直如发，勿念江湖人。"③ 这组诗一个以无限苍凉之笔触登高望远，一个在追忆中表达慰藉之情。

第三组则是白居易晚春之际借景抒情，《春暮寄元九》云："梨花结成实，燕卵花为雏。时物又若此，道情复何如？但觉日月促，不嗟年岁徂。浮生都是梦，老小亦何殊？唯与故人别，江陵初谪居。时时一相见，此意未全除。"④ 侧重于思，仍为元稹担忧。元稹则以《酬乐天早夏见怀》告知自己的境况，云："庭柚有垂实，燕巢无宿雏。我亦辞社燕，茫茫焉所如。君诗夏方早，我叹秋已徂。食物风土

---

① 周相录：《元稹集校注》，上海古籍出版社2013年版，第160页。
② 谢思炜：《白居易诗集校注》，中华书局2006年版，第62页。
③ 周相录：《元稹集校注》，上海古籍出版社2013年版，第162页。
④ 谢思炜：《白居易诗集校注》，中华书局2006年版，第735—736页。

异，衾裯时节殊。荒草满田地，近移江上居。八日复切九，月明侵半除。"①

第四组是劝酒诗，抒借酒消愁之意。白居易《劝酒寄元九》："何不饮美酒，胡然自悲嗟。俗号销愁药，神速无以加。一杯驱世虑，两杯反天和。三杯即酩酊，或笑任狂歌。陶陶复兀兀，吾孰知其他。况在名利途，平生有风波。深心藏陷阱，巧言织网罗。举目非不见，不醉欲如何。"这首诗是借劝酒而劝人，在举目皆见的"陷阱""网罗"里借酒消愁。元稹《酬乐天劝醉》："愿君听此曲，我为尽称嗟。一杯颜色好，十盏胆气加。半酣得自恣，酩酊归太和。共醉真可乐，飞觥撩乱歌。独醉亦有趣，兀然无与他。美人醉灯下，左右流横波。王孙醉床上，颠倒眠绮罗。君今劝我醉，劝醉意如何。"② 这一时期元、白关于醉酒诗甚多，可见元稹无法释怀的一面。

第五组是以值夜为题。白居易《八月十五日夜禁中独直对月忆元九》："银台金阙夕沉沉，独宿相思在翰林。三五夜中新月色，二千里外故人心。渚宫东面烟波冷，浴殿西头钟漏深。犹恐清光不同见，江陵卑湿足秋阴。"居于京城值夜仍然心向江陵，想到元稹在卑湿的环境中度日如年。元稹《酬乐天八月十五日夜禁中独直玩月见寄》："一年秋半月偏深，况就烟霄极赏心。金凤台前波漾漾，玉钩帘下影沉沉。宴移明处清兰路，歌待新词促翰林。何意枚皋正承诏，瞥然尘念到江阴。"元稹的回应带有致谢的意思，先是想象白居易值夜的场景，而后以枚皋目之，地位之差异未改老友系年自己的初心，元白这一阶段的唱酬就是在自长安至江陵的地域空间以诗篇来来往往。

第六组是以曲江为题，元、白同在长安时，常在曲江相聚，故而因地叙情。白居易去了曲江，便会追忆两人同游曲江的旧事。《曲江感秋（五年作）》："沙草新雨地，岸柳凉风枝。三年感秋意，并在曲江池。早蝉已嘹唳，晚荷复离披。前秋去秋思，一一生此时。昔人三

---

① 周相录：《元稹集校注》，上海古籍出版社2013年版，第163页。
② 周相录：《元稹集校注》，第164页。

十二，秋兴已云悲。我今欲四十，秋怀亦可知。岁月不虚设，此身随日衰。暗老不自觉，直到鬓成丝。"曲江是白居易、元稹诗作中追忆的地方，因为此地留下两人同游的记忆，无论是白居易计算元稹从京城到江陵的里程，还是元稹叙述从京城途经各地的所思所想，曲江均是追忆的一个起点。元稹《和乐天秋题曲江》："十载定交契，七年镇相随。长安最多处，多是曲江池。梅杏春尚小，芰荷秋已衰。共爱寥落境，相将偏此时。绵绵红蓼水，飐飐白鹭鹚。诗句偶未得，酒杯聊久持。今来云雨旷，旧赏魂梦知。况乃江枫夕，和君秋兴诗。"[①] 长安胜景虽多，关于曲江池的记忆最深，梅杏、芰荷皆入笔下。这组诗是一时一地之作，因曲江而叙友谊。

第七组乃是百韵长律相酬和，堪称元白唱和诗的代表作。元和五年（810），白居易作《代书诗一百韵寄微之》，从两人订交写起，云："忆在贞元岁，初登典校司。身名同日授，心事一言知。肺腑都无隔，形骸两不羁。疏狂属年少，闲散为官卑。分定金兰契，言通药石规。交贤方汲汲，友直每偲偲。"再写交情之深厚，如与友朋聚会，云："笑劝迂辛酒，闲吟短李诗。儒风爱敦质，佛理赏玄师。"而后是游赏风景，从宫廷到市井，从三省到曲江，再到歌楼妓馆，欢宴美女皆为过往，于是，叙述两人共同参加制科铨选，在朝为官则尽职尽责："东垣君谏净，西邑我驱驰。再喜登乌府，多惭侍赤墀。官班分内外，游处遂参差。每列鹓鸾序，偏瞻獬豸姿。简威霜凛冽，衣彩绣葳蕤。正色摧强御，刚肠嫉喔咿。常憎持禄位，不拟保妻儿。养勇期除恶，输忠在灭私。下鞲惊燕雀，当道慑狐狸。南国人无怨，东台吏不欺。理冤多定国，切谏甚辛毗。造次行于是，平生志在兹。道将心共直，言与行兼危。"而元稹终遭嫉恨而被贬："水暗波翻覆，山藏路险巇。未为明主识，已被倖臣疑。木秀遭风折，兰芳遇霰萎。千钧势易压，一柱力难支。腾口因成痏，吹毛遂得疵。忧来吟贝锦，谪去咏江蓠。邂逅尘中遇，殷勤马上辞。贾生离魏阙，王粲向荆夷。"白

[①] 周相录：《元稹集校注》，上海古籍出版社2013年版，第169页。

居易想象元稹的艰辛凄苦，丧妻不久，远谪江陵："水过清源寺，山经绮季祠。心摇汉皋珮，泪堕岘亭碑。驿路缘云际，城楼枕水湄。思乡多绕泽，望阙独登陴。林晚青萧索，江平绿渺弥。野秋鸣蟋蟀，沙冷聚鹍鹂。官舍黄茅屋，人家苦竹篱。白醪充夜酌，红粟备晨炊。寡鹤摧风翮，鳏鱼失水鬐。暗雏啼渴旦，凉叶坠相思。"想象元稹到江陵这个瘴疠之地所面对的境况，并抒发自己的孤独感："耳垂无伯乐，舌在有张仪。负气冲星剑，倾心向日葵。金言自销铄，玉性肯磷缁。伸屈须看蠖，穷通莫问龟。定知身是患，应用道为医。想子今如彼，嗟予独在斯。无憀当岁杪，有梦到天涯。坐阻连襟带，行乖接履綦。润销衣上雾，香散室中芝。念远缘迁贬，惊时为别离。素书三往复，明月七盈亏。旧里非难到，余欢不可追。树依兴善老，草傍静安衰。前事思如昨，中怀写向谁。北村寻古柏，南宅访辛夷。此日空搔首，何人共解颐。病多知夜永，年长觉秋悲。不饮长如醉，加餐亦似饥。狂吟一千字，因使寄微之。"① 元稹有《酬翰林白学士代书一百韵》，取意与白诗同，更注意细节描写，如与歌妓欢会一段，白居易云："征伶皆绝艺，选伎悉名姬。粉黛凝春态，金钿耀水嬉。风流夸堕髻，时世斗啼眉。密坐随欢促，华尊逐胜移。香飘歌袂动，翠落舞钗遗。筹插红螺碗，觥飞白玉卮。打嫌调笑易，饮讶卷波迟。残席喧哗散，归鞍酩酊骑。酡颜乌帽侧，醉袖玉鞭垂。紫陌传钟鼓，红尘塞路岐。"元稹则写道："莺声爱娇小，燕翼玩逶迤。罄为逢车缓，鞭缘趁伴施。密携长上乐，偷宿静坊姬。僻性慵朝起，新晴助晚嬉。相欢常满目，别处鲜开眉。翰墨题名尽，光阴听话移。绿袍因醉典，乌帽逆风遗。暗插轻筹箸，仍提小屈卮。本弦才一举，下口已三迟。逃席冲门出，归倡借马骑。狂歌繁节乱，醉舞半衫垂。散漫纷长薄，邀遮守隘岐。几遭朝士笑，兼任巷童随。"② 元稹侧重写两人之情谊："病赛乌称鬼，巫占瓦代龟。连阴蛙张王，瘴疟雪治医。我正穷于是，君宁念及

---

① 谢思炜：《白居易诗集校注》，中华书局2006年版，第977—980页。
② 周相录：《元稹集校注》，上海古籍出版社2011年版，第303页。

兹。一篇从日下，双鲤送天涯。坐捧迷前席，行吟忘结綦。"最后集中于自己被贬之事，并劝诫白居易早防之："世情焉足怪，自省固堪悲。涸鼠虚求洁，笼禽方讶饥。犹胜忆黄犬，幸得早图之。"①这两首诗是了解元、白本时期交谊的重要作品，举凡相识、考试、欢会、为官、贬谪等内容悉数入诗，史才、诗笔、议论兼而得之。白居易自贞元时期开始追忆两人友情之深厚，将仕宦之进程与友情之延续融于一体，白诗堪称以文为诗之作，语言浅直而生动，元诗亦回忆两人交往，运词论斤则有争胜之气象。后半部分紧扣题意，追述自己从长安到江陵之经过，将白居易《和答诗十首》相关之题旨集中呈现出来。

元和五年（810）元白之唱和，可谓人在贬途的诗意对话，这些对话集中在以元稹为中心的贬谪宦情上，两人探讨的话题就是守直道而遇挫的应对态度，以元稹、白居易、刘禹锡、柳宗元、韩愈等为代表的元和青年士人群体均弘扬直道，此点与元和士风息息相关。元白之间以元稹贬谪为中心的酬和呈现出二人之思想世界，也是这批年轻人集体影像的一个侧面。

二 唯有思君治不得：白居易贬谪与元白唱和

元白在弘扬直道上观念相同，虽然对待生活一个过于执着进取一个融合儒释而能解脱，在日常生活之中两人互相帮助，与刘禹锡和柳宗元之间一样友情弥深，这种友情并没有随着时光的流逝而变淡，而是遇挫弥坚。

元和八年（813），元稹"病瘴"，白居易寄药，并有《闻微之江陵卧病以大通中散、碧腴垂云膏寄》，诗云："已题一帖红消散，又封一合碧云英。凭人寄向江陵去，道路迢迢一月程。未必能治江上瘴，且图遥慰病中情。到时想得君拈得，枕上开看眼暂明。"②元稹酬和一首，《予病瘴乐天寄通中散、碧腴垂云膏仍题四韵以慰远怀开

---

① 周相录：《元稹集校注》，上海古籍出版社2011年版，第305页。
② 谢思炜：《白居易诗集校注》，中华书局2006年版，第1081页。

拆之间因有酬答》，诗云："紫河变炼红霞散，翠液煎研碧玉英。金籍真人天上合，盐车病骥轭前惊。愁肠欲转蛟龙吼，醉眼初开日月明。唯有思君治不得，膏销雪尽意还生。"[①] 千里之外，寄药慰勉，足见二人之深情厚谊。

这并不是白居易第一次"雪中送炭"。早在元和元年（806），元稹在左拾遗任上献《论教本书》，随后不断上疏论谏职等，因得罪杜佑第一次被贬为河南尉。九月十日奉诏，九月十六日母亲病故，白居易受元稹之托，撰《唐河南元府君夫人荥阳郑氏墓志铭并序》。元稹丁忧期间，生活贫困，得到了白家的资助。据元稹《祭翰林白学士太夫人文》："况稹早岁而孤，资性疏愚。既不得为达识者所顾，亦不愿与顺俗者同趋。行过二十，块然无徒。及太夫人令子艺成，学茂德馨，一举而搴芳兰署，再举而振藻彤庭。愚亦乘喧滥吹，谬列《茎》《英》。迹由情合，言以心诚。遂定死生之契，期于日月可盟。谊同金石，爱等弟兄。每均捧檄之禄，迭庆循陔之荣。用至于二门之童孺，莫不达广孝之深情。"这一部分是叙元稹与白居易建立友情并得以深化之过程。"逮稹谪居东洛，泣血西归，无天可告，无地可依。喘息将尽，心魂已飞。太夫人推济壑之念，悯绝浆之迟，问讯残疾，告谕礼仪。减旨甘之直，续盐酪之资。寒温必服，药饵必时。虽白日屡化，而深仁不衰。天乎是感，人乎讵知？不幸余生苟活，重戴冠缨，再展升堂之拜，旋为去国之行。嗟泽畔之云几，奄天祸之无名。朋友讣告，慰问纵横。犹恍恍而期误，忽浪浪而泪盈。处众悯默，入门屏营。移疾于趋府之辰，孰知潜恸；视惟幼女在侧，无处言情。行吟倚叹，梦哭魂惊。往往不寐，晨钟坐听。岂由礼而当尔，盖感深之所萦。"[②] 写自己被贬后元氏母子对自己的关照，十分动情。

两人酬唱交集的第二个重要时间节点是元和十年（815），这年

---

① 周相录：《元稹集校注》，上海古籍出版社2011年版，第547页。

② 周相录：《元稹集校注》，第1410页。

元稹被召回长安,两人有过一段相聚的好时光。如与白居易等游城南,元、白马上联诵"新艳小律",后来追忆,元稹诗云:"春野醉吟十里程",白居易《与元九书》言:"自皇子陂归昭国里,迭吟递唱,不绝声者二十余里。樊、李在旁,无所措口。"但好景不长,元稹随即外出为通州司马,白居易为之送行。行前,元稹留旧文二十轴与白居易,元稹有诗《沣西别乐天博载樊宗宪李景信两秀才侄谷三月三十日相饯送》:"今朝相送自同游,酒语诗情替别愁。忽到沣西总回去,一身骑马向通州。"白居易《十年三月三十日别为之于沣上》云:"沣水店头春尽日,送君马上谪通川。"《城西别元九》云:"城西三月三十日,别友辞春两恨多。帝里却归犹寂寞,通州独去又如何?"

回京再左降,元稹情绪极为低落。在赴通州的路上,元稹有两首酬和乐天的诗作。白居易有《醉后却寄元九》,诗云:"蒲池村里匆匆别,沣水桥边兀兀回。行到城门残酒醒,万重离恨一时来。"元稹《酬乐天醉别》:"前回一去五年别,此别又知何日回。好住乐天休怅望,匹如元不到京来。"白居易有《雨夜忆元九》:"天阴一日便堪愁,何况连宵雨不休。一种雨中君最苦,偏梁阁道向通州。"元稹《酬乐天雨后见忆》:"雨滑危梁性命愁,差池一步一生休。黄泉便是通州郡,渐入深泥渐到州。"另外,白居易有《重过秘书旧房因题长句》,元稹有《和乐天过秘阁书省长句》。

从通州至长安时期为一个酬唱阶段。元稹于元和十年(815)六月到通州,作有《见乐天诗》:"通州到日日平西,江馆无人虎印泥。忽向破檐残漏处,见君诗在柱心题。"白居易后来读此诗则有《微之到通州日授馆未安见尘壁间有数行字读之即仆旧诗其落句云绿水红莲一朵开千花百草无颜色然不知题者何人也微之吟叹不足因缀一章兼录仆诗本同寄省其诗乃是十五年前初及第时赠长安妓人阿软绝句缅思往事杳若梦中怀旧感今因酬长句》:"十五年前似梦游,曾将诗句结风流。偶助笑歌嘲阿软,可知传诵到通州。昔教红袖佳人唱,今遣青衫司马愁。惆怅又闻题处所，雨淋江馆破墙头。"① 元稹给白居易写信告知通州的险恶环境，白居易有《得微之到官后书备知通州之事怅然有感因成四章》，首章将元稹所述之通州状况入诗，云："来书子细说通州，州在山根峡岸头。四面千重火云合，中心一道瘴江流。虫蛇白昼拦官道，蚊蚋黄昏扑郡楼。何罪遣君居此地，天高无处问来由。"次章写居通州生存之艰难，云："匼匝巅山万仞馀，人家应似甑中居。寅年篱下多逢虎，亥日沙头始卖鱼。衣斑梅雨长须熨，米涩畲田不解锄。努力安心过三考，已曾愁杀李尚书。"三章写瘴疠之可怖兼宽慰老友，云："人稀地僻医巫少，夏旱秋霖瘴疟多。老去一身须爱惜，别来四体得如何。侏儒饱笑东方朔，薏苡谗忧马伏波。莫遣沉愁结成病，时时一唱濯缨歌。"白居易不仅发出"何罪遣君居此地，天高无处问来由"之叩问，还要元稹学会消解苦痛，爱惜身体。第四章则将通州与长安并举，云："通州海内恓惶地，司马人间冗长官。伤鸟有弦惊不定，卧龙无水动应难。剑埋狱底谁深掘，松偃霜中尽冷看。举目争能不惆怅，高车大马满长安。"② 元稹有《酬乐天见寄》，酬和的正是白诗的第四章，诗云："三千里外巴蛇穴，四十年来司马官。瘴色满身治不尽，疮痕刮骨洗应难。常甘人向衰容薄，独讶君将旧眼看。前日诗中高盖字，至今唇舌遍长安。"③

自江州到通州又为一个阶段。元稹不久便大病一场，八月，白居易被贬为江州司马。元稹有《闻乐天授江州司马》："残灯无焰影幢幢，此夕闻君谪九江。垂死病中惊坐起，暗风吹雨入寒窗。"后在《酬乐天东南行诗一百韵》等作品中追忆此事，所谓"垂死病中惊坐起"亦是写实，此时元稹"染瘴"病重，再闻挚友遭贬谪，顿觉凄凉。两年后白居易忆及此事，在《与微之书》中写到：

---

① 谢思炜：《白居易诗集校注》，中华书局 2006 年版，第 1203 页。
② 谢思炜：《白居易诗集校注》，第 1204—1207 页。
③ 周相录：《元稹集校注》，上海古籍出版社 2011 年版，第 625 页。

仆初到浔阳时，有熊孺登来，得足下前年病甚时一札。上报疾状，次叙病心，终论平生交分。且云："危惙之际，不暇及他，唯收数帙文章，封题其上曰：他日送达白二十二郎，便请以代书。"悲哉！微之于我也，其若是乎！又睹所寄闻仆左降诗云："残灯无焰影幢幢，此夕闻君谪九江。垂死病中惊坐起，暗风吹雨入寒窗。"此句他人尚不可闻，况仆心哉！至今每吟，犹恻恻耳。①

元稹在病重之际，犹思与乐天之交谊。② 白居易给元稹"寄生衣"，并有《寄生衣与微之因题封上》，诗中有"莫嫌轻薄但知著，犹恐通州热杀君"之句。元稹有《酬乐天寄生衣》："秋茅处处流瘴疟，夜鸟声声哭瘴云。羸骨不胜纤细物，欲将文服却还君。"从中可见元稹生活之境况，元稹病重，后到兴元治病，与白居易的往来酬唱中断。元和十一年（816）十月，白居易《寄蕲州簟与元九因题六韵》，诗下注"时为之鳏居"，诗云："笛竹出蕲春，霜刀劈翠筠。织成双锁簟，寄与独眠人。卷作筒中信，舒为席上珍。滑如铺薤叶，冷似卧龙鳞。清润宜乘露，鲜华不受尘。通州炎瘴地，此物最关身。"③ 后元稹有《酬乐天寄蕲州簟》："蕲簟未经春，君先拭翠筠。知为热时物，预与瘴中人。碾玉连心润，编牙小片珍。霜凝青汗简，冰透碧游鳞。水魄轻涵黛，琉璃薄带尘。梦成伤冷滑，惊卧老龙身。"④

白居易被贬谪江州，在赴任途中，依然写诗给元稹。时在通州的元稹，一一和之，这两组诗需要以对读的方式进行阐释。白居易过襄

---

① 谢思炜：《白居易文集校注》，中华书局2011年版，第361页。

② 对于此一时期元白之交谊，尚永亮以"胶漆元白""唱和元白""轻俗元白""才子元白"称之，并有极为深入的论述。（参见《元白并称与多面元白》，《文学遗产》2016年第2期。）

③ 谢思炜：《白居易诗集校注》，中华书局2006年版，第1286页。

④ 周相录：《元稹集校注》，上海古籍出版社2011年版，第496页。周相录认为，此诗乃是元稹元和十三年酬和。（参见《元稹年谱新编》，上海古籍出版社2004年版，第154页。）

阳，有《寄微之三首》写自家感慨。其一云："江州望通州，天涯与地末。有山万丈高，有江千里阔。间之以云雾，飞鸟不可越。谁知千古险，为我二人设。通州君初到，郁郁愁如结。江州我方去，迢迢行未歇。道路日乖隔，音信日断绝。因风欲寄语，地远声不彻。生当复相逢，死当从此别。"① 这首诗先写两地阻隔，距离遥远；再写贬谪之苦，音信难通；最后则心绪低沉地担心此生不复相见。元稹则以抚慰之心诉别离之苦，《酬乐天赴江州路上见寄三首》其一云："昔在京城心，今在吴楚末。千山道路险，万里音尘阔。天上参与商，地上胡与越。终天升沉异，满地网罗设。心有无朕环，肠有无绳结。有结解不开，有环寻不歇。山岳移可尽，江海塞可绝。离恨若空虚，穷年思不彻。生莫强相同，相同会相别。"②《寄微之三首》其二则因地思人，以襄阳为追忆的窗口，云："君游襄阳日，我在长安住。今君在通州，我过襄阳去。襄阳九里郭，楼堞连云树。顾此稍依依，是君旧游处。苍茫兼葭水，中有浔阳路。此去更相思，江西少亲故。"③《酬乐天赴江州路上见寄三首》其二则直接进入追忆的空间，全篇围绕襄阳而作，云："襄阳大堤绕，我向堤前住。烛随花艳来，骑送朝云去。万竿高庙竹，三月徐亭树。我昔忆君时，君今怀我处。有身有离别，无地无岐路。风尘同古今，人世劳新故。"④ 白居易《寄微之三首》其三云："去国日已远，喜逢物似人。如何含此意，江上坐思君。有如河岳气，相合方氤氲。狂风吹中绝，两处成孤云。风回终有时，云合岂无因。努力各自爱，穷通我尔身。"⑤ 从诗作中隐隐可读出白居易对于自家贬谪的怨情，以元白之关系为中心，写自己此时此刻的万千感慨，将情感投射于经行之地。《酬乐天赴江州路上见寄三首》其三与其二写法相同，诉彼此之情谊而后宽慰之，云："人亦有相爱，

---

① 谢思炜：《白居易诗集校注》，中华书局2006年版，第818页。
② 周相录：《元稹集校注》，上海古籍出版社2011年版，第216页。
③ 谢思炜：《白居易诗集校注》，中华书局2006年版，第818页。
④ 周相录：《元稹集校注》，上海古籍出版社2011年版，第216页。
⑤ 谢思炜：《白居易诗集校注》，中华书局2006年版，第819页。

我尔殊众人。朝朝宁不食,日日愿见君。一日不得见,愁肠坐氤氲。如何远相失,各作万里云。云高风苦多,会合难遽因。天上犹有碍,何况地上身。"①

元和十年(815),元稹和诗共存七首,酬唱诗八首,并有《叙诗寄乐天书》一文。②白居易有《与元九书》,并有和诗赠诗多首,如《重到城七绝句》,现存元稹和作四首;白居易有《梦亡友刘太白同游彰敬寺》,元稹有《和乐天梦亡友刘太白同游二首》;白居易有《重过秘书旧房因题长句》,元稹有《和乐天过秘阁书省长句》;白居易有《题王侍御池亭》,元稹有《和乐天题王家亭子》;白居易有《赠杨秘书巨源》,元稹有《和乐天赠杨秘书》。元白皆有《放言五首》,白居易还有《重寄元九》《韩公堆寄元九》《携元九诗访元八侍御》《编集拙诗成一十五卷因题卷末戏赠元九李二十》等作品,虽然没有形成酬和,却亦可见两人处处相关。这一年更多的是元白友情的加深,并开始总结各自的文学主张,互相通信探讨,两人至此为患难兄弟,文章知己。从现存酬和作品来看,依然是以元稹为中心,白居易尽管被贬,仍处处关心元稹,而白居易将其抒发贬谪之痛的诗作寄给元稹之际,元稹尚自顾不暇,对于白居易被贬所形成的士人交流,未见元稹相关的文学书写。

三 不相酬赠欲何之:元白酬赠与文学观念

如前所述,元和十年(815)对于元稹是重要的一年,这一年元稹被召回长安,旋即出为通州司马,当然与元稹同命运的还有刘禹锡、柳宗元等人,关于这一点后面我们要专门论之,此处且不赘言。这一时期是元白文学观念趋向成熟的时段,自元和十年至大和时期,元稹不断总结自家的诗学观念,元白之间亦形成诸多共识。元白形成

---

① 周相录:《元稹集校注》,上海古籍出版社2011年版,第216页。
② 岳娟娟对《元白唱和集》进行了复原并列有简表,颇便于对元白唱和的研究。(参见《唐代唱和诗研究》,复旦大学出版社2014年版,第319页。)

文学共识经过了三个时间节点：元和五年的唱和往来、元和十年的书信交流、长庆三年至长庆四年的作品编集。

《叙诗寄乐天书》《与元九书》是对元和五年以来文学活动的总结，并将之上升到文学观念的表达上来。两封书札均作于元和十年，结合双方此后各自的重要文字，探寻文学观念与社会观念的关系以及文学与政治的关系。日常生活的患难与共，仕宦生涯的友朋往来，诗歌酬和中的心灵碰撞，让元白彼此影响，互相携助。关于元稹的家庭生活及其与白居易的关系，前文已经有所论列，此处不再涉及。

从婚姻、仕宦、创作三个方面考察元白交游，可见两人与中唐士风之关系。元白实乃同道中人：从婚姻上说，两人均曾面临无嗣之忧，又经丧子之痛，相互慰勉；从仕宦来说，两人均遭贬谪，相互扶持，并弘扬士人之直正品格；从创作上说，两人的文学思想相接近，因唱和而有"元和体""元白体""长庆体"等提法，均是元白诗派的代表人物。元稹《叙诗寄乐天书》首叙学诗之历程，叙述自己九岁便学习赋诗，令长者惊叹不已，十五六岁已经能够"粗识声病"，元稹在《叙诗寄乐天书》中叙述了学习的家学传承，云：

> 仆时孩駚，不惯闻见，独于《书》《传》中初习"理乱萌渐"，心体悸震，若不可活，思欲发之久矣。适有人以陈子昂《感遇》诗相示，吟玩激烈，即日为《寄思元子》诗二十首。故郑京兆于仆为外诸翁，深赐怜奖，因以所赋呈献京兆，翁深相骇异，秘书少监王表在座，顾谓表曰："使此儿五十不死，其志义何如哉！惜吾辈不见其成就。"因召诸子训责泣下。仆亦窃不自得，由是勇于为文。[①]

元稹先是受到陈子昂的影响，因《寄思元子》而得到郑云逵、王表的赏识，而其深入习诗则是因读到杜诗，读了数百首因"爱其浩荡

---

① 周相录：《元稹集校注》，上海古籍出版社2011年版，第854页。

津涯",而思考唐诗发展之过程,即沈佺期、宋之问"不存寄兴",陈子昂"未暇旁备"。过了几年,与杨巨源日日习诗,"闲则有作,识足下时,有诗数百首矣。习惯性灵,遂成病蔽,每公私感愤,道义激扬,朋友切磨,古今成败,日月迁逝,光景惨舒,山川胜势,风云景色,当花对酒,乐罢哀馀,通滞屈伸,悲欢合散,至于疾恙穷身,悼怀惜逝,凡所对遇异于常者,则欲赋诗"。此时的元稹已经具备作诗的本领,又逢"少年不识愁滋味"的多情阶段。仕宦之贬谪才是对其有刺激性影响的要素,元稹叙述自己诗作编辑之过程,因被贬至江陵,老友李景俭建议收集诗作供其观览,将作品分类。文云:

> 其中有旨意可观,而词近古往者,为古讽;意亦可观,而流在乐府者,为乐讽;词虽近古,而止于吟写性情者,为古体;词实乐流,而止于模象物色者,为新题乐府;声势沿顺,属对稳切者,为律诗,仍以七言、五言为两体;其中有稍存寄兴,与讽为流者,为律讽;不幸少有伉俪之悲,抚存感往,成数十诗,取潘子《悼亡》为题;又有以干教化者,近世妇人,晕淡眉目,绾约头鬟,衣服修广之度,及匹配色泽,尤剧怪艳,因为艳诗百余首,词有古、今,又两体。自十六时,至是元和七年,已有诗八百余首,色类相从,共成十体,凡二十卷。自笑冗乱,亦不复置之于行李。昨来京师,偶在筐篚。及通行,尽置足下,仅亦有说。①

此文将作品分为十体,赴通州之前将这些交给白居易,思及人生际遇之变化,往往令其感慨不已。贬谪不仅仅是精神之苦痛,更是身处困境的现实。在元稹看来,立德、立事不成,还可立言;急位、急利不成,还可急食。可是自己位卑又"计粒而食",所处之地通州"病者有百死一生之虑"。元稹将所作交给白居易以后,并述自己当下的理解,

---

① 周相录:《元稹集校注》,上海古籍出版社2011年版,第854—855页。

云:"昨行巴南道中,又有诗五十一首。文书中得七年以后所为,向二百篇,繁乱冗杂,不复置之执事前。所为《寄思元子》者小岁云,为文不能自足其意,贵其起予之始,且志京兆翁见遇之由,今亦写为古讽之一,移诸左右。仆少时授吹嘘之术于郑先生,病懒不就,今在闲处,思欲怡神保和,以求其病,异日亦不复费词于无用之文矣。省视之烦,庶亦已于是乎。"实际上,元稹的这封信乃是托付诗作,从中写出自己的创作过程及诗作分类,并述及对立言的看法。

白居易亦有《与元九书》,书信开始即言两人赠答诗之创作情况,因而欲"粗论歌诗大端"。因唱和而论诗,还有另外一层原因,即白居易已是逐客,被贬至江州,除"盥栉食寝"外无他事,便展卷读元才子诗"所留新旧文二十六轴",重读酬唱之旧作居然"开卷得意,忽如会面"。有了想法就要写下来,一吐为快,白居易因贬谪而不平则鸣,《与元九书》在一定程度上应该是回应《叙事寄乐天书》的,虽然没有文献可以证实。白居易认为六经皆文,而《诗经》居首,诗可感人心。自《风》《骚》而追溯,认为《诗》《骚》都是"不遇者"言志之作,至屈原、苏李则"去《诗》未远,梗概尚存",而六义始缺;"晋宋以还,得者盖寡",至谢灵运、陶渊明、江淹、鲍照则"于时六义浸微矣";梁陈则"六义尽去"。接下来就论及本时代了,白居易仅及四人:陈子昂、鲍防、李白、杜甫。李杜优劣中倾向于杜,文云:"唐兴二百年,其间诗人不可胜数。所可举者,陈子昂有《感遇诗》二十首,鲍防《感兴诗》十五篇。又诗之豪者,世称李、杜。李之作,才矣!奇矣!人不迨矣!索其风雅比兴,十无一焉。杜诗最多,可传者千余首。至于贯穿古今,觐缕格律,尽工尽善,又过于李焉。然撮其《新安》《石壕》《潼关吏》《芦子关》《花门》之章,'朱门酒肉臭,路有冻死骨'之句,亦不过十三四。杜尚如此,况不迨杜者乎?"[①] 这段品评本朝文学的文字将重心放在李、杜的身上,白居易的意思很直接,本朝诗存六义者少之又少,时代的

---

① 谢思炜:《白居易文集校注》,中华书局2011年版,第323页。

重任需要"我等"担当。为何如此？他以自己为例，首先叙述自己少年便有诗才，从五六岁到"二十以来"，与元稹《叙诗寄乐天书》用意相同。其次，叙述自己成年以六义入诗，引出"文章合为时而著，歌诗合为事而作"这一重要命题，云："是时皇帝初即位，宰府有正人，屡降玺书，访人急病。仆当此日，擢在翰林，身是谏官，月请谏纸。启奏之间，有可以救济人病，裨补时阙，而难于指言者，辄咏歌之，欲稍稍进闻于上。上以广宸听，副忧勤；次以酬恩奖，塞言责；下以复吾平生之志。岂图志未就而悔已生，言未闻而谤已成矣！"讽喻之作效果如何？白居易举《贺雨诗》《哭孔戡诗》《秦中吟》《登乐游园》《宿紫阁村》叙述不同读者之传播效果，从而分析阅读者的两种态度："以我为非"或者"见仆诗而喜"[1]。既然难得有人知赏，同道者孤，是否继续为之？白居易回顾"始得名于文章"和"终得罪于文章"的过程。走笔至此，白居易用大段文字叙及自家诗作的传播效果，国家选人的评判范文、诗句多播在人口，乃至倡伎亦以《长恨歌》自夸，通州墙壁题其诗，自己刚刚过汉南，亦见有人说其是《秦中吟》《长恨歌》作者，身价倍增。于是"自长安抵江西三四千里，凡乡校、佛寺、逆旅、行舟之中，往往有题仆诗者；士庶、僧徒、孀妇、处女之口，每有咏仆诗者。此诚雕篆之戏，不足为多，然今时俗所重，正在此耳。虽前贤如渊、云者，前辈如李、杜者，亦未能忘情于其间。"白居易又论诗人之人生多艰，以陈子昂、杜甫、孟浩然、孟郊、张籍自比，云："况仆之才又不逮彼。今虽谪佐远郡，而官品至第五，月俸四五万，寒有衣，饥有食，给身之外，施及家人。亦可谓不负白氏子矣。"说理之后，将自家诗作分为讽喻、闲适、感伤、杂律四类。白居易将自己的做人原则、人生理想与诗结合起来，形成以讽喻诗兼济天下，以闲适诗独善其身，自家诗作的不能被人理解，一因"荣古陋今"，一因己之所重乃时之所轻，潜含义还在自家作品的可挖掘价值尚多上。述及元白交往，白居易先是总

---

[1] 谢思炜：《白居易文集校注》，中华书局2011年版，第324页。

结，云："故自八九年来，与足下小通则以诗相戒，小穷则以诗相勉，索居则以诗相慰，同处则以诗相娱。知吾罪吾，率以诗也。"而后回忆两人游城南赛诗的壮观场面，堪称独步一时。① 白居易表述编集《元白往还集》之意，又提出将诗作完全保留下来所带来的"不忍于割截，或失于繁多"的问题，想到各自贬谪他乡，难以相见，白居易生发感慨："今且各纂诗笔，粗为卷第，待与足下相见日，各出所有，终前志焉。又不知相遇是何年，相见是何地，溘然而至，则如之何？微之知我心哉！"② 元和十年（815）这次元白书信往来，是在对彼此诗作整理基础上对诗歌观念的提升与整合。

谪居通州而后，久经磨难，元稹开始由逆转顺。元和十三年（818），李夷简拜相，元稹移虢州长史，他的人生有了转机。元和十四年（819），入朝为膳部员外郎。元和十五年（820），元稹迁祠部郎中、知制诰、赐绯鱼袋。长庆元年（821），元稹迁中书舍人、翰林承旨学士、赐紫金鱼袋，所谓"一日之中，三加新命"。后虽遭裴度弹劾被罢为工部侍郎，却并未宠衰。长庆二年（822），元稹同平章事，得以拜相。不久与裴度俱罢相，出为同州刺史。后出任浙东观察使、尚书左丞、武昌军节度使等职。整个这一时段元稹的政治地位稳定，虽多迁移，却自京城到地方，心情渐趋平静。

长庆三年（823），元稹共有九首酬赠白居易的诗作，有《叙奏》《制诰序》两篇论文之作。长庆四年（824），元稹有七首诗写给白居易，但这一年元白唱和渐入尾声，虽然在大和二年（828）两人还有唱酬之作。元稹自编《元氏长庆集》成，为白居易编《白氏长庆集》并作序，虽然有学者认为元稹应有《元氏长庆集序》，却未见流传。

---

① 元稹亦在长庆四年有《为乐天自勘诗集因思顷年城南醉归马上递唱艳曲十余里不绝长庆初俱以制诰侍宿南郊斋宫夜后偶吟数十篇两掖诸公泊翰林学士三十余人惊起就听逮至卒吏莫不众观群公直至侍从行礼之时不复聚寐予与乐天吟哦竟亦不绝因书乐天卷后越中冬夜风雨不觉将晓诸门互启关锁即事成篇》，诗云："春野醉吟十里程，斋宫潜咏万人惊。今宵不寐到明读，风雨晓闻关锁声。"

② 谢思炜：《白居易文集校注》，中华书局 2011 年版，第 321—328 页。

《叙奏》《制诰序》是元稹整理与政事相关文字的总结,《白氏长庆集序》则是关于元白唱和的总结文字。和《与元九书》相对照,《白氏长庆集序》与之统一之处不少:第一部分关于白居易履历之介绍基本出自《与元九书》;第二部分则是对元白唱和影响的叙述及诗作传播,其中白居易讽喻诗"时人罕能知者"亦出自《与元九书》,论白诗所采取的分类依据亦出自《与元九书》。《白氏长庆集序》的第二部分文字可分两层:一是元白唱酬的三个阶段,即始与乐天同校秘书时期、会予遣掾江陵时期和各佐江、通时期;二是元和体之影响,包含两人唱酬之作。有"元和诗"、题壁诗及人口传播、传写盗窃名姓、村校诸童吟咏、鸡林贾人求市等,皆是元白诗作并行。第三部分则是对编集过程之说明及对白居易作品的评介,说明云:"长庆四年,乐天自杭州刺史以右庶子诏还,予时刺郡会稽,因得尽征其文,手自排缵,成五十卷,凡二千二百五十一首。前辈多以'前集''中集'为名,予以为国家改元长庆,讫于是,因号曰《白氏长庆集》。"而后评论"乐天之长",分别论述白居易所作之讽喻诗、闲适诗、感伤诗、五言律诗、五言和七言长律以及各种文体之所长,从中可以看出元稹对白居易文字的了解之同情。白居易《刘白唱和集解》《因继集重序》曾经论述了与元稹唱和的得失,并且叙述了元白唱和之盛况。唱和由借题发挥而转为自觉,并上升到技艺较量,元白以诗为媒介建构了一个复杂的心灵空间和艺术空间。由此可见,长庆时期是元稹人生的高峰时段,亦是元、白交谊的一个集中阶段,元、白的文学观念已经定型。此后元稹在仕宦上多为地方大吏,虽然形成了新的浙东唱和诗群,对中唐士风的影响却渐渐减弱。

第五节 余论:盖棺论定中的元白交谊

据白居易《修香山寺记》:"予早与故元相国微之定交于生死之间,冥心于因果之际。去年秋,微之将薨,以墓志文见托。"研究元稹不可忽略《元公墓志铭》,通常盖棺论定均不乏谀美之词,元白却不一样，两人可谓患难之交，在仕宦、婚姻、生活之中均知己知彼，故而白居易下笔多能平心而论，客观真实，诚元稹之知己也。

白居易《元相公挽歌词三首》其一描写元稹离世后送葬之情状："铭旌官重威仪盛，骑吹声繁卤簿长。后魏帝孙唐宰相，六年七月葬咸阳。"其二写送葬之场面："墓门已闭笳箫去，惟有夫人哭不休。苍苍露草咸阳垄，此是千秋第一秋。"其三写夫人之伤悲："送葬万人皆惨澹，反虞驷马亦悲鸣。琴书剑佩谁收拾？三岁遗孤新学行。"写送葬之场面，非有情者不能有此手笔。白居易有《祭微之文》，其中写及元白交谊：

> 贞元季年，始定交分，行止通塞，靡所不同，金石胶漆，未足为喻，死生契阔者三十载，歌诗唱和者九百章，播于人间，今不复叙。至于爵禄患难之际，瘘痺忧思之间，誓心同归，交感非一，布在文翰，今不重云。唯近者公拜左丞，自越过洛，醉别愁泪，投我二诗云："君应怪我留连久，我欲与君辞别难。白头徒侣渐稀少，明日恐君无此欢。"又曰："自识君来三度别，这回白尽老髭须。恋君不去君须会，知得后回相见无。"吟罢涕零，执手而去。私揣其故，心中惕然。及公捐馆于鄂，悲讣忽至，一恸之后，万感交怀，覆视前篇，词意若此，得非魂兆先知之乎？无以寄悲情，作哀词二首，今载于是，以附奠文。其一云："八月凉风吹白幕，寝门廊下哭微之。妻孥亲友来相吊，唯道皇天无所知。"其二云："文章卓荦生无敌，风骨精灵殁有神。哭送咸阳北原上，可能随例作埃尘。"呜呼微之！始以诗交，终以诗诀，弦笔两绝，其今日乎？呜呼微之！三界之间，谁不生死，四海之内，谁无交朋？然以我尔之身，为终天之别，既往者已矣，未死者如何？呜呼微之！六十衰翁，灰心血泪，引酒再奠，抚棺一呼。①

---

① 谢思炜：《白居易文集校注》，中华书局2011年版，第1908页。

这段文字既追忆元白交谊之终始，又呈现出元稹心态之变化，此正可呼应《与元九书》所说的"与足下小通则以诗相戒，小穷则以诗相勉，索居则以诗相慰，同处则以诗相娱"也。白居易此后常常因时、因地、因人、因诗而思念元稹，如《览卢子蒙侍御旧诗多与微之唱和感今伤昔因赠子蒙题于卷后》云："昔闻元九咏君诗，恨与卢君相识迟。今日逢君开旧卷，卷中多道赠微之。相看泪眼情难说，别有伤心事岂知？闻道咸阳坟上树，已抽三丈白杨枝！"其《醉中见微之旧卷有感》《感旧并序》《禽虫十二章》等诗作亦忆及元稹，如《醉中见微之旧卷有感》："今朝何事一沾襟？检得君诗醉后吟。老泪交流风病眼，春笺摇动酒杯心。银钩尘覆年年暗，玉树泥埋日日深。闻道墓松高一丈，更无消息到如今。"读诗思人，可见情深义重。白居易《与刘苏州书》云："嗟乎！微之先我去矣，诗敌之劲者，非梦得而谁？"失微之倍感怅然，得梦得后觉有幸，白居易的仕宦生涯和文学生涯便由这两位挚友一前一后以唱和诗作连贯在一起。

《元公墓志铭并序》述及元稹一生之履历。从谏官起，先后为地方官、御史官、翰林学士、郎官、宰辅，再为地方大员，德行、政事、言语、文学皆有可取之处。家庭生活和睦，虽有悼亡之痛、无嗣之忧，却也有三女一稚子在。《元公墓志铭并序》最值得重视的是后面对元稹文学成就和一生行事的看法，言及文学的有三点：一是有文集传世，云："公著文一百卷，题为《元氏长庆集》，又集古今刑政之书三百卷，号《类集》，并行于代。"二是文学影响深远，云："公凡为文，无不臻极，尤工诗。在翰林时，穆宗前后索诗数百篇，命左右讽咏，宫中呼为元才子。自六宫两都八方至南蛮东夷国，皆写传之。每一章一句出，无胫而走，疾于珠玉"。三是文学格调极高，有大义存焉，云："又观其述作编纂之旨，岂止于文章刀笔哉？实有心在于安人活国，致君尧、舜，致身伊、皋耳。抑天不与耶！将人不幸耶！"从文学而人生，白居易总结元稹一生行迹，分为三段：一是"予尝悲公始以直躬律人，勤而行之，则坎壈而不偶"；二是"谪瘴乡凡十年，发斑白而归来"；三是"次以权道济世，变而通之，又龌龃而不安，居相位仅三月，席不煖而罢去"。进而为其总结道："通介进退，卒不获心。是以法理之用，止于举一职，不布于庶官；仁义之泽，止于惠一方，不周于四海，故公之心不足也。逢时与不逢时同，得位与不得位同，富贵与浮云同。何者？时行而道未行，身遇而心不遇也。"最终结局自然是"未康吾民，未尽吾道，在公之心，则为不了"。在白居易看来，元稹"道广而俗隘"又"心长而运短"，真真是时运不济也。

不得不说，知元稹者，白居易也。两人自订交始即唱酬往来，因此才有元白并称，有元和体及长庆体播传开来，文学中讽喻诗言及政事，言语相和，德行并驾而行，可谓生死之交。虽然两人的人生观有所不同，白居易认为达则兼济天下，而穷则独善其身；元稹无论穷达均以济世，认为"达则济亿兆，穷亦济毫厘。济人无大小，誓不空济私。"元稹殁后，白居易念念不忘，常常因生活细节思及元稹并诉诸笔下。然世风陵替，当年因元稹贬谪江陵而发的那种凌云盛气已然不见了，取而代之的则是独善其身。旧时的月亮在新布景中不时有光晕闪现，益发让人滋生思念情怀及苍凉之感，而远去的元才子，则除非梦寐，此生不可复见矣。

本章结论

1. 元和五年（805）元白之唱和，可谓人在贬途的诗意对话，这些对话集中在以元稹为中心的贬谪宦情上，两人探讨的话题就是守直道而遇挫的应对态度，以元稹、白居易、刘禹锡、柳宗元、韩愈等为代表的元和青年士人群体均弘扬直道，此点与元和士风息息相关。元白之间以元稹贬谪为中心的酬和呈现出二人之思想世界，也是这批年轻人集体影像的一个侧面。

2. 元和十年（810）前后，元稹与白居易的唱和活动进入巅峰期，元稹从长安到通州，白居易从长安到江州，元、白的友情加深，开始总结各自的文学主张，互相通信探讨，两人至此为患难兄弟，文章知己。

3. 从婚姻上说，两人均曾面临无嗣之忧，又经丧子之痛，相互慰勉；从仕宦来说，两人均遭贬谪，相互扶持，并弘扬士人之真正品格；从创作上说，两人的文学思想接近，因唱和而有"元和体""元白体""长庆体"等提法，两人均是元白诗派的代表人物。从婚姻、仕宦、创作三个方面考察元白交游，可见两人与中唐士风、诗风的密切关系。

4. 长庆时期是元稹人生的高峰时段，亦是元、白交谊的一个集中阶段，元、白的文学观念已经定型。此后元稹在仕宦上多为地方大吏，虽然形成了新的浙东唱和诗群，对中唐士风的影响却渐渐减弱。

第六章 元稹任职浙东时期唱和活动主题叙论

生命的长度决定追忆的深度，驻留的时间给予诗人足够的追忆资本，走过的轨迹需要以诗的方式记录下来，并在追忆的时刻复诵，进而诞生新的文本。对话的对象不变，书写的主题不变，奈何已不是当时的语境，每一个此际的情怀中往往融入了岁月年轮中的图景。感情、故事、人物都会一股脑儿地涌出来，有秩序地在语言的宫殿里排列整齐，如同等待检阅的训练有素的队伍。任职浙东是元稹人生后半段难忘的经历，此际的元稹，因时事或为改革文体，自觉创作的欲望大减，虽然与白居易、李复言、李德裕的唱和活动与僚佐诗酒文会唱和活动尚算频繁。元稹的书写主题因时、因地、因人而追忆的主角不断发生着变化，如果把过去和现在的图景拼接起来，我们似乎能够感受到他与世俗生活妥协的本能，元才子垂垂老矣，真正之气已然收起，这其中或许浸透着人生即将落幕的悲凉感。

第一节 企盼：无嗣的焦虑

关于元稹的婚恋生活，读者的记忆重点往往在"崔莺莺"和韦丛的身上。《莺莺传》的广泛流传，后世在此基础上的增补改编，让元稹笔下的风流韵事传遍天下，元稹与"张生"的对应关系也是学界研究的热点。《遣悲怀三首》被收入唐诗选本而渐次经典化，所产生的影响力自然不小，元稹形象在与《莺莺传》的比较中愈加复杂化了。宋人笔记中即认为《莺莺传》是元稹托名"张生"而作，学术界关于"元稹自寓说"的争论让我们认为至少"崔莺莺"与元稹本人关联甚深，《遣悲怀三首》《离思》《谕子蒙》《感梦》等诗作表现出元稹对亡妻韦丛的思念之情。其实，告别这两段刻骨铭心的婚恋生活，任职浙东时期，元稹和继室裴淑的感情亦是琴瑟相和，只是我们对此关注较少罢了。

元稹、白居易、柳宗元均壮年无嗣。元稹先娶韦丛，续娶裴淑，京兆韦氏、河东裴氏均属关中大姓。元和四年（809）七月，韦丛在洛阳去世①，元稹无比悲痛，写下许多关于韦丛的悼亡诗。第二年，元稹因敷水驿事件被贬为江陵士曹参军。元和六年（811）春夏之交，谪居江陵的元稹在李景俭的建议下纳妾安氏，侧室安氏生有一子二女，后来全部夭亡。据元稹《葬安氏志》，安氏于元和九年（814）之前于江陵辞世。元和十年（815），元稹被召回长安。三月，被贬为通州司马，本年，元稹与裴淑结婚。裴淑字柔之，出自河东裴氏。关于元稹与裴淑结婚的时间、地点，学界分歧较多，如陈寅恪认为是元和十二年（817）在通州成婚，卞孝萱认为是元和十一年（816）五月在涪州结婚，周相录认为是元和十年在赴通州途经涪州时与裴淑结婚，而吴伟斌则认为元稹是在元和十年冬天到兴元后续娶裴淑，我们暂取元和十年之说，因此说较为合理。用元稹的诗句，韦丛与元稹算是"贫贱夫妻"，安氏归元稹之后，与之在江陵亦受苦多多。裴淑最初亦与元稹共患难，境况好不了多少，后来元稹仕宦通达倒是不假，而其间浮浮沉沉如过山车一般，元稹的后半生有裴淑陪在身边与之荣辱与共，也是难得的福气。

元和初期，韦丛去世，曾经引发元稹"邓攸无子寻知命"的无嗣之忧。安氏所生子却均早早夭折，元稹再度发出无嗣之忧。与裴淑在一起，夫妻求子之愿望愈加急切。元和十四年（819），元稹自通州赶往虢州，任虢州长史，绕道涪州，随裴淑探望亲属。在涪期间，元

---

① 周相录：《元稹年谱新编》，上海古籍出版社2004年版，第75页。

第六章　元稹任职浙东时期唱和活动主题叙论 / 197

稹作有《黄草峡听柔之琴二首》。第一首诗作夸赞妻子琴艺高，以自己之听音难反衬妻子之技艺高；第二首则切中主题，盼望能有子嗣继承家学家风。裴淑无子所以滋生无嗣之忧，波及元稹，故而此意绵绵不绝，直至裴淑生子方才化解。元、白均有以"鹤"为主题的唱和诗作，对于元稹和白居易来说，无嗣之忧贯穿了他们婚后生活的大部分时间，虽或深或浅，时隐时现，却难以消弭。

元稹在浙东观察使任上，裴淑再弹《别鹤操》。元稹有《听妻弹别鹤操》，诗云："别鹤声声怨夜弦，闻君此奏欲潸然。商瞿五十知无子，便付琴书与仲宣。"这首诗表达了因听妻子弹琴而引发的无嗣之忧，前两句因听弹琴而引发怨情，第三句用典出自《史记·仲尼弟子列传》"商瞿年长无子，其母为取室。孔子使之齐，瞿母请之，孔子曰：'无忧，瞿年四十，后当有五丈夫子。'已而累然。"第四句用典出自《三国志·王粲传》："（蔡邕）闻粲在门，倒屣迎之。粲至，年既幼弱，容状短小，一座尽惊。邕云：'此王公孙也，有异才，吾不如也。吾家书籍文章，尽当与之。'"将这两句诗联系在一起，其意思是如果我也能有儿子的话，就把书籍文章托付给他，以便能够流传下去，让世人知晓，元稹以商瞿自比，担忧年过五十尚无子。读此诗当结合元稹与白居易相关主题的唱酬之作，两人共叹无嗣之忧的立足点便是立言如何才能不朽。才气、思想乃至自己的人生历程都写在纸上，编好的文集只能自鸣得意，却没有传人。元稹写给白居易的诗句说："天遣两家无嗣子，欲将文集与它谁？"（《郡务稍简因得整比旧诗并连缀焚削封章繁委箧笥仅逾百轴偶成自叹因寄乐天》）白居易读罢想到的是如何消解，有和诗《和微之听妻弹别鹤操因为揭示其义依韵加四句》，云："一闻无儿叹，相念两如此。无儿虽薄命，有妻偕老矣。"这是以夫妻相依来消解元白的无子之痛，双方在唱和中以共鸣而达成共识。但元稹却难以释怀，又有《酬乐天余思不尽加为六韵之作》，诗云："商瞿未老犹希冀，莫把簏金便付人。"[①] 元稹在浙

---

① 周相录：《元稹集校注》，上海古籍出版社2011年版，第659页。

东任职期间还有《感逝》："头白夫妻分无子，谁令兰梦感衰翁。三声啼妇卧床上，一寸断肠埋土中。蜩甲暗枯秋叶坠，燕雏新去夜巢空。情知此恨人皆有，应与暮年心不同。"元稹号称"元才子"，当时即已扬名海内外，忧无嗣而才华之传承难矣。第二年，裴淑生子道护，无嗣之忧遂解，元稹有《妻满月日相喑》一诗，诗云："十月辛勤一月悲，今朝相见泪淋漓。狂花落尽莫惆怅，犹胜因花压折枝。"至少从诗句里能看出元稹对妻子生育"辛勤"多有体谅，其中亦有无嗣之忧得解的欢喜。

夫迁妇随，裴淑随元稹经历仕宦之迁转，家庭生活受到的影响最大。面对地域、职位之变化自然也会产生感情的波动。长庆三年（823），元稹任浙东观察使，从长安到浙东去，裴淑并不愿意，而是"有阻色"。元稹《初除浙东妻有阻色因以四韵晓之》："嫁时五月归巴地，今日双旌上越州。兴庆首行千命妇，会稽旁带六诸侯。海楼翡翠闲相逐，镜水鸳鸯暖共游。我有主恩羞未报，君于此外更何求。"细读此诗可感知，在今昔对比中，元稹认为当下的境况自是已经好转许多，当初裴淑嫁给元稹，元稹出为通州司马，而今越州好过通州，作为一方大员，职位与往昔相比也重要得多。况且越州山水甲天下，山水之间多有让人惬意之处。因穆宗非常赏识自己，作为臣子的元稹自然需报主恩。对于元稹而言，面对政争带来的仕宦迁转又怎能抱怨呢！大和四年（830），元稹改任武昌军节度使、鄂州刺史。刚刚看见转机，回到京城，元稹一家又要从长安到鄂州任职，裴淑的心境自然低落。据范摅《云溪友议》卷下载："（元稹）复自会稽拜尚书右丞，到京未逾月，出镇武昌。是时，中门外构缇幕，候天使送节次，忽闻宅内恸哭，侍者曰：'夫人也。'乃传问：'旌钺将至，何长恸焉？'裴氏曰：'岁杪到家乡，先春又赴任，亲情半未相见，所以如此。'立赠柔之诗曰……"这首诗即元稹《赠柔之》，诗云："穷冬到乡国，正岁别京华。自恨风尘眼，常看远地花。碧幢还照曜，红粉莫咨嗟。嫁得浮云婿，相随即是家。"裴淑亦有《答微之》："侯门初拥节，御苑柳丝新。不是悲殊命，唯愁别近亲。黄莺迁古木，朱履从清尘。想到千山外，沧江正暮春。"夫妻间一赠一答，将彼此心中所想和盘托出。元稹屡经仕宦风霜，因地域之变化而生发出挥之不去的沧桑感，而裴淑嫁给他并没有其他的选择路径，只好随之南北迁徙。而在裴淑的眼里，仕宦之迁转不是她悲恸的直接原因，而是刚刚回到亲旧身边，未及叙旧便要收拾行装再度远行，纵然心有不甘却又毫无办法。

元稹任职浙东以来，无嗣之忧仅与两个人倾诉，即裴淑和白居易。这与洛阳、江陵时期很不一样，固定的倾诉对象便把夫妻之情、朋友之情鲜活地呈现出来。元稹与裴淑的对话在于因无嗣而带来的家庭生活的缺失感，元白之间此一主题的唱酬乃在彼此均无嗣，因此已经编辑整理的文集传世便成了一个无解的难题。元稹把整理文集的任务交给了白居易，白居易则未雨绸缪，事先整理并抄写多部，作品反而完整而久远地流传下来。从元稹、裴淑、白居易的诗作中，可见因盼望子嗣而夫妻共存的无嗣之忧，亦可见仕途坎壈而不断迁徙的无奈之意。元稹与裴淑的夫妻之情、与白居易的惺惺相惜，从字里行间能够感受得到，元稹不仅具有为官的"直正"品格，还是一位能够处处体谅妻子的丈夫，一位在与挚友对话中交心的知音。

第二节　歌者：旧事的重现

妻子的弹琴歌唱生发的是对家庭生活中"空白"的担忧与试图填补的渴望，那别人的歌唱呢？也许会"别是一番滋味在心头"，元白的唱和活动往往因特定的人事而生发感慨。所到之处多有故事，诸多细节历经岁月沧桑被遮蔽起来，遇见故人则会重新回到过去，那些相关的故事自然浮上心头，追忆难以避免，追忆的情调则是低沉婉转而又悲戚感伤的。

再遇杨琼，元稹的笔下便直入往事之中。白居易、李复言与元稹在苏州相聚，白居易有《寄李苏州兼示杨琼》："真娘墓头春草碧，心奴鬓上秋霜白。为问苏台酒席中，使君歌笑与谁同。就中犹有杨琼在，堪上东山伴谢公。"又有《问杨琼》："古人唱歌兼唱情，今人唱歌唯唱声。欲说向君君不会,试将此语问杨琼。"仅仅为与歌妓叙旧而已。而杨琼与元稹是旧相识,早在元稹被贬为江陵士曹参军的时候即见过杨琼,故而思及旧事,将江陵友朋追忆一过,万千感慨,不能自已。读到白居易的诗,元稹有《和乐天示杨琼》:

> 我在江陵少年日,知有杨琼初唤出。腰身瘦小歌圆紧,依约年应十六七。去年十月过苏州,琼来拜问郎不识。青衫玉貌何处去,安得红旗遮头白。我语杨琼琼莫语,汝虽笑我我笑汝。汝今无复小腰身,不似江陵时好女。杨琼为我歌送酒,尔忆江陵县中否。江陵王令骨为灰,车来嫁作尚书妇。卢戡及第严涧在,其馀死者十八九。我今贺尔亦自多,尔得老成余白首。①

杨军将此诗系于长庆四年,周相录、吴伟斌同。如此则"卢戡及第严涧在",当指卢戡元和十五年(820)进士及第。徐松《登科记考》卷十八亦在元和十五年及第者中列有卢戡的名字。②《和乐天示杨琼》诗下有题注,云:"杨琼本名播,少为江陵酒妓。去年姑苏过琼叙旧,及今见乐天此篇,因走笔追书此曲。"元稹的和诗中丝毫不涉及当下,完全是江陵时刻。杨琼早已不复当年的美貌,元稹在感慨中蕴含了岁月变迁的无奈,这种无奈除了直说,还要在追忆中展现出来。王令已逝,车来嫁人,卢戡及第,严涧尚在。你变得成熟了,我则变老了。

如果寻找这段故事,卢戡、严涧是元稹贬谪江陵时期的良友,特别是卢戡,卢戡是卢载的弟弟,元稹在江陵时期有两首诗是写给他的,与卢载交往之诗作一样,饮酒赋诗是避不过的话题。元稹《诮卢戡与予数约游三寺戡独沉醉而不行》:"乘兴无羁束,闲行信马蹄。路幽穿竹远,野迥望云低。素帚茅花乱,圆珠稻实齐。如何卢进士,

---

① 周相录:《元稹集校注》,上海古籍出版社2011年版,第1535—1536页。
② 徐松撰,孟二冬补正:《登科记考补正》,北京燕山出版社2003年版,第767页。

空恋醉如泥。"杨军在《元稹集编年笺注（诗歌卷）》中将此诗系于元和九年（814），注释云："元稹作此诗于江陵时期"①，周相录《元稹年谱新编》将此诗系于元和六年（811），云："约本年八月，元稹'游三寺'。"②周相录《元稹集校注》注释亦云："约元和六年作于江陵。"《元稹年谱新编》以元稹与僧如展、韦戴等人及此诗证之，极有说服力。从诗意来看，卢戡与卢载一样亦是性情中人，本与元稹约好出游，却独醉而失约。元稹称卢戡为"卢进士"，其实只是戏称，卢戡元和十五年（820）才进士及第。元稹还写有《送卢戡》一诗，据王拾遗所论，卢戡要去投奔李夷简，时间大致是元和七年（812）。③杨军将此诗系于元和九年（814），注释云："作于江陵时期。"④周相录《元稹集校注》注释云："元和六年至九年作于江陵。"⑤《送卢戡》诗云："红树蝉声满夕阳，白头相送倍相伤。老嗟去日光阴促，病觉今年昼夜长。顾我亲情皆远道，念君兄弟欲他乡。红旗满眼襄州路，此别泪流千万行。"诗极富深情，景语中含情语，前番与卢载一别，此时又送走其弟，"念君兄弟欲他乡"一句，当指卢载已在襄阳李夷简幕中，而卢戡也要前去。据吴伟斌关于此诗注释，白居易有《授卢戡桂府副使制》，检白集并无此制，《全唐文》卷七二六有崔嘏《授卢戡桂州副使制》："敕前江陵县令卢戡等，藩方之命寮寀，虽得以上朝廷，亦择其可者而授之。至于升副车、首宾席，自非贤才，孰允佳选。戡尚义有闻，积学多识，去于荣进，乐在闲放，以是为请，宜乎得人。由山立而下，或以吏能发为官业，或以词藻蔚彼隽髦。各从所适之宜，以广用人之路。银章赤绂，耀彼华筵。可依前件。"⑥《文苑英华》卷四一二"幕府"载有此文，"广

---

① 杨军：《元稹集编年笺注》（诗歌卷），三秦出版社2002年版，第500页。
② 周相录：《元稹年谱新编》，上海古籍出版社2004年版，第115页。
③ 王拾遗：《元稹论稿》，陕西人民出版社1994年版，第100页。
④ 杨军：《元稹集编年笺注》（诗歌卷），三秦出版社2002年版，第508页。
⑤ 周相录：《元稹集校注》，上海古籍出版社2013年版，第608页。
⑥ 董诰等编：《全唐文》卷七二六，中华书局1983年版，第7482页。

用"则"一作用广得",可知卢戡曾为江陵县令,而后为桂州副使。据《全唐文》卷七七二李商隐《为荥阳公谢除卢副使等官状》,文前有"新授某官卢戡,新授某官任缮",文中有"臣得进奏官某状报,臣所奏卢某等二人,奉某月日敕旨,赐授前件官充职者。臣谬当廉印,合启幕庭,抚鱼罩以兴怀,惧皮之废礼。卢戡与臣同年登第,少日论交,学富文雄,气孤志逸,玉清真知则为乐,女舒脱以求媒,实怀难进之规,不起后时之叹。任缮幼学孝悌,洁静精微,得君子之时中,友乡人之善者,匪因请托,实自谙知。皇帝陛下俯照远藩,咸加命秩,南台贴职,延阁分班,使戡有纡朱之荣,缮无衣白之见。已经圣鉴,可谓国华。冀收规画之功,共奉澄清之寄。不胜感恩荷圣之至。"[1]则卢戡与荥阳公郑亚同年登第,郑亚元和十五年(820)进士及第,大和二年(828)登贤良方正能直言极谏科。卢戡在郑亚幕中,卢、郑联姻在中晚唐乃是山东士族之常态,卢载即娶荥阳郑氏之女,故而两家乃世代之姻亲。除本诗外,关于严涧元稹尚有《鄂州寓馆严涧宅》:"凤有高梧鹤有松,偶来江外寄行踪。花枝满院空啼鸟,尘榻无人忆卧龙。心想夜闲唯足梦,眼看春尽不相逢。何时最是思君处,月入斜窗晓寺钟。"关于这首诗的编年诸家差异不小,周相录系于元和九年(814),元稹自江陵赴潭州作;[2]杨军系于大和四年(830),元稹任武昌军节度使作。[3]严涧曾任监察御史、祠部员外郎、主客郎中等职,从元稹的追忆来看,元稹与严涧亦曾在江陵相会,并有杨琼在场。

困境中的图景一经点拨就会益加真切,我们很难证实元稹与卢戡、严涧把酒言欢的时候会不会有杨琼现场为之歌唱,不过,刘采春的善歌却是名满吴越。元稹《赠刘采春》:

---

[1] 董诰等编:《全唐文》卷七七二,中华书局1983年版,第8051页。刘学锴、余恕诚在《李商隐文编年校注》关于此文注解中有对卢戡事迹的勾稽。(参见刘学锴、余恕诚《李商隐文编年校注》,中华书局2002年版,第1212—1213页。)
[2] 周相录:《元稹集校注》,上海古籍出版社2013年版,第586页。
[3] 杨军:《元稹集编年笺注》(诗歌卷),三秦出版社2002年版,第941页。

新妆巧样画双蛾，谩里常州透额罗。正面偷匀光滑笏，缓行轻踏破纹波。

　　言辞雅措风流足，举止低回秀媚多。更有恼人肠断处，选词能唱《望夫歌》。①

《云溪友议》卷下《艳阳词》云："乃有俳优周季南、季崇及妻刘采春，自淮甸而来，善弄《陆参军》，歌声彻云，篇韵虽不及涛，容华莫之比也。"刘采春本就是会稽人，善唱《啰唝曲》，元稹的这首诗将江南歌女的妩媚动人写出来了。商玲珑则直接歌元稹诗，元稹《重赠》前有小序云："乐人商玲珑能歌，歌予数十诗。"《唐语林》云："白居易，长庆二年以中书舍人为杭州刺史，替严员外休复。休复有时名，居易喜为之代。时吴兴守钱徽、吴郡守李穰皆文学士，悉生平旧友，日以诗酒寄兴。官妓商玲珑、谢好好巧于应对，善歌舞。从元稹镇会稽，参其酬唱。每以筒竹盛诗来往。"《重赠》诗云："休遣玲珑唱我诗，我诗多是别君词。明朝又向江头别，月落潮平是去时。"②商玲珑唱的，与乐天有关，那些伤别离的诗句与远去的背影构成对应关系。从杨琼到商玲珑，都要牵扯到元稹和白居易，其实还有李复言。因歌女的存在，元白之间的唱酬便更加悠久绵长，穿越时空留下了诸多可供追忆的回响。

第三节　追忆：故交的唱酬

《旧唐书·元稹传》："会稽山水奇秀，稹所辟幕职，皆当时文士，而镜湖、秦望之游，月三四焉。而讽咏诗什，动盈卷帙。副使窦巩，海内诗名，与元稹酬唱最多，至今称兰亭绝唱。"③ 关于"所辟

---

① 杨军：《元稹集编年笺注》（诗歌卷），三秦出版社2002年版，第935页。
② 周相录：《元稹集校注》，上海古籍出版社2013年版，第650页。
③ （后晋）刘昫等撰：《旧唐书》卷一百六十六，中华书局1977年版，第4336页。

幕职",咸晓婷多有考论①,其实与老朋友的唱酬更值得关注。《吴越唱和集》与《元白酬唱集》这两部浙东唱和诗集应是两个唱和群体的汇集:一个以元白为中心,包括元稹、白居易、李复言、张籍等人;一个以元李为中心,包括元稹、李德裕、刘禹锡等人。两个群体也有交集,如白、刘唱和往往有元稹参与其中。

元稹任职浙东时期重要的唱和活动有三次:第一次是元稹初到浙东,与白居易、李复言为近邻,以地域为中心的唱和活动;第二次是以创作为中心的唱和活动;第三次则是以元、李为中心的唱和活动,集中于对翰苑生活的追忆。

第一次是元稹初到浙东,与白居易、李复言为近邻,故而以地域为中心频繁来往,三人间的唱和活动直至白居易离任。集中的唱和活动有两次,先是因元稹的"喜邻郡"唱和。长庆三年(823),元稹与白居易、李复言彼此间往来唱和,元稹在浙东时期延续了三人间的诗化生活。白居易任杭州刺史,李复言任苏州刺史,元稹任越州刺史、浙东观察使,同在江南,任职之地相邻,唱酬频繁。李复言即李谅,今存诗两首,与元、白相关者仅《苏州元日郡斋感怀寄越州元相公杭州白舍人》,诗云:"称庆还乡郡吏归,端忧明发俨朝衣。首开三百六旬日,新知四十九年非。当官补拙犹勤虑,游宦量才已息机。举族共资随月俸,一身惟忆故山薇。旧交邂逅封疆近,老牧萧条宴赏稀。书札每来同笑语,篇章时到借光辉。丝纶暂厌分符竹,舟楫初登拥羽旗。未知今日情何似,应与幽人事有违。"②读此诗可知李谅与元白诗篇往来甚多,"旧交邂逅封疆近"包括两层含义:三人是旧交,其次"封疆近",近水楼台,相见甚欢,元白之间更是如此,不断地强化因"喜得杭越邻州"。白居易有《元微之除浙东观察使喜得杭越邻州先赠长句》:"稽山镜水欢游地,犀带金章荣贵身。官职比

---

① 咸晓婷:《元稹浙东幕诗酒文会活动考论》,《阅江学刊》2012年第3期;《元稹浙东幕僚佐生平考》,《中文学术前沿》2012年第1期。
② 彭定求等编:《全唐诗》第七册,中华书局1999年版,第5298—5299页。

第六章 元稹任职浙东时期唱和活动主题叙论 / 205

君虽较小，封疆与我且为邻。郡楼对玩千峰月，江界平分两岸春。杭越风光诗酒主，相看更合与何人。"元稹便有《酬乐天喜邻郡》："蹇驴瘦马尘中伴，紫绶朱衣梦里身。符竹偶因成对岸，文章虚被配为邻。湖翻白浪常看雪，火照红妆不待春。老大那能更争竞，任君投募醉乡人。"元稹还写了带有总结性的《赠乐天》，云："莫言邻境易经过，彼此分符欲奈何。垂老相逢渐难别，白头期限各无多。"元稹又有《再酬复言和前篇》："经过二郡逢贤牧，聚集诸郎宴老身。清夜漫劳红烛会，白头非是翠娥邻。曾携酒伴无端宿，自入朝行便别春。潦倒微之从不占，未知公议道何人。"李谅的原诗已佚，不然我们或许能够复原出三人相聚的完整图景。第二次则是因元稹"夸州宅"而唱和，元稹《以州宅夸于乐天》："州城迥绕拂云堆，镜水稽山满眼来。四面常时对屏障，一家终日在楼台。星河似向檐前落，鼓角惊从地底回。我是玉皇香案吏，谪居犹得住蓬莱。"白居易《答微之夸越州宅》："贺上人回得报书，大夸州宅似仙居。厌看冯翊风沙久，喜见兰亭烟景初。日出旌旗生气色，月明楼阁在空虚。知君暗数江南郡，除却余杭尽不如。"元稹《重夸州宅旦暮景色兼酬前篇末句》："仙都难画亦难书，暂合登临不合居。绕郭烟岚新雨后，满山楼阁上灯初。人声晓动千门辟，湖色宵涵万象虚。为问西州罗刹岸，涛头冲突近何如。"元稹《再酬复言和夸州宅》："会稽天下本无俦，任取苏杭作辈流。断发仪刑千古学，奔涛翻动万人忧。石缘类鬼名罗刹，寺为因坟号虎丘。莫著诗章远牵引，由来北郡似南州。"元稹安居于会稽山水之间，与故人叙旧，书信往来中颇觉无比惬意。

第二次是以创作为中心的唱和活动。元稹对文学活动的追忆注重图景复现。白居易《与元九书》言："自皇子陂归昭国里，迭吟递唱，不绝声者二十余里。樊、李在旁，无所措口。"这是元和十年（815）的事情。近十年后，元稹有《为乐天自勘诗集因思顷年城南醉归马上递唱艳曲十余里不绝长庆初俱以制诰侍宿南郊斋宫夜后偶吟数十篇两披诸公洎翰林学士三十馀人惊起就听逮至卒吏莫不众观群公直至侍从行礼之时不复聚瘵予与乐天吟哦竟亦不绝因书于乐天卷后越中冬夜风雨不觉将晓诸门互启关锁即事成篇》一诗,这首诗的题目比诗句要长很多,题目才是要说的话。主要写的是"春野醉吟十里程"的图景,春风十里,诗情挥洒,那时的惬意与张扬不复再现。"今宵不寐到明读"则引向此刻的追忆,旧事或许已经不再具有新鲜感,却值得怀念。另一首需要重视的诗作是《酬乐天吟张员外诗见寄因思上京每与乐天于居敬兄升平里咏张新诗》,白居易原诗《张十八员外以新诗二十五首见寄郡楼月下吟玩通夕因题卷后封寄微之》:"秦城南省清秋夜,江郡东楼明月时。去我三千六百里,得君二十五篇诗。阳春曲调高难和,淡水交情老始知。坐到天明吟未足,重封转寄与微之。"白居易因读张籍诗,秦城与江郡便连在一起,因读诗句而沉迷其中,兴之所至,吟玩罢有所感,转而封寄元稹。元稹诗云:"乐天书内重封到,居敬堂前共读时。四友一为泉路客,三人两咏浙江诗。别无远近皆难见,老减心情自各知。杯酒与他年少隔,不相酬赠欲何之。"完全进入追忆的世界,因诗及人,元宗简、张籍、白居易、元稹,一人已去,两人远离长安。张籍《酬杭州白使君兼寄浙东元大夫》:"相印暂离临远镇,掖垣出守复同时。一行已作三年别,两处空传七字诗。越地江山应共见,秦天风月不相知。人间聚散真难料,莫叹平生信所之。"长安与浙江,旧事一触即发,地域之阻隔感贯穿于始终。如元稹《寄乐天》就有两首,一首《寄乐天》则主要表达思念之情,诗云:"闲夜思君坐到明,追寻往事倍伤情。同登科后心相合,初得官时髭未生。二十年来谙世路,三千里外老江城。犹应更有前途在,知向人间何处行。"① 另一首以两地之景观表达邀约之意,诗云:"莫嗟虚老海堧西,天下风光数会稽。灵汜桥前百里镜,石帆山崦五云溪。冰销田地芦锥短,春入枝条柳眼低。安得故人生羽翼,飞来相伴醉如泥。"② 元稹还有《戏赠乐天复言》:"乐事难逢岁易徂,白头光景莫令孤。弄涛船更曾观否,望市楼还有会无。眼力少将寻案

---

① 周相录:《元稹集校注》,上海古籍出版社2011年版,第654页。
② 周相录:《元稹集校注》,第660页。

牍,心情且强掷枭卢。孙园虎寺随宜看,不必遥遥羡镜湖。"《重酬乐天》:"红尘扰扰日西徂,我兴云心两共孤。暂出已遭千骑拥,故交求见一人无。百篇书判从饶白,八米诗章未伏卢。最笑近来黄叔度,自投名刺占陂湖。"《再酬复言》:"绕郭笙歌夜景徂,稽山迥带月轮孤。休文欲咏心应破,道子虽来画得无。顾我小才同培塿,知君险斗敌都卢。不然岂有姑苏郡,拟著陂塘比镜湖。"[1] 上述诗作即便重在写眼前景象,也会暗含对往事的追忆。这一时期与白居易唱酬的诗作以追忆为主,如"两年长伴独吟诗""三人两咏浙江诗"等,这些追忆的细节往往看似与当下的生活状态并无直接联系,实际上形成的是时空视域中的今昔对比,从而将青春与老境并置,而后发出无奈的喟叹。

另一个小高潮则是元白诗筒酬唱,这是双方传递彼此诗作的唱和活动。白居易《秋寄微之十二韵》有"忙多对酒榼,兴少阅诗筒",并自注:"比在杭州,两浙唱和诗赠答,于筒中递来往。"再如白诗《醉封诗筒寄微之》:"一生休戚与穷通,处处相随事事同。未死又怜沧海郡,无儿俱作白头翁。展眉只仰三杯后,代面唯凭五字中。为向两州邮吏道,莫辞来去递诗筒。"白居易《与微之唱和来去常以竹筒贮诗陈协律美而成篇因以此答》:"拣得琅玕截作筒,缄题章句写心胸。随风每喜飞如鸟,渡水常忧化作龙。粉节坚如太守信,霜筠冷称大夫容。烦君赞咏心知愧,鱼目骊珠同一封。"自元和时期即以邮寄诗作唱和的活动依然延续至今,元白的人生对话以诗歌文本为媒介,这是为文学的人生,也是为人生的文学。只是此一时彼一时,那时关注时事,因直正被贬而求风骨,此际则以诗作娱情,对"歌诗合为事而作"以求"救济人病,裨补时阙"的理想弃之远矣。

第三次则是以元稹、李德裕为中心的唱和活动,两人的酬赠之作以追忆翰苑生活为主题。元、李一在浙东,一在浙西。两人均从翰苑退出,自然对"同事"的时光有所追忆。长庆时期刚出翰苑,元稹

---

[1] 周相录:《元稹集校注》,上海古籍出版社2011年版,第654—657页。

和李德裕在各自的诗作中追忆过去的图景。长庆四年（824），元稹先寄诗给李德裕，《寄李浙西大夫四首》主要叙述与李德裕共同任职银台的生活，写从"共踢"到"相随"，两人的交谊日深。写"同直"之夜，谈至天明，意犹未尽，兴味不减。曾经存在的三幕图景构成了一段完整的相知过程，最后回到眼下的彼此处境，能有的仅是发出一声问候而已。这组诗写两人共同经历的翰苑生活，剪辑片段见彼此之间的情深意长。

宝历元年（825），元稹、李德裕、白居易、刘禹锡等人多有酬和。元稹人生的后半段与李德裕在仕宦经历上颇有共同之处，同为翰林学士，分出为浙东、浙西观察使，大和元年（827）又并加检校礼部尚书。相聚甚近、地位相当，又同入职翰林学士，自然在唱和酬答中涉及彼此交集之处。宝历元年（825），李德裕有《霜夜听小童薛阳陶吹觱篥》，元稹有和诗《和浙西李大夫听薛阳陶吹觱篥》，刘禹锡、白居易亦和之。李德裕有《晚下北固山喜松径成阴怅然怀古偶题临江亭》，元稹、刘禹锡一一和之，刘诗尚存，元诗仅存两句。元稹和作诗题为《和浙西李大夫晚下北固山喜松径成阴怅然怀古偶题临江亭》，刘禹锡和作题为《和浙西李大夫晚下北固山喜松径成阴怅然怀古偶题临江亭并浙东元相公所和》，诗中有"因赋咏怀诗，远寄同心友。禁中晨夜直，江左东西偶。将手握兵符，儒腰盘贵绶。颁条风有自，立事言无苟"等诗句。李德裕《近于伊川卜山居命者画图而至欣然有感聊赋此诗兼寄浙东元相公大夫使求青田胎化鹤》是寄给元稹的作品。在朝则关怀政事，在野则移情山水，年近晚境的元稹对待人生出处的态度发生了变化，这一点与元、李之取向一致，只是对于李德裕来说，来日方长，而元稹则并非如此。元稹、李德裕均为浙东、浙西之政事与文化场域的重要人物，由他们发起的唱和活动必因此而延及内部，幕僚、幕僚与幕主、彼此的友朋起而兴之，一时蔚为风气，对于进一步促进浙东、浙西的文学创作活动发挥了重要的引导作用。

宝历二年（826），李德裕创作《述梦诗四十韵》，这是一首以忆旧为主旨的长诗，题为述梦，实则梦回翰苑，抚今伤往。李德裕所写的这首诗以梦中得句加上新创的诗句组成，围绕翰苑生活而作，元稹以《奉和浙西大夫李德裕述梦四十韵大夫本题言赠于梦中诗赋以寄一二僚友故今所和者亦止述翰苑旧游而已次本韵》和之。诗作赞李德裕因梦得诗，回忆两人此际的唱酬活动，再写同在翰苑惺惺相惜。诗中频频回顾彼此追求直正品格的翰苑职事活动，同一职责而共进退，不过，笔触一转终究要面对现实，元稹与李德裕一在浙东，一在浙西，位置相对，回到长安的想法却不谋而合，两人的企盼也是一样的，容身之地并不能容下彼此的理想，由此可见元稹内心的所思、所想，也能反映出其重情义的一面。这次有明确主旨的唱和活动还有一个参与者，那就是刘禹锡。两首唱和诗落在他的手上，读罢，他便写下《浙西李大夫示述梦四十韵并浙东元相公酬和斐然继声》一诗以纪其事。刘禹锡的纪事诗侧重称赞元、李唱和之盛事，可以从侧面佐证元、李之旧谊，以及以两人为中心形成的唱和之风气。刘诗先是围绕李德裕下笔，称颂其门第、家世及才华，再写其在翰苑旧事，最后专写元、李唱和，并将自我融入其中。刘禹锡以潘、陆并称喻之，正是基于两人分任浙东、浙西之际因唱酬所形成的特殊地位而言。

自长庆三年（823）八月至大和三年（829）九月，元稹任职浙东刚好六载，这六年中他的诗作主要是唱酬往来的产物。总的来说，诗作的内容以日常生活为主，不再如同以往那样关注朝政而刻意讽喻。无嗣之忧、往事之念、故交之情均在唱和活动中体现出来，后来尽管仕宦迁转，这样的主题则一直延续到生命的终结。人、地、事构成创作的激发因素，从而向当时人物敞开心扉，回到过去或者关注当下，在与亲朋挚友的对话中完成了一次安居于江南胜地的自我心理调适过程。

本章结论

1. 元稹任职浙东以来，无嗣之忧仅与两个人倾诉，即裴淑和白居易。这与在洛阳、江陵时期很不一样，固定的倾诉对象便把夫妻之情、朋友之情鲜活地呈现出来。元稹与裴淑的唱和主要写因无嗣而带来的家庭生活的缺失感，元白之间此一主题的唱酬乃在彼此均无嗣，因此已经编辑整理的文集传世便成了一个无解的难题。

2. 任职浙东是元稹人生后半段难忘的经历，此际的元稹，因时事或为改革文体自觉创作的欲望大减，主要是与白居易、李复言、李德裕的唱和活动以及与僚佐的诗酒文会唱和活动。

3. 自长庆三年（823）八月至大和三年（829）九月，元稹任职浙东刚好六载，这六年中他的诗作主要是唱酬往来的产物。无嗣之忧、往事之念、故交之情均在唱和活动中体现出来，人、地、事构成创作的激发因素，在与亲朋挚友的对话中完成了一次安居于江南胜地的自我心理调适过程。

第七章　文学史中的元稹乐府诗

元稹乐府诗在文学史文本中呈现出一种长期的依附性存在，元稹通常被列为白居易的辅助人物，笼罩在白居易的光辉下，难以呈现自家的特点。不可否认，元白在乐府学理论和实践上几乎是同心同步，而且彼此切磋琢磨，具有一体化特征。从"新乐府运动"的发生过程来看，元稹参与要比白居易早，他的理论文章的影响力同样不可小觑。虽然以作品的接受效果而论，陈寅恪认为元不如白，在创作成就上也的确如此。可是元稹的乐府学诗论影响深远，其创作实践亦引领一时风气，而且创作出《连昌宫词》《织妇词》《田家词》等名篇佳作，他的乐府诗有自己独特的创作心境及文学史意义。本章试图梳理文学通史、唐代文学史、唐诗史中元稹乐府诗的书写状况，从中收拾碎片，集聚相关资料，力求提供一个乐府学接受史的小小标本。

第一节　文学通史中的元稹乐府诗

以《中国文学史》命名之著作及教材浩如烟海，这里只能以名头取之，勾勒出的图景算是一个大大的轮廓，极其容易画虎不成反类犬。不过，从远处看，文学史丛林中的元稹乐府诗书写也是于枯燥乏味中别具一番风味，元才子从《旧唐书》的"元白挺生"开始，便一路陪伴在白乐天的身边，寸步不离也。《新唐书》则把他们短暂地分开，仅仅成为古代文学史学的一个页下注而已。这里我们暂且放过古人的论述，从现代意义上的中国文学史说起。

林传甲《中国文学史》从严格意义上说并不是以文学本位为中心的文学史，而是中国古代语言文化的历史。真正意义上的文学史是1918年出版的谢无量的《中国大文学史》，尽管这部文学史仅能算作文学史料的集合，却也能从史料中多多少少看出史家的观点。在这部文学史第四编"近古文学史"第七章"元和长庆间之诗体"第一节"元白与刘白"中，第一个介绍的就是元稹，值得注意的是它引用洪迈《容斋随笔》中议论《长恨歌》与《连昌宫词》优劣的话题，显然谢无量认同洪迈的判断，认为《连昌宫词》得风人之旨，胜过《长恨歌》，并采录《连昌宫词》入史。[①]

20世纪二三十年代是文学史撰写的一个高峰期。五四时期知识精英笔下的《中国文学史》，因白话文运动的推动，而使得元白乐府诗的地位呈上升趋势。胡云翼《新著中国文学史》，胡适《白话文学史（上）》，郑振铎《插图本中国文学史》，刘大杰《中国文学发展史》是四部具有代表性的文学史著作，均由一人独立完成。这四位文学史家也是本时代的文学家，与文学创作的天然联系让笔下的文学史虎虎生风而生意盎然。

据吉平平、黄晓静《中国文学史版本著作概览》，"本书1922年4月上海北新书局印行初版，1936年8月印至七版，24开本，约100千字，书题为《新著中国文学史》。1931年上海教育书店版，书题为《中国文学史》。"[②] 胡云翼《新著中国文学史》关于元稹的篇幅不多，在简单地介绍生平后，认为"他的文学主张也和白居易完全一致，诗名亦与白并称"。采录《田家词》入史，认为"论诗才，元稹不如白居易"[③]。并没有专门论述元稹乐府诗的内容。

胡适《白话文学史（上）》第二编第十六章"元稹、白居易"花

[①] 谢无量：《中国大文学史》，中州古籍出版社1992年版，第26页。

[②] 吉平平、黄晓静：《中国文学史版本著作概览》，辽宁大学出版社1992年版，第47页。

[③] 胡云翼：《新著中国文学史》，河南人民出版社2016年版，第133—134页。

了大篇幅叙述元白的文学革新理论，并将之与白话文运动联系起来，其中相当一部分属于针对乐府诗而发的。这部分内容取自他的一篇论文，原题为《元稹白居易的文学主张》，刊于《新月》第一卷第二期，后收入《白话文学史（上）》。严格说来，这篇文章并不包含文学史的内容，而是对于元、白文学主张的叙述，论及元稹乐府诗则采录《乐府古题序》，将元白相提并论，主要叙述了两人对于乐府诗的共同主张，而没有评论具体的作品。文末选录元稹《连昌宫词》《人道短》《将进酒》《上阳白发人》《织妇词》《田家词》等与白话接近的乐府诗全篇入史。①

郑振铎《插图本中国文学史》1932年由朴社出版，其中论及元稹乐府诗的是唐代文学中的"元稹与李绅"一节，亦是在元白对比下开始论述的："稹虽和居易相酬唱，但居易流畅平易的作风，他却未能得到。不过，他的诗虽不能奔放，却甚整练。"②举的例子便是《连昌宫词》。随之便论元稹乐府诗，认为"他的《和李校书新题乐府十二首》，显然是受了白居易'新乐府'的影响的"。并引《乐府古题序》中读杜诗部分，还叙述了与白居易"不复拟赋古题"相关的内容。认为《乐府古题序》"是'新乐府'的一篇简史"③。认为元稹《代曲江老人百韵》《茅舍》《赛神》《青云驿》《阳城驿》《连昌宫词》等作品，"皆有规讽之意"④。

刘大杰《中国文学发展史》上卷完成于1939年，1941年由中华书局出版；下卷1943年完成，1949年出版⑤，这是特殊时间节点的产物。骆玉明总结道："它是站在'五四'新文化的立场上，汲取了自'五四'以来中国社会思想发展和学术进步的成果，对中

---

① 胡适：《胡适文集》（四），人民文学出版社1998年版，第312页。
② 郑振铎：《插图本中国文学史》，人民文学出版社1957年版，第360页。
③ 郑振铎：《插图本中国文学史》，第360页。
④ 郑振铎：《插图本中国文学史》，第360页。
⑤ 参见董乃斌《刘大杰的中国文学发展史研究》，《近世名家与古典文学研究》，上海大学出版社2005年版，第100页。

国古代文学进行一种新的总结的著作,它是个人的作品,也是历史的产物。"① 如陈尚君所论:"博大深沉的刘著,正好为民国时期的文学史撰写,画上了一个圆满的句号,也为发轫于世纪初的中国文学史学的走向成熟,建立了重要的里程碑。"② 该书第十五章第四节"元白的文学思想与作品"将元白合为一体,不分彼此。这部分内容先是陈述元白的文学思想,这其中包括乐府学思想,关于元稹的文学思想论述以《叙诗寄乐天》《和李校书新题乐府十二首·序》为主,由理论而实践,主要提及的还是《乐府古题(十九首)》《和李校书新题乐府十二首》,认为"都是描写民生疾苦的作品""写实主义的社会文学,到了元、白达到了极高度的发展,扩大描写的范围建立文学的理论,算是开拓杜甫、张籍诸人未曾发掘的园地了"③。论罢还采录《织妇词》《田家词》入史。

此外,钱基博《中国文学史》述及元稹乐府诗理论,却没有论其乐府诗,故而这部有影响力的文学史未被选为本章主要的论述对象,这里仅简单介绍一下。该书第四编"近古文学"第十二节"白居易、元稹"有关于元稹乐府诗的评述,这部分内容从元稹诗论之"崇杜"论起,采撷《唐故工部员外郎杜君墓系铭并序》全文入史,并结合元稹论杜诗及《乐府古题序》加以分析,对于元稹乐府诗仅叙述穆宗细读《连昌宫词》事。④

20世纪60年代是文学史集体撰写的一个高峰期,这些文学史著作无一不受到意识形态的影响,人民性、阶级、揭露、批判、世界观等成为贯穿其中的关键词。因为人民性的崛起,元白反而成为文学史中不可或缺的风景,"新乐府运动"也是重要的论述议题。游国恩、

---

① 骆玉明:《刘大杰〈中国文学发展史〉前言》,《走进文学的深处》,鹭江出版社2017年版,第46页。
② 陈尚君:《刘大杰先生和他的〈中国文学发展史〉——写在〈中国文学发展史〉重印之际》,《汉唐文学与文献论考》,上海古籍出版社2008年版,第421页。
③ 刘大杰:《中国文学发展史》,商务印书馆2015年版,第496页。
④ 钱基博:《中国文学史》,中华书局1993年版,第416页。

第七章　文学史中的元稹乐府诗 / 215

王起、萧涤非、季镇淮、费振刚主编的《中国文学史》被长期作为教材，引领一时风骚，是几十年来中文系师生古代文学史课程的必选。这部文学史第四编第七章第四节"新乐府运动的其他参加者——元稹、张籍、王建"论及元稹乐府诗，认为元稹"少经贫贱，自言孩提时见奸吏剥夺百姓，为之'心体悸震，若不可活，思欲发之'（《叙诗寄乐天书》），这是他早期在政治上和权奸斗争并创作新乐府的生活基础"①。肯定了元稹对于新乐府运动的贡献，是注重反映现实和批判时政的作品，认为："他虽比白居易小六七岁，但却首先注意到李绅的《新题乐府》并起而和之。他也非常推崇杜甫，在《乐府古题序》中更总结并宣扬了杜甫'即事名篇，无复倚傍'的创作经验，反对'沿袭古题'，主张'刺美见（现）事'。这对新乐府运动的开展起着很大的推动作用，但他有一部分乐府诗仍借用古题，不似白居易那样坚决彻底，旗帜鲜明。他的乐府诗反映现实的面相当广泛，有的揭露官军的暴横，同情农民的痛苦。"②以《田家词》《织妇词》《连昌宫词》《估客乐》为分析文本，认为："一般地说，元诗内容的广度和深度，以及人物的生动性，都不及白居易。这主要决定于他的世界观。"③以《西凉伎》《上阳白发人》作为反面的例子加以验证。

社科院本《中国文学史》与游编本并称，可谓双峰并峙。这部文学史"唐代文学"第八章"白居易与新乐府运动"第四节"元稹"从元稹关于乐府诗的理论入手，分别论述元稹乐府诗的优缺点。论及优点，认为："他写讽喻诗的时间较白居易为早。《乐府古题》十九首（和刘猛、李余的），《新题乐府》十二首（和李绅的），都在一定

---

① 游国恩、王起、萧涤非、季镇淮、费振刚主编：《中国文学史》（二），人民文学出版社1963年版，第131页。
② 游国恩、王起、萧涤非、季镇淮、费振刚主编：《中国文学史》（二），第131页。
③ 游国恩、王起、萧涤非、季镇淮、费振刚主编：《中国文学史》（二），第132页。

程度上反映了民生疾苦。"① 而后分析《田家词》《估客乐》等被压迫的农民形象。《连昌宫词》是重点分析的诗作，"借宫边老人嘴里说出连昌宫一盛一衰对照的情况"，写出"统治阶级奢侈淫乐的能事"，"元稹此诗作于元和十二年淮西平定以后，是一篇及时的讽谏之作"②。论及缺点，以元白对比，认为"元稹其他的讽喻诗的成就远远不如白居易。元稹的作品形象不鲜明，意思不集中，枯燥乏味的多"。以《上阳白发人》为主题不突出而且歧视妇女、思想顽固的例子；以《缚戎人》为表达呆板的例子，并且从诗论中分析两人诗品与人品高下。③

中华人民共和国成立后，刘大杰三度对《中国文学发展史》进行修订，以使之符合时代前进的脚步。1957 年，第一次修改未伤其本；1962 年，第二次修改则"不但扩充了篇幅，而且在学术上把这部书推上新的高度"④。第三次修改则可以说是面目全非了，1973 年出版的第一卷，1976 年出版的第二卷，算是时代话语的呈现，已经谈不上学术著作了。1962 年修订本与游编本、社科院本是同时代的产物，如骆玉明所说："经过修订的《中国文学发展史》，结构更加完整，原有的缺漏、疏忽得到弥补，叙述变得更为严谨和规范。但比起在这前后多种集体编写的《中国文学史》，刘先生的书仍然是最漂亮、最具才华和最能显示个性的一种。"⑤ 可以放在这里简述之，"白居易的文学理论与作品"一节附论元稹，认为元稹是白居易的诗友，也是新乐府运动的有力支持者。在介绍元稹生平后，以《杜工部墓系铭》《叙诗寄乐天书》《乐府古题序》分析元稹的乐府理论，而后分析作品，认为："元稹有《乐府古题》十九首（和刘猛和李余的），《新题

---

① 中国社会科学院文学研究所中国文学史编写组：《中国文学史》（二），人民文学出版社 1962 年版，第 537 页。
② 中国社会科学院文学研究所中国文学史编写组：《中国文学史》（二），第 538 页。
③ 中国社会科学院文学研究所中国文学史编写组：《中国文学史》（二），第 538 页。
④ 董乃斌：《近世名家与古典文学研究》，上海大学出版社 2005 年版，第 101 页。
⑤ 骆玉明：《刘大杰〈中国文学发展史〉前言》，《走进文学的深处》，鹭江出版社 2017 年版，第 48 页。

乐府》十二首（和李绅的），都在一定程度上，反映了民生的疾苦和阶级的剥削。"① 认为《织妇词》《田家词》体现了元稹作诗的精神。分析了《估客乐》的批判精神，认为："《连昌宫词》是一篇讽刺政治描写离乱的叙事诗，也是以安禄山事变为背景，后世曾将它与《长恨歌》并称。"② 这部分内容与新中国成立前的版本比较，反而有所增色。

30年后，迎来了20世纪90年代重写文学史风潮。章培恒、骆玉明主编的《中国文学史》，袁行霈主编的《中国文学史》陆续出版，随之取代了60年代的两部文学史。袁行霈主编的《中国文学史》广泛吸收学界研究成果，所谓规划教材的身份又让其快速传播，成为大学中文系中国文学史课程教材的首选教本。袁行霈主编的《中国文学史》（第二卷）第七章"白居易与元白诗派"将元稹的乐府诗分为三个部分加以论述。第一部分是"新题乐府"，认为"元稹的乐府诗受到张籍、王建的影响，但它的'新题乐府却直接缘于李绅的启迪'。"认为"新题乐府"的缺点是"殊少情致，概念化倾向很强，且叙事繁乱"③。第二部分是"乐府古题"，这部分要比"新题乐府"评价高些，认为其优点是"参差错落，稍多风致"，"但就总体水平看，语言仍嫌滞涩，《人道短》诸篇全出以议论，枯燥乏味"。第三部分是《连昌宫词》，认为这首叙事长诗具有讽喻意义，在艺术表现力上有其独到之处。

章培恒、骆玉明主编的《中国文学史》引起文学史讨论的热潮，经过不断重写，后来以《中国文学史新著》（增订本）尘埃落定。这部以人性发展为中心的文学史有许多新的发明，如关于文学史分期的调整便是一个显著的变化，这一方面早有学者著文评介，无须赘言。章培恒、骆玉明主编的《中国文学史新著》（中卷）第一章第五节

---

① 刘大杰：《中国文学发展史》（中卷），复旦大学出版社2006年版，第101页。
② 刘大杰：《中国文学发展史》（中卷），第101页。
③ 袁行霈主编：《中国文学史》（第二卷），高等教育出版社1999年版，第340页。

"元稹、白居易诗的两重性"论及元稹乐府诗,先是以《连昌宫词》独立为一个议题,分析这首诗的艺术感染力及其在文学史上的贡献,"便是推动了虚构的叙事文学在传统的诗歌领域的展开",这样的评价可谓是抓住文学史叙事的发展脉络的准确定位。可是针对其他乐府诗内容的评价并非如此,从总体上认为:"元稹的诗歌也有一部分是主要受外部因素推动的产物,他的乐府诗与被称为'元和体'的长篇排律便大都如此,这使其诗歌整体上分化为两个互相对立的部分。"这部文学史的基本观点是:元稹创作"乐府古题""乐府新题"是基于"寓意古题,刺美见事"的带有政治色彩的诗歌理论,又带有赤裸裸的功利目的,并没有成功之作。对于造成这种结局的原因的解释就有些牵强了:"乐府诗创作的实验性,以及元稹缺乏责任感的天然品性与诗题所要求的强烈功利色彩的冲突,当是元稹在这方面不能写出与其艳诗及悼亡诗有同等感染力的作品的重要原因。"[①] 从人性的发展观点出发,这部文学史对于元稹的乐府诗评价不高,一方面乐府诗"无疑使元稹作品的整体面貌受到一定的损害",另一方面却又"向诗坛发出了革新旧诗体的号召"[②]。

进入 21 世纪,文学史撰写热潮渐渐褪去,不过,海内外也有诸多《中国文学史》陆续出版。其中,台静农的《中国文学史》乃是集合其研究成果而成的未定稿,尽管是未定稿,却有诸多新见。台静农《中国文学史》第五篇"唐代篇"第七节"白居易、元稹、刘禹锡"有对于元稹乐府诗的论述。台静农认为,元白"两人交情最厚,才力也不相上下,尤对乐府诗的见解,更是旗鼓相应。当时诗人能与白居易同调的,只有他一人"[③]。在论诗层面上,则将新题与古题并论,认为能够"救济人病,裨补时阙"[④]。并选录《连昌宫词》《织妇词》全文入史,

---

[①] 章培恒、骆玉明主编:《中国文学史新著》(中卷),复旦大学出版社 2011 年版,第 74 页。
[②] 章培恒、骆玉明主编:《中国文学史新著》(中卷),第 74 页。
[③] 台静农:《中国文学史》,上海古籍出版社 2017 年版,第 421 页。
[④] 台静农:《中国文学史》,第 422 页。

对于元稹的乐府诗发出平情之论。王国璎《中国文学史新讲》是一部新出的文学史讲稿，其第二卷第五章第三节"贞元元和诗风——唐诗的'中兴'"列有"崇尚浅近通俗——元白诗派"之专题，将元稹与白居易并论，而涉及元稹的极少，仅以很少的篇幅提及或论及《和李校书新题乐府十二首》《田家行》《织妇词》等作品。①

大规模的文学通史以张炯、邓绍基等人主编的《中国文学通史》为代表，其中第二卷唐代文学由陶文鹏主编，该书第十二章"白居易与元白诗派"第三节"元稹的诗歌创作"以分析元白齐名的原因引领全篇，认为齐名"一是缘于'新乐府'，但今天看来，元稹新乐府的思想性和艺术性都远不及白居易，不少篇章殊少情致，概念化倾向很强，且叙事繁乱"②。另外还有"元和体""元白体""长庆体"，而"长庆体"以《连昌宫词》为代表加以重点评论，内容以陈寅恪《元白诗笺证稿》为引线，分析诗作将史实与传闻杂糅在一起的虚构性艺术特征，认为："诗人运用典型化手法，更加形象地反映了历史和社会生活发展的某些本质方面，具有高于生活真实性的艺术真实性。"③该书对乐府诗的分析仅选《连昌宫词》，给予了较高的评价。

站在中国文学史的浩瀚长河边上，文学史家会目不暇接，更不会对于横跨几千年的每个文学家进行专门研究，元白对比，元在白下，以白居易为中心乃是普遍之趋向，元稹在唐代已经趋于第二梯队，在步入文学史之中，则显得更为晦暗，能够以"新乐府运动"得到沾溉而入史已经是一件幸事。

第二节 唐代文学史中的元稹乐府诗

与文学通史不同的是，由于研究范围的缩小，篇幅得以扩容，断

---

① 王国璎：《中国文学史新讲》，中信出版社2018年版，第601页。
② 陶文鹏主编：《中国文学通史》第二卷《唐代文学》，江苏文艺出版社2013年版，第185页。
③ 陶文鹏主编：《中国文学通史》第二卷《唐代文学》，第186页。

代文学史会给文学家以更大的篇幅和更为细致而深入的论述,断代文学史的作者通常是唐代文学研究领域的专家,对于论述的对象有更为透彻的研读,故而持论当更为公允。

新中国成立前,仅有陈子展《唐代文学史》一种问世,该书1944年由作家书屋出版,1948年商务印书馆曾经再版,其间的1947年,与《宋代文学史》统称《唐宋文学史》,由作家书屋出版。① 关于这部断代文学史的特色,王友胜有过专门的论述。② 这部文学史并无关于元稹乐府诗的专门论述,仅对《连昌宫词》加以简述:"他的《连昌宫词》为名篇,他因中人崔潭峻进此诗而得超擢,宫中至呼为'元才子'。实则此诗借宫边老人口吻咏玄宗杨贵妃事,指斥浅露,不及《长恨歌》远甚,倒不如他的《故行宫》一诗寥寥二十字却令人感喟无穷。"③ 这段论述本于《旧唐书》,只是将"《连昌宫词》等百余篇"变为仅剩《连昌宫词》而已。虽然不能确定崔潭峻是以《连昌宫词》进献而使元稹获得升迁,陈子展的论述却开了将文学与人格相联系的先河,至少这样的论述与章培恒、骆玉明主编的《中国文学史新著》的相关内容遥相呼应。

新中国成立后,最早出版的是周祖譔的《隋唐五代文学史》,这是一部颇具学术水准的文学史,尽管20世纪50年代的政治气候对学术研究产生了一定的影响,《隋唐五代文学史》依然能够保证其学术性。该书第四章"中唐文学"第六节"元稹和白居易"中有关于元稹乐府诗的论述。在介绍元稹生平之后,先是"白居易的诗理论和创作对元稹的影响",以元稹对杜甫论述的变化说明元稹从论杜技巧到思想的转变,这种转变自然是受到白居易的影响的。而后是"元稹的诗歌",认为古体诗在反映生活面上不如乐府诗广,以《阴山道》

---

① 王友胜:《陈子展〈唐代文学史〉的学术成就与研究方法》,《湖南科技大学学报》2009年第1期。

② 王友胜:《陈子展〈唐代文学史〉的学术成就与研究方法》,《湖南科技大学学报》2009年第1期。

③ 陈子展:《唐宋文学史》,山西人民出版社2015年版,第81页。

《夫远征》《织妇词》《西凉伎》反映社会底层劳动人民的生活状况。最后,重点分析《连昌宫词》:"元稹借连昌宫边老翁叙连昌宫的兴废过程,反映了安史之乱前后社会变迁的情况。"① 通过细致的分析,认为"'连昌宫词'是一首能与白居易'长恨歌'相匹敌的长诗,其中有不少形象的细节描写,通过这些细节的描写,突出地对照了连昌宫盛衰两个不同阶段的具体情况,使诗歌的形象性特别鲜明。元稹的艺术才能,在这首诗中,发挥得最为充分"②。

王士菁《唐代文学史略》将元稹安排在"白居易与新乐府运动"之中,却没有具体论述元稹乐府诗的内容,仅述及《乐府古题序》的观点和《连昌宫词》与《长恨歌》并称一事,认为元稹"在唐代诗人中,作品也较为丰富。但和白居易的作品相比,不论在思想上或艺术上都有若干差距。"③

李从军《唐代文学演变史》是一部极具个性化而又有见识的著作,而元稹的被忽略却是非常明显的。该书第八章"中唐文学复兴时代"中"为时还是为文"一节述及元稹的诗歌理论,认为"白居易和元稹的诗歌理论,实际上并不是对他们整个诗歌创作实践的总结,准确地说来,应该是乐府诗歌理论"④。对于诗歌理论的论述则主要以白居易为主,并未涉及元稹,即使对"元白"加以概括的内容也是只有白居易参与的。"背弃"一节论元白乐府诗,对于元稹的论述也极少,"元稹同时也写了许多乐府,但这些诗无论是思想性还是艺术性都比白诗差,只有《田家词》等少数篇章写得稍好。"⑤ 甚至张籍、王建都有作品采录其中,而元稹则被一句话带过。此节命名"背弃",主要认为"新乐府运动"仅仅是昙花一现,遭贬后的元白很快

---

① 周祖譔:《隋唐五代文学史》,福建人民出版社1958年版,第161—162页。
② 周祖譔:《隋唐五代文学史》,第161—162页。
③ 王士菁:《唐代文学史略》,湖南师范大学出版社1992年版,第321页。
④ 李从军:《唐代文学演变史》,人民文学出版社1993年版,第369页。
⑤ 李从军:《唐代文学演变史》,第397页。

就不再涉及这一主题，而是"走向原先的对立面上去了"①。

罗宗强、郝世峰主编的《隋唐五代文学史（中）》第六编"中唐诗歌"第三章"尚实与尚俗——白居易等人的写实倾向"第二节"成就在于抒写友情与爱情——元稹的诗歌创作"论及元稹的乐府诗，从题目即可看出对于元稹乐府诗评价不高。总体上认为："他的乐府诗，基本倾向是写实的，然而有严重的概念化倾向，只是表达政治、伦理见解，既不生动，更少情致，无甚新意。"②落实到对具体的作品评价上，认为《和李校书新题乐府十二首》"不仅有概念化的缺陷，而且叙事繁乱，说理不是表达得不清晰，就是说得勉强、费力"。又以《上阳白发人》《五弦弹》为例分析逻辑混乱及牵强附会之处，认为此类作品"衡之文学，乏善可陈"③。接下来论其乐府古题，以《田家词》《织妇词》为例，认为这些讽喻之作是以士大夫说教纳入下层民众而已，尽管有些作品具有可读性，却又叙事晦涩。相比之下，长篇叙事诗《连昌宫词》获得了较高的评价，认为是"把发生于不同时间、地点的事件集中于连昌宫内，加以想象虚构而成的，因而叙事比较生动。叙事而出之以虚构，有故事性，近似小说笔法"④。进而追溯这种笔法与唐传奇的关系。整个关于元稹的论述突出感性化地理解文本，从文学本位出发，却也呈现出随意性特征，类似读书笔记。

从对元稹乐府诗的论述而言，至吴庚舜、董乃斌主编的《唐代文学史（下）》达到了一个新高度。该书第九章"新乐府运动"、第十三章"元稹"均论及元稹的乐府诗。"新乐府运动"第三节专门论述以元白为代表的新乐府运动理论及参与人员，这部分引用元稹《叙诗寄乐天书》与白居易的理论相互印证，并以元稹《和李校书新题乐

---

① 李从军：《唐代文学演变史》，人民文学出版社1993年版，第398页。
② 罗宗强、郝世峰主编：《隋唐五代文学史》（中），高等教育出版社1994年版，第243页。
③ 罗宗强、郝世峰主编：《隋唐五代文学史》（中），第244页。
④ 罗宗强、郝世峰主编：《隋唐五代文学史》（中），第245页。

府十二首》为切入点，分析新乐府运动的意义。认为"在这一进步文学理论基础上，他们通过自己的创作实践，集中精力所写的一大批很好的或比较好的新乐府诗，得到社会的承认，无形之间也促使其他诗人投入新乐府运动"①。第十三章"元稹"多有卓见，如第二节论元稹的文学思想，认为"元稹的文学思想在当时的文学革新运动中具有突出的进步意义。以往一般文学史只把他当作白居易理论的迎合者，对其历史地位估计不足"②。第三节在对于元稹乐府诗的论述上，较以往的文学史更加深入，批驳了胡适提出的"贬谪之后，讽喻诗都不敢作了，走上了闲适的路"，认为元稹贬官后依然作乐府诗，"开拓着新境界"③。这部分主要将元稹乐府诗分为三类：一类是反映广阔的社会现实的作品；一类是揭露批判性强的作品；一类是政治抒情诗。在艺术上也分别就新乐府诗的特色和不足加以分析，分为新题乐府和贬谪时期作品两个部分，贬谪时期以《连昌宫词》为代表作，占据了较大的篇幅，也分析了贬谪时期乐府诗的不足。最后一部分是元稹乐府诗的影响，批驳了一些论著否定元稹乐府诗影响的论调。

毛水清《隋唐五代文学史》第五章"中唐诗坛"第五节"元白诗派"先是梳理新乐府运动的发展历程，从张籍、王建、李绅到元稹、白居易，认为"对新乐府的态度，白居易最坚决，创作量也最大，而元稹既写新乐府，又继续写旧乐府，态度折中一些"④。关于元稹乐府诗的论述分为新题乐府、乐府古题、《连昌宫词》等，认为"这些诗对于社会现实的揭露和人民疾苦的同情与白（居易）是一样的，只是面窄些"⑤。分析了《田家词》《织妇词》《忆远曲》《夫远征》《胡旋女》《火凤》《春莺》等作品所具有的内容和艺术特色。

---

① 吴庚舜、董乃斌主编：《唐代文学史》（下），人民文学出版社1995年版，第218页。
② 吴庚舜、董乃斌主编：《唐代文学史》（下），第298—299页。
③ 吴庚舜、董乃斌主编：《唐代文学史》（下），第303页。
④ 毛水清：《隋唐五代文学史》，广西人民出版社2003年版，第355页。
⑤ 毛水清：《隋唐五代文学史》，第375页。

《连昌宫词》作为独立的一篇专门花费较多的篇幅予以论述，认为作品"突出了安史之乱的危害和历史因果，具有深刻的启迪作用""诗的艺术性也许比《长恨歌》逊色，但它的政治性强……诗熔诗史与虚构为一炉，使人物、事件更为典型，可见作者史实、诗笔更高，这又是《长恨歌》不可替代之处"①。

聂石樵《唐代文学史》仍以元白对比贯穿于对元稹诗歌的论述中，亦分《新题乐府》和《乐府古题》两个部分，以《西凉伎》为《新题乐府》之代表采录并解析，《乐府古题》则以《织妇词》《田家词》为代表予以解析。而后以陈寅恪关于元白乐府之比较引出《连昌宫词》，并与《长恨歌》相比较，认为元不如白。经过三个单元的分析后，认为"综观元稹之诗歌，从反映社会面之广和艺术成就之高看，皆不及白居易之作"②。然而所引赵翼的评论却显得不伦不类，赵翼的意思是白居易"归洛以后"渐臻化境，而与元稹同一时期"才力本相敌"。

在各个不同时期的唐代文学史中，元稹乐府诗多数被划归"新乐府运动"之内，或者成为白居易乐府诗论的注脚，对于元稹乐府诗的评价偏低者居多，或认为元不如白或直接贬元。仅有周祖譔的《隋唐五代文学史》、吴庚舜与董乃斌主编的《唐代文学史》将元稹乐府诗单独评论，而且持论较为公允。

第三节　唐诗史中的元稹乐府诗

国内出版的唐诗史著作主要有三种：罗宗强《唐诗小史》、杨世明《唐诗史》和许总《唐诗史》。罗宗强《唐诗小史》是较早的一部唐诗史著作③，虽然篇幅很小却写得诗意盎然，傅璇琮对这部著作评

---

① 毛水清：《隋唐五代文学史》，广西人民出版社2003年版，第376—377页。
② 聂石樵：《唐代文学史》，中华书局2007年版，第211页。
③ 罗宗强：《唐诗小史》，1987年由陕西人民出版社出版，2008年由百花文艺出版社出新一版。

价甚高。该书第四章第一节"尚实、尚俗的一派"关于白居易的乐府诗部分有针对元稹乐府诗的议论,如认为《和李校书新题乐府十二首》"每首举一事一议。这十二首中,五首举前朝之教训以为今之戒鉴,六首议本朝时事,一首泛发一般议论。十二首的写法,都是借叙述与议论以讽喻。从元稹这十二首新题乐府的写法,可以看出从张籍、王建开始的写实、通俗的诗歌创作倾向开始发生变化了。这变化,便是变具体描写为叙述与议论,变真实描写中流露思想倾向为把思想倾向明白说出,变感性的诗为理性的诗"①。与文学通史、断代文学史的内容相比,这段话体现出著者更加深入透彻的阅读体验以及对唐诗史的准确把握。不过,罗宗强认为:与张籍、王建乐府比较,元稹的新题乐府,"因为不是亲身感受,只能一般地叙述与议论,也就没有张籍、王建乐府那种真实的感人的力量"②。关于元稹诗歌的论述仅仅涉及悼亡诗、艳诗与唱和诗,乐府诗则只字未提。

无论在篇幅规模方面,还是在论述得深刻层面,许总《唐诗史》都是不可忽略的集大成之作。《唐诗史》第五编"众派争流——繁盛期"第三章"极端化表现之二:元白诗派的功利思想与通俗追求"论述以元白为中心的讽喻诗人群体,元白合为一体,分为三个方面论述。其中第二节"元白:功利性文学观念的极端化发展"论及元稹乐府诗,首先叙述元白的文学思想,以《与元九书》《叙诗寄乐天书》等文章为例,分析元白文学主张的"新变内质与性态",而后分析各自"偏重与细微的差别",最后是讽喻诗的创作。其次以《和李校书新题乐府十二首》叙述元白与杜甫的关系,分析《和李校书新题乐府十二首》一事一议的特点,并以《上阳白发人》为例分析新题乐府的创作特征③,以《连昌宫词》分析元稹乐府诗创作特征的趋同性。而后则将视角放在讽喻诗与文学传统及现实生活的关系上,分

---

① 罗宗强:《唐诗小史》,百花文艺出版社 2008 年版,第 166—167 页。
② 罗宗强:《唐诗小史》,第 167 页。
③ 许总:《唐诗史》,江苏教育出版社 1994 年版,第 271—272 页。

析元白诗作与儒家文化的关联性,并探讨《田家词》"词极精妙,而意至沉痛"(陈寅恪语)的特点。① 许总的唐诗史建构可谓体大思精,却有许多难以读通的句子,这一点在关于元稹乐府诗的论述上就能够体现出来。

杨世明《唐诗史》在写法上似乎受到罗宗强《唐诗小史》及《隋唐五代文学史》之潜在影响。其第三编"中唐诗"第三章"中唐后期诗"第二节"一群务实、崇俗的讽喻诗人"中有关于元稹乐府诗的内容,认为"元稹的讽喻诗虽然各体都有,最好的却要推《乐府古题》十九首和《新题乐府》十二首,此外还有《连昌宫词》"②。因此与一般的文学史类似,自然分为三个部分:乐府古题、新题乐府和《连昌宫词》。乐府古题部分结合元稹的《乐府古题序》加以分析,认为《田家词》"怨苦之情,可说力透纸背"③。《估客乐》《夫远征》《织妇词》也是分析的对象。新题乐府部分先是将元白加以比较,认为元不如白,以《上阳白发人》为例分析,认为"不及白诗的深切同情,两人人格的高下可见"④。关于《连昌宫词》的评论以陈寅恪《元白诗笺证稿》中的观点为主加以演绎⑤,认为"在元稹的讽喻诗中,无疑这篇叙事诗为压卷之作"⑥。这部唐诗史对于元稹乐府诗之叙述以继承前人之见解为主,对于元稹乐府诗多有肯定之言,然而上升到诗人人格之比较则有待商榷。

霍然《隋唐五代诗歌史论》也是一部具有唐诗史性质的著作,与两部《唐诗史》出版时间接近,在此一并介绍。该书第四章第四节

---

① 许总:《唐诗史》,江苏教育出版社1994年版,第275—276页。
② 杨世明:《唐诗史》,重庆出版社1996年版,第537页。
③ 杨世明:《唐诗史》,第538页。
④ 杨世明:《唐诗史》,第540页。
⑤ 陈寅恪认为:"元微之《连昌宫词》实深受白乐天、陈鸿《长恨歌》及《传》之影响,合并融化唐代小说之史才、诗笔、议论为一体而成。其篇首一句及篇末结语二句,乃是开宗明义及综括全诗之议论,又与白香山《新乐府序》(《白氏长庆集》叁)所谓'首句标其目,卒章显其志'者有密切关系。"(参见《元白诗笺证稿》,生活·读书·新知三联书店2009年版,第63页。)
⑥ 杨世明:《唐诗史》,第542页。

"诗到元和体变新"论及元白新乐府运动,认为通俗化、大众化是元白获得成功的要素,这部分内容以白居易为主,元白合论,而元稹没有获得专门的论述,侧重于"论"而非"史"①。

以"中国诗歌史"命名的著作以陆侃如、冯沅君《中国诗史》影响最大。该书中卷"中古诗史"第四篇第四章"白居易及其他"论述元稹的乐府诗,由元白交谊到诗论,认为论诗主张吻合,举《田家词》《上阳白发人》《有鸟》《连昌宫词》说明元稹是与白居易同路的,"他总是白居易的一位有力的助手"②。

专门的乐府文学史,如罗根泽《乐府文学史》、杨生枝《乐府诗史》等著作,均有相关的论述。罗根泽《乐府文学史》至唐而终,关于元稹乐府诗亦以元白合论。从元稹《乐府古题序》论起,认为元稹乐府古题"虽用古题,全出新创。故唐代依旧曲、制新词事业,至此遂告终止,唐代以乐府为诗事业,至此遂告大成"③。从而元白自觉以"即事名篇,无复依傍"为口号,新乐府运动得以开展。罗根泽主要关注的是元、白的乐府诗论,以两人崇杜的观念入手,《与元九书》《叙诗寄乐天书》《读张籍古乐府》《新乐府自序》是主要分析的文章。在罗根泽看来,与杜甫相比,元、白更偏于平民化、白话化,还采撷《织妇词》《田家词》"社会问题诗"、采撷《连昌宫词》写"豪奢腐败"者入史。罗根泽认为,唐代乐府可分为两个时期:一是诗乐分立时期,一是诗乐合一时期。杜甫至元白属于后一时期。④ 杨生枝《乐府诗史》第六章"隋唐——乐府完成期"之四"新乐府运动"首先辨析了新乐府理论中的"无复依傍"与"词实乐流"的关系⑤,而后聚焦元结、张籍、王建、白居易等人的乐府诗创作,对于元稹的乐府诗,认为其古题乐府虽用古题,却是新创,能够反映

---

① 霍然:《隋唐五代诗歌史论》,吉林教育出版社1995年版,第217页。
② 陆侃如、冯沅君:《中国诗史》,百花文艺出版社2011年版,第431页。
③ 罗根泽:《乐府文学史》,东方出版社1996年版,第230页。
④ 罗根泽:《乐府文学史》,第241页。
⑤ 杨生枝:《乐府诗史》,青海人民出版社1985年版,第495页。

民间疾苦，并对《田家行》《估客乐》《织妇词》加以分析，认为其新题乐府则"这些歌诗形象不太鲜明，意思不够集中，而且多枯燥乏味之说教"①。以《上阳白发人》《缚戎人》为例，分析其内容特色。总体上认为其成就不如白居易，"然而元稹毕竟政治地位高，乐府影响较大，因而自成大家"②。值得注意的是，《乐府诗史》并没有论及《连昌宫词》，作者或未将其列入乐府诗之中。

还有一些以《唐诗》《唐代诗歌》命名的著作，如王士菁、张步云出版的同名《唐代诗歌》，因这些著作更注重普及，远没有唐诗史类著作翔实精细，故而此处略过不谈。唐诗史类著作本应更加深入细致地分析元稹乐府诗，事实却并非如此。从内容上看，与文学通史差异不大，所呈现的叙述格局甚至不如一些唐代文学史。

第四节 域外文学史中的元稹乐府诗

在域外文学史中，英国翟理斯的《中国文学史》是较早的一部，该书第四卷"唐代"部分乃是点将录式的评价，共有 17 位诗人入选，元稹未能名列其中。在日本学者的《中国文学史》著作中，以前野直彬《中国文学史》影响最广，该书第四章"隋唐"关于诗歌的部分有"新乐府运动"专题，这部分以白居易为中心，仅仅提到元稹的《和李校书新题乐府十二首》与新乐府运动的关系。③

北美汉学界有两部文学史著作引起不小的关注，即梅维恒主编的《哥伦比亚中国文学史》和孙康宜、宇文所安共同主编的《剑桥中国文学史》，这两部书被陆续翻译为中文出版。美国学者梅维恒主编的《哥伦比亚中国文学史》是以文类构成文本的书写形态，该书第二编第十四章"唐诗"部分述及元稹乐府诗，认为"元稹的诗人光芒，

---

① 杨生枝：《乐府诗史》，青海人民出版社 1985 年版，第 513 页。
② 杨生枝：《乐府诗史》，第 514 页。
③ ［日］前野直彬：《中国文学史》，骆玉明、贺圣遂等译，复旦大学出版社 2012 年版，第 96 页。

在今天与其好友白居易相比，相形见绌。不过，元稹的许多乐府诗（包括新旧乐府）无论在艺术性还是在内容方面都可与白居易匹敌"①。这里专门论及的诗是《连昌宫词》："虽然《连昌宫词》的结尾有赤裸裸的政治吹捧之嫌，但全诗则生动刻画了人间繁华的转瞬即逝。"②《哥伦比亚中国文学史》第七编还设了"乐府"一章，唐代乐府诗仅论及李白和白居易，对于元稹则只字未提。

由孙康宜、宇文所安共同主编的《剑桥中国文学史》是欧美汉学界具有代表性的集体撰著，这部以"文学文化史"为引领的文学史著作一经出版便有多篇评论文章予以申论。宇文所安主编的《剑桥中国文学史（上卷）》中"文化唐朝"关于"中唐一代"的论述有两处提到元稹：一处是在述及唐代文人的风流韵事之际分析了《莺莺传》《会真诗》，认为《莺莺传》是唐传奇中最优秀的作品；一处是专门叙述元稹的诗歌，认为"元稹是一位不错的诗人，但是他的声名没有白居易那样响亮"。从唱和诗到艳诗，乐府诗则主要述及《连昌宫词》："讲述诗人在洛阳废弃的宫殿旁偶遇一位老人，老人回忆了玄宗时代的光景，宫殿的毁弃，以及安史之乱以来帝国遭受的创伤"③。

对于域外文学史而言，元稹乐府诗并没有获得认可，即便是与白居易并提也通常是一带而过，在文学史长河中仅留下一道浅浅的印痕，需要仔细辨别才能隐隐看到若有若无的影像。反而是《莺莺传》、艳诗和悼亡诗能够凸显出来，从文学本位的角度来看，并不令人感到惊异。

第五节　余论：元稹乐府诗的研究有待突破和提升

从学界已有的文学史著作关于元稹的论述来看，趋同性极为突

---

① 梅维恒主编：《哥伦比亚中国文学史》，新星出版社2016年版，第336页。
② 梅维恒主编：《哥伦比亚中国文学史》，第336页。
③ 宇文所安主编：《剑桥中国文学史》（上卷），生活·读书·新知三联书店2013年版，第388—389页。

出。文学通史往往以白居易为中心，元稹作为辅助人物仅仅被简单附之其后。唐代文学史对于元稹的评述主要集中在悼亡诗、艳诗上，对于其乐府诗的评价呈现出两极化，或高或低，或详或略，不过，相对而言，有些文学史论述内容尚有特色和新意。唐诗史则以学者之个性体现出不同的书写样态，却也无甚新意。"乐府文学史"类著作相对具有针对性，而域外文学史则体现出对于元稹乐府诗的刻意忽略。

元稹研究领域没有新的成果输送当是造成趋同性的一个重要原因。具体说来，对于与白居易并称的元稹过于忽略，相关之文学研究尚不够深入。成果最为突出的还是对于元稹文集及研究资料的整理，卞孝萱、冀勤、杨军、周相录、吴伟斌、陈才智均有所贡献。对于元稹散文、诗歌的研究成果，近些年来虽然不断涌现，客观地说，以其诗文为研究对象，尚有诸多可拓展的学术空间。其次，在群星璀璨的唐诗人中，元稹并不是重点研究对象，但近些年来，这种情况有所转变，白居易研究领域的学者亦涉足于元稹研究，谢思炜就是一个研究成绩突出的学者。近些年陆续发表了《元稹〈代曲江老人百韵〉作年质疑》《元稹母系家族考》《崔郑家族婚姻与〈莺莺传〉睽离结局》等文章。再者，对于元稹诗歌的研究并没有继续深入，其乐府诗与时政的关系及其与贬谪心态的关系，乐府诗与古体诗的融通等诸多方面均可以进一步探索。

关于元稹乐府诗研究的专著仅有范淑芬的《元稹及其乐府诗研究》，此外均是与新乐府运动相关的著作，元稹在其中占据着一定的地位。值得注意的是，"乐府学"的提出推动了相关研究的进展，虽然并非以元稹为中心，却在研究方法、视角等方面起到了推动作用。例如吴相洲、尚永亮、左汉林、徐礼节、余恕诚、张煜、郭丽等学者对于乐府学及唐代乐府制度的研究均呈现出多元化的趋向，已经有诸多的新成果问世。吴相洲《乐府学概论》奠定了这一领域研究的基石，集刊《乐府学》收录了大量关于唐代乐府诗研究的新成果。这些相关研究领域的新成果依旧多以元白并论而展开，很少有以元稹乐府诗为中心的研究。不过，这正呈现了元白乐府诗具有合论的内在质素，这些研究成果要与以后的元稹研究合流，一旦有所突破，就会融入文学史之中，形成反哺效应，这一定会成为元稹乐府诗乃至乐府学领域相关研究的一股推动力量。

本章结论

1. 在中国文学史的浩瀚长河中，文学史家常以元白对比，元在白下，以白居易为中心乃是普遍之趋向，元稹在唐代已经趋于第二梯队，在步入文学史之中，则显得更为晦暗，能够以"新乐府运动"得到沾溉而入史已经是一件幸事。

2. 在各个不同时期的唐代文学史中，元稹乐府诗多数被划归"新乐府运动"之内，或者成为白居易乐府诗论的注脚，对于元稹乐府诗的评价偏低者居多。

3. 唐诗史类著作本应更加深入细致地分析元稹乐府诗，事实却并非如此。从内容上看，与文学通史差异不大，所呈现的叙述格局甚至不如一些唐代文学史。

4. 对于域外文学史而言，元稹乐府诗并没有获得认可，即便是与白居易并提也通常被一带而过，仅在文学史长河中留下一道浅浅的印痕，需要仔细辨别才能隐隐看到若有若无的影像。

第八章　元稹形象的传播与接受

元稹是中唐时期的一位重要作家，从身份上说，元稹既是官场的显宦，又是文场的佼佼者，却落了个有才无德的定评。自陈寅恪提出"巧婚""巧宦"的说法以来，元稹的仕宦形象对其文学家地位产生了重要影响。虽然王拾遗、卞孝萱、杨军、周相录、吴伟斌等人对于元稹的研究渐次深入，却依然未能改变对元稹其人、其文的依附性评价。元稹的文学成就与两《唐书》元稹传记的书写自然不无关系，一旦进入了正史，依据可信，读者渐多，对其人的评价具备了可确定性。学术界对于元稹形象的变化关注者不多，唐宋思想转型的书写背景也少有提及。本章以两《唐书》的元稹传记为研究对象，并对五代至北宋时期元稹其人、其文的传播状况加以考察，试图揭橥唐宋思想转型背景下元稹形象的变化与文本传播的关系。

第一节　唐人笔下的元稹形象

元稹的诗文在中唐时期就影响深远，这从他的自叙中能够体现出来，他与令狐楚、白居易、韩愈、张籍、窦巩、刘禹锡、柳宗元等人都有交往，尤其与白居易的诗歌唱酬，被时人称为"元和体"[1]。对于元稹诗歌的影响力，白居易《元公墓志铭》中有集中书写，云：

---

[1] 尚永亮、李丹：《元和体原初内涵考论》，《文学评论》2006年第2期。田恩铭：《唐宋变革视域下的"元和体"诗学意义》，《井冈山大学学报》2013年第2期。

"公凡为文，无不臻极，尤工诗。在翰林时，穆宗前后索诗数百篇，命左右讽咏，宫中呼为'元才子'。自六宫两都八方至南蛮东夷国，皆写传之。每一章一句出，无胫而走，疾下珠玉。"① 《题诗屏风绝句》云："相忆采君诗作障，自书自勘不辞劳。障成定被人争写，从此南中纸价高。"②《答微之》云："君写我诗盈寺壁，我题君句满屏风。与君相遇知何处？两叶浮萍大海中。"③ 白居易还有《洛口驿旧题诗》《酬微之》等诗作，可见彼此之间互为欣赏。缘于挚友而同病相怜，又都嗜诗好文，名重当时。白居易对元稹诗文评价自是极高，如《余思未尽加为六韵重寄微之》云："制从长庆辞高古，诗到元和体变新。"④《祭微之文》述两人"始以诗交，终以诗诀"，并有绝句云："文章卓荦生无敌，风骨精灵殁有神。哭送咸阳北原上，可能随例作埃尘？"⑤ 既评价其文体改革的创新之功，也确立了元稹无以替代的文学地位。白居易《余思未尽加为六韵重寄微之》中"制从长庆辞高古"一句的自注说："微之长庆初知制诰，文格高古，始变俗体，继者效之也。"又在《元公墓志铭》中说："制诰，王言也，近代相沿，多失于巧俗。自公下笔，俗一变至于雅，三变至于典谟，时谓得人。"白居易所作《元稹除中书舍人翰林学士赐紫金鱼袋制》云："尚书祠部郎中知制诰赐绯鱼袋元稹，去年夏拔自祠曹员外，试知制诰，而能芟繁词、划弊句，使吾文章言语与三代同风，引之而成纶綍，垂之而为典训，凡秉笔者，莫敢与汝争能。是用命尔为中书舍人，以司诏命。"⑥ 这既是白居易的看法，也是当时上至皇帝，下至官员都认同的观点。元稹自己在《制诰序》中说："元和十五年，余始以祠部郎中知制诰，初约束不暇，及后累月，辄以古道干丞相，丞

---

① 杨军、周相录主编：《元稹资料汇编》，高等教育出版社2014年版，第56页。
② 杨军、周相录主编：《元稹资料汇编》，第23页。
③ 杨军、周相录主编：《元稹资料汇编》，第23页。
④ 杨军、周相录主编：《元稹资料汇编》，第34页。
⑤ 杨军、周相录主编：《元稹资料汇编》，第54页。
⑥ （唐）白居易著，朱金城笺校：《白居易集笺校》，上海古籍出版社1988年版，第2954页。

相信然之。又明年，召入禁林，专掌内命。上好文，一日，从容议至此，上曰：'通事舍人不知书便其宜，宣赞之外无不可。'自是司言之臣，皆得追用古道，不从中覆。然而，余所宣行者，文不能足其意，率皆浅近，无以变例。追而序之，盖所以表明天子之复古，而张后来者之趣尚也。"① 我们可以参照元稹《进田弘正碑状》所说的话："臣若苟务文章，广征经典，非唯将吏不会，亦恐弘正未详。虽临四达之衢，难记万人之口。臣所以效马迁史体，叙事直书；约李斯碑文，勒铭称制。使弘正见铭而戒逸，将吏观叙而爱忠。不隐实功，不为溢美，文虽朴野，事颇彰明。"② 这样也就明了一个事实，即元稹的文章在当时也有创体之功。白居易以外，中唐论及元稹其人其诗的极少，李绅在《新楼诗二十首》"序"中说："到越州日，初引家累登新楼，望镜湖，见元相微之题壁诗与云……"刘禹锡《碧涧寺见元九侍御和展上人诗有三生之句因以和》有"廊下题诗满壁尘"之句，均可证明元稹题壁诗的传播状况。白行简《三梦记》记的是元稹的故事，再有就是一些和作了。

而对于元稹形象的书写则差别甚大。元稹早期以直气而著称，众口皆赞誉之，如韩愈、白居易、杨巨源。晚唐之际，依然是元白并称，但是有了贬抑，如杜牧《陇西李府君墓志铭》就采摭墓主的话，云："尝痛自元和以来有元、白诗者，纤艳不逞，非庄士雅人，多为其所破坏。流于民间，疏于屏壁，子父女母，交口教授，淫言媟语，冬寒夏热，入人肌骨，不可除去。"③ 这段话既表明了作者对元白部分诗作的反感，也说明了元、白诗作广为流传的情状。引用墓主的话并不一定就是认同，杜牧还有一首《次会真诗三十韵》，在元稹诗歌接受史中写上浓墨重彩的一笔。司空图《与王驾评诗书》、黄滔《答陈磻隐论诗书》、韦縠《才调集叙》、顾陶《唐诗类选后序》等都是

---

① （唐）元稹著，冀勤点校：《元稹集》，中华书局1982年版，第442页。
② （唐）元稹著，冀勤点校：《元稹集》，第405页。
③ 杨军、周相录主编：《元稹资料汇编》，高等教育出版社2014年版，第73页。

论诗的专门文字，论述诗人风格也是元白合称。

可见，唐代对于元稹的论评除当事人以外，多以文学家的视角为主。以元白得名的"元和体"是评论的中心议题，再有就是题在厅壁的"元和体"诗作，《旧唐书》的传记文本也是在这个背景下生成的。

第二节　五代时期的元稹形象

在"刀笔文章"与"安人活国"的身份之间，史传是如何书写的呢？《旧唐书》的元稹传记将元稹与白居易同列一卷，以文学影响分类，以文学家形象书写自然明显。传记文本中的一段话值得注意，云："稹聪警绝人，年少有才名，与太原白居易友善。工为诗，善状咏风态物色，当时言诗者，称元、白焉。自衣冠士子，至闾阎下俚，悉传讽之，号为'元和体'。既以俊爽不容于朝，流放荆蛮者仅十年。俄而白居易亦贬江州司马，稹量移通州司马。虽通、江悬邈，而二人来往赠答。凡所为诗，有自三十、五十韵乃至百韵者。江南人士，传道讽诵，流闻阙下，里巷相传，为之纸贵。观其流离放逐之意，靡不凄惋。"以人并称为"元白"，以作品特征称为"元和体"，"次韵诗"又"为之纸贵"，这些都是文学传播的结果。"言诗者"称"元白"，是对两个诗人成就趋同一面的肯定，然后，范围扩大为作品的全部读者，作品的特质被挖掘出来，遂有"元和体"之说。而后，突出了贬谪心态下的次韵之作，二人都被贬到江南，在江南区域以内，作品的影响力延展开来，"里巷相传"的过程也就"为之纸贵"了。这段话并不是凭空而来，"元白"并称是晚唐五代之际文人群体普遍认同的提法。

传记文本突出了元稹的文学家形象，这是从三个方面表现出来的：一是采摭文章入传；二是传文的书写倾向；三是文后的"论赞"评价。先看采摭文章入传，传记一共采摭了元稹的四篇文章：《论教本书》《谢上表》和两篇《自叙》，其中两篇与文学有关，包含了大量的文学信息，如《自叙》中将"小碎篇章"和"次韵相酬"并称为"元和诗体"的叙写，这段文字当与元稹《白氏长庆集序》的一段话参看，《自叙》述及自己作品中的"小碎篇章"和元白唱酬的"次韵"之作所产生的传播效应，元稹为白居易作品集所写的序文更注重场景的书写，先是写了"次韵"的"元和诗"，极力叙述作品因地域播迁而传播之远，因读者身份而传播之广；文中还以具体事例写之，如"村校诸童"之答问，"鸡林贾人"之求购。

从传记文本的书写倾向来看，元稹的文学才能得到了多方赞誉。首先，元稹的才能得到了"言诗者"的评价，也得到了"自衣冠士子，至闾阎下俚"的称誉，被称为"元和体"。这是其诗文在文人阶层之传布，仅有这些还不够，他还需要得到文坛执牛耳者的知赏，传文云："宰相令狐楚一代文宗，雅知稹之辞学，谓稹曰：'尝览足下制作，所恨不多，迟之久矣。请出其所有，以豁予情'……楚深称赏，以为今代之鲍、谢也。"这样，元稹就成名了，成名后机会也就来了，于是"学而优则仕"，他的才能如"一枝红杏出墙来"，"穆宗皇帝在东宫，有妃嫔左右尝诵稹歌诗以为乐曲者，知稹所为，尝称其善，宫中呼为元才子。荆南监军崔潭峻甚礼接稹，不以掾吏遇之，常征其诗什讽诵之。长庆初，潭峻归朝，出稹《连昌宫辞》等百余篇奏御。穆宗大悦，问稹安在。对曰：'今为南宫散郎。'即日转祠部郎中、知制诰。朝廷以书命不由相府，甚鄙之。然辞诰所出，夐然与古为侔，遂盛传于代，由是极承恩顾。尝为《长庆宫辞》数十百篇，京师竞相传唱。"这样，元稹作品的价值又具有了独立性，被称为"长庆体"。

最后，看看史家的"论"和"赞"，"论"中追根溯源，将前代之"屈、宋""二班""潘、陆""鲍、谢""徐、庾"一一点出，又将初盛唐之"虞、许""苏、李"并举，然而与"元、白"相较，均有不足。论曰："然而向古者伤于太僻，徇华者或至不经，龌龊者局于宫商，放纵者流于郑、卫。若品调律度，扬榷古今，贤不肖皆赏其文，未如元、白之盛也。昔建安才子，始定霸于曹、刘；永明辞宗，先让功于沈、谢。元和主盟,微之、乐天而已。臣观元之制策,白之奏议,极文章之壶奥,尽治乱之根荄。非徒谣颂之片言,盘盂之小说。就文观行,居易为优,放心于自得之场,置器于必安之地,优游卒岁,不亦贤乎",于是,在"赞"里,元白的作品就被目为"文章新体"了。整段话可以归纳为三个方面的内容:一是对元白文学观念的集中阐释;二是对元白文学史地位的确立与张扬;三是对白居易创作状态的关注。陈寅恪《读莺莺传》一文在引及《旧唐书》元白传之论赞后说:"《旧唐书》之议论,乃代表通常意见。观于韩愈,虽受裴度之知赏,而退之之文转不能满晋公之意(见《唐文粹》八四《裴度寄李翱书》及《旧唐书》卷一六零《韩愈传》)。于其为文,颇有贬词者,其故可推知矣。是以在当时一班人心目中,元和一代文章正宗,应推元白,而非韩柳。与欧宋重修《唐书》时,其评价迥不相同也。"① 这段话正说明了《旧唐书》是以"元白"为文学主流,进而建构两人的文学评价体系的,如《张籍传》说:"才名如白居易、元稹,皆与之游,而韩愈尤重之",《杜甫传》采撷元稹《杜工部墓志铭》一文,说:"词人元稹论李、杜之优劣,自后属文,以稹论为是。"这些都可以看出《旧唐书》对"元、白"文学成就的重视程度。钱穆《杂论唐代古文运动》一文认为,《旧书》之所以高度评价元、白,是因为"此一意见,乃承散文旧传统,以奏议、制策之类为朝廷大述作,西汉贾董匡刘,即以此类文章宗师,唐史臣之极推元白,着眼亦在此。而韩公之倡古文,则其意想中独有新裁别出,固有非时人所能共晓者"②。在以诗论衡的背景下,"元、白"并论的一体化评价倾向愈加明显。

除了史传文本,元稹在五代所发生的实际影响也值得注意。元稹独立存在的情况极为少见,关于他的轶事只有笔记小说有所说及。范摅《云溪友议》、皇甫枚《三水小牍》、冯贽《云仙杂记》、何光远

---

① 陈寅恪:《元白诗笺证稿》,生活·读书·新知三联书店2001年版,第117—118页。
② 钱穆:《中国学术思想史论丛》(第四册),安徽教育出版社2004年版,第43页。

《鉴诫录》、陶毂《清异录》、孙光宪《北梦琐言》都有些奇闻逸事。即便元、白共提也是以白居易为主。① 张兴武《五代作家的人格与诗格》有"通俗诗风"一节，将五代时期的诗人分出"较为显著的通俗诗人"一类，认为"通俗诗风是五代诗的主流，前人多就此风推源于元白诗……元白诗在艺术上为后人所看重者，主要在于它'非求宫律高，不务文字奇'的通俗浅近的特色。《唐国史补》下卷云：'元和以后，诗章学浅切于白居易，学淫靡于元稹，俱名元和体。'对唐末五代人来说，元白诗的影响，也正在此。"② 文中还举了一些例子，如六朝元老冯道，后晋时还是诗坛的主要人物，张著认为他是五代诗之代表作家，其风格"名为白体，实近流俗"。彭万隆《唐五代诗考论》一书中有"五代诗歌研究"长文，认为"五代诗人崇尚白居易，诗写得浅俗，当有其深刻的根源。从最广泛最深层的社会文化心理来说，五代有一种对浅俗平易诗风的欣赏和接受意识"③。但是说五代没有提倡儒学之人也不够客观，诗歌风格上也不仅仅是"通俗、苦吟、学人之诗"（张兴武分类）的三分天下。《旧书》之推崇元白，不在推尊近体诗本身，而是针对元白对律诗进行的创体，即实现了律诗的创造性表现能力。程大昌《求古编》卷七"古诗条韵"条云："唐世次韵，起于元微之、白乐天。二公自号'元和体'，曰自古未之有也。"与述及韩愈的创作一样，《旧唐书》史臣主要关注韩愈与本时代相比出新的地方，即"自成一家新语"。

要找到专门论述元稹文学成就的文章还真的很不容易，直至北宋才有评及元稹的文章。如邢恕所说："臣尝读元稹《连昌宫词》，称姚宋之所致治之大略，不过于燮理阴阳，偃戢兵革……皆出宰相而已。"④ 仅是就诗论政而已。胡寅在《致堂读史管见》中认为："元微

---

① 王运熙有《元白诗在晚唐五代的反响》一文，对于元白并提进行了梳理。（参见王运熙《中国古代文论管窥》，上海古籍出版社2014年版，第339—354页。)
② 张兴武：《五代作家的人格与诗格》，人民文学出版社2000年版，第218页。
③ 彭万隆：《唐五代诗考论》，浙江大学出版社2006年版，第434页。
④ 杨军、周相录主编：《元稹资料汇编》，高等教育出版社2014年版，第123页。

之以诗名，其名出白居易上。"① 论元白优劣而已，倒是少有的认为元稹的影响大于白居易。刘麟《元氏长庆集序》是少有的一篇专门论及元稹文学成就的文章，刊刻文集自然要有序，文学则是必然要论到的，《元氏长庆集序》就说："元微之有盛名于元和、长庆间，观其所论奏，莫不切时务，诏诰、歌词，自成一家，非大手笔曷臻是哉！"②

至于元稹的为人，到了李纲、张九成的笔下，小人形象已经盖棺论定。李纲的论定就是从阅读《新唐书·裴度传》中得出的，《裴度传》采撷了《论元稹魏弘简奸状疏》《第二疏》两文。张九成《孟子传》说："昔元稹由崔潭峻以进，为当世士大夫所鄙，至以青蝇寄意曰'适从何处来，今遽集于此？'余读史至此，代为稹羞，面热汗下，不知稹何以处之？官职几何，而为人所贱如此，可谓失策矣。"③两人都是读史得出的结论，而且都与《新唐书》有关。

第三节 《新唐书》传记的巧宦者形象

与《旧唐书》的处理方式不同，《新唐书》将两人从同一单元中分开，各有所属，而且与文学家群体没有联系。赵翼《廿二史札记》卷十六"新书改编各传"条说："长庆中诗人，元白并称，《旧书》同在一卷，《新书》何以又不同卷，而以白居易与李义等同卷，列在中朝桓彦范等之前，不且颠倒时代乎？"④ 这显然是在身份认证上发

---

① 杨军、周相录主编：《元稹资料汇编》，高等教育出版社2014年版，第131页。
② （唐）元稹著，冀勤点校：《元稹集》，中华书局1982年版，第773页。
③ 杨军、周相录主编：《元稹资料汇编》，高等教育出版社2014年版，第135页。
④ （清）赵翼撰，王树民校证：《廿二史札记校证》，中华书局1984年版，第354页。另外，钱大昕《潜研堂文集》卷十三云："乐天文章风节，固非平一辈所及，晚节萧然物外，有古人止足之风，自当别为一篇。敏中龌龊守位，当入宣宗朝宰相之列，较之乐天，人品清浊悬殊，岂意在附传之例乎？至若张昌宗、易之昆弟，嬖幸小人，士大夫羞与为伍，而《新旧书》二史附之张行成传，不特皂白不分，重为膏粱之玷矣。"看来《新唐书》将元白分开处理确实有不当之处。（参见《钱大昕全集》第九卷，江苏古籍出版社1997年版，第196页。）

生了变化，文学家群体的地位已经减弱，"德行""政事""言语"是否会作为评价的新尺度？这样的变化与对他们的文学活动的书写是否具有直接关系？解决疑问的落脚点就在于史臣对传记文本的处理方式上。王运熙《旧唐书元稹白居易传论新唐书白居易传赞笺释》一文，从史官文学观的不同来看对元白文学的评价，从而得出元白所擅长的文体在五代被接受，而北宋的欧、宋尊崇古文的结论。王运熙说："《旧唐书》编成于五代后晋，署名刘昫撰，实际出自赵莹、张昭远、贾纬、赵熙之手。其时骈体诗文在文坛仍占主导地位，故史家从骈文派立场对元、白文学进行评价。《新唐书》则由古文家欧阳修、宋祁编撰（列传部分由宋祁负责），故站在古文派立场评价元白。"[①] "文人"退后，"政客"凸显，"骈文"退后，"古文"凸显，这是《新唐书》处理元稹传记文本的一个基本原则。褒贬人物的标尺发生了变化，对于人格的重视往往高于文学影响。

　　马自力认为："唐代士人的理想和信念，更多地被专制制度整合，并按照其内在的规定性，通过改变自己的社会地位和社会角色来实现。"[②] 针对元稹的"巧宦"行为，两《唐书》各有书写的侧重点。我们不妨结合两《唐书》传记文本的比较，对于元稹的"巧宦"行为的书写和评价来予以分析，言及"巧宦"，两《唐书》则在文本构成上发生了变化：《新唐书》在写及谏官时期的元稹时下笔颇为精心，既增"文"又增"事"，采撷了他的两篇谏文，一则谏语，在这一点上超过了《旧唐书》本传。而对巧宦时期的元稹则贬词不少，书写篇幅也明显比《旧唐书》少得多了，而且将《旧唐书》原有的《同州刺史谢上表》也删减了，而此文恰恰是元稹对自己任京官时期的总结性文章，对自己"一日之中，三加新命"[③] 深感荣幸，说：

---

① 王运熙：《中国古代文论管窥》，上海古籍出版社2006年版，第473页。
② 马自力：《中唐文人社会角色与文学活动》，中国社会科学出版社2005年版，第16页。
③ 白居易：《元稹除中书舍人翰林学士赐紫金鱼袋制》，（宋）李昉等编：《文苑英华》，中华书局1960年版，第1957页。

"陛下察臣无罪，宠奖逾深，召臣固授舍人，遣充承旨翰林学士，金章紫服，光饰陋躯，人生之荣，臣亦至矣。"《新唐书》以元稹后半生的表现观照他的前半生，得出前期的"稹始言事峭直，欲以立名"的结论，这是对元稹行事动机的否定，与《旧唐书》所说"既居谏垣，不欲碌碌自滞，事无不言，即日上疏论谏职"所具有的责任心大不相同。《旧唐书》钱徽传云："初稹以直道谴逐，久之，及得还朝，大改前志，由经以檄进达，宗闵亦急于进取，两人遂有嫌隙。"对于元稹由"直谏"到"巧宦"之转变，白居易《元公墓志铭》云：

> 予尝悲公始以直躬律人，勤而行之，则坎壈而不偶。谪瘴乡凡十年，鬓斑白而归来。次以权道济世，变而通之，又龌龊而不安。居相位仅三月，席不煖而罢去。通介进退，卒不获心。是以法理之用，止于举一职，不布于庶官；仁义之泽，止于惠一方，不周于四海。故公之心不足也。逢时与不逢时同，得位与不得位同，贵富与浮云同。何者？时行而道未行，身遇而心不遇也。挚友居易，独知其心，以泣濡翰，书铭于墓。①

白居易与元稹是多年挚友，可谓深得其心，评论较为客观。值得注意的是：对同一事件的叙述语调发生变化的同时，褒贬程度也发生了变化。比如关于元稹与裴度的权争一事，《旧唐书》说"河东节度使裴度三上疏，言稹与弘简为刎颈之交，谋乱朝政，言甚激讦。"而《新唐书》则说"裴度出屯镇州，有所论奏，共沮却之。度三上疏劾弘简、稹倾乱国政"，后者更强调"事出有因"。关于两人被贬的结局，《旧唐书》本传说："遂俱罢稹、度平章事，乃出稹为同州刺史，度守仆射。谏官上疏，言责度太重，稹太轻。上心怜稹，止削长春宫使。"而《新唐书》本传则说："……神策军中尉以闻，诏韩皋、郑覃及逢吉杂治，无刺度状，而方计暴闻，遂与度偕罢宰相，出为同州

---

① 杨军、周相录主编：《元稹资料汇编》，高等教育出版社2014年版，第56页。

刺史。谏官争言度不当免,而黜稹轻。帝独怜稹,但削长春宫使。"在《旧唐书》的表述之中,两人都有责任,只是元稹被处罚较轻,《新唐书》以谏官的看法显示出"度不当免",而书写了对元稹处罚过轻的意见,传文明显具有了褒贬之倾向性。裴度做过御史中丞,御史官的职事活动特征带入了与元稹的斗争之中,见其违背士大夫之行为规范的举动则予以弹劾,裴度之所以与元稹誓不两立,一个更为重要的原因就是元稹不仅做过监察御史,而且就是因为宦官问题而被贬,而今却因宦官而取巧。在裴度看来,元稹显然失去了作为御史官曾经具有的基本品格:"元稹与宦官争厅,宦官击之败面。而后稹反与宦官交结,引起轩然大波。士大夫之无耻如此,此宦官所以横行,然非帝之庇佑之,宦官亦必不敢如是也。"① 元和时期,宪宗崇信宦官,抑制藩镇,然而宦官与藩镇勾结在一起,则使得行政机构处理政务难度增加,常常与士大夫之秩序观相悖,元稹的结局就是这样的一种反映。对此,周相录解释说:"唐代藩镇与宦官之祸,至德宗后期皆成积重之势。永贞革新有意改革时弊,但不久即告失败。宪宗有心抑制藩镇,却不想真正限制宦官,因为抑制藩镇有益于重塑中央之权威,而宦官则是加强君主专制之一依靠,故终宪宗一朝,裁抑藩镇有之,而裁抑宦官则渺。"② 放下是非论衡不说,仅仅从文字背后的意义指向来看,《新唐书》突出了元稹的人格问题,认为他在"德行""政事"的表现上并无可取之处。从元稹在监察御史任上的经历来看,士大夫内部道德理念之限制,宦官、藩镇等对既有行政程序的破坏,都对文人的政事活动和文学活动产生了作用,进而形成了对仕宦心态和创作心态的影响。如果说将士大夫身份与社会角色结合起来构成了道统与政统的结合,那么,将文学家的文学活动与社会角色结合起来,则构成了独有的"文统"。"文统"与道统的结合重在"明道",而与政统的结合则重在参政。《新唐书》则以参政为中心,以

---

① 吕思勉:《隋唐五代史》,上海古籍出版社2005年版,第305页。
② 周相录:《元稹年谱新编》,上海古籍出版社2004年版,第96页。

明道为主题，对元稹的行为进行了批判性的解读，这样产生的人物形象显然带有不同的身份特征，而又连贯起来。《旧唐书》则没有这样的刻意安排，而是注意到了叙事的平衡性，文学活动与政事行为既是独立的，又具有联系，这样看来，"以'士大夫'形态出现的社会角色"① 与以文学家形象出现的社会角色之间所建立的有机联系作为被考察的重要对象，不可避免地要对"能吏"与"文吏"之间的关系进行研究，随之研究对象的身份特征才能得以彰显。

《新唐书》对于元稹的文学活动则做足了减法规则。《旧唐书》对元稹的文学活动进行了多角度叙述，将元白作为一个群体进行处理，将元白并称，而且将"元和体"进行重笔书写，在进行叙述的时候注意对具体内容的解释。"元、白"并称则指出元稹的优长所在，即"善状咏风态物色"；"元和体"则以"来往赠答"之过程，"十、五十韵乃至百韵者"之次韵作为主体内容。《新唐书》也写到这些内容，但是，侧重点显然发生了变化，传云："稹尤长于诗，与居易名相埒，天下传讽，号'元和体'，往往播乐府。"不仅仅在行文中以"元和体"将《旧唐书》中元白并称的内涵抹去，而且在言简的同时将诗体的内涵叙述省略了。一句"天下传讽"虽然还能说明二人在当时的影响，却语焉不详，失去了对具体情状的把握。后面还将"元和体"产生影响的基本内容做了置换，"往往播乐府"则将"元和体"的主体内容由闲适诗引到讽喻诗上。《旧唐书》对元白文学活动的叙写重点就放在其所产生的接受效应上，而《新唐书》恰恰在这一点上予以遮蔽，传云："宰相令狐楚一代文宗，雅知稹之辞学，谓稹曰：'尝览足下制作，所恨不多，迟之久矣。请出其所有，以豁予情。'稹因献其文，自叙曰……楚深称赏，以为今代之鲍、谢也。"这里以元稹向令狐楚"献其文"的活动突出对"元和体"接受效应的书写。"一代文宗"知赏元稹的过程被分为三个层面：一是向元稹索文；二是通过采撷《上令狐相公诗启》带出元稹对"元和诗

---

① 阎步克：《士大夫政治演生史稿》，北京大学出版社1996年版，第10页。

体"的叙述；三是令狐楚阅读元稹所献文后的"称赏"效果。《新唐书》并没有这段内容，对于元稹文学创作的影响既有"下效"，也有"一代文宗"之称赏，其影响自是不小，可是《旧唐书》又将笔触延至最高统治者，即帝王的态度上。《新唐书》对于元稹的文学作品的阅读效应予以抹杀不说，得宠之因由也发生了变化，即与宦官之交往，传云："穆宗在东宫，妃嫔近习皆诵之，宫中呼元才子。稹之谪江陵，善临军崔潭峻。长庆初，潭峻方亲幸，以稹歌词数十百篇奏御，帝大悦，问：'稹今安在？'曰：'为南宫散郎。'即擢祠部郎中，知制诰，变诏书体，务纯厚明切，盛传一时。然其进非公议，为士类訾薄。稹内不平，因《诫风俗诏》历诋群有司，以逞其憾。"《新唐书》对元白传记的处理与《旧唐书》对韩愈传的处理手段比较相近。《旧唐书》还有一段关于元稹的《制诰序》的文字，云："稹长庆末因编删其文稿，《自叙》曰……其自叙如此，欲知其作者之意，备于此篇。"关于元稹的唱和活动，《新唐书》则要简略得多，云："在越时，辟窦巩。巩，天下工为诗，与之酬和，故镜湖秦望之奇益传，时号'兰亭绝唱'。"

如前所述，《旧唐书》对元稹的评价是相当高的。主要内容在三个方面：一是元稹的对策，即"然辞诰所出，夐然与古为俦，遂盛传于代，由是极承恩顾"。元稹所作的对策将复古的理念融入进来，变体之效果得到当代的承认。关于这个方面虽然在传文上没有体现出来，但是在《文苑传序》的举例中，把他作为整个有唐一代改革制策之代表人物。元稹所撰诏令在《旧唐书》中被采撷一篇，即《钱徽传》中将钱徽贬为江州刺史诏，倒是《新唐书》提到了元稹改革制诰的情况，《新唐书·元稹传》说："变诏书体，务纯厚明切，盛传一时。"虽然在后面写及元稹以诏书来达到自己的险恶用心，那是另外一层意思。实际上，北宋刘麟在《元氏长庆集序》中就说："元微之有盛名于元和、长庆间，观其所论奏，莫不切时务，诏诰、歌词，自成一家，非大手笔曷臻是哉！"[①] 这是对元稹较为全面的评价。

---

① （唐）元稹著，冀勤点校：《元稹集》，中华书局1982年版，第773页。

陈寅恪《读莺莺传》说："今《白氏长庆集中书制诰》有'旧体''新体'之分别。其所谓'新体'，即微之所主张，而乐天所从同之复古改良公式文字新体也……在昌黎平生著作中，《平淮西碑》乃一篇极意写成之古文体公式文字，诚可称勇敢之改革，然此文终遭废弃……就改革当时公式文字一端言，则昌黎失败，而微之成功，可无疑也。至于北宋继昌黎古文运动之欧阳永叔为翰林学士，亦不能变公式之骈文。司马君实竟以不能为四六文，辞知内制之命。然则，朝廷公式文体之变革，其难若是。微之于此，信乎卓尔不群矣。"① 二是元和诗体。关于元和诗体中"长篇律诗"，元稹还找到了创作的合理依据，这就是他的《杜工部墓志铭》，他说："……至若铺陈终始，排比声韵，大或千言，次犹数百，词气豪迈，而风调清深，属对律切，而脱弃凡近，则李尚不能历其藩翰，况堂奥乎！"清人姚鼐《五言今体诗钞》卷六《杜子美下·三十七首》注："杜公长律有千门万户开阖阴阳之意，元微之论李杜优劣，见虽稍偏，然不为无识。"这段话仅仅就言论杜，没有深究其用意，这显然为自身创作长律找到了近源。值得注意的是对元稹的讽喻诗几乎没有提及，《新唐书》对白居易的讽喻诗比较关注，但是对元稹这一方面则是只字未提。元稹对自己的讽喻之作，最看重对现实问题的反映，在《和李校书新题乐府十二首序》中说："予取其病时之尤急者，列而和之，盖十二而已。"《进诗状》云："况臣九岁学诗，少经贫贱，十年谪宦，备极栖惶，凡所为文，多因感激。故自古风诗至古今乐府，稍存寄兴，颇近讴谣，虽无作者之风，粗中遒人之采。自律诗百韵，至于两韵七言，或因朋友戏投，或以悲欢自遣，既无六义，皆出一时，词旨繁芜，倍增愧恐。"② 这是元稹对自己诗作的评价，当然，因为是进呈皇帝，必然以"六义"为本，所以在评价"律诗"时予以否定，而对于乐府诗则以"寄兴"谓之，大有秉承陈子昂、杜甫之风范。关于讽喻特

---

① 陈寅恪：《元白诗笺证稿》，生活·读书·新知三联书店2001年版，第119页。
② （唐）元稹著，冀勤点校：《元稹集》，中华书局1982年版，第406页。

色,则是元和五位文学家的共有之处,韩愈、柳宗元以文为之,元稹、白居易、刘禹锡则以诗为之。不过追究起来,元白的讽喻特色与他们的谏官身份关系甚深:"作为一种制度化了的知识体系,谏官中的文学因素把讽谏君王由一种人格自觉转变为一种政治实践,从政治上肯定了文学的谏诤传统,鼓励了文人的谏诤活动。文、儒、吏、行、史诸因素,从文辞富赡、博学多识、吏能娴悉等方面,构成了文人参政议政的政治素质,换言之,就是让文人成为'有儒学博通及文辞优逸'的人。"① 这是一个值得关注的问题。在《元公墓志铭》中,白居易有一段对元稹文风与为人的评价:

> 公凡为文,无不臻极,尤工诗。在翰林时,穆宗前后索诗数百篇,命左右讽咏,宫中呼为"元才子"。自六宫、两部、八方,至南蛮、东夷国,皆写传之。每一章一句出,无胫而走,疾于珠玉。又观其述作编纂之旨,岂止于文章刀笔哉? 实有安人活国,致君尧舜,致身伊皋耳。抑天不与耶? 将人不幸耶? 予尝悲公始以直躬律人,勤而行之,则坎壈而不偶。谪瘴乡凡十年,发斑白而归来。次以权道济世,变而通之,又龃龉而不安……逢时与不逢时同,得位与不得位同,贵富与浮云同。何者? 时行而道未行,身遇而心不遇也。②

这段话并不全是溢美之词,从中可以看出白居易对元稹的了解,为济世而变通,由变通而不遇,这是元稹的仕宦心态与失败之选择。周相录有《元稹与宦官之关系考辨》一文,认为"元稹主要是靠结私恩于穆宗而骤升清贵的,而如果他为自己辩解,又会因漏泄'禁中语'而失去穆宗的恩宠。正因为其升迁没有通过正常渠道,其政敌才

---

① 傅绍良:《唐代谏议制度与文人》,中国社会科学出版社2003年版,第95—96页。
② (唐)白居易著,朱金城校笺:《白居易集校笺》,上海古籍出版社1988年版,第3738页。

得以诬陷他依靠宦官，而这种诬陷因与元稹有隙者裴度的上疏指责得到进一步坐实"①。这也不失为一种看法，不过后来白居易与裴度的接近多少能够昭示对元稹政治选择的否定。与《旧唐书》相比，《新唐书》对元稹文学成就的评价只是突出了"元和体"，既没有了对元稹文学观与人生状态的叙写，也对元稹作品的传播状况有所忽略，同时忽略了元稹的贬谪情怀，造成这种情况的根本原因还是在于对元稹士大夫操守有所欠缺的负面评价。对读两《唐书》，从文品到人格，从以"文学"到以"德行""政事"为书写标准的变化，导致元稹传记文本内容发生了较大的变异。

第四节 元稹在南宋的形象接受

南宋时期对元稹的论评呈现出人、文分论的趋势。论人则其为奸佞小人，叶适的评论很有代表性，《习学记言》卷四三云："元稹本与白居易同称，然一隋节取卿相，则不得齿于士类，遂与裴延龄、皇甫镈等，古今人受病处，皆以身之材能、外之官职对立，一念既偏，至于失其身而不能救，是真可哀也。"② 项安世《周易玩辞》"小子厉有言"条云："元稹初时亦不肯苟合，特以资本不洪，故不能堪困愤之厄，受众多之口，遂盖途而妄进矣。"③ 王楙《野客丛书》"元白韩柳"条就认为四人之异在"中道而变"，述及元稹早期的真正品格，"奈何不能自守，及附其徒，平生志节，于是扫地"④。张滋《皇朝仕学规范》则将柳宗元、刘禹锡、元稹放到一起，认为："书之史册，使后人读之，无不为之愧汗。"⑤ 真德秀在《大学衍义》中论"近习

---

① 周相录：《元稹与宦官之关系考辨》，参见周相录《元稹年谱新编》，上海古籍出版社2004年版，第299页。
② 杨军、周相录主编：《元稹资料汇编》，高等教育出版社2014年版，第169页。
③ 杨军、周相录主编：《元稹资料汇编》，第176页。
④ 杨军、周相录主编：《元稹资料汇编》，第176页。
⑤ 杨军、周相录主编：《元稹资料汇编》，第183页。

小人"时认为，正是魏弘简以诗引元稹为官造成了"巧宦"之行为。陈振孙《直斋书录解题》则因文论人，云："稹初与白乐天齐名，文章相上下，出处亦不相悖，晚而欲速比，依奄宦得相，卒为小人之归，而居易始终全节。呜呼！为士者可以鉴矣。"①

尽管对其人评价不高，文学家的形象依然存在。对于元稹的文学创作不仅多有论及，而且评价很高，对元稹的研究也呈深入趋势：徐应龙《玉堂集序》论及元稹文风；史绳祖《学斋占毕》说元稹《连昌宫词》与白居易《长恨歌》之写法优劣。诗话、笔记中论及元稹的就更多了，归结起来，似可分为诗歌传播、元白优劣、元稹一生之行事。张戒《岁寒堂诗话》虽对元稹诗歌评价不高，却多有言语；赵令畤《侯鲭录》不仅论其诗文传奇，而且钩稽年谱，是第一位花大力气研究元稹者；胡仔《苕溪渔隐丛话》多提及元稹诗作并论其取材；刘克庄《后村诗话》值得重视，不仅论及元稹作品之传播，还就诗品与人格的关系提出一得之见，虽与上述论人之文无异，却见惋惜之情；王灼《碧鸡漫志》叙述元稹诗歌传唱的情况，具备诗歌接受史的雏形。以上只取荦荦大者，正可看出史传文本的传播对于文学观念的影响。

第五节　元稹形象的复杂性

元稹的人格入宋后多为士人诟病，正是《新唐书》汇当下之时论而入传，文品虽依然传布于众口，元稹的文学地位却因之下降，两《唐书》传记恰好位于唐宋之际元稹形象书写的两个关键点上，道统的张扬使得对其人的评价限制了其文的影响力，以至于确定了后世评论者对元稹之褒贬态度，具有鲜明的指向意义。

随着王朝更迭，元稹其人其文的接受语境也发生着变化。明清之

---

① 杨军、周相录主编：《元稹资料汇编》，高等教育出版社2014年版，第187页。

际，王夫之认为元稹"小人也"①，钱谦益、冯班、归庄、叶方霭、顾景星等人形成了模仿元稹诗作的高潮期。《莺莺传》是元稹创作的传奇文本，为他在文学史上获得了不可替代的一席之地，只是这部作品对于唐宋时期的元稹形象并未发生直接的作用。直到陈寅恪、刘开荣、孙望等人的考证，坐实了张生就是元稹本人之后②，为其"巧婚"形象添上了重要的一笔。尤其唐宋之后，"始乱终弃"而另攀高枝的"巧婚"行为成为元稹为人诟病的缘由。不过，从《莺莺传》到《西厢记》，张生形象的变化在一定程度上消解了阅读者对于元稹负面形象的关注度。还有备受好评的《遣悲怀三首》，由于唐诗选本的传播而成为悼亡诗中的经典之作，《遣悲怀三首》对于夫妻生活的追忆又让读者觉得元稹并非薄情寡义的小人，此诗写于元稹仕宦生涯的重要阶段，那时的元稹身在监察御史职位，以"直正"而著称，并因得罪宦官而罹祸，经历贬谪之生涯，改变了人生态度。这样说来，《遣悲怀三首》对于"巧宦"之形象也发挥了潜在的作用。反之，体现元稹直正一面的讽喻诗则极少受到关注，"新乐府运动"也仅仅是把元稹附在白居易的后面。

陈寅恪认为元稹"巧婚""巧宦"，此说极有影响。"巧宦"说并未得到学术界的认可，吴伟斌、杨军、周相录等人对元稹的巧宦问题有了新的研究成果，质疑元稹依靠宦官上位的问题③，这些因素交融在一起，元稹的形象因之变得复杂起来。因此，唐宋时期元稹形象的单向书写也就变得模糊了：痴情者抑或绝情者，直正者抑或巧宦者，学者们以自身的研究视野对于元稹形象的钩稽彰显了中唐士风的变化轨迹。

---

① 王夫之：《读通鉴论》，中华书局2013年版，第759页。
② 孙望：《莺莺传事迹考》，参见《孙望选集》，南京师范大学出版社2002年版，第547页。
③ 周相录：《元稹与宦官之关系考辨》，《元稹年谱新编》，上海古籍出版社2004年版，第299页。

参考文献

白居易撰，朱金城笺校：《白居易集笺校》，上海古籍出版社 1988 年版。

包弼德：《斯文：唐宋思想的转型》，江苏人民出版社 2000 年版。

卞孝萱：《元稹年谱》，齐鲁书社 1980 年版。

卞孝萱、卞敏：《刘禹锡评传》，南京大学出版社 1996 年版。

陈寅恪：《元白诗笺证稿》，生活·读书·新知三联书店 2009 年版。

——，《金明馆丛稿初编》，生活·读书·新知三联书店 2001 年版。

陈才智：《元白诗派研究》，社会科学文献出版社 2007 年版。

——，《元稹白居易初识之年再辨》，《文学遗产》2001 年第 5 期。

陈尚君：《汉唐文学与文献论考》，上海古籍出版社 2008 年版。

陈子展：《唐宋文学史》，山西人民出版社 2015 年版。

岑仲勉：《唐史馀瀋》，中华书局 1960 年版。

——，《岑仲勉史学论文集》，中华书局 1990 年版。

查屏球：《从游士到儒士——汉唐士风与文风论稿》，复旦大学出版社 2005 年版。

——，《唐学与唐诗——中晚唐诗风的一种文化考察》，商务印书馆 2000 年版。

陈衍：《石遗室诗话》，人民文学出版社 2004 年版。

陈冠明：《裴度平叛日历简编之一》，《周口师范学院学报》2012 年第 1 期。

——，《裴度平叛日历简编之二》，《周口师范学院学报》2012 年第

3期。

——，《唐代裴度集团平叛日历考》，中国古文献出版社2013年版。

［日］赤井益久：《中唐文人之文艺及其世界》，中华书局2014年版。

邓小军：《唐代文学的文化精神》，文津出版社1993年版。

杜维运：《中国史学史》，商务印书馆2010年版。

董诰等：《全唐文》，中华书局1983年版。

董乃斌：《近世名家与古典文学研究》，上海大学出版社2005年版。

傅璇琮：《唐翰林学士传论》，辽海出版社2011年版。

傅璇琮、施纯德：《翰学三书》，辽宁教育出版社2003年版。

傅璇琮、周建国：《李德裕文集校笺》，河北教育出版社2000年版。

傅璇琮、陈尚君、徐俊：《唐人选唐诗新编》（增订本），中华书局2014年版。

傅绍良：《唐代谏议制度与文人》，中国社会科学出版社2003年版。

方世举：《韩昌黎诗集编年笺注》，郝润华、丁俊丽整理，中华书局2012年版。

葛兆光：《中国思想史》，复旦大学出版社2013年版。

郭自虎：《元稹与元和文体新变》，安徽大学出版社2010年版。

巩本栋：《唱和诗词研究》，中华书局2013年版。

韩愈撰，阎琦注释：《韩昌黎文集注释》，三秦出版社2004年版。

胡可先：《唐研究》，北京大学出版社2014年版。

——，《唐诗发展的地域因素和空间形态》，中国社会科学出版社2010年版。

胡云翼：《新著中国文学史》，河南人民出版社2016年版。

胡适：《胡适文集》，人民文学出版社1998年版。

霍志军：《唐代御史制度与文人》，中国社会科学出版社2013年版。

霍然：《隋唐五代诗歌史论》，吉林教育出版社1995年版。

冀勤校点：《元稹集》，中华书局2010年版。

蹇长春：《白居易评传》，南京大学出版社2011年版。

吉平平、黄晓静：《中国文学史版本著作概览》，辽宁大学出版社

1992年版。

金卿东：《元稹白居易初识之年考辨》，《文学遗产》2000年第6期。

刘昫等：《旧唐书》，中华书局1975年版。

赖瑞和：《唐代中层文官》，中华书局2011年版。

刘真伦、岳珍：《韩愈文集汇校笺注》，中华书局2010年版。

李浩：《唐代关中士族与文学》（增订本），中国社会科学出版社2003年版。

李德辉：《全唐文作者小传正补》，辽海出版社2011年版。

李福长：《唐代学士与文人政治》，齐鲁书社2005年版。

李庆甲集评校点：《瀛奎律髓汇评》，上海古籍出版社2005年版。

李从军：《唐代文学演变史》，人民文学出版社1993年版。

李昉等：《文苑英华》，中华书局1960年版。

韩愈撰，刘真伦、岳珍笺注：《韩愈文集汇校笺注》，中华书局2010年版。

李商隐撰，刘学锴、余恕诚校注：《李商隐文编年校注》，中华书局2002年版。

吕温：《吕衡州文集附考证》，丛书集成初编本，中华书局1985年版。

吕思勉：《隋唐五代史》，上海古籍出版社2005年版。

李绅撰，卢燕平校注：《李绅集校注》，中华书局2009年版。

骆玉明：《走进文学的深处》，鹭江出版社2017年版。

罗宗强、郝世峰：《隋唐五代文学史》，高等教育出版社1994年版。

罗宗强：《唐诗小史》，百花文艺出版社2008年版。

罗根泽：《乐府文学史》，东方出版社1996年版。

刘大杰：《中国文学发展史》，商务印书馆2015年版。

陆侃如、冯沅君：《中国诗史》，百花文艺出版社2011年版。

［日］前野直彬：《中国文学史》，骆玉明、贺圣遂等译，复旦大学出版社2012年版。

马自力：《诗心、文心与士心——中国古代诗文研究举隅》，社会科学文献出版社2013年版。

——，《中唐文人社会角色与文学活动》，中国社会科学出版社2005年版。

毛蕾：《唐代翰林学士》，社会科学文献出版社2000年版。

毛水清：《隋唐五代文学史》，广西人民出版社2003年版。

梅维恒主编：《哥伦比亚中国文学史》，新星出版社2016年版。

聂石樵：《唐代文学史》，中华书局2007年版。

欧阳修、宋祁：《新唐书》，中华书局1975年版。

彭万隆：《唐五代诗考论》，浙江大学出版社2006年版。

彭定求等：《全唐诗》，中华书局1999年版。

裴斐：《裴斐文集》，人民文学出版社2013年版。

瞿林东：《唐代史学论稿》（增订版），高等教育出版社2015年版。

钱锺书：《谈艺录》，生活·读书·新知三联书店2008年版。

钱仲联：《韩昌黎诗系年集释》，上海古籍出版社1984年版。

钱基博：《中国文学史》，中华书局1993年版。

钱穆：《中国学术思想史论丛》，安徽教育出版社2004年版。

钱大昕：《钱大昕全集》，江苏古籍出版社1997年版。

饶宗颐：《中国史学上的正统论》，中华书局2015年版。

施子瑜：《柳宗元年谱》，湖北人民出版社1958年版。

尚永亮：《唐五代逐臣与贬谪文学研究》，武汉大学出版社2007年版。

——，《贬谪文化与贬谪文学——以中唐元和五大诗人之贬及其创作为中心》，兰州大学出版社2004年版。

——，《"元白并称"与多面元白》，《文学遗产》2016年第2期。

尚永亮、李丹：《元和体原初内涵考论》，《文学评论》2006年第2期。

司马光：《资治通鉴》，中华书局1977年版。

孙望：《孙望选集》，南京师范大学出版社2002年版。

台静农：《中国文学史》，上海古籍出版社2017年版。

陶敏、陶红雨：《刘禹锡全集编年校注》，岳麓书社2003年版。
——，《刘宾客嘉话录》，中华书局2019年版。
陶敏：《元和姓纂新校证》，辽海出版社2015年版。
——，《唐代文学与文献论集》，中华书局2010年版。
——，《全唐诗人名汇考》，辽海出版社2006年版。
——，《全唐诗作者小传补正》，辽海出版社2010年版。
——，《全唐五代笔记》，三秦出版社2012年版。
陶文鹏：《中国文学通史》，江苏文艺出版社2013年版。
田恩铭：《唐宋变革视域下的"元和体"诗学意义》，《井冈山大学学报》2013年第2期。
吴文治：《韩愈研究资料汇编》，中华书局1983年版。
吴伟斌：《新编元稹集》，三秦出版社2015年版。
吴钢：《全唐文补遗·千唐志斋新藏专辑》，三秦出版社2006年版。
吴淑玲：《唐代驿传与唐诗发展的关系》，人民出版社2015年版。
吴庚舜、董乃斌：《唐代文学史》，人民文学出版社1995年版。
王拾遗：《元稹论稿》，陕西人民出版社1994年版。
王国璎：《中国文学史新讲》，中信出版社2018年版。
王士菁：《唐代文学史略》，湖南师范大学出版社1992年版。
王运熙：《中国古代文论管窥》，上海古籍出版社2014年版。
王夫之：《读通鉴论》，中华书局2013年版。
王友胜：《陈子展〈唐代文学史〉的学术成就与研究方法》，《湖南科技大学学报》2009年第1期。
文艳蓉：《白居易生平与创作实证研究》，博士学位论文，浙江大学，2009年。
谢思炜：《白居易诗集校注》，中华书局2011年版。
——，《白居易文集校注》，中华书局2011年版。
萧瑞峰：《刘禹锡诗传》，浙江大学出版社2014年版。
徐松撰，孟二冬补正：《登科记考补正》，北京燕山出版社2003年版。

谢无量：《中国大文学史》，中州古籍出版社1992年版。
许总：《唐诗史》，江苏教育出版社1994年版。
肖伟韬：《白居易诗歌创作考论》，江西人民出版社2014年版。
——，《"元、白"的无嗣之忧及其文化心理意蕴》，《兰州学刊》2009年第4期。
咸晓婷：《元稹浙东幕诗酒文会活动考论》，《阅江学刊》2012年第3期。
——，《元稹浙东幕僚佐生平考》，《中文学术前沿》2012年第1期。
余英时：《士与中国文化》，上海人民出版社2003年版。
——，《余英时学术思想文选》，何俊编，上海人民出版社2010年版。
阎步克：《士大夫政治演生史稿》，北京大学出版社2015年版。
阎琦：《韩昌黎文集注释》，三秦出版社2004年版。
——，《唐代文学研究识小集》，三秦出版社2011年版。
杨伯：《欲采苹花不自由——复古思潮与中唐士人心态研究》，南开大学出版社2010年版。
冶艳杰：《〈李相国论事集〉校注》，华中科技大学出版社2015年版。
尹占华、韩文奇：《柳宗元集校注》，中华书局2013年版。
尹占华校注：《王建诗集校注》，巴蜀书社2006年版。
杨朗：《韩柳早期政治观念辨析——以他们笔下的阳城为中心》，《中国文化研究》2012年冬之卷。
杨军、周相录：《元稹资料汇编》，高等教育出版社2015年版。
杨军：《元稹集编年笺注》，三秦出版社2008年版。
杨承祖：《杨承祖文录》，华东师范大学出版社2017年版。
杨世明：《唐诗史》，重庆出版社1996年版。
杨生枝：《乐府诗史》，青海人民出版社1985年版。
姚中辰：《中国谏议制度史》，中华书局2015年版。
岳娟娟：《唐代唱和诗研究》，复旦大学出版社2014年版。
游国恩等：《中国文学史》，人民文学出版社1963年版。
袁行霈主编：《中国文学史》，高等教育出版社1999年版。

宇文所安主编：《剑桥中国文学史》（上卷），生活·读书·新知三联书店 2013 年版。
冀勤点校：《元稹集》，中华书局 1982 年版。
朱易安等：《全宋笔记》，大象出版社 2013 年版。
朱金城：《白居易研究》，陕西人民出版社 1987 年版。
周勋初：《唐人轶事汇编》，上海古籍出版社 2006 年版。
周相录：《元稹集校注》，上海古籍出版社 2013 年版。
——，《元稹年谱新编》，上海古籍出版社 2004 年版。
郑振铎：《插图本中国文学史》，人民文学出版社 1957 年版。
赵荣蔚：《吕温年谱》，三秦出版社 2003 年版。
中华书局编：《王韬日记》（增订本），中华书局 2015 年版。
中华书局编：《唐六典》，中华书局 1992 年版。
中国社会科学院文学研究所中国文学史编写组：《中国文学史》，人民文学出版社 1962 年版。
章培恒、骆玉明：《中国文学史新著》，复旦大学出版社 2011 年版。
周祖譔：《隋唐五代文学史》，福建人民出版社 1958 年版。
张兴武：《五代作家的人格与诗格》，人民文学出版社 2000 年版。
赵翼撰，王树民校证：《廿二史札记校证》，中华书局 1984 年版。

后　记

　　北方的雪越下越大，此刻的窗外，连绵不断的白色通向遥远的天际。栖居于这座油城已经 15 年，从青年步入中年一闪而过。意识到自己开始不间断地追忆过往，危机感油然而生。

　　近些年来，所关注的学术问题发生了变化。然而有一点却没有改变，那就是继续关注"人的文学"。从史传文学研究到士风与文学研究是阅读文学文本的结果，聚焦点依然是中唐，关注的人物是元稹。以元稹为中心阅读中唐士人的文学文本，让我产生了很多自以为十分新鲜的想法，于是，依据对常见材料的思考，便有了这部书稿的诞生。直到即将完稿，才发觉新见无多，却又欲罢不能。

　　这部书稿的研究内容可以分为三个部分：第一部分是元稹与中唐文学群体研究，由《议论、诗笔、史才与元和士风之骏发》《贬谪之思与中唐士人的文学书写》《"平淮西"与元和士人的文学书写》三篇论文组成，主要侧重于元稹的文学活动与士风、贬谪生活以及政治事件的关联。第二部分则是元稹文学交游考论，由《元稹的亲缘与身份意识》《元稹文学交游考论》《元稹任职浙东时期唱和活动主题叙论》等论文组成，主要侧重于元稹文学交游空间的梳理，并考察以元稹为中心交友群落的形成过程。从完成情况来看，试图达到以中唐士族文学群体为对象来探讨士风与文学的研究意图，并梳理出元氏、白氏、窦氏等胡姓士族与其他文学家族所构成的文学群体与唐代文学风貌的关系。第三部分则由《文学史中的元稹乐府诗》《元稹形象的传播与接受》等文章组成，主要侧重文学接受史的研究议题，考察元、白并称与元稹的文学家形象、士人形象的关系。

  这部书稿中的大部分文字在《光明日报》《乐府学》《唐代文学研究》《社会科学论坛》等期刊刊出，本次结集则做了不同程度的修改。这首先要感谢李浩、尚永亮、吴相洲、陈尚君、胡可先、孙明君、周相录、沈文凡等老师的指导与提携，让我重新审视自己所写的文字。

  这部书稿得到中国博士后项目、国家社会科学基金项目的资助，我的同事包晰莹老师投入很大的精力参与书稿的编辑整理，特此致谢。

田恩铭
2019 年 12 月 30 日